Meurtre mode d'emploi

(à l'usage des jeunes filles)

Casterman
Cantersteen 47
1000 Bruxelles

www.casterman.com

ISBN : 978-2-203-19490-8
N° d'édition : L.10EJDN002218.N001

Publié au Royaume-Uni par Electric Monkey, Egmont UK Limited,
sous le titre : *A Good Girl's to Murder*

Achevé d'imprimer en avril 2019, en Espagne, par Liberduplex
(Carretera BV-2249 Km. 7,4, Poligono Industrial Torrentfondo,
08791 Sant Llorenç d'Hortons, Barcelone, Espagne)
Dépôt légal : mai 2019 ; D.2019/0053/344
Déposé au ministère de la Justice, Paris (loi n° 49.956 du 16 juillet 1949 sur les publications destinées à la jeunesse).

Holly Jackson

MEURTRE MODE D'EMPLOI

[à l'usage des jeunes filles]

Traduit de l'anglais
par Julie Sibony

casterman

PREMIÈRE PARTIE

QAG
recognising academic acheivement

TRAVAUX PERSONNELS ENCADRÉS 2017/2018

Numéro du candidat

4169

Nom du candidat

Pippa Fitz-Amobi

Partie I : Projet du candidat

À compléter par le candidat

- Matières ou thématiques en lien avec le sujet :

Anglais, journalisme, journalisme d'investigation, droit pénal

- Titre provisoire du projet
- Présentez votre sujet de recherche sous la forme d'un énoncé, d'une question ou d'une hypothèse

Recherches sur l'enquête autour de la disparition d'Andie Bell à Little Kilton en 2012.

Un dossier détaillé sur la façon dont les médias traditionnels et les réseaux sociaux sont devenus des acteurs clés dans les investigations policières, en prenant l'affaire Andie Bell comme cas concret. Ainsi que sur le rôle de la presse dans la présentation de Sal Singh et de sa culpabilité présumée.

- Mes sources principales seront :

Interviews avec un expert des disparitions non élucidées, un journaliste local qui a couvert l'affaire et des habitants de la ville. Articles de journaux. Livres et articles sur les procédures de police, la psychologie et l'implication des médias.

Commentaires du professeur principal :

Pippa, comme nous en avons déjà discuté, tu as choisi un sujet extrêmement délicat : un crime épouvantable qui a eu lieu dans notre propre ville. Je sais que je n'arriverai pas à te faire changer d'avis, mais ce projet a été accepté à la condition expresse qu'aucune barrière déontologique ne soit franchie. Je pense que tu vas devoir trouver un angle plus précis pour ton dossier final à mesure que tu avanceras dans tes recherches, sans trop t'attarder sur les questions sensibles.

Que ce soit bien clair, tu ne dois **EN AUCUNE MANIÈRE** chercher à entrer en contact avec les familles concernées par cette affaire. Ce serait considéré comme une faute déontologique et ton projet serait immédiatement rejeté. Et ne travaille pas trop. Je te souhaite un bon été.

Déclaration du candidat :

Je, soussigné(e), certifie avoir lu et compris les règles relatives aux pratiques déloyales telles qu'exposées dans la notice aux candidats.

Signature : Pippa Fitz-Amobi

Date : 18/07/2017

1

Pip savait où ils habitaient.

Tout le monde à Little Kilton savait où ils habitaient.

C'était un peu comme une maison hantée en plein milieu de la ville ; les gens pressaient le pas en passant devant, leurs mots s'étranglaient et mouraient dans leur gorge. En sortant de l'école, des groupes d'enfants vociférants se mettaient au défi de courir jusqu'à la grille pour la toucher.

Elle n'était pas hantée par des fantômes, juste par trois personnes tristes qui s'efforçaient de continuer à vivre comme avant. Il n'y avait pas de sortilèges comme des lampes qui grésillaient mystérieusement ou des chaises qui se renversaient toutes seules, mais l'inscription « famille de salopards » peinte à la bombe sur la façade et des vitres brisées à coups de pierres.

Pip s'était toujours demandé pourquoi ils n'avaient pas déménagé. Non pas qu'ils auraient dû ; ils n'avaient rien fait de mal. Mais elle ne savait pas comment ils arrivaient à vivre ainsi.

Pip savait beaucoup de choses, pourtant ; elle savait que « hippopotomonstrosesquipédaliophobie » était le terme technique pour désigner la peur des mots trop longs, elle savait réciter par cœur les meilleures citations de Platon et de Caton, elle savait que les bébés naissaient sans rotule, et qu'il existait plus de quatre mille variétés de pommes de terre. Mais elle ne savait pas comment les Singh trouvaient la force de rester là. Là, à Kilton, sous toutes ces paires d'yeux écarquillés, ces petites phrases murmurées juste assez fort pour être entendues, ces banales conversations de voisinage qui tournaient court très vite, désormais.

Il était particulièrement cruel que leur maison se situe si près du lycée de Little Kilton, où Andie Bell comme Sal Singh avaient été élèves, et où Pip allait entamer son année de terminale d'ici quelques semaines, quand le soleil de plomb du mois d'août commencerait à décliner, vers septembre.

Pip s'arrêta et posa la main sur la grille de la maison, d'emblée plus courageuse que la moitié des gamins de la ville. Elle suivit du regard l'allée qui menait jusqu'à la porte d'entrée. Ce n'étaient que quelques mètres, certes, mais ils lui faisaient l'effet d'un gouffre béant à franchir. Peut-être que tout ça était une très mauvaise idée ; elle en était consciente. Le soleil du matin était déjà brûlant et elle sentait la sueur s'accumuler dans le creux de ses genoux sous son jean. Mauvaise idée, ou en tout cas téméraire. Pourtant, les plus grands penseurs de l'histoire avaient toujours privilégié la témérité à la prudence, tous leurs écrits résonnaient comme un encouragement aux pires idées possible.

Écrabouillant le gouffre sous ses semelles, Pip remonta l'allée jusqu'à la porte, hésita une seconde le temps de vérifier qu'elle était bien décidée, et sonna. Son reflet dans le panneau vitré lui renvoyait l'image d'une personne à l'apparence peu sereine : les pointes de ses longs cheveux bruns décolorées par le soleil, le visage blafard malgré la semaine qu'elle venait de passer dans le Sud de la France, son regard vert acéré, prêt à toute éventualité.

Le cliquetis métallique de la chaîne de sécurité fut suivi par celui de la clé dans la serrure, après quoi la porte s'ouvrit.

— Oui ? fit-il en la maintenant entrouverte, la main sur le battant.

Pip cligna des yeux pour éviter de le fixer, mais c'était plus fort qu'elle. Il ressemblait tellement à Sal ; le Sal qu'elle connaissait d'après les reportages à la télé et les photos dans les journaux. Le Sal qui s'effaçait petit à petit de ses souvenirs d'adolescente. Ravi avait les mêmes cheveux bruns en bataille que son frère, les mêmes sourcils épais, la même peau dorée.

— Oui ? répéta-t-il.

— Euh...

L'aptitude naturelle de Pip à jouer de son charme tarda à se mettre en marche. Son cerveau était trop occupé à remarquer que, contrairement à Sal, il avait une fossette au menton, comme elle. Et qu'il avait encore grandi depuis la dernière fois qu'elle l'avait vu.

— Euh, oui, pardon, bonjour, bredouilla-t-elle avec un petit geste maladroit de la main qu'elle regretta aussitôt.

— Bonjour.

— Bonjour, Ravi, reprit-elle. Je, euh… tu ne me connais pas. Je m'appelle Pippa Fitz-Amobi. J'étais deux classes en dessous de toi au collège avant que tu partes.

— D'accord…

— Je me demandais juste si je pouvais te voler deux microsecondes de ton temps. Enfin, peut-être un peu plus… Tu savais que la microseconde était une vraie unité de mesure ? Ça correspond à un millionième de seconde. Donc, disons plusieurs microsecondes de ton temps ?

Oh, mon Dieu, voilà ce qui se passait chaque fois qu'elle était nerveuse ou qu'elle se sentait coincée : elle se mettait à débiter des anecdotes inintéressantes sous couvert de blagues nulles. En plus, ça lui donnait un air horriblement snob. Bon sang, mais d'où était sorti ce topo débile sur les microsecondes ?

— Pardon ? fit Ravi, visiblement déconcerté.

— Non, rien, oublie, rétorqua Pip en se ressaisissant. Voilà, en fait je suis en train de faire mon TPE et…

— C'est quoi un TPE ?

— Ça veut dire travaux personnels encadrés. C'est un projet sur lequel tu dois travailler tout seul et qui compte pour le bac. Tu peux choisir le sujet que tu veux.

— Ah. Moi, j'ai arrêté le lycée bien avant. Je suis parti dès que j'ai pu.

— Oui, bref, je me demandais si tu accepterais que je t'interviewe pour mon projet.

— C'est sur quoi ? s'enquit-il en fronçant ses gros sourcils noirs.

— Euh… sur ce qui s'est passé il y a cinq ans.

Ravi souffla bruyamment et ses lèvres frémirent comme pour annoncer une explosion de colère.

— Pourquoi ? fit-il.

— Parce que je ne crois pas que ton frère soit coupable. Et j'ai l'intention de le prouver.

Pippa Fitz-Amobi
TPE 01/08/2017

Journal de bord – point n° 1

Le journal de bord est censé répertorier tous les obstacles qu'on rencontre au cours de notre travail, ainsi que les progrès accomplis et les objectifs du rapport final. Le mien sera un peu différent : je vais y consigner les recherches que j'entreprends, qu'elles soient pertinentes ou non, parce que, pour l'instant, je ne sais pas vraiment ce qu'il y aura dans mon rapport final et donc ce qui se sera avéré pertinent. Mes objectifs sont encore flous. Je ferai le point à la fin de mes recherches et je verrai quel projet je peux en tirer *a posteriori*. [Ça commence à ressembler à un journal intime, non???]

J'espère que ce ne sera *pas* le projet que j'ai proposé à Mme Morgan. J'espère que ce sera la vérité : qu'est-il réellement arrivé à Andie Bell le 20 avril 2012 ? Et si, comme j'en ai l'intuition, Salil « Sal » Singh n'est pas coupable, alors qui l'a tuée ?

Je ne prétends pas réussir à résoudre l'énigme ni découvrir l'assassin d'Andie. Je ne suis pas de la police, je n'ai pas accès à un labo médico-légal (ça va sans dire) et je ne me fais pas trop d'illusions. Mais j'ai espoir que mes recherches pourront mettre au jour des événements et des témoignages qui jetteront un doute sur la culpabilité de Sal et qui montreront que la police a eu tort de clore son enquête sans creuser plus loin.

Mes méthodes d'investigation consisteront donc à interviewer les personnes proches du dossier, éplucher à fond les réseaux sociaux et envisager chaque hypothèse, même les plus farfelues.

[Pourvu que Mme Morgan ne tombe jamais là-dessus!!!]

La première étape de ce projet sera d'enquêter sur ce qui est arrivé à Andrea Bell – connue sous le nom d'Andie – et sur les circonstances de sa disparition. Ces informations seront tirées des articles de journaux et des conférences de presse de la police au moment des faits.

[Bien noter les références complètes au fur et à mesure pour ne pas avoir à le faire plus tard!!!]

Copié-collé du tout premier article de presse concernant l'affaire:

«Andrea Bell, 17 ans, est portée disparue de son domicile à Little Kilton, dans le Buckinghamshire, depuis vendredi dernier.

Elle est partie de chez elle à bord de sa voiture – une Peugeot 206 noire – avec son téléphone portable, mais sans vêtements de rechange. La police affirme qu'une telle disparition "ne lui ressemble absolument pas".

Les enquêteurs ont ratissé les bois autour de la maison familiale pendant tout le week-end.

Andrea, surnommée Andie, est décrite comme une jeune fille blanche d'un mètre soixante-huit aux longs cheveux blonds. On pense qu'elle portait un jean foncé et un sweat court de couleur bleue le soir de sa disparition[1].»

D'autres articles ultérieurs donnent plus de précisions sur la dernière fois qu'Andie a été vue vivante et la plage horaire pendant laquelle on estime qu'elle a été enlevée.

Andie Bell a été «aperçue pour la dernière fois par sa sœur cadette, Becca, aux alentours de 22 h 30 le 20 avril 2012[2]».

Ce qui a été corroboré par la police elle-même lors d'une conférence de presse le mardi 24 avril: «L'enregistrement d'une caméra de surveillance devant la banque STN de High Street à Little Kilton confirme que la voiture d'Andie est passée par là, en provenance de chez elle, autour de 22 h 40[3].»

1. www.gbtn.co.uk/news/uk-england-buckinghamshire-54774390 23/04/12
2. www.thebuckinghamshiremail.co.uk/news/crime-4839 26/04/12
3. www.gbtn.co.uk/news/uk-england-buckinghamshire-69388473 24/04/12

Selon ses parents, Jason et Dawn Bell, Andie était censée «venir [les] récupérer à la sortie d'un dîner à 0 h 45». En constatant qu'elle n'était pas là et qu'elle ne répondait pas à leurs appels, ils ont commencé à téléphoner à ses amis pour voir si quelqu'un savait où elle était. Jason Bell «a appelé la police pour signaler la disparition de sa fille à 3 heures du matin dans la nuit du vendredi au samedi[1]».

Donc, quoi qu'il soit arrivé à Andie Bell ce soir-là, ça s'est passé entre 22 h 40 et 0 h 45.

Je pense que je vais insérer ici la transcription de mon interview téléphonique avec Angela Johnson.

---

1. Forbes, Stanley, 2012, «La véritable histoire de l'assassin d'Andie Bell», *Kilton Mail*, 29/04/12, pp. 1–4

Transcription de l'interview d'Angela Johnson,
du Bureau des disparitions inquiétantes

Angela :	Allô ?
Pip :	Bonjour, c'est bien Angela Johnson ?
Angela :	Elle-même, oui. Vous êtes Pippa ?
Pip :	Oui, merci beaucoup d'avoir répondu à mon mail.
Angela :	Je vous en prie.
Pip :	Ça vous embête si j'enregistre cette interview pour pouvoir ensuite la retranscrire et l'utiliser dans mon projet ?
Angela :	Non, non, allez-y. Mais je suis désolée, je n'ai qu'une dizaine de minutes à vous consacrer. Alors, que voulez-vous savoir sur les disparitions inquiétantes ?
Pip :	Eh bien, je me demandais si vous pouviez m'expliquer comment ça se passe quand une personne est portée disparue. Quelle est la procédure et quelles sont les premières démarches engagées par la police ?
Angela :	Alors, quand quelqu'un fait le 999 ou le 101 pour signaler une disparition, la police va d'abord essayer de collecter le plus d'informations possible pour évaluer le danger encouru par la personne disparue et pouvoir apporter une réponse adaptée. Le genre de détails qu'on demande lors de ce premier appel sont le nom, l'âge et la description de la personne, les vêtements qu'elle portait quand elle a été vue pour la dernière fois, les circonstances de sa disparition, si c'est un événement inhabituel

ou pas, les informations sur tout véhicule potentiellement impliqué. À partir de ces éléments, la police va déterminer si c'est un cas à faible, moyen ou haut risque.

Pip: Et quelles circonstances font qu'un cas est jugé à haut risque?

Angela: Si la personne est vulnérable en raison de son âge ou d'un quelconque handicap, ou si c'est un comportement atypique chez elle, alors c'est probablement le signe qu'il lui est arrivé quelque chose.

Pip: D'accord, donc si la personne en question a dix-sept ans et qu'on estime qu'elle n'est pas du genre à disparaître comme ça, c'est considéré comme un cas à haut risque?

Angela: Ah oui, absolument, surtout pour un mineur.

Pip: Et comment la police réagit-elle dans un cas à haut risque?

Angela: Eh bien, il y a un déploiement immédiat des forces de police sur le lieu présumé de la disparition. Les enquêteurs s'efforcent de rassembler des informations complémentaires au sujet de la personne disparue, notamment sur son partenaire ou ses amis, sur son état de santé, ses moyens de paiement pour pouvoir la repérer grâce à ses retraits d'argent. Ils cherchent aussi à se procurer des photos récentes de la personne et ils peuvent procéder à des prélèvements ADN, au cas où. Enfin, avec le consentement des propriétaires, ils vont fouiller les lieux de fond en comble pour voir si la personne ne se cache pas quelque part et pour relever d'éventuels indices. Ça, c'est la procédure normale.

Pip: Donc, la police se met immédiatement à la recherche de pistes ou d'indices permettant d'indiquer qu'il y a eu crime?

Angela: Tout à fait. Si les circonstances de la disparition sont suspectes, on dit toujours aux policiers: «Dans le doute, pensez meurtre.» Bien entendu, seul un infime pourcentage des affaires de disparition s'avèrent être des homicides, mais dès le début les policiers ont pour consigne de traiter les pièces à conviction comme s'ils enquêtaient sur un homicide.

Pip: Et après la fouille initiale du domicile de la personne, qu'est-ce qui se passe s'ils ne trouvent rien?

Angela: Ils étendent les recherches aux environs immédiats. Ils peuvent demander des relevés téléphoniques. Ils vont interroger les amis, les voisins, toute personne susceptible de détenir des informations utiles. Si la personne disparue est un adolescent, il est possible que ses parents ne connaissent pas l'ensemble de ses amis et de ses relations. Dans ce cas, les copains sont un bon point de départ pour identifier d'autres contacts importants, par exemple un petit ami secret, ce genre de choses. Et, en général, on envisage d'emblée une stratégie médiatique, parce que les appels à témoignage peuvent se révéler très fructueux dans ce genre de situation.

Pip: Donc, si la personne disparue est une fille de dix-sept ans, la police va très vite contacter ses copains et son petit ami?

Angela: Oui, bien sûr. On va mener une enquête approfondie, parce que si c'est une fugue, il est probable que la personne se cache chez un de ses proches.

Pip :	Et à partir de quand la police commence-t-elle à se dire qu'en fait, elle cherche un cadavre ?
Angela :	Eh bien, le timing n'est pas toujours... Oh, Pippa, pardon, je dois y aller. On vient de m'appeler pour ma réunion.
Pip :	Ah, d'accord, merci d'avoir pris le temps de me parler.
Angela :	Si vous avez d'autres questions, envoyez-moi un mail et je vous répondrai dès que je pourrai.
Pip :	Parfait. Merci encore.
Angela :	Au revoir.

J'ai lu ces statistiques sur le Net :

80 % des personnes disparues sont retrouvées dans les premières vingt-quatre heures. 97 % dans la première semaine. 99 % des cas sont résolus au cours de la première année. Ça ne laisse plus que 1 %.
1 % des personnes qui disparaissent ne sont jamais retrouvées. Mais il y a un autre chiffre à prendre en compte : seuls 0,25 % de toutes les affaires de disparition ont une issue fatale[1]**.**

Où se situe Andie Bell, là-dedans ? Quelque part entre 0,25 % et 1 %, oscillant sans relâche par fractions infinitésimales.

Mais, désormais, la plupart des gens la considèrent comme faisant partie du club des 0,25 %, bien qu'on n'ait jamais retrouvé son corps. Et pourquoi donc ?

Parce que Sal Singh, voilà pourquoi.

---

1. www.personnes-disparues.co.uk/stats

2

Pip leva les mains du clavier, les doigts en suspens tandis qu'elle tendait l'oreille pour écouter le vacarme à l'étage en dessous. Un grand fracas, un bruit de pas précipités, de griffes crissant sur le sol, et un fou rire d'enfant. Une seconde plus tard, elle comprit ce qui se passait.

— Joshua ! Pourquoi le chien porte une de mes chemises en batik ? cria Victor, dont la voix tonitruante parvint jusqu'à la chambre de Pip à travers la moquette.

Elle pouffa de rire avant d'enregistrer la dernière version de son journal de bord et de refermer son ordinateur portable. C'était le tintamarre quotidien qui allait crescendo à partir du moment où son père rentrait du travail. Il avait du mal à se faire discret : on l'entendait chuchoter à l'autre bout de la pièce ; il hurlait de rire en se tapant si fort sur les cuisses qu'il faisait sursauter les gens autour de lui ; et tous les ans, sans exception, Pip était réveillée par ses « pas de loup » dans le couloir quand il allait déposer les cadeaux de Noël au pied du sapin.

Bref, la délicatesse n'était pas son fort.

En bas, Pip découvrit la scène en direct : Joshua cavalait de pièce en pièce, passant de la cuisine à l'entrée puis au salon et rebelote, en gloussant sans discontinuer.

Il était suivi de près par Barney, le golden retriever de la famille, vêtu de la chemise la plus criarde de son père, celle aux motifs verts fluo qu'il avait rapportée de leur dernier voyage au Nigeria. Le chien glissait avec jubilation sur le parquet ciré, bavant d'excitation.

Enfin, fermant la marche dans son costume gris trois-pièces Hugo Boss, Victor poursuivait de son mètre quatre-vingt-dix-huit le chien et l'enfant, laissant échapper des rafales de rire. On aurait dit une version maison d'un épisode de *Scooby-Doo*.

— Et moi qui essayais de faire mes devoirs, grommela Pip en reculant vivement pour éviter d'être percutée par le convoi.

Barney s'arrêta le temps de lui donner un coup de museau dans le tibia, puis se précipita pour sauter sur Victor et Josh qui s'écroulaient d'un même mouvement sur le canapé.

— Coucou, ma puce, lança Victor en tapotant la place à côté de lui.

— Salut, p'pa. Tu étais tellement silencieux que je ne savais pas que tu étais rentré.

— Ma Pipoune, tu es trop intelligente pour recycler une si vieille blague.

Elle alla s'asseoir avec eux. La respiration pantelante de Josh et de Victor faisait onduler l'étoffe du canapé contre ses jambes.

Josh commença à se curer la narine droite et Victor lui assena une tape sur la main.

— Alors, mon grand, raconte-moi ta journée, demanda Victor.

Josh se lança aussitôt dans un récit détaillé de son entraînement de foot. Pip laissa son esprit vagabonder. Elle y avait déjà eu droit dans la voiture quand elle était allée chercher son petit frère au club. Même si elle ne l'avait écouté que d'une oreille, perturbée par la façon dont l'entraîneur remplaçant avait scruté d'un air ahuri sa peau blanche comme neige alors qu'elle lui montrait lequel des garçons de neuf ans elle venait récupérer, en disant : « Je suis la sœur de Joshua. »

Elle aurait dû être habituée, depuis le temps. Les regards appuyés quand les gens essayaient de comprendre la logique de sa famille recomposée, les chiffres et les mots évasifs inscrits sur leur arbre généalogique. Ce Nigérian géant était, à l'évidence, son beau-père, et Joshua son demi-frère. Mais Pip détestait ces termes, froidement techniques. Les gens qu'on aime ne sont pas de l'algèbre, des entités à calculer, soustraire ou tenir du bout des doigts de l'autre côté de la virgule. Victor et Josh n'étaient pas de sa famille aux trois huitièmes ou à quarante pour cent, ils l'étaient à part entière. Son père, et son exaspérant petit frère.

Son « vrai » père, l'homme qui avait donné le « Fitz » de son nom, était mort dans un accident de voiture quand elle avait dix mois. Et même s'il arrivait à Pip de hocher la tête en souriant quand sa mère lui demandait si elle se rappelait comme il fredonnait en se brossant les dents, ou comme il avait ri en entendant Pip prononcer le deuxième mot qu'elle avait appris à dire – « caca » –, en vérité elle ne se souvenait pas de lui. Mais, parfois, ce n'est pas pour soi qu'on se souvient ; parfois on le fait juste pour faire plaisir à quelqu'un d'autre. Ce sont des mensonges autorisés.

— Et toi, Pip, ton projet, ça avance ?

Victor se tourna vers elle tout en déboutonnant la chemise sur le dos du chien.

— Ça va, répondit-elle. Pour l'instant j'en suis juste à étudier le contexte. Mais je suis quand même allée voir Ravi Singh ce matin.

— Ah bon ? Et alors ?

— Il était occupé. Il m'a demandé de revenir vendredi.

— Je serais toi, j'irais pas, intervint Josh.

— Toi, tu n'es qu'un préado plein de préjugés qui croit encore qu'il y a des lilliputiens qui vivent à l'intérieur des feux rouges, rétorqua Pip en le fusillant du regard. Les Singh n'ont rien fait de mal.

— Joshua, renchérit Victor, imagine si tout le monde te jugeait à cause de quelque chose qu'a fait ta sœur.

— Pip ne fait jamais rien, à part ses devoirs.

Pip réussit un lancer de coussin parfait qui toucha Joshua en pleine figure. Victor encercla les bras du garçon et lui chatouilla les côtes pour l'empêcher de riposter.

— Pourquoi est-ce que maman n'est pas encore rentrée ? demanda Pip tout en promenant son pied en chaussette sous le nez de son frère entravé.

— Elle devait aller directement du travail à son club de lecture, expliqua Victor.

— Ça signifie… qu'on peut avoir de la pizza pour dîner ? s'exclama Pip.

Aussitôt, la querelle entre elle et Josh fut oubliée et ils firent de nouveau front commun. Son frère bondit pour lui passer un bras autour du cou, dévisageant leur père d'un air implorant.

— Bien sûr, affirma Victor en se tapotant les fesses avec un grand sourire. Il faut bien que j'entretienne mon boule.

— Papa…, soupira Pip, regrettant le jour où elle lui avait appris ce mot.

Pippa Fitz-Amobi
TPE 02/08/2017

Journal de bord – point n° 2

La suite de l'affaire Andie Bell est beaucoup plus délicate à reconstituer à partir des journaux. Il y a des lacunes que je vais être obligée de combler grâce à mes propres conjectures ou de simples rumeurs. Je dois m'en faire une idée plus claire en vue de mes prochaines interviews. J'espère que Ravi et Naomi – qui était très proche de Sal – pourront m'aider dans cette tâche.

Si j'en crois Angela Johnson, après avoir pris les dépositions de la famille Bell et fouillé minutieusement leur domicile, la police leur a très certainement demandé les coordonnées des amis d'Andie.

Après des recherches approfondies sur Facebook, j'ai l'impression que les deux meilleures amies d'Andie étaient une certaine Chloé Burch et une certaine Emma Hutton. Voilà sur quoi je me fonde :

Emma Hutton, Sal Singh et 97 autres personnes

Afficher 6 autres commentaires

Emma Hutton Ouaaaaaah, Andie, quelle bombasse ! T'es trop canon.
J'aime • Répondre • le 7 avril 2012 à 22:34

Chloé Burch Merde, je suis dég d'être à côté de toi sur les photos.
Tu veux pas qu'on échange nos tronches ?
J'aime • Répondre • le 7 avril 2012 à 22:42

Andie Bell Non merci ;-)
J'aime • Répondre • le 7 avril 2012 à 23:22

Emma Hutton Andie, on pourra faire une photo sympa toutes les 3 à la prochaine calamité ? J'ai besoin d'un nouveau profil.
J'aime • Répondre • le 7 avril 2012 à 23:27

Votre commentaire…

Ce post date de deux semaines avant la disparition d'Andie. Il semblerait que ni Chloé ni Emma ne vivent plus à Little Kilton. [Peut-être leur envoyer un message privé pour voir si elles accepteraient une interview par téléphone ?]

Chloé et Emma ont été très actives le premier week-end (21 et 22 avril) pour aider à diffuser la campagne de la police du Buckinghamshire sur Twitter : #TrouverAndie. Je ne pense pas trop m'avancer en supposant que la police a dû les contacter soit dès le vendredi soir, soit le samedi matin. Ce qu'elles ont dit aux enquêteurs, en revanche, je l'ignore. Mais j'espère le découvrir.

Nous savons par contre que la police s'est entretenue avec le petit ami d'Andie. Il s'appelait Sal Singh et il était à l'époque en terminale avec Andie au lycée de Little Kilton.

À un moment, dans la journée du samedi, la police a contacté Sal.

« L'inspecteur Richard Hawkins confirme que des policiers ont interrogé Salil Singh le samedi 21 avril. Ils lui ont posé des questions sur son emploi du temps de la veille, en particulier pendant le créneau horaire où l'on pense qu'Andie a pu disparaître[1]. »

Ce soir-là, Sal était chez son copain Max Hastings, en compagnie de ses quatre meilleurs amis : Naomi Ward, Jake Lawrence, Millie Simpson et Max lui-même.

Là encore, je vais devoir vérifier auprès de Naomi la semaine prochaine, mais je crois que Sal a déclaré à la police être parti de chez Max autour de 0 h 15. Il est rentré chez lui à pied et son père (Mohan Singh) a témoigné que « Sal [était] rentré à la maison vers 0 h 50[2] ».

Note : il faut environ 30 minutes pour marcher de chez Max (Tudor Lane) à chez Sal (Grove Place), d'après Google.

La police a pu valider l'alibi de Sal auprès de ses quatre amis au cours du week-end.

---

1. www.gbtn.co.uk/news/uk-england-buckinghamshire-78355334 05/05/12
2. www.gbtn.co.uk/news/uk-england-buckinghamshire-78355334 05/05/12

Des avis de recherche ont été placardés dans la ville et les enquêteurs ont visité chaque maison du quartier le dimanche[1].

Le lundi, cent bénévoles ont participé à une battue dans les bois environnants. J'ai vu les images des journaux télévisés : une longue colonne de gens, comme des fourmis, qui parcourent la forêt en criant le nom d'Andie. Plus tard ce même jour, une équipe de la police scientifique a été aperçue devant le domicile de la famille Bell[2].

Et le mardi, tout a changé.

Je pense que le mieux est d'exposer dans l'ordre chronologique les événements de cette journée et des suivantes, même si nous, les habitants de Kilton, avons appris les détails dans le désordre.

En milieu de matinée, Naomi Ward, Max Hastings, Jake Lawrence et Millie Simpson ont appelé la police depuis le lycée et ont avoué avoir fourni de fausses informations. Ils ont dit que Sal leur avait demandé de mentir et qu'il était en fait parti de chez Max aux alentours de 22 h 30 le soir de la disparition d'Andie.

Je ne suis pas très sûre de ce qu'a dû être la procédure de la police à ce stade, mais j'imagine qu'à partir de là, Sal est devenu le suspect numéro un.

Sauf qu'ils ne l'ont pas trouvé : il n'était ni au lycée ni chez lui. Et il ne répondait pas au téléphone.

On a su par la suite, cependant, que Sal avait envoyé un texto à son père ce matin-là, même si depuis il avait ignoré tous les autres appels. La presse parlait d'un « message d'aveu[3] ».

Ce mardi soir, une des équipes de police qui recherchaient Andie a découvert un corps dans les bois.

C'était Sal.

---

1. Forbes, Stanley, « Toujours aucune trace de la jeune fille disparue », *Kilton Mail*, 23/04/12, pp. 1–2
2. www.gbtn.co.uk/news/uk-england-buckinghamshire-56479322 23/04/12
3. www.gbtn.co.uk/news/uk-england-buckinghamshire-78355334 05/05/12

Il s'était suicidé.

La presse n'a jamais révélé quelle méthode il avait employée, mais par la magie des rumeurs du lycée, je le sais quand même (comme tous les autres élèves de Kilton à l'époque).

Sal s'est enfoncé dans les bois près de chez lui, a avalé une poignée de somnifères et s'est mis un sac en plastique sur la tête, qu'il a serré autour de son cou avec un élastique. Il s'est asphyxié dans son sommeil.

Lors de la conférence de presse ce soir-là, la police n'a fait aucune allusion à Sal, se contentant de révéler l'information sur la caméra de surveillance, à savoir qu'Andie était passée en voiture sur High Street à 22 h 40[1].

Le mercredi, la voiture d'Andie a été retrouvée garée dans une petite rue résidentielle (Romer Close).

C'est seulement le lundi suivant qu'une porte-parole de la police a déclaré: «Nous avons du nouveau dans l'enquête sur la disparition d'Andie Bell. D'après nos investigations et les analyses médico-légales, nous avons de fortes raisons de penser qu'un jeune homme de dix-huit ans du nom de Salil Singh est impliqué dans l'enlèvement et le meurtre d'Andie. Nous aurions eu suffisamment de preuves pour procéder à l'arrestation et à la mise en examen du suspect s'il n'était pas mort avant que des poursuites puissent être engagées. À ce stade, la police ne recherche aucun autre suspect et met tout en œuvre pour retrouver Andie. Nos pensées vont à la famille Bell, à qui nous adressons nos condoléances pour la douleur que cette nouvelle leur a infligée.»

Les preuves évoquées par la police étaient les suivantes:

Ils avaient retrouvé le téléphone portable d'Andie sur Sal.

Des analyses scientifiques avaient permis d'identifier des traces du sang d'Andie sous les ongles de son index et de son majeur droits.

1. www.gbtn.co.uk/news/uk-england-buckinghamshire-69388473 24/03/12

Du sang appartenant à Andie avait également été découvert dans le coffre de sa voiture abandonnée, ainsi que les empreintes digitales de Sal sur le tableau de bord et le volant, en plus de celles d'Andie et des autres membres de la famille Bell[1].

Ces preuves, disaient-ils, auraient été suffisantes pour inculper Sal et – du moins la police l'espérait-elle – obtenir sa condamnation par un jury. Mais Sal était mort, si bien qu'il n'y a eu ni procès ni condamnation. Et pas de défense non plus.

Au cours des semaines suivantes, d'autres battues ont été menées dans les zones boisées tout autour de Little Kilton, avec l'aide de chiens policiers. Des plongeurs ont fouillé le lit de la rivière Kilbourne. Mais le corps d'Andie n'a jamais été retrouvé.

L'enquête sur la disparition d'Andie Bell a été classée administrativement mi-juin 2012[2]. Une affaire peut être « classée administrativement » uniquement si « la documentation à l'appui contient assez de preuves pour que l'on ait procédé à une mise en examen si l'auteur présumé des faits n'était pas décédé avant la fin des investigations ». Le dossier « peut être réouvert à tout moment en cas de survenance de faits nouveaux[3] ».

Je dois partir au ciné dans quinze minutes : encore un film de super-héros que Josh a réussi à nous imposer à coups de chantage affectif. Mais il me reste juste un point pour finir le résumé des faits de l'affaire Andie Bell / Sal Singh, alors je préfère continuer sur ma lancée.

Dix-huit mois après le classement administratif de l'enquête, la police a déposé son rapport auprès du coroner local. Dans les cas de disparition comme celui-là, seul un coroner peut décider de poursuivre les investigations, s'il a acquis la

---

1. www.gbtn.co.uk/news/uk-england-buckinghamshire-78355334 09/05/12
2. www.gbtn.co.uk/news/uk-england-buckinghamshire-87366455 16/06/12
3. Observatoire national de la criminalité (ONC) https://www.gouv.co.uk/gouvernement/uploads/system/uploads/attachment_data/file/99584773/onc.pdf

conviction que la personne est probablement morte et qu'il s'est écoulé suffisamment de temps.

Le coroner adresse alors une demande au ministère de la Justice pour ouvrir une enquête judiciaire en l'absence de corps. Quand il n'y a pas de corps, l'enquête se fonde principalement sur les éléments de preuve fournis par la police et sur l'intime conviction des enquêteurs quant au fait que la personne disparue soit décédée.

Une enquête judiciaire est une investigation légale sur les causes médicales et les circonstances de la mort d'une personne. Elle ne peut en aucun cas «imputer la cause du décès à des individus, ni établir de responsabilité criminelle au nom d'un quelconque individu[1]».

À l'issue de l'enquête judiciaire, en janvier 2014, le coroner a rendu un verdict d'«homicide volontaire» et le certificat de décès d'Andie Bell a été délivré[2]. Un verdict d'homicide volontaire signifie que la personne «a perdu la vie du fait d'autrui», ce qui englobe «l'assassinat, l'infanticide et la mort causée par conduite dangereuse[3]».

C'est là que tout s'arrête.

Andie Bell a été officiellement déclarée morte, bien que son corps n'ait jamais été retrouvé. Au vu des circonstances, on peut penser que le verdict d'homicide volontaire se réfère à un assassinat. Après l'enquête judiciaire, le bureau du procureur de la Couronne a publié la conclusion suivante: «Le dossier d'accusation de Salil Singh aurait été fondé sur des preuves indirectes et des observations médico-légales. Il n'appartient pas au BPC de déterminer si Salil Singh a tué Andie Bell ou pas; cela aurait été le rôle d'un jury populaire[4].»

---

1. http://www.enquete-judiciaire.uk/aide/definitions/7728339
2. www.dailynewsroom.co.uk/AffaireAndieBell/post57743 12/01/14
3. http://www.enquete-judiciaire.uk/aide/definitions/verdicts/homicide_volontaire
4. www.gbtn.co.uk/news/uk-england-buckinghamshire-95322345 07/01/2013 14/01/14

Et donc, bien qu'il n'y ait jamais eu de procès, bien qu'aucun juré ne se soit jamais levé, les mains moites et le cœur battant, pour annoncer solennellement : « Nous, le jury, déclarons l'accusé coupable », et bien que Sal n'ait jamais eu la possibilité de se défendre, il est coupable. Pas au sens juridique, mais dans tous les autres sens qui comptent vraiment.

Si vous demandez aux gens d'ici ce qui est arrivé à Andie Bell, ils vous répondront sans la moindre hésitation : « Elle a été assassinée par Salil Singh. » Pas de conditionnel, pas de *peut-être*, de *vraisemblablement* ni de *sans doute*.

C'est lui, vous diront-ils. Sal Singh a tué Andie Bell.

Mais moi, je n'en suis pas si sûre...

[Prochaine étape : peut-être lister ce qu'auraient pu être les arguments de l'accusation s'il y avait eu un procès. Ensuite, commencer à les invalider un par un.]

3

C'était une urgence, disait le texto. Un appel à l'aide pressant. Pip sut immédiatement qu'il ne pouvait s'agir que d'une chose.

Elle attrapa ses clés de voiture, lança pour la forme un « au revoir » à la cantonade à sa mère et à Josh, et se précipita dehors.

Sur le chemin, elle s'arrêta pour acheter une tablette de chocolat géante histoire de consoler Lauren de son non moins géant chagrin d'amour.

Lorsqu'elle se gara devant chez Lauren, elle s'aperçut que Cara avait eu exactement la même idée. Sauf que le kit de premier secours de Cara était un peu plus fourni que le sien : elle avait aussi prévu une boîte de Kleenex, des chips et du guacamole, et toute une panoplie arc-en-ciel de masques de beauté.

— Parée pour ta mission ? demanda Pip à Cara en lui donnant un petit coup de hanche en guise de bonjour.

— Ouaip, prête à éponger les larmes, clama Cara en brandissant la boîte de mouchoirs, dont le coin s'accrocha dans ses boucles blondes.

Pip l'aida à les démêler avant d'appuyer sur la sonnette. Elles grimacèrent toutes les deux en entendant la petite mélodie stridente.

La mère de Lauren vint leur ouvrir.

— Ah, voilà la cavalerie, dit-elle en souriant. Elle est là-haut, dans sa chambre.

Elles trouvèrent leur amie dans son lit, retranchée sous sa couette. Le seul signe de son existence était une touffe de cheveux roux qui dépassait. Il leur fallut une bonne minute pour l'amadouer par des promesses chocolatées et réussir à la faire remonter à la surface.

— Primo, décréta Cara en lui arrachant son téléphone des doigts, interdiction de regarder ce truc pendant les prochaines vingt-quatre heures.

— Il a fait ça par texto ! gémit Lauren avant de se moucher bruyamment.

— Les mecs sont des cons, heureusement que je n'ai pas ce genre de problèmes, soupira Cara en passant un bras autour du cou de Lauren et en posant son menton pointu sur son épaule. Loz, tu mérites tellement mieux que lui.

— Ouais, acquiesça Pip en cassant une autre barre de chocolat. En plus, Tom disait toujours *pacifiquement* à la place de *spécifiquement*.

Cara opina vigoureusement de la tête et tendit le doigt vers Pip pour signifier sa totale approbation.

— Et ça, souligna-t-elle, c'est vraiment pas possible.

— Je pense *pacifiquement* que tu seras bien mieux sans lui, déclara Pip.

— Je le pense *atlantiquement* aussi, ajouta Cara.

Lauren laissa échapper un petit rire étouffé, et Cara adressa un clin d'œil à Pip : une première victoire. Elles savaient qu'en unissant leurs forces, elles ne tarderaient pas à la faire rire à nouveau.

— Merci d'être là, les filles, bredouilla Lauren entre deux sanglots. Je n'étais pas sûre que vous viendriez. Ça fait six mois que je vous néglige pour passer du temps avec Tom. Et maintenant je vais vous coller aux basques alors que vous étiez bien tranquilles entre meilleures amies.

— Tu dis n'importe quoi, répondit Cara. On est toutes meilleures amies, non ?

— Ouaip, confirma Pip. Nous trois, et ces trois nigauds que nous daignons gratifier de notre exquise compagnie.

Cara et Lauren éclatèrent de rire. Ant, Zach et Connor formaient la moitié masculine de leur petite bande, même si en l'occurrence ils n'étaient pas rentrés de vacances.

Mais, des cinq, c'est Cara que Pip connaissait depuis le plus longtemps, et elles étaient en effet plus proches que les autres. Sans que ce soit jamais dit. Elles étaient inséparables depuis ce jour au CP où Cara était venue faire un câlin à la petite Pip, délaissée dans son coin, en lui demandant : « Toi aussi, tu aimes les lapins ? » Elles se servaient de béquille mutuellement quand la vie devenait trop lourde à porter toute seule. Pip, qui n'avait pourtant que dix ans à l'époque, avait soutenu

Cara à travers la maladie et la mort de sa mère. Et elle avait été sa fidèle confidente cinq ans plus tard, passant des heures au téléphone avec elle jusqu'au petit matin, quand Cara avait révélé au grand jour son homosexualité. Cara n'avait pas une place de meilleure amie dans son cœur ; elle y avait la place d'une sœur. C'était sa famille.

D'ailleurs, elle considérait la famille de Cara comme la sienne. Elliot – ou M. Ward, comme elle était obligée de l'appeler au lycée – était à la fois son prof d'histoire et sa troisième figure paternelle, après Victor et le fantôme de son père biologique. Pip était si souvent chez les Ward qu'elle y avait son propre mug à son nom et une paire de chaussons assortis à ceux de Cara et de sa grande sœur Naomi.

— Voilà, conclut Cara en s'emparant de la télécommande. Alors, une comédie romantique, ou bien un film dans lequel des garçons se font sauvagement trucider ?

Il fallut environ un film à l'eau de rose et demi pour que Lauren commence à sortir un pied du déni et à tremper prudemment un orteil dans la phase d'acceptation.

— Je devrais aller chez le coiffeur, déclara-t-elle. C'est ce qu'on fait dans ces cas-là, non ?

— J'ai toujours dit que tu serais canon avec les cheveux courts, rétorqua Cara.

— Et tu crois que je devrais me faire un piercing au nez ?

— Oh ouaiiiiis ! s'exclama Cara.

— Je n'ai jamais compris la logique de s'ajouter un trou dans le trou de nez, commenta Pip.

— Encore une fabuleuse citation de Pip à garder dans les annales, lança Cara en feignant de la noter. C'était quoi, l'autre jour, celle qui m'a fait hurler de rire ?

— L'histoire de la saucisse, soupira Pip.

— Ah ouais, glousa Cara. Écoute ça, Loz : j'ai demandé à Pip quel pyjama elle voulait mettre et elle m'a répondu le plus naturellement du monde : « Ça m'est saucisse. » Et elle ne comprend pas pourquoi je trouve ça bizarre !

— Ça n'a rien de bizarre, se défendit Pip. Mes grands-parents du côté de mon premier père sont allemands. « Ça m'est saucisse » est une expression courante en allemand, qui veut simplement dire « ça m'est égal ».

— À moins que tu fasses une fixette sur les saucisses, suggéra Lauren en riant.

— Dixit la fille d'une star du porno, lui rétorqua Pip.

— Oh, pitié, jusqu'à quand vous allez me le ressortir ? Il a juste posé nu une fois dans les années quatre-vingt, c'est tout.

— Bref, parlons plutôt des mecs d'aujourd'hui, enchaîna Cara en donnant un petit coup d'épaule à Pip. Tu es allée voir Ravi Singh ?

— Moyen, comme transition, maugréa Pip. Et la réponse est oui, mais je retourne l'interviewer demain.

— Je n'arrive pas à croire que tu as déjà commencé ton TPE, soupira Lauren en se laissant tomber en arrière sur le lit. Moi, j'ai déjà envie de changer mon sujet. Les famines, c'est trop déprimant.

— J'imagine que tu voudras aussi interviewer Naomi, supposa Cara en glissant à Pip un regard qui en disait long.

— En effet. Tu veux bien la prévenir que je risque de débarquer la semaine prochaine avec mon crayon et mon dictaphone ?

— Ouais, répondit Cara.

Puis elle hésita avant d'ajouter :

— Elle acceptera, t'inquiète, mais tu pourras y aller mollo, s'il te plaît ? Elle est encore très sensible sur le sujet. C'était quand même un de ses meilleurs amis. En fait, sans doute *son* meilleur ami.

— Oui, bien sûr. Qu'est-ce que tu crois ? Que je vais la plaquer au sol et lui soutirer des réponses de force ?

— C'est ça, ta tactique pour Ravi demain ?

— Mais non.

Lauren se redressa et renifla si fort que Cara eut une grimace de dégoût.

— Tu vas l'interviewer chez lui ? demanda-t-elle.

— Ouaip.

— Ah bon, mais... que vont penser les gens s'ils te voient entrer chez Ravi Singh ?

— Ça m'est saucisse.

Pippa Fitz-Amobi
TPE 03/08/2017

<u>Journal de bord – point n° 3</u>

Je ne suis pas objective. C'est clair. Chaque fois que je relis mes notes, je ne peux pas m'empêcher de me faire le film du procès dans ma tête. Je m'imagine en avocate de la défense sûre d'elle, qui bondit de son siège pour voler au secours de son client. Je brasse les papiers devant moi et lance un clin d'œil à Sal quand la partie civile tombe dans mon piège ; je me précipite vers le juge et tape du poing sur son pupitre en criant : « Votre honneur, il est innocent ! »

Car, pour des raisons que je n'arrive pas à m'expliquer moi-même, j'ai envie que Sal Singh soit innocent. Des raisons que je porte en moi depuis l'âge de douze ans, des incohérences qui m'ont titillée pendant ces cinq dernières années.

Pourtant, il faut que je me méfie de mes idées préconçues. Alors je me suis dit que ce serait intéressant d'aller interviewer quelqu'un qui est totalement convaincu de la culpabilité de Sal. Stanley Forbes, journaliste au *Kilton Mail*, vient de répondre à mon mail : je peux l'appeler n'importe quand dans la journée. Il a couvert une bonne partie de l'affaire Andie Bell pour la presse locale, il était même présent lors du rapport du coroner. Pour être honnête, je pense que c'est un piètre journaliste et je suis presque sûre que les Singh auraient pu l'attaquer en diffamation une bonne dizaine de fois. Je vais taper la transcription de ma conversation avec lui ci-dessous.

C'est parti…

Transcription de l'interview de Stanley Forbes, journaliste au *Kilton Mail*

Stanley : Ouaip.

Pip : Bonjour, Stanley, ici Pippa,
on s'est parlé par mail tout à l'heure.

Stanley : Ouais, ouais, je sais. Tu voulais mes lumières
sur l'affaire Andie Bell / Salil Singh, c'est ça ?

Pip : C'est ça, oui.

Stanley : Vas-y, je t'écoute.

Pip : D'accord, merci. Donc, euh…,
d'abord, vous avez assisté au rapport
du coroner, n'est-ce pas ?

Stanley : Affirmatif.

Pip : Vu que la presse nationale n'en a pas
tellement parlé, à part pour reproduire le verdict
et plus tard la déclaration du BPC,
je me demandais si vous pourriez me dire
quel genre de preuves ont été présentées
au coroner par la police.

Stanley : Tout un tas de trucs.

Pip : D'accord, et vous pourriez me donner des exemples
en particulier ?

Stanley : Euh, eh ben, l'inspecteur en chef qui était chargé
de l'enquête a exposé les circonstances
de la disparition d'Andie, les horaires, etc.
Ensuite il est passé aux éléments qui permettaient
de relier Salil au meurtre. Ils ont beaucoup insisté
sur le sang retrouvé dans le coffre de la voiture
d'Andie. D'après eux, on l'avait tuée,
puis on avait mis son corps dans le coffre
pour s'en débarrasser dans un autre lieu.
Dans sa conclusion, le coroner a dit quelque

chose comme : « Il paraît clair qu'Andie
a été victime d'un meurtre à caractère sexuel
et que des efforts considérables ont été déployés
pour dissimuler son corps. »

Pip : Et est-ce que l'inspecteur Richard Hawkins
ou quelqu'un d'autre a retracé la chronologie
des événements de cette nuit-là, selon eux,
et la façon dont Sal s'y serait pris
pour tuer Andie ?

Stanley : Ouais, je crois à peu près m'en souvenir.
Andie est partie de chez elle en voiture
et, sur la route, alors qu'il rentrait chez lui à pied,
Salil l'a interceptée. On ne sait pas
qui a pris le volant alors, mais il l'a emmenée
jusqu'à un endroit isolé où il l'a tuée.
Puis il s'est débarrassé du corps.
Et il a dû bien le cacher, vu que cinq ans après,
on ne l'a toujours pas retrouvé.
Ça devait être un trou bien profond.
Ensuite le gamin a abandonné la bagnole
dans la rue où on l'a découverte, là,
Romer Close, je crois, et il est rentré
chez lui à pied.

Pip : Donc, à cause du sang dans le coffre,
la police pense qu'Andie a été tuée
quelque part puis cachée ailleurs ?

Stanley : Ouaip.

Pip : OK. Dans beaucoup de vos articles
sur cette affaire, vous employez les termes
de « tueur », d'« assassin » ou même de « monstre »
en parlant de Sal. Vous savez qu'en l'absence
de condamnation, vous êtes censé utiliser
le mot « présumé » ?

Stanley: Ce n'est pas une gamine comme toi
qui va m'apprendre mon métier.
Et puis il est clairement coupable,
tout le monde le sait. Il l'a tuée,
et ensuite sa culpabilité l'a poussé au suicide.

Pip: D'accord. Pour quelles raisons êtes-vous
convaincu de la culpabilité de Sal?

Stanley: Y en a presque trop pour les citer.
Sans même parler des preuves,
c'était son petit copain, non? Et c'est toujours
le petit copain, ou l'ex. Pour couronner le tout,
il était indien.

Pip: Euh… en fait, Sal est né et a grandi en Angleterre,
même si j'ai bien remarqué
que vous le désigniez comme un Indien
dans vos articles.

Stanley: Ouais, enfin, c'est pareil. D'origine indienne.

Pip: Et alors, qu'est-ce que ça change?

Stanley: Je suis pas un expert ni rien,
mais ils ont des coutumes différentes
des nôtres. Ils ne traitent pas leurs femmes
comme nous, ils les considèrent
comme des possessions. Donc j'imagine qu'Andie
avait peut-être décidé de le quitter
ou je sais pas quoi, et il l'a tuée dans un moment
de rage parce que, pour lui, elle lui appartenait.

Pip: Ouahou… je… euh… vous… Honnêtement,
Stanley, je m'étonne
que vous n'ayez pas été attaqué pour diffamation.

Stanley: C'est parce que tout le monde sait
que ce que je dis est vrai.

Pip: Pas moi. Je trouve ça complètement irresponsable
de qualifier quelqu'un d'assassin sans employer
les mots «présumé» ou «soupçonné»

alors qu'il n'y a eu ni procès
ni condamnation. Comme de traiter Sal
de monstre. À propos de l'usage des mots,
il est intéressant de lire en comparaison
vos articles récents sur l'Étrangleur de Slough.
Il a assassiné cinq personnes
et a plaidé coupable lors de son procès,
pourtant vous parlez
de lui comme d'un «jeune homme éperdu d'amour».
C'est parce qu'il est blanc, lui?

Stanley: Ça n'a rien à voir avec le cas de Salil.
Je dis juste les choses comme elles sont.
Il faut se calmer, là. Il est mort,
alors qu'est-ce que ça peut faire
qu'on le traite d'assassin?

Pip: Sa famille n'est pas morte.

Stanley: Je commence à avoir l'impression
que tu le crois innocent. Contre l'avis
de tous les experts de la police.

Pip: Je pense seulement qu'il y a certaines lacunes
et incohérences dans l'argumentation
qui prouverait sa culpabilité.

Stanley: Ouais, peut-être que s'il ne s'était pas foutu
en l'air avant de se faire arrêter,
on aurait pu combler les lacunes.

Pip: Ce n'est pas très élégant, comme remarque.

Stanley: Ce n'était pas très élégant de sa part
de tuer sa jolie petite amie blonde
et de planquer son corps.

Pip: Simple présomption!

Stanley: Tu veux d'autres preuves que ce gosse
était un tueur, ma grande? On n'a pas eu le droit
de le publier, mais ma source dans la police
m'a raconté qu'ils avaient trouvé une lettre

de menace de mort dans le casier d'Andie
au lycée. Il l'avait menacée, et il est passé
à l'acte. Tu crois encore qu'il peut être innocent?

Pip: Oui. Et je crois aussi que vous êtes
un sale type raciste, intolérant, débile mental,
un charognard et...

[Stanley me raccroche au nez]

Ouais, bon, je ne suis pas sûre que Stanley et moi allons devenir bons copains.

Cela dit, cette interview m'a fourni deux informations que je n'avais pas jusque-là. La première est que, d'après la police, Andie a été tuée quelque part avant d'être transportée ailleurs dans le coffre de sa propre voiture.

La deuxième info que le charmant Stanley m'a donnée, c'est cette « lettre de menace ». Celle-ci n'est mentionnée dans aucun des articles ni aucune des déclarations de la police que j'ai lus. Il doit bien y avoir une raison à cela: soit ils l'ont jugée sans rapport avec l'affaire, soit ils n'ont pas pu prouver le lien avec Sal. À moins que Stanley ne l'ait purement et simplement inventée. Quoi qu'il en soit, ça vaut la peine de garder cet élément dans un coin de ma tête quand j'irai interviewer les amis d'Andie.

Donc, maintenant que je connais (plus ou moins) la version des faits proposée par la police et les arguments qui auraient pu être utilisés par l'accusation dans le cadre d'un procès, il est temps d'établir la *CARTE DU CRIME*.

Mais après dîner, parce que maman va m'appeler dans environ trois... deux... bingo!

Dîner englouti en onze minutes chrono, un record personnel. Au grand amusement de papa, et au grand agacement de maman. Là, je viens de finir la carte.

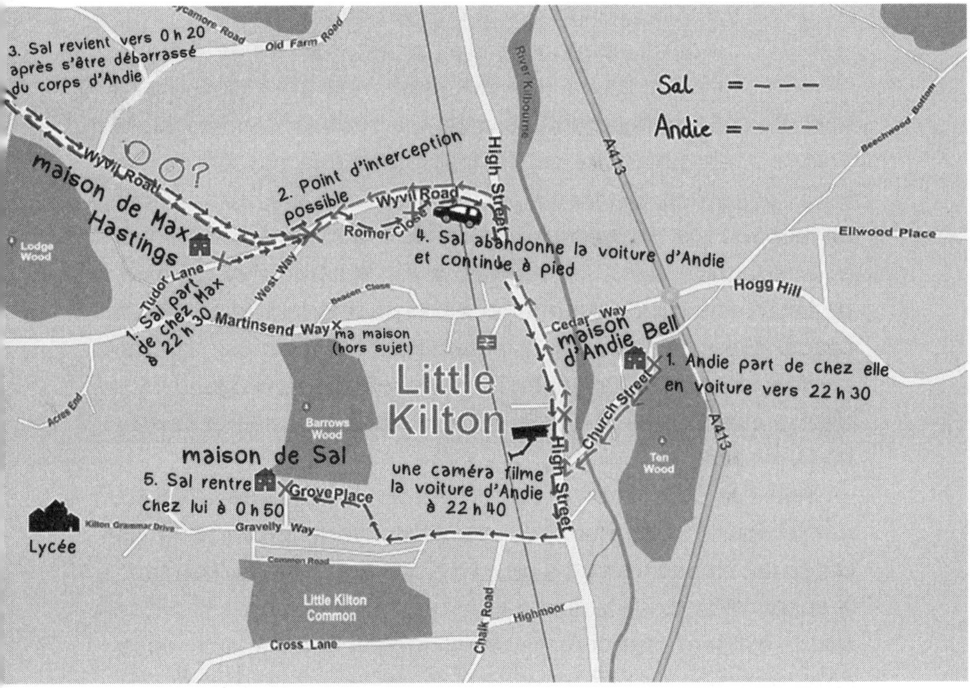

Pas super pro, mais bon, ça aide à visualiser la version de la police. J'ai quand même dû faire certaines suppositions toute seule. Déjà, il y a plusieurs chemins possibles pour aller à pied de chez Max à chez Sal ; j'ai choisi celui qui passe par High Street parce que selon Google c'est le plus rapide, et à mon avis la plupart des gens préfèrent emprunter des rues bien éclairées la nuit.

Par ailleurs il procure un point d'interception crédible quelque part sur Wyvil Road, où Andie a pu potentiellement s'arrêter pour prendre Sal dans sa voiture. En réfléchissant comme un détective, je me rends compte qu'il y a quelques rues résidentielles tranquilles et une ferme le long de Wyvil Road : des endroits isolés (encerclés sur la carte) qui pourraient être le lieu du crime (toujours d'après la version de la police).

Je ne me suis pas fatiguée à essayer de deviner où le corps d'Andie a pu être abandonné parce que, comme le reste du monde, je n'en ai pas la moindre idée. Mais étant donné qu'il faut environ dix-huit minutes pour marcher de l'endroit où la voiture a été retrouvée sur Romer Close à la maison de Sal sur Grove Place, je suis obligée de supposer que Sal a dû être de retour dans les environs de Wyvil Road vers 0 h 20. Donc, si la rencontre entre Sal et Andie a eu lieu autour de 22 h 45, ça laisse une heure trente-cinq à Sal pour la tuer et cacher le corps. D'un point de vue strictement chronologique, ça me semble tout à fait raisonnable. C'est possible. Cependant, il y a déjà une dizaine de *pourquoi* et de *comment* qui se bousculent dans ma tête.

Andie et Sal quittent chacun l'endroit où ils sont vers 22 h 30, ce qui signifie qu'ils avaient dû prévoir de se retrouver, non ? Ça me paraît un peu trop gros pour être une coïncidence. Pourtant, à aucun moment la police n'a fait état d'un coup de fil ou de textos échangés entre Andie et Sal qui pourraient attester qu'ils se sont donné rendez-vous. Et s'ils l'avaient prévu avant, au lycée par exemple, sans qu'évidemment leur conversation ne laisse aucune trace, pourquoi n'ont-ils pas simplement convenu qu'Andie passerait chercher Sal en voiture chez Max ? Je trouve ça bizarre.

Bon, je délire. Il est 2 heures du matin et je viens de m'avaler un demi-Toblerone, c'est pour ça.

4

Une chanson s'était insinuée en elle. Une pulsation entêtante qui lui démangeait la peau des poignets et du cou, une corde qui vibrait dans sa gorge quand elle s'éclaircissait la voix, et sa respiration saccadée. Elle s'aperçut alors avec horreur que, maintenant qu'elle avait pris conscience de son souffle, elle n'arrivait plus à en faire abstraction.

Debout devant la porte, elle priait de toutes ses forces pour qu'elle s'ouvre. Les secondes passaient, épaisses et sirupeuses, les minutes s'étirant en une éternité. Combien de temps s'était-il écoulé depuis qu'elle avait sonné ? Finalement, à bout de patience, Pip attrapa le Tupperware de muffins frais qu'elle avait coincé sous son bras et fit demi-tour. La maison fantôme était fermée aux visiteurs ce jour-là, et sa déception était amère.

Elle n'avait fait que quelques pas lorsqu'elle entendit un cliquetis métallique et, en se retournant, elle découvrit Ravi Singh dans l'embrasure de la porte, les cheveux en bataille et la mine chiffonnée.

— Ah, bonjour, lança Pip d'une voix suraiguë. Pardon, je croyais que tu m'avais demandé de revenir vendredi. Et on est vendredi.

— Euh, ouais, c'est vrai, répondit Ravi en se grattant la nuque et en fixant le sol. Mais... honnêtement, je, euh... je croyais que c'était juste pour me faire marcher. Un canular. Je ne pensais pas que tu reviendrais vraiment.

— Ah, ben c'est dommage, dit Pip en s'efforçant de ne pas paraître trop vexée. Ce n'est pas un canular, promis. Je suis sérieuse.

— Ouais, tu m'as plutôt l'air du genre sérieuse.

Sa nuque devait le gratter terriblement. Ou peut-être que les démangeaisons de Ravi Singh étaient l'équivalent des anecdotes débiles de Pip : une armure et un bouclier quand le chevalier à l'intérieur ne savait plus où se mettre.

— Je suis d'un sérieux désarmant, sourit Pip en lui tendant le Tupperware. Et j'ai fait des muffins au chocolat.

— Des muffins de persuasion massive ?

— C'est ce que promet la recette, en tout cas.

La bouche de Ravi s'incurva en un demi-sourire chétif. C'est seulement là que Pip mesura combien sa vie devait être dure dans cette ville, avec le spectre de son frère mort plaqué sur son propre visage. Pas étonnant qu'il ait du mal à sourire.

— Donc, je peux entrer ? insista-t-elle en se mordant la lèvre et en écarquillant les yeux dans sa meilleure tentative de supplique, celle dont son père disait qu'il lui donnait l'air constipé.

— Ouais, d'accord, finit-il par répondre après quelques secondes insoutenables. Mais seulement si tu arrêtes de faire cette tête.

Il s'écarta pour la laisser passer.

— Merci, merci, merci ! s'exclama Pip, avant de trébucher sur la dernière marche du perron dans son enthousiasme.

Ravi la dévisagea en haussant un sourcil, puis referma la porte et lui proposa une tasse de thé.

— Volontiers, accepta-t-elle.

Elle se tenait immobile dans l'entrée, mal à l'aise, s'efforçant de prendre le moins de place possible.

— Un thé noir nature, de préférence, précisa-t-elle.

— Je me suis toujours méfié des gens qui buvaient leur thé nature, commenta Ravi en lui faisant signe de le suivre dans la cuisine.

C'était une grande pièce, exceptionnellement lumineuse ; un des murs était en fait une immense baie vitrée qui s'ouvrait sur un long jardin féerique croulant sous la végétation estivale et les plantes grimpantes.

— Tu le bois comment, toi ? s'enquit Pip en posant son sac à dos sur une des chaises autour de la table.

— Avec une tonne de lait et trois sucres, dit-il au milieu des borborygmes infernaux de la bouilloire.

— Trois sucres ? *Trois ?*

— Je sais, je sais. Je dois manquer de douceur, c'est pour ça.

Pip regarda Ravi s'affairer dans la cuisine, le vacarme de la bouilloire leur donnant une excuse pour rester silencieux. Il plongea la main dans un bocal de sachets de thé presque vide, qu'il se mit à tapoter fébrilement pendant qu'il versait l'eau, le lait et ajoutait le sucre. Sa nervosité était contagieuse, et Pip sentit son cœur accélérer pour épouser le rythme des battements de ses doigts.

Ravi apporta son mug à Pip en le tenant par en dessous, brûlant, pour qu'elle puisse l'attraper par l'anse. Il était décoré d'un dessin de deux œufs au plat, avec la légende : JE N'AI D'ŒUFS QUE POUR TOI.

— Tes parents ne sont pas là ? demanda Pip en posant le mug sur la table.

— Non.

Il but une gorgée de son thé et Pip constata avec soulagement qu'il n'était pas de ceux qui aspirent leur boisson en faisant d'horribles bruits de succion.

— Et s'ils étaient là, c'est toi qui n'y serais pas, reprit-il. On évite de parler de Sal. Ça fait trop de peine à maman. À tout le monde, d'ailleurs.

— J'imagine, se contenta de répondre Pip.

Même si cinq ans avaient passé, la douleur était toujours à vif pour Ravi ; elle se lisait sur son visage.

— Ce n'est pas juste qu'il ne soit plus là. C'est que… En gros, on n'a pas le droit de pleurer sa mort, à cause de ce qui s'est passé. Si je dis que mon frère me manque, ça fait de moi un monstre.

— Je ne vois pas pourquoi.

— Moi non plus, mais malheureusement je ne pense pas qu'on représente la majorité.

Pip voulut boire une gorgée de thé pour meubler le silence, mais il était encore tellement chaud que les larmes lui montèrent aux yeux.

— Tu pleures déjà ? s'étonna Ravi.

— Je me suis brûlée, souffla Pip, la langue en feu.

— Tu devrais le laisser refroidir une *microseconde*. Tu sais, un millionième de seconde ?

— Ah, tu t'en souviens ?

— Comment je pourrais oublier une entrée en matière pareille ? Alors, quelles questions tu voulais me poser ?

Pip jeta un coup d'œil vers le téléphone posé sur ses genoux et demanda :

— D'abord, ça t'embête si je nous enregistre pour pouvoir ensuite transcrire notre conversation le plus fidèlement possible ?

— J'ai l'impression qu'on va passer une bonne soirée, dis donc.

— Je prends ça pour un oui.

Pip ouvrit son sac à dos en lamé bronze et en sortit une liasse de notes.

— Qu'est-ce que c'est ? s'étonna Ravi.

— Les questions que j'ai préparées.

Elle tapota les feuilles contre la table pour les remettre en tas bien net.

— Ouah, t'es vraiment à fond, constata Ravi en la dévisageant avec une expression qui oscillait entre incrédulité et scepticisme.

— Ouais.

— Je devrais m'inquiéter ?

— Pas encore, rétorqua Pip en lui jetant un regard appuyé avant d'ouvrir l'application du dictaphone et d'enfoncer la touche ENREGISTRER.

Pippa Fitz-Amobi
TPE 04/08/2017

Journal de bord – point n° 4

Transcription de l'interview de Ravi Singh

Pip: Donc. Quel âge as-tu ?
Ravi: Pourquoi ?
Pip: Juste pour avoir toutes les données.
Ravi: OK, chef. J'ai vingt ans.
Pip: (rire)
[NB : OH MON DIEU, J'AI UN RIRE ATROCE, JE JURE DE NE PLUS JAMAIS RIRE !]
Et Sal avait trois ans de plus que toi ?
Ravi: Oui.
Pip: Tu te souviens si ton frère avait un comportement bizarre le vendredi 20 avril 2012 ?
Ravi: Ah d'accord, direct dans le vif du sujet. Euh, non, pas du tout. On a dîné tôt, genre vers 19 heures, avant que mon père le dépose chez Max, et il a papoté pendant le repas, parfaitement normal. S'il était en train de planifier un meurtre en secret, en tout cas on n'a rien vu. Il était… guilleret, je dirais.
Pip: Et quand il est revenu de chez Max ?
Ravi: J'étais déjà couché. Mais le lendemain matin, je me souviens qu'il était de super bonne humeur. Sal a toujours été du matin. Il s'est levé et il a préparé le petit déjeuner, et c'est seulement après qu'il a reçu un coup

de fil d'une des amies d'Andie.
Et alors on a appris qu'elle avait disparu.
À partir de là, évidemment, il n'était plus guilleret
du tout. Il était inquiet.

Pip: Donc, ni les parents d'Andie ni la police
ne l'ont appelé pendant la nuit de vendredi?

Ravi: Pas que je sache, non. Les parents d'Andie
ne connaissaient pas vraiment Sal. Il ne les avait
jamais rencontrés et il n'était jamais allé
chez eux. C'était plutôt Andie qui venait
chez nous, ou alors ils se voyaient au lycée
et dans les fêtes.

Pip: Ça faisait combien de temps
qu'ils étaient ensemble?

Ravi: Depuis un peu avant Noël, donc presque
quatre mois. Sal a reçu deux appels manqués
d'une des meilleures amies d'Andie
autour de 2 heures du matin cette nuit-là.
Mais comme il avait mis son téléphone
sur silencieux, il n'a pas entendu.

Pip: Qu'est-ce qui s'est passé d'autre, le samedi?

Ravi: Eh ben, après avoir appris qu'Andie avait disparu,
Sal n'a quasiment plus lâché son téléphone.
Il l'a appelée en boucle. À chaque fois,
il tombait sur sa messagerie,
mais il se disait que si elle finissait
par répondre à quelqu'un, ce serait à lui.

Pip: Attends, Sal a essayé de joindre Andie?

Ravi: Ouais, il a dû tenter genre un million
de fois, pendant tout le week-end
et encore le lundi.

Pip: Ça ne me paraît pas être le truc que tu ferais
si tu venais d'assassiner quelqu'un
et que tu savais qu'il ne décrocherait jamais...

Ravi : Surtout si c'était Sal qui avait son téléphone portable caché sur lui ou dans sa chambre.

Pip : Très juste. Et à part ça, tu te souviens de quoi, ce jour-là ?

Ravi : Mes parents lui ont déconseillé d'aller chez Andie, parce que la police serait sans doute occupée à fouiller la maison. Alors il est resté ici à essayer de la joindre. Je lui ai demandé s'il avait une idée d'où elle pouvait être, mais il ne voyait pas. Il a dit autre chose que je n'ai jamais oublié. Il a dit que tout ce que faisait Andie était toujours délibéré, et qu'elle avait peut-être fugué volontairement pour punir quelqu'un. Évidemment, à la fin du week-end, il a compris que ce n'était sans doute pas le cas.

Pip : Qui Andie aurait-elle voulu punir ? Lui ?

Ravi : Je ne sais pas, je n'ai pas insisté. Je ne la connaissais pas très bien, elle n'était venue chez nous que quelques fois. Mais j'ai pensé que ce « quelqu'un » dont parlait Sal devait être le père d'Andie.

Pip : Jason Bell ? Pourquoi ?

Ravi : Je captais parfois des bribes de conversation quand elle était là, et j'avais cru comprendre qu'elle n'avait pas de très bonnes relations avec son père. Mais je n'ai pas de souvenirs précis.

Pip : Justement, soyons précis. À quel moment la police a contacté Sal ?

Ravi : Le samedi après-midi. Ils voulaient venir lui parler. Ils ont dû arriver vers 3 ou 4 heures. Mes parents et moi, on est restés dans la cuisine pour leur laisser un peu d'intimité, donc on n'a pas entendu grand-chose.

Pip: Et Sal ne vous a pas raconté leur entretien ensuite?

Ravi: Si, un peu. Il avait peur qu'ils l'aient enregistré et qu'ils...

Pip: Que la police l'ait enregistré? C'est normal, ça?

Ravi: J'en sais rien, c'est vous la détective, chef.

[NB: est-ce que c'est bizarre que ce surnom ne me déplaise pas?]

Ils lui ont dit que c'était juste une procédure de routine et ils lui ont posé des questions sur ce qu'il avait fait ce soir-là, avec qui il était. Et sur sa relation avec Andie.

Pip: Et comment était leur relation?

Ravi: Je suis son petit frère, je n'étais pas forcément dans la confidence. Mais je dirais que Sal aimait beaucoup Andie. Il avait l'air drôlement fier d'être avec la fille la plus jolie et la plus populaire de sa classe. Si ce n'est qu'Andie faisait toujours des histoires.

Pip: Quel genre d'histoires?

Ravi: Je ne sais pas, je crois juste qu'elle avait un caractère un peu compliqué.

Pip: Tes parents l'aimaient bien?

Ravi: Ouais. Ils n'avaient pas de raison de ne pas l'aimer.

Pip: Et donc, une fois que la police est repartie, qu'est-ce que vous avez fait?

Ravi: Euh... Le soir, les copains de Sal sont passés à la maison. Pour voir comment il allait.

Pip: Et c'est là qu'il leur a demandé de mentir à la police pour lui fournir un alibi?

Ravi: J'imagine.

Pip: À ton avis, pourquoi il a fait ça?

Ravi: Aucune idée. Peut-être qu'il était un peu secoué après l'interrogatoire des flics. Peut-être qu'il avait peur qu'ils le considèrent

comme un suspect, alors il a voulu se couvrir.
Je n'en sais rien.

Pip: À supposer que Sal soit innocent,
tu as une idée de ce qu'il a pu faire
entre son départ de chez Max à 22 h 30
et son retour ici à 0 h 50?

Ravi: Non, parce qu'à nous aussi il a dit qu'il était parti
de chez Max vers 0 h 15.
J'imagine qu'il était tout seul quelque part,
donc il savait que s'il disait la vérité
il n'aurait pas d'alibi. C'est pas très bon signe, hein?

Pip: Non, en effet, ce n'est pas très bon signe
qu'il ait menti à la police et qu'il ait demandé
à ses copains d'en faire autant.
Mais ce n'est pas non plus la preuve absolue
qu'il était mouillé dans la mort d'Andie.
Et le dimanche, alors, qu'est-ce qui s'est passé?

Ravi: Le dimanche après-midi, avec Sal et ses amis,
on s'est portés volontaires pour aider
à afficher des avis de recherche dans la ville
et pour en distribuer aux passants. Le lundi,
au lycée, je ne l'ai pas beaucoup vu,
mais ça a dû être assez dur pour lui
parce que tout le monde ne parlait que de ça.

Pip: Je me souviens.

Ravi: Les flics étaient là aussi; je les ai vus fouiller
le casier d'Andie. Donc, ce soir-là,
Sal n'avait pas trop le moral. Il ne disait pas
grand-chose, mais il était inquiet, c'est normal.
Sa petite amie avait disparu. Et le lendemain...

Pip: Tu n'es pas obligé de me parler du lendemain
si tu n'as pas envie.

Ravi: (légère pause) Non, ça va. On est allés à pied
ensemble au lycée, et comme je devais passer

aux inscriptions, j'ai laissé Sal sur le parking.
Il avait envie de rester dehors un moment.
C'est la dernière fois que je l'ai vu.
Et tout ce que je lui ai dit, c'est:
«À tout à l'heure.» Je... j'ai su que les policiers
étaient là. Tout le monde racontait qu'ils étaient
venus interroger les copains de Sal.
Mais c'est seulement vers 14 heures
que je me suis rendu compte
que ma mère avait essayé de me joindre,
alors je suis rentré à la maison et mes parents
m'ont expliqué que la police cherchait
Sal partout pour lui parler. Je crois
que des policiers avaient fouillé sa chambre.
Je l'ai appelé, mais ça sonnait dans le vide.
Mon père m'a montré le texto qu'il avait reçu.
C'étaient les dernières nouvelles
qu'ils avaient eues de Sal.

Pip: Tu te souviens de ce qu'il avait écrit?

Ravi: Ouais, il avait écrit: *C'est moi, je suis coupable. Pardon, pardon*. Et... (légère pause) plus tard
ce soir-là, la police est revenue. Mes parents
sont allés ouvrir, et moi je suis resté à la cuisine
mais j'ai tout entendu. Quand ils leur ont annoncé
qu'ils avaient trouvé un corps dans les bois,
au début j'étais sûr qu'ils parlaient d'Andie.

Pip: Et... Je ne veux pas remuer le couteau
dans la plaie, mais les somnifères...

Ravi: C'étaient ceux de mon père. Il prenait du Gardénal
pour ses insomnies. Il s'en est voulu, après coup.
Maintenant il ne prend plus rien.
Il ne dort pas beaucoup, c'est tout.

Pip: Vous aviez déjà songé que Sal pouvait avoir
des tendances suicidaires?

Ravi : Jamais. Sal était littéralement la personne la plus heureuse du monde. Il était toujours en train de rire et de plaisanter. Je sais que ça fait cliché, mais c'était le type à illuminer la pièce quand il arrivait. Dans tout ce qu'il faisait, il était le meilleur. C'était le chouchou de mes parents, un enfant modèle. À présent, ils n'ont plus que moi.

Pip : Pardon, mais je suis obligée de te poser *la* grande question : est-ce que tu penses que Sal a tué Andie ?

Ravi : Je... non. Non, je ne peux pas l'imaginer. Ça n'a aucun sens à mes yeux. Sal était la gentillesse incarnée, tu sais. Il ne s'énervait jamais. Jamais. Même quand je lui tapais sur le système. Il n'a jamais été le genre de garçon à chercher la bagarre. C'était le meilleur grand frère dont on pouvait rêver, il venait toujours à mon secours quand j'en avais besoin. Je n'ai jamais connu personne d'aussi attentionné. Donc, non, je n'y crois pas. Mais en même temps, je ne sais pas, la police a l'air tellement sûre, et puis il y a les preuves... Je sais que tous les signes sont contre lui. Pourtant je n'arrive pas à croire qu'il ait pu faire ça.

Pip : Je comprends. Bon, j'en ai fini avec mes questions.

Ravi : (Il s'adosse à sa chaise et laisse échapper un long soupir.) Et donc, Pippa...

Pip : Tu peux m'appeler Pip.

Ravi : Pip, OK. Tu dis que c'est un projet pour l'école ?

Pip : Oui.

Ravi : Mais pourquoi ? Pourquoi avoir choisi ça ? D'accord, peut-être que tu doutes de la culpabilité

de Sal, mais pourquoi vouloir le prouver?
Qu'est-ce que ça peut te faire, au fond?
Ça ne pose aucun problème à personne
dans cette ville de penser que mon frère était
un monstre. Tout le monde est passé à autre chose.

Pip: Ma meilleure amie, Cara, est la sœur
de Naomi Ward.

Ravi: Ah, Naomi, elle a toujours été sympa avec moi.
Elle était sans arrêt fourrée chez nous,
elle suivait Sal comme un petit chien.
Elle était complètement dingue de lui.

Pip: Ah bon?

Ravi: C'était mon impression en tout cas.
La façon dont elle riait dès qu'il ouvrait la bouche,
même quand ça n'avait rien de drôle.
En revanche, je ne crois pas que c'était réciproque.

Pip: Hmm.

Ravi: Donc, tu fais ça pour Naomi? Je ne saisis pas.

Pip: Non, ce n'est pas ça. Ce que je voulais dire,
c'est que... je connaissais Sal.

Ravi: Ah oui?

Pip: Ouais. Il était souvent chez les Ward
quand j'y étais aussi. Un jour,
il nous a laissé regarder avec eux un film interdit
aux moins de quinze ans, alors que Cara
et moi n'en avions que douze. C'était une comédie,
et je me souviens encore d'avoir ri
comme une baleine. Je riais même
quand je ne comprenais pas vraiment,
parce que Sal avait un rire tellement contagieux...

Ravi: Ses petits gloussements haut perchés?

Pip: Ouais. Et quand j'avais dix ans, c'est lui
qui m'a appris sans le vouloir mon premier gros
mot. *Merde*. Et une autre fois, il m'a montré

comme faire sauter les crêpes,
parce que j'étais nulle, mais en même temps
trop têtue pour laisser quelqu'un d'autre le faire
à ma place.

Ravi: C'était un bon professeur.

Pip: Et un jour, quand j'étais en sixième,
il y avait deux garçons qui m'embêtaient
parce que mon père est nigérian.
Sal les a vus. Alors il s'est approché
et il leur a juste dit très calmement:
«Quand vous vous serez fait renvoyer
pour mauvaise conduite,
sachez que le lycée le plus proche
est à une demi-heure d'ici, si tant
est qu'il vous accepte. Débarquer en milieu d'année
dans un nouveau lycée où personne
ne vous connaît, réfléchissez-y bien.»
Ils ne m'ont plus jamais importunée. Après ça,
Sal est venu s'asseoir avec moi et m'a donné
son KitKat pour me consoler. Depuis, j'ai...
Non, rien, laisse tomber.

Ravi: Allez, crache le morceau! J'ai joué le jeu
de ton interview, même si tes muffins au chocolat
ont un goût de fromage.

Pip: Depuis, je l'ai toujours considéré comme un héros.
Je ne peux pas croire qu'il ait fait ça.

Pippa Fitz-Amobi
TPE 08/08/2017

Journal de bord – point n° 5

Je viens de passer deux heures à chercher des infos là-dessus : je crois que je peux envoyer une demande à la police du Buckinghamshire pour recevoir une copie de l'interrogatoire de Sal, en vertu de la loi sur la liberté d'accès aux documents administratifs.

Il existe un certain nombre de dérogations à ce droit, par exemple quand les documents concernent une enquête en cours, ou si la diffusion desdits documents risque d'enfreindre la loi sur la protection des données en divulguant des informations personnelles sur des individus vivants. Mais Sal est mort, donc je ne vois pas pourquoi on m'interdirait l'accès à cet interrogatoire. D'ailleurs je vais me renseigner pour savoir si je ne peux pas consulter d'autres documents de police relatifs à l'affaire Andie Bell.

Sinon, rien à voir, mais je n'arrive pas à me sortir de la tête ce que Ravi m'a confié au sujet de Jason Bell ; que Sal a d'abord pensé qu'Andie avait fugué pour punir quelqu'un et qu'elle était en mauvais termes avec son père.

Jason et Dawn Bell ont divorcé peu de temps après avoir reçu le certificat de décès d'Andie (c'est ce qui s'est toujours dit à Little Kilton, mais je l'ai aussi vérifié par quelques recherches rapides sur Facebook). Jason a déménagé et vit désormais dans une petite ville à un quart d'heure d'ici. Il n'a pas fallu attendre bien longtemps après le divorce pour le voir apparaître sur des photos en compagnie d'une jolie blonde qui a l'air beaucoup plus jeune que lui. Depuis, apparemment, ils se sont mariés.

J'ai passé des heures et des heures sur YouTube à regarder les vidéos des premières conférences de presse de la police après la disparition d'Andie. Le comportement de Jason est bizarre. Je n'en reviens pas de ne pas m'en être aperçue avant. Sa façon de serrer le bras de sa femme un peu trop fort quand elle se met à pleurer, ou de la repousser d'un coup d'épaule pour l'écarter du micro quand il estime qu'elle a déjà trop parlé. Les trémolos dans sa voix qui sonnent un peu forcés quand il clame: «Andie, on t'aime tellement» et: «S'il te plaît, reviens, on ne t'en voudra pas.» La façon dont Becca, la sœur d'Andie, se ratatine sous son regard. Je sais que ce n'est pas très objectif de ma part, mais il a quelque chose dans les yeux – une froideur – qui m'inquiète.

Surtout, j'ai remarqué LE DÉTAIL QUI TUE. Lors de la conférence de presse le soir du lundi 23 avril, Jason Bell déclare: «Nous voulons juste retrouver notre fille. Nous sommes complètement dévastés, désemparés. Si quelqu'un sait où elle est, je vous en prie, dites-lui de nous appeler pour qu'on sache qu'elle va bien. Andie *était* une présence tellement joyeuse dans notre foyer, c'est trop triste sans elle.»

Ouais. Il a dit «était». *ÉTAIT*. AU PASSÉ. Et c'est avant les rebondissements avec Sal. Tout le monde pensait qu'Andie était encore en vie, à ce stade. Pourtant, Jason Bell a bien dit «était».

S'agit-il juste d'un lapsus, ou bien a-t-il parlé au passé parce qu'il savait déjà que sa fille était morte? Jason Bell s'est-il trahi?

D'après ce que je sais, Jason et Dawn étaient à un dîner ce soir-là, et Andie était censée venir les chercher. A-t-il pu s'éclipser à un moment de la soirée? Même s'il a un solide alibi, ça ne signifie pas qu'il est impossible qu'il soit impliqué d'une manière ou d'une autre dans la disparition d'Andie.

Si je commence une liste des suspects potentiels, je crois que je vais devoir mettre Jason Bell en premier.

<u>Suspects potentiels</u>
Jason Bell

5

Il y avait quelque chose d'un peu bizarre, comme si l'air de la pièce se raréfiait et s'épaississait de plus en plus, au point qu'elle avait la sensation de respirer de gros grumeaux gélatineux. Depuis toutes ces années qu'elle connaissait Naomi, jamais elle n'avait ressenti ça.

Pip lui adressa un sourire qui se voulait rassurant et fit une petite blague sur son legging couvert de poils de Barney. Naomi sourit à peine et passa les mains dans ses cheveux blonds aux reflets cendrés.

Elles étaient assises face à face dans le bureau d'Elliot Ward, Pip sur le siège pivotant et Naomi dans le fauteuil en cuir rouge sang. Naomi évitait le regard de Pip, fixant à la place les trois tableaux au mur ; trois portraits géants de la famille, immortalisée dans des couleurs arc-en-ciel : ses parents marchant dans les bois en automne, Elliot buvant dans un mug fumant, et Naomi et Cara enfants sur une balançoire. C'était leur mère qui les avait peints juste avant sa mort, comme pour laisser une dernière trace dans ce monde. Pip savait à quel point ces tableaux étaient importants pour les Ward, comment ils se tournaient vers eux dans les moments les plus heureux et les plus sombres. Elle se souvenait qu'à une époque il y en avait deux autres également accrochés dans la pièce. Peut-être Elliot les avait-il rangés quelque part pour les donner aux filles quand elles grandiraient et quitteraient la maison.

Pip était aussi au courant que Naomi était suivie par un psy depuis la mort de sa mère, sept ans auparavant ; et qu'elle avait réussi à contrôler son anxiété et à garder la tête tout juste hors de l'eau le temps de terminer ses études à la fac. Mais, quelques mois plus tôt, elle avait fait une crise d'angoisse dans son nouveau boulot à Londres et elle avait démissionné pour revenir vivre avec son père et sa sœur.

Naomi était fragile, et Pip prenait toutes les précautions possibles pour ne pas la brusquer. Du coin de l'œil, elle voyait défiler les secondes sur le compteur de son téléphone.

— Donc, est-ce que tu peux me dire ce que vous faisiez chez Max ce soir-là ? demanda-t-elle avec prudence.

Naomi remua sur son fauteuil et attrapa ses genoux entre ses bras.

— Euh, on était juste là à… on buvait, on parlait, on jouait à la Xbox, rien de spécial.

— Et vous avez pris des photos ? Il y en a quelques-unes sur Facebook de cette soirée.

— Ouais, on a fait des photos débiles. On passait le temps, c'est tout.

— En revanche il n'y a aucune photo de Sal.

— Non, j'imagine qu'il avait dû partir avant.

— Est-ce qu'il avait un comportement bizarre quand il vous a laissés ? interrogea Pip.

— Non, je, euh… Je ne crois pas, non.

— Il vous a parlé d'Andie ?

— Euh, je… Ouais, un peu.

Naomi changea de position et le cuir du fauteuil émit un craquement sourd lorsque sa peau nue s'en décolla. Quelque chose que le petit frère de Pip aurait trouvé hilarant, et elle aussi sans doute en d'autres circonstances.

— Qu'est-ce qu'il disait sur elle ? reprit Pip.

— Euh…

Naomi hésita un instant, s'arracha une petite peau au coin du pouce.

— Euh… Je crois qu'ils s'étaient disputés, finit-elle par réponde. Sal prétendait qu'il n'allait plus lui adresser la parole pendant un moment.

— Pourquoi ?

— Je ne m'en souviens pas précisément. Mais Andie était… elle était assez difficile à vivre. Toujours en train de chercher la petite bête. Sal préférait souvent répondre par le silence plutôt que d'entrer dans son jeu.

— Sur quoi portaient leurs disputes ?

— Des trucs vraiment anodins. Qu'il n'avait pas répondu assez vite à ses textos, par exemple. Ce genre de choses. Je… je ne l'ai jamais avoué à Sal, mais j'ai toujours pensé qu'Andie était une fille à embrouilles. Si j'avais parlé... je ne sais pas, peut-être que ça se serait fini autrement.

En voyant la mine abattue de Naomi, son menton tremblant, Pip comprit qu'elle devait rebondir vite, avant que la jeune fille ne se ferme complètement.

— Est-ce que Sal avait prévenu qu'il allait devoir partir tôt ?

— Non, pas du tout.

— À quelle heure est-il parti de chez Max ?

— On est presque sûrs que c'était autour de 22 h 30.

— Et il vous a dit quelque chose à ce moment-là ?

Naomi s'agita et ferma les yeux quelques instants, en serrant les paupières si fort que Pip les voyait vibrer, même de loin.

— Ouais, souffla-t-elle. Il a simplement dit qu'il en avait marre et qu'il allait rentrer à pied et se coucher tôt.

— Et toi, à quelle heure tu es partie de chez Max ?

— Je, euh... Je ne suis pas partie. Millie et moi sommes restées dormir dans la chambre d'amis. Mon père est venu me chercher le lendemain matin.

— À quelle heure vous vous êtes couchées ?

— Hmm, je crois que c'était un peu avant 0 h 30, mais pas sûr.

On frappa soudain trois coups à la porte, et Cara passa la tête dans le bureau, grimaçant lorsque le chignon qu'elle s'était fait à la va-vite sur le haut du crâne s'accrocha au chambranle.

— Chut, j'enregistre, lui lança Pip.

— Pardon, deux secondes, c'est pour une urgence, répondit Cara. Nao, où sont passées toutes les gaufrettes à la framboise ?

— J'en sais rien.

— Papa en a rapporté un paquet entier hier, où est-ce qu'elles peuvent être ?

— Je ne sais pas, demande-lui.

— Il n'est pas rentré.

— Cara ! s'agaça Pip en fronçant les sourcils.

— Ouais, pardon, je me casse, rétorqua-t-elle avant de refermer la porte.

— OK, donc…, reprit Pip en essayant de retrouver le fil de la discussion. À quel moment as-tu appris qu'Andie avait disparu ?

— Je crois que Sal m'a envoyé un texto le samedi, peut-être en fin de matinée.

— Au début, qu'est-ce que tu t'es dit ?

— Je ne m'en souviens pas, fit Naomi avec un haussement d'épaules (Pip n'était pas sûre de l'avoir déjà vue hausser les épaules). Andie était le genre de fille à connaître pas mal de monde. J'ai dû penser qu'elle était avec d'autres copains qu'on ne connaissait pas, et qu'elle n'avait pas envie qu'on la trouve.

Pip jeta un coup d'œil à ses notes en prenant une grande inspiration ; il fallait qu'elle fasse attention à la formulation de sa prochaine question.

— Tu peux me raconter quand Sal vous a demandé de mentir à la police sur l'heure de son départ ?

Naomi voulut parler mais sembla ne pas réussir à trouver les mots. Un étrange silence envahit l'espace confiné de la pièce, si pesant qu'il fit bourdonner les oreilles de Pip.

— Euh…, finit par bredouiller Naomi d'une voix faible. On est passés chez lui le samedi soir pour voir comment il allait. On discutait de ce qui s'était passé, et Sal nous a dit qu'il était nerveux parce que la police était déjà venue lui poser des questions. Et comme il sortait avec Andie, il pensait qu'il allait être dans le collimateur. Alors il nous a juste demandé si ça nous embêtait de répondre qu'il était parti de chez Max un peu plus tard qu'en réalité, genre vers 0 h 15, histoire que la police arrête de se focaliser sur lui et s'occupe plutôt de retrouver Andie. C'était pas, euh… Ça ne m'a pas paru très grave, sur le moment. Pour moi, il essayait d'être pragmatique et d'aider à faire revenir Andie plus vite.

— Et est-ce qu'il vous a révélé où il était entre 22 h 30 et 0 h 50 ?

— Hmm… Je ne m'en souviens pas. Non, peut-être pas.

— Vous ne lui avez pas demandé ? Vous ne vouliez pas savoir ?

— Je ne m'en souviens pas, Pip. Désolée, fit-elle en reniflant.

— OK, ça ne fait rien.

Pip se rendit compte qu'elle s'était beaucoup penchée en avant pour poser sa dernière question.

Elle reprit ses notes et se recula contre le dossier du siège.

— Donc, la police t'a appelée le dimanche, c'est ça ? Et tu leur as affirmé que Sal était parti de chez Max à 0 h 15.

— Ouais.

— Alors pourquoi avoir changé d'avis tous les quatre et avoir décidé, le mardi, de révéler à la police le faux alibi de Sal ?

— Je… je crois que c'est parce qu'on avait eu le temps d'y repenser et qu'on savait qu'on risquait d'avoir des ennuis si on mentait. Aucun de nous ne pensait que Sal avait quelque chose à voir dans la disparition d'Andie, alors on ne voyait pas d'inconvénient à dire la vérité.

— Vous en aviez discuté ensemble ?

— Oui, on s'était appelés le lundi soir et on s'était mis d'accord.

— Mais vous n'avez pas prévenu Sal que vous alliez parler à la police ?

— Hmm…, fit-elle en passant une nouvelle fois les mains dans ses cheveux. Non. On ne voulait pas qu'il se fâche.

— D'accord. Dernière question, annonça Pip, et elle vit le visage de Naomi se détendre dans un soulagement évident. Tu penses que Sal a tué Andie ?

— Pas le Sal que je connaissais. C'était la personne la plus gentille du monde. Toujours en train de plaisanter et de faire rigoler les gens. Et il était super gentil avec Andie aussi, même si elle ne le méritait pas toujours. Alors je ne sais pas ce qui s'est passé ni si c'est lui qui l'a tuée, mais je n'ai pas envie d'y croire.

— OK, fini ! déclara Pip avec un sourire, en arrêtant l'enregistrement sur son téléphone. Merci mille fois d'avoir joué le jeu, Naomi. Je sais que ce n'est pas facile.

— Ça va, t'inquiète.

Le cuir du fauteuil crissa à nouveau sous ses jambes quand elle se leva.

— Attends, juste une dernière chose, la retint Pip. Tu sais si Max, Jake et Millie sont dans les parages pour que je les interviewe aussi ?

— Euh… Millie est injoignable, elle est partie faire un grand voyage en Australie, et Jake vit dans le Devon avec sa copine, ils viennent d'avoir un bébé. Mais Max est toujours à Kilton. Il a terminé son master et il est revenu chercher du boulot ici, comme moi.

— Tu crois qu'il accepterait de me parler un instant ?

— Je peux te donner son numéro, tu lui demanderas.

Naomi ouvrit la porte du bureau. Dans la cuisine, elles trouvèrent Cara qui essayait de fourrer deux toasts en même temps dans sa bouche, et Elliot qui venait de rentrer du boulot et nettoyait le plan de travail, revêtu d'une chemise jaune pastel particulièrement hideuse. Il se retourna en les entendant arriver, et la lumière du plafonnier fit ressortir les quelques mèches grises de sa chevelure châtaine et se réfléchit sur l'épaisse monture de ses lunettes.

— Vous avez terminé, les filles ? lança-t-il avec un sourire bienveillant. Parfait timing, je viens d'allumer la bouilloire.

Pippa Fitz-Amobi
TPE 12/08/2017

<u>Journal de bord – point n° 7</u>

Je viens de rentrer de chez Max Hastings. Ça m'a fait tout bizarre d'être là-bas, j'avais l'impression d'avoir débarqué en pleine reconstitution d'une scène de crime. Rien n'a changé par rapport aux photos de cette soirée fatale que Naomi et compagnie ont postées sur Facebook il y a cinq ans. La soirée qui a transformé cette ville à jamais. Max non plus n'a pas changé: grand, les cheveux filasse, une bouche légèrement trop large pour son visage anguleux, l'air assez prétentieux. Il a affirmé se souvenir de moi, cela dit, ce qui était plutôt sympa.

Après lui avoir parlé... Je ne sais pas, je ne peux pas m'empêcher de penser qu'il y a un truc qui cloche. Ou bien un des amis de Sal a un souvenir faussé de cette soirée, ou bien l'un d'eux ment. Mais pourquoi?

<u>Transcription de l'interview de Max Hastings</u>

Pip:	C'est bon, ça tourne. Donc, Max, tu as vingt-trois ans, c'est ça?
Max:	Non. J'en aurai vingt-cinq dans un mois.
Pip:	Ah?
Max:	Ouais, j'ai eu une leucémie quand j'avais sept ans, du coup j'ai pas mal raté l'école et on m'a fait redoubler une classe. Eh oui, je suis un miraculé!
Pip:	Je ne savais pas.
Max:	Si tu veux, je te signerai un autographe tout à l'heure.

Pip: OK, pour revenir à nos moutons, pourrais-tu me décrire la relation entre Sal et Andie ?

Max: Y a pas grand-chose à dire. Ce n'était pas l'histoire du siècle, mais chacun trouvait l'autre super beau, donc j'imagine que ça devait marcher.

Pip: Ce n'était pas plus profond que ça ?

Max: J'en sais rien, je ne me suis jamais trop intéressé aux amourettes de lycée.

Pip: Comment ça avait commencé ?

Max: Ils étaient bourrés et ils sont sortis ensemble à une fête de Noël. Et ensuite ça a continué.

Pip: Est-ce que c'était une… Comment vous disiez, déjà ? Une « calamité » ?

Max: Merde alors, j'avais oublié qu'on appelait nos fêtes des « calamités ». Tu en as entendu parler ?

Pip: Ouais. On en organise encore au lycée.
C'est une tradition, apparemment.
La légende dit que c'est toi qui les as inventées.

Max: Quoi ? Les mômes font encore des fêtes où ils foutent le bordel et ils les nomment des calamités ? Mais c'est dément ! J'ai l'impression d'être un dieu vivant. Est-ce qu'ils font toujours le coup du triathlon pour désigner le prochain organisateur ?

Pip: Je ne sais pas, je n'y suis jamais allée. Bref.
Tu connaissais Andie avant qu'elle ait une histoire avec Sal ?

Max: Ouais, un peu, du bahut et des calamités.
Ça nous arrivait de discuter ensemble.
Mais on n'a jamais été de grands potes. Jamais.
On ne se fréquentait pas, en fait. Juste de loin.

Pip: OK. Et le vendredi 20 avril, quand tout le monde était chez toi, tu te souviens si Sal se comportait bizarrement ?

Max: Pas vraiment. À part qu'il ne parlait pas beaucoup, à la limite.

Pip: Tu t'es demandé pourquoi, sur le moment ?

Max: Non. Faut dire que j'avais pas mal picolé.

Pip: Ce soir-là, est-ce que Sal a évoqué Andie ?

Max: Non, il n'a pas prononcé son nom une seule fois.

Pip: Il ne vous a pas raconté qu'ils s'étaient disputés, ou...

Max: Non, rien, il n'en a pas du tout parlé.

Pip: Tu as des souvenirs clairs de cette soirée ?

Max: Très clairs. J'ai passé la soirée à jouer à *Call of Duty* avec Jake et Millie. Je m'en souviens parce que Millie nous bassinait avec ses histoires d'égalité hommes-femmes, mais au final elle n'a pas gagné une seule fois.

Pip: C'était après le départ de Sal ?

Max: Ouais, il est parti super tôt.

Pip: Et où était Naomi pendant que vous jouiez à vos jeux vidéo ?

Max: Pfffuit, volatilisée !

Pip: Comment ça ? Elle n'était pas là ?

Max: Euh, non... euh... elle est montée à l'étage un moment.

Pip: Toute seule ? Pour faire quoi ?

Max: J'en sais rien. Pour pioncer, ou pisser... Qu'est-ce que j'en sais, putain ?

Pip: Pendant combien de temps ?

Max: Je ne m'en souviens pas.

Pip: OK, et quand Sal est parti, qu'est-ce qu'il a dit ?

Max: Rien, il s'est juste éclipsé discrétos. Je n'ai même pas remarqué qu'il était parti, sur le coup.

Pip: Et donc, le lendemain soir, quand vous avez appris qu'Andie avait disparu, vous êtes tous allés chez Sal ?

Max: Ouais, parce qu'on a pensé
qu'il devait avoir le moral à zéro.

Pip: Comment s'y est-il pris pour vous inciter
à mentir et lui fournir un alibi ?

Max: Il n'y est pas allé par quatre chemins.
Il nous a balancé que ça la foutait mal pour lui
et il nous a demandé si on pouvait l'aider
en modifiant légèrement les horaires.
C'était pas grand-chose. Il n'a pas dit :
« J'ai besoin d'un alibi. » Il ne s'agissait pas de ça.
Juste de rendre service à un pote.

Pip: Selon toi, Sal a tué Andie ?

Max: Je suis bien obligé de le croire, non ?
Tu m'aurais demandé à l'époque
si je pensais que mon ami était capable
de meurtre, je t'aurais répondu non,
bien sûr. Sal était une crème avec tout le monde.
Mais c'est forcément lui, à cause du sang
et tout ça. Et puis la seule raison pour laquelle
Sal aurait pu se suicider, à mon avis,
c'est s'il avait fait quelque chose de vraiment
très grave. Donc, malheureusement, ça colle.

Pip: OK, merci, j'en ai fini avec mes questions.

Il y a plusieurs incohérences entre la version de Naomi et celle de Max. Naomi affirme que Sal a parlé d'Andie et a dit devant tout le monde qu'ils s'étaient disputés. Max assure au contraire qu'il n'a pas du tout parlé d'elle. Selon Naomi, Sal leur a annoncé qu'il rentrait tôt parce qu'il « en avait marre ». Selon Max, il s'est éclipsé sans un mot.

Évidemment, je leur demande de se remémorer une soirée qui date d'il y a plus de cinq ans. On peut comprendre qu'il y ait des lacunes ou des trous de mémoire. Ça peut aussi être un exemple de l'« effet Rashomon » : « l'effet de la perception subjective sur la mémoire, quand le même événement est présenté sous des versions contradictoires par différents individus[1] ».

Mais Max a ajouté un nouvel élément : Naomi s'était volatilisée. Même s'il précise qu'il ne se souvient pas pendant combien de temps elle a disparu, il dit lui-même qu'il a passé « la soirée » avec Millie et Jake, devant des jeux vidéo auxquels justement Naomi n'a pas joué. Admettons qu'elle soit montée à l'étage pendant une heure minimum. Pourquoi ? Pourquoi serait-elle montée toute seule chez Max au lieu de rester avec ses amis ? À moins que Max ne m'ait avoué par inadvertance que Naomi s'était absentée de la maison pendant un certain temps et qu'il essaie de la couvrir.

J'ai moi-même du mal à croire ce que je m'apprête à écrire, mais je commence à me demander si Naomi n'a pas quelque chose à voir avec la disparition d'Andie. Je la connais depuis onze ans. J'ai toujours observé avec admiration la grande sœur qu'elle était, prenant modèle sur elle pour en devenir une à mon tour. Naomi est quelqu'un de gentil ; le genre qui vous lance un sourire d'encouragement quand vous essayez de raconter une histoire et que personne ne vous écoute. Elle est toujours d'humeur égale, délicate, calme. Mais est-ce qu'elle ne pourrait pas être instable ? Avoir de la violence en elle ?

Je ne sais pas, peut-être que je m'emballe un peu. Mais je n'oublie pas ce que m'a dit Ravi : selon lui, Naomi était amoureuse de son frère. D'ailleurs il est assez clair d'après ses réponses qu'elle n'aimait pas beaucoup Andie. Et toute son interview était tellement bizarre, tellement tendue… Certes, mes questions ont ravivé des souvenirs douloureux, mais c'est pareil pour Max, et avec lui c'était super tranquille. Quoique… L'interview de Max était-elle *trop* tranquille ? Est-ce qu'il n'était pas un poil trop détaché, pour le coup ?

1. www.glossaire-de-psychologie.org.uk/effet-rashomon

Je sais que je n'ai aucun élément tangible, mais c'est plus fort que moi, j'ai l'impression que mon imagination s'est complètement débridée et que je ne peux plus la retenir. Voilà le film que j'ai dans la tête: Naomi tue Andie dans un accès de jalousie. Sal découvre la scène, déconcerté et affolé. Sa meilleure amie a tué sa petite copine. Mais comme il tient à Naomi, il l'aide à se débarrasser du corps d'Andie et ils se promettent de ne jamais en parler à personne. Sauf qu'il est rattrapé par sa culpabilité. La seule issue qu'il trouve est le suicide.

Ou alors je me monte totalement la tête?

Sans doute. Quoi qu'il en soit, je pense qu'il faut la mettre sur la liste.

Bon, allez, j'ai besoin d'une pause.

<u>Suspects potentiels</u>
Jason Bell
Naomi Ward

6

— OK, donc il nous manque juste les petits pois surgelés, les tomates et le Paic, annonça la mère de Pip en tenant sa liste de courses à bout de bras pour pouvoir déchiffrer les pattes de mouche de Victor.

— Y a écrit *Pain*, pas *Paic*, rectifia Pip.

— Ah oui, tu as raison, gloussa Leanne. Quoique, des sandwichs au Paic, ça aurait pu être intéressant.

— Des lunettes ? suggéra Pip en attrapant un paquet de pain de mie dans les rayonnages.

— Non, je refuse de m'avouer vaincue, répondit Leanne en ouvrant la porte d'un compartiment congélation. Les lunettes, ça fait vieux.

— Ben, en même temps, t'es vieille, rétorqua Pip, ce qui lui valut un coup de sachet de petits pois surgelés sur le bras.

Alors qu'elle simulait une agonie terrible des suites de cette blessure fatale, elle l'aperçut qui la regardait. Vêtu d'un jean et d'un tee-shirt blanc. Il riait sans bruit, une main devant la bouche.

— Ravi ! lança-t-elle en allant le rejoindre au bout de l'allée. Salut.

— Salut.

Il lui sourit en se grattant la nuque, comme elle s'y attendait.

— C'est la première fois que je te croise ici, remarqua-t-elle – *ici* étant la seule et unique supérette de Little Kilton, du côté de la gare.

— Ouais, d'habitude on fait plutôt nos courses en dehors de la ville. Mais là, j'avais une urgence « lait », expliqua-t-il en brandissant un énorme bidon de quatre litres.

— Ça t'apprendra à ne pas boire ton thé nature, répliqua-t-elle.

— Le thé nature n'est pas dans ma nature, plaisanta-t-il avant de relever les yeux alors que la mère de Pip s'approchait, son panier à la main.

— Ah, maman, je te présente Ravi, intervint Pip. Ravi, voici ma mère, Leanne.

— Enchanté, déclara Ravi en lui tendant la main.

— Moi aussi, répondit Leanne. En fait, on s'est déjà rencontrés. Je suis l'agent immobilier qui a vendu votre maison à tes parents, il doit y avoir de ça… mon Dieu, ça doit bien faire quinze ans. Je me souviens que tu avais autour des cinq ans, à l'époque, et que tu portais toujours un pyjama Pikachu avec un tutu.

Les joues de Ravi s'empourprèrent. Pip se retint de pouffer jusqu'au moment où elle le vit sourire.

— Franchement, comment tu expliques que je n'aie pas réussi à lancer une mode ? gloussa-t-il.

— Tu sais, Van Gogh non plus n'a pas été reconnu de son vivant, compatit Pip alors qu'ils se dirigeaient tous les trois vers la caisse.

— Vas-y, passe avant nous, suggéra Leanne à Ravi. Tu auras beaucoup plus vite fait.

— Oh, vraiment ? Merci.

Ravi s'avança jusqu'à la caisse et décocha à l'employée son plus beau sourire. Il posa le bidon de lait sur le tapis roulant en disant :

— Juste ça, c'est tout.

Pip observa le visage de la femme se tordre de dégoût. Elle scanna le code-barres en toisant Ravi d'un œil glacial et hostile. Heureusement qu'on ne pouvait « fusiller » quelqu'un du regard qu'au sens figuré. Ravi, lui, fixait ses pieds comme s'il n'avait rien remarqué, mais Pip savait qu'il faisait semblant.

Elle sentit une sorte de spasme lui nouer le ventre. Quelque chose qui, au stade primitif, ressemblait à un haut-le-cœur, mais qui continua à enfler et à bouillonner jusqu'à remplir même ses oreilles.

— Une livre quarante-huit, aboya la femme.

Ravi sortit un billet de cinq livres, mais quand il voulut le lui tendre, elle tressaillit et recula vivement la main. Le billet tourbillonna au sol comme une feuille morte, et Pip explosa.

— Hé ! s'écria-t-elle en s'avançant d'un pas vif pour se planter à côté de Ravi. Vous avez un problème ?

— Pip, laisse tomber, lui souffla Ravi.

— Excusez-moi, Leslie, reprit Pip en lisant le nom de la caissière sur son badge. Je vous ai demandé si vous aviez un problème.

— Ouais, rétorqua la femme. Je n'ai pas envie qu'il me touche.

— Je crois pouvoir dire que lui non plus n'a pas envie que vous le touchiez, Leslie. La bêtise, c'est contagieux.

— Je vais devoir appeler mon chef.

— C'est ça, allez-y. Comme ça je lui donnerai un petit avant-goût des mails de réclamation dont je vais inonder votre direction.

Ravi posa le billet de cinq livres sur la caisse, ramassa son bidon de lait et se dirigea sans un mot vers la sortie.

— Ravi ? appela Pip, mais il l'ignora.

— Oh là, intervint la mère de Pip en s'avançant à son tour pour se poster, mains en l'air, entre sa fille et la caissière désarçonnée.

Pip pivota sur les talons de ses baskets, dont le caoutchouc couina sur le lino. Juste avant de franchir la porte vitrée, elle se retourna pour lancer :

— Au fait, Leslie, vous devriez vraiment chercher un professionnel pour vous arranger cette tête de trou du cul.

Dehors, elle repéra Ravi qui marchait à grands pas, dix mètres devant elle. Pip, qui ne courait pour rien au monde, piqua un sprint afin de le rattraper.

— Ça va ? demanda-t-elle en lui barrant la route.

— Non.

Il la contourna et poursuivit son chemin, avec le bidon de lait qui se balançait au bout de son bras.

— J'ai fait une bêtise ? s'inquiéta Pip.

Ravi se retourna d'un coup et lui jeta un regard noir.

— Écoute, je n'ai pas besoin qu'une gamine que je connais à peine prenne ma défense. Je ne suis pas ton problème, Pippa, n'essaie pas de faire de moi ton problème. Tu ne ferais qu'empirer les choses.

Il reprit sa route et Pip le regarda s'éloigner jusqu'à ce que l'ombre d'un auvent de café estompe sa silhouette puis l'engloutisse complètement. Immobile, le souffle court, Pip sentit sa rage refluer dans son ventre, où elle s'éteignit peu à peu, laissant un grand vide à la place.

Pippa Fitz-Amobi
TPE 18/08/2017

Journal de bord – point n° 8

Il ne sera pas dit que Pippa Fitz-Amobi n'est pas une enquêtrice réactive ! J'étais de nouveau chez Cara aujourd'hui, avec Lauren. Les garçons nous ont même rejointes plus tard, bien qu'ils aient insisté pour qu'on laisse le match de foot en toile de fond. Le père de Cara, Elliot, nous racontait je ne sais plus quoi quand ça m'est revenu : il connaissait assez bien Sal, pas seulement en tant qu'ami de sa fille, mais en tant qu'élève. J'ai déjà recueilli plusieurs points de vue sur le caractère de Sal via ses copains et son frère (des gens de sa génération, disons), mais j'ai pensé que le père de Cara aurait peut-être une vision d'adulte intéressante. Elliot a bien voulu que je l'interviewe (c'est vrai que je ne lui ai pas trop laissé le choix).

Transcription de l'interview d'Elliot Ward

Pip : Pendant combien d'années tu as eu Sal comme élève ?

Elliot : Alors, voyons voir... J'ai commencé à enseigner au lycée de Kilton en 2009, et j'ai eu Salil en cours d'histoire dès la première année. Donc presque trois ans complets, je pense. Oui, c'est ça.

Pip : Sal était bon en histoire ?

Elliot : Excellent, même. Il espérait faire des études d'histoire à Oxford. Je ne sais pas si tu t'en souviens, Pip, mais avant de devenir prof au lycée, j'avais un poste à l'université d'Oxford.

J'ai changé de boulot pour pouvoir être plus souvent à la maison et m'occuper d'Isobel quand elle est tombée malade.

Pip: Ah, d'accord.

Elliot: Donc, au premier semestre de l'année de la disparition d'Andie, j'ai passé beaucoup de temps avec Sal. Je l'ai aidé à rédiger sa lettre de motivation pour les facs qui l'intéressaient. Quand il a décroché son oral à Oxford, nous l'avons préparé ensemble, au lycée et en dehors. C'était un élève remarquable. Le jour où Naomi m'a dit qu'il était pris à Oxford, je lui ai offert une boîte de chocolats.

Pip: Sal était très intelligent, si je comprends bien.

Elliot: Ah, ça oui ! Un garçon extrêmement brillant. C'est une telle tragédie, ce qui s'est passé. Deux jeunes vies gâchées. Sal aurait eu son bac avec mention très bien, ça ne fait aucun doute.

Pip: Tu l'as eu en cours le lundi après la disparition d'Andie ?

Elliot: Hmm, attends... Je crois bien que oui, figure-toi. Oui, parce que je me rappelle avoir parlé avec lui à la sortie et lui avoir demandé comment il allait.

Pip: Et tu n'as pas trouvé qu'il avait un comportement bizarre ?

Elliot: Ça dépend de ce que tu appelles bizarre. Tout était bizarre au lycée, ce jour-là. Une de nos élèves avait disparu, et ça faisait la une des journaux. Je crois me souvenir qu'il était particulièrement silencieux et qu'il avait l'air au bord des larmes. Inquiet, en tout cas, ça, c'est sûr.

Pip: Inquiet pour Andie ?

Elliot: Oui, sans doute.

Pip: Et le mardi, le jour où il s'est suicidé? Tu te souviens de l'avoir vu au lycée le matin?

Elliot: Je... Non, je ne l'ai pas vu, parce que j'étais malade ce jour-là. Je ne me sentais pas bien, alors j'ai juste déposé les filles le matin et j'ai passé la journée à la maison. Jusqu'à ce qu'on m'appelle dans l'après-midi, je ne savais rien de toute cette histoire d'alibi avec Naomi et ses copains, ni que la police était allée les interroger au lycée. Donc, la dernière fois que j'ai vu Sal, ça devait être après notre cours du lundi.

Pip: Tu penses que Sal a tué Andie?

Elliot: (soupir) C'est-à-dire que... Je comprends qu'on puisse facilement le croire innocent. C'était un garçon tellement adorable... Mais, vu les preuves qui ont été retrouvées, je ne vois pas comment ça pourrait ne pas être lui. Donc, même si ça paraît inconcevable, je me dis qu'il a dû la tuer. Il n'y a pas d'autre explication.

Pip: Et Andie Bell? Tu l'as aussi eue en cours?

Elliot: Non, enfin, euh, si, la première année, elle était dans la même classe que Sal. Mais ensuite elle a pris la filière scientifique, donc elle ne faisait plus d'histoire. Alors, au final, je l'ai très peu connue.

Pip: OK, merci. Tu peux retourner éplucher tes pommes de terre, maintenant.

Elliot: Merci de ta permission!

Ravi ne m'avait pas dit que Sal avait été pris à Oxford. Peut-être qu'il y a encore d'autres choses qu'il ne m'a pas dites, mais je ne suis pas sûre qu'il accepte de me reparler un jour. Pas après ce qui s'est passé avant-hier. Je ne voulais pas le blesser;

au contraire, j'essayais d'aider. Peut-être que je devrais aller lui présenter des excuses ? Sauf qu'il risque de me claquer la porte au nez… Bref, de toute façon, j'ai d'autres chats à fouetter, il faut que je reste concentrée.

Si Sal était si intelligent que ça, pourquoi les indices qui le désignaient comme le meurtrier d'Andie étaient-ils aussi flagrants ? Et qu'est-ce que ça pouvait lui faire de ne pas avoir d'alibi pour l'heure de la disparition d'Andie ? Il était suffisamment malin pour s'en tirer quand même, maintenant ça me paraît clair.

PS : On a joué au Monopoly avec Naomi et… peut-être que j'ai un peu surréagi la dernière fois. Elle est toujours sur ma liste de suspects, mais au point d'en faire une meurtrière ? Non, impossible. Elle refuse de construire des maisons même quand elle a les deux cases bleu foncé, parce qu'elle trouve ça trop cruel. De mon côté, je mets des hôtels dès que je peux et je jubile quand les autres tombent dans mon piège. Même moi, j'ai plus un instinct de tueur que Naomi.

7

Le lendemain, Pip était en train de relire une dernière fois la demande d'information qu'elle s'apprêtait à envoyer à la police du Buckinghamshire. Il faisait une chaleur étouffante dans sa chambre, où le soleil était piégé avec elle bien qu'elle ait ouvert la fenêtre pour le laisser sortir.

Elle entendit sonner en bas au moment où elle approuvait tout haut son propre e-mail – « Ouaip, c'est bon » – et cliquait sur ENVOYER ; un petit clic qui allait déclencher une attente de vingt jours ouvrés. Pip détestait attendre. Et comme on était samedi, il allait même falloir patienter avant que l'attente commence.

– Pips ! hurla Victor au rez-de-chaussée. Une visite pour toi !

À chaque marche descendue, l'air se rafraîchissait un peu, passant des flammes de l'enfer de sa chambre à une douce chaleur à peu près supportable. Arrivée au pied de l'escalier, elle négocia le virage en glissant sur ses chaussettes… mais s'arrêta net en voyant Ravi Singh planté sur le perron. Victor lui faisait la conversation avec sa volubilité habituelle.

Pip sentit aussitôt toute la chaleur lui remonter aux joues.

— Euh… salut, lança-t-elle en s'approchant d'eux.

Mais un bruyant cliquetis de griffes sur le parquet surgit derrière elle alors que Barney déboulait comme une fusée et la doublait pour aller fourrer son museau entre les jambes de Ravi.

— Non, Barney, couché ! cria Pip en se précipitant pour le retenir. Désolée, il est un peu trop affectueux.

— Ce n'est pas une façon de parler de ton père, intervint Victor.

Pip lui jeta un regard noir.

— C'est bon, c'est bon, pigé, ajouta Victor en se repliant vers la cuisine.

Ravi se pencha pour caresser Barney, et Pip sentit soudain les battements de sa queue lui éventer les chevilles.

— Comment tu as su où j'habite ? interrogea-t-elle.

— J'ai demandé à l'agence immobilière où travaille ta mère. Sérieux, c'est un palais, chez toi.

— C'est-à-dire que le type bizarre qui t'a ouvert est un super grand avocat d'affaires.

— Mais il n'est pas roi ?

— Seulement certains jours.

Pip remarqua que Ravi baissait les yeux et, même si ses lèvres se contractèrent pour essayer de le masquer, il ne put réprimer un large sourire. C'est alors qu'elle se rappela comment elle était habillée : une salopette en jean baggy sur un tee-shirt blanc où l'on pouvait lire « BORN TO BE A NERD ».

— Et donc, euh..., enchaîna-t-elle. Qu'est-ce qui t'amène ?

Elle sentit son ventre se nouer, et c'est seulement alors qu'elle se rendit compte qu'elle était nerveuse.

— Je... je suis venu parce que... je voulais m'excuser, déclara-t-il en la regardant de ses grands yeux sombres sous ses épais sourcils. J'étais en colère et j'ai dit des choses que je ne pensais pas. Je ne te considère pas comme une gamine. Pardon.

— Ce n'est pas grave, le rassura Pip. Moi aussi, je m'en veux. Je n'aurais pas dû me mêler de tes affaires. Je voulais juste t'aider, lui faire comprendre qu'elle n'avait pas à se comporter comme ça. Mais parfois ma bouche se met à prononcer des phrases sans concertation préalable avec mon cerveau.

— Ah bon ? Pourtant, j'ai trouvé ta réplique sur le trou du cul assez inspirée.

— Zut, t'as entendu ?

— Pip-la-justicière n'a pas sa langue dans sa poche, on dirait.

— C'est pas la seule, il paraît. Pip-la-je-sais-tout et Pip-l'ayatollah-de-la-grammaire ont aussi tendance à la ramener un peu trop, je crois. Bref... On n'est pas fâchés ?

— On n'est pas fâchés, affirma-t-il avant de baisser de nouveau les yeux vers le chien pour ajouter : Ta maîtresse et moi, on n'est pas fâchés.

— J'allais justement sortir le promener. Tu veux nous accompagner ?

— Oui, super, répondit-il en ébouriffant affectueusement les oreilles de Barney. Comment résister à une bouille aussi craquante ?

Pip faillit rétorquer : « Oh, arrête, tu vas me faire rougir », mais elle se ravisa.

— OK, dit-elle à la place, je vais juste mettre des chaussures. Barney, couché.

Pip fonça à la cuisine. La porte du jardin était ouverte et elle aperçut ses parents qui s'affairaient autour des massifs de fleurs tandis que Josh, évidemment, jouait avec son ballon.

— Je vais promener Barney, lança-t-elle. À tout à l'heure !

Sa mère agita son gant de jardin pour lui signifier qu'elle l'avait entendue.

Pip enfila ses baskets-qu'elle-n'avait-pas-le-droit-de-laisser-traîner-dans-la-cuisine et qui traînaient dans la cuisine, puis revint dans l'entrée en attrapant la laisse du chien au passage.

— C'est bon, on peut y aller, annonça-t-elle en accrochant la laisse au collier de Barney et en refermant la porte derrière eux.

Au bout de l'allée, ils traversèrent la route et s'enfoncèrent dans le bois juste en face. Pip fut soulagée de sentir l'ombre des feuillages sur la peau brûlante de son visage. Elle détacha la laisse de Barney, et il disparut en un éclair.

— J'ai toujours voulu avoir un chien, confia Ravi alors que Barney revenait vers eux.

Ravi se tut un moment, mais sa mâchoire bougeait comme s'il ruminait quelque chose en silence.

— Mais Sal était allergique, finit-il par reprendre. C'est pour ça qu'on n'a jamais…

— Ah, fit Pip, ne sachant trop quoi répondre.

— La patronne du pub où je travaille a une chienne. C'est un dogue allemand qui bave tout le temps, elle s'appelle Peanut. Il m'arrive parfois de laisser tomber des restes pour elle, *accidentellement*. Mais chut, faut pas le dire.

— Je suis tout à fait pour les chutes de restes *accidentelles*. Dans quel pub tu travailles ?

— Le George and Dragon, à Amersham. Je n'ai pas l'intention de faire ça toute ma vie. Juste le temps d'économiser de quoi partir m'installer le plus loin possible de Little Kilton.

Pip fut brusquement envahie d'une tristesse indescriptible.

— Et qu'est-ce que tu as l'intention de faire toute ta vie, alors ?

Il haussa les épaules.

— Avant, j'avais envie de devenir avocat.

— Avant ? s'étonna-t-elle. Je suis sûre que tu ferais un excellent avocat.

— Mouais… C'est parce que tu n'as pas vu les notes que j'ai eues au bac. Trois lettres qui, dans mon cas, signifient Brevet d'Aptitude au Chômage.

Il avait dit ça sur le ton de la plaisanterie, mais Pip savait pertinemment à quel point la scolarité de Ravi avait été pénible après la mort d'Andie et de Sal. Elle avait même assisté à des actes de harcèlement épouvantables. Son casier tagué en lettres rouges sanguinolentes : *tel frère, tel frère*. Et ce matin neigeux où huit garçons plus âgés l'avaient plaqué au sol avant de lui renverser quatre poubelles pleines sur la tête. Pip n'oublierait jamais l'expression de Ravi, qui avait alors seize ans.

C'est alors qu'elle se rendit compte avec effroi de l'endroit où ils se trouvaient.

— Oh, mon Dieu, souffla-t-elle en se cachant le visage entre les mains. Je suis désolée, quelle idiote je fais ! J'avais complètement oublié que c'est le bois où on a retrouvé Sal…

— T'inquiète, la coupa-t-il. C'est pas de ta faute si c'est le bois juste devant chez toi. Et puis, de toute façon, il n'y a aucun endroit à Kilton qui ne me rappelle pas Sal.

Barney déboula pour déposer un bâton aux pieds de Ravi, qui le ramassa et fit mine à plusieurs reprises de le lancer, faisant courir le chien dans tous les sens jusqu'à ce qu'il le jette pour de bon.

Ils marchèrent un moment sans prononcer un mot. Mais ce n'était pas un silence gêné ; il était chargé des bribes de pensées que chacun d'eux déroulait dans sa tête. Et il s'avéra que leur esprit avait dérivé simultanément jusqu'au même point d'arrivée.

— Je me suis méfié de toi la première fois que tu es venue sonner à ma porte, lui confia Ravi. Mais en fait, tu penses réellement que Sal est innocent, non ?

— Je ne peux pas croire qu'il soit coupable, répondit Pip en enjambant un vieux tronc d'arbre couché au sol. Ça m'obsède depuis des années. Alors, quand il a fallu trouver un sujet de TPE, j'ai sauté sur l'occasion pour me pencher sur cette affaire.

— C'est le prétexte parfait, acquiesça Ravi. Moi, je n'avais rien de ce genre.

— Comment ça ? fit-elle en se tournant vers lui.

— J'ai essayé de faire la même chose que toi, il y a trois ans. Mes parents me conseillaient de laisser tomber, ils me disaient que j'allais seulement réussir à aggraver mon cas, mais je n'arrivais pas à me résigner.

— Tu as essayé d'enquêter ?

— Oui, chef, rétorqua-t-il en mimant un salut militaire, comme s'il ne pouvait pas se montrer vulnérable et rester sérieux trop longtemps, au risque d'exposer une faille dans son armure. Mais je ne suis pas allé très loin. C'était impossible. Quand j'ai appelé Naomi Ward, elle s'est mise à pleurer et elle m'a dit qu'elle ne pouvait pas en parler avec moi. Max Hastings et Jake Lawrence n'ont jamais répondu à mes messages. J'ai voulu contacter les meilleurs amis d'Andie, mais ils m'ont tous raccroché au nez dès que je me suis présenté. Frère du meurtrier, c'est pas top, comme carte de visite. Et, bien sûr, il n'était pas question que j'approche la famille d'Andie. J'étais trop lié au dossier, je le savais. Et puis je ressemblais trop à mon frère, à « l'assassin ». Et je ne pouvais pas m'abriter derrière un projet scolaire.

— Je suis désolée, murmura Pip, désemparée et indignée par tant d'injustice.

— Tu n'as pas à être désolée, répliqua Ravi en lui donnant un petit coup de coude. Ça fait du bien de ne plus être seul avec tout ça, pour une fois. Vas-y, je suis curieux d'entendre tes hypothèses.

Il arracha de la gueule de Barney le bâton couvert de bave et le lança entre les arbres.

Pip hésitait.

— Vas-y, insista-t-il en souriant, un sourcil dressé.

Était-il en train de la tester ?

— OK, finit-elle par dire, j'ai quatre hypothèses de travail (c'était d'ailleurs la première fois qu'elle les formulait ainsi). Bien entendu, la version la plus évidente est celle communément admise : Sal a tué Andie et sa culpabilité – ou sa peur d'être démasqué – l'a conduit au suicide. S'il y a des lacunes et des zones d'ombre, pour la police, c'est uniquement parce qu'on n'a jamais retrouvé le corps d'Andie et que Sal n'est plus là pour nous expliquer ce qui s'est passé. Cependant, ma première hypothèse est qu'Andie Bell a été tuée par une tierce personne mais que Sal était quand même mouillé ou impliqué d'une manière ou d'une autre, par exemple en tant que complice. Dans ce cas, c'est toujours sa culpabilité qui le pousse au suicide, et les indices retrouvés sur lui l'accusent du meurtre même s'il n'en est pas directement l'auteur. Le véritable tueur court toujours.

— Ouais, j'y ai pensé aussi. Mais ça ne me plaît toujours pas. Ensuite ?

— Hypothèse numéro deux : Andie est tuée par une tierce personne sans que Sal ne joue aucun rôle, ni pendant ni après. Son suicide quelques jours plus tard n'est pas motivé par la culpabilité, mais peut-être par une multitude de facteurs, dont le stress de la disparition de sa copine. Les indices retrouvés sur lui – le sang et le téléphone – ont une explication parfaitement innocente qui n'a rien à voir avec le meurtre.

Ravi hocha la tête d'un air pensif.

— Je ne crois toujours pas que Sal aurait fait ça, mais OK. Hypothèse numéro trois ?

— Hypothèse numéro trois…

Pip s'interrompit pour avaler sa salive, elle avait la gorge sèche et râpeuse.

— … Andie est tuée par une tierce personne le vendredi. L'assassin sait que Sal, en tant que petit ami d'Andie, ferait un suspect idéal. D'autant qu'il semble ne pas avoir d'alibi pendant un peu plus de deux heures cette nuit-là. L'assassin tue Sal et déguise son crime en suicide. Il place le sang et le téléphone sur lui pour l'incriminer. Et ça fonctionne exactement comme prévu.

Ravi s'arrêta de marcher un instant.

— Tu penses vraiment que Sal a pu être assassiné ?

Pip comprit, en croisant le regard aiguisé de Ravi, quelle réponse il attendait.

— Je pense que c'est une possibilité théorique, oui. Mon hypothèse numéro quatre est la plus tirée par les cheveux.

Elle prit une grande inspiration et se lança d'une traite :

— Personne n'a tué Andie Bell, parce qu'en fait elle n'est pas morte. Elle a mis en scène sa propre disparition avant d'attirer Sal dans les bois, de le tuer et de maquiller son acte en suicide. Elle a elle-même placé un peu de son sang et son téléphone portable sur le corps de Sal pour que tout le monde la croie morte. Pourquoi ? Peut-être qu'elle avait besoin de disparaître pour une raison ou une autre. Peut-être qu'elle craignait pour sa vie et que, pour s'en sortir, elle a décidé de se faire passer pour morte. Peut-être qu'elle avait un complice.

Ils se turent à nouveau, le temps que Pip reprenne son souffle et que Ravi passe mentalement en revue ses différentes hypothèses, la mine profondément concentrée.

Ils avaient terminé leur boucle dans les bois ; aveuglante de soleil, la route était visible à travers les arbres devant eux. Pip appela Barney et lui remit sa laisse. Ils traversèrent la route et se dirigèrent vers la maison de Pip.

Il y eut un moment de flottement. Pip ne savait pas si elle devait ou non lui proposer d'entrer. Il avait l'air d'attendre quelque chose.

— Donc…, commença Ravi en se grattant la tête d'une main, et celle du chien de l'autre. Si je suis venu te voir, c'est parce que je voudrais faire un deal avec toi.

— Un deal ?

— Ouais, je voudrais qu'on fasse équipe, reprit-il d'une voix légèrement tremblante. Pour moi, toutes les portes étaient fermées, mais pas pour toi. Tu es extérieure à l'affaire et tu as le prétexte de ce projet scolaire. C'est tout à fait possible que les gens te parlent. Tu es peut-être ma seule chance de découvrir enfin ce qui s'est vraiment passé. J'ai espéré ça si longtemps…

Pip sentit son visage la brûler de nouveau. Le tressaillement dans la voix de Ravi faisait vibrer quelque chose en elle. Il comptait réellement sur elle pour l'aider. Jamais elle n'aurait cru en arriver là quand elle avait entrepris ce projet : faire équipe avec Ravi Singh.

— C'est d'accord, répondit-elle en lui tendant la main avec un grand sourire.

— Marché conclu, alors, déclara-t-il en prenant sa main dans la sienne, tiède et moite, mais en oubliant de la secouer. Bon, du coup, j'ai quelque chose pour toi.

Il sortit de la poche arrière de son pantalon un vieil iPhone, qu'il lui tendit.

— Euh… J'en ai déjà un, merci, rétorqua Pip.

— C'est celui de Sal.

8

— Comment ça ? demanda Pip en le dévisageant, bouche bée.

En guise de réponse, Ravi lui agita le téléphone sous le nez.

— C'est celui de Sal ? répéta Pip. Comment se fait-il que tu l'aies ?

— La police nous l'a rendu quelques mois après avoir classé l'enquête sur la disparition d'Andie.

Pip sentit un frisson électrique lui parcourir la nuque.

— Je peux..., hésita-t-elle. Je peux le voir ?

— Ben oui, s'esclaffa-t-il. C'est pour ça que je l'ai apporté, grosse nigaude.

Une incontrôlable excitation monta soudain en elle, vive et enivrante.

— Nom d'un pepperoni ! s'exclama-t-elle en se jetant sur la poignée de la porte. Viens, on va regarder ça à mon poste de travail.

Barney et elle s'engouffrèrent en trombe dans l'entrée mais, n'entendant pas Ravi leur emboîter le pas, elle fit volte-face.

— Quoi ? s'agaça-t-elle. Qu'est-ce qu'il y a de drôle ?

— Pardon, c'est juste que tu me fais rire quand tu prends ton air super sérieux.

— Allez, dépêche ! lança-t-elle en lui faisant signe de la suivre. Et ne le lâche pas.

— Je ne vais pas le lâcher.

Pip grimpa les marches quatre à quatre, tandis que Ravi montait derrière elle, beaucoup trop lentement à son goût. Avant qu'il la rejoigne, elle balaya rapidement sa chambre du regard pour y repérer toute source d'embarras potentielle. Elle plongea pour ramasser par terre une pile de soutiens-gorges fraîchement lavés et les fourra dans un tiroir qu'elle referma d'un coup sec juste au moment où Ravi pénétrait dans la pièce. Elle lui indiqua sa chaise de bureau, trop survoltée elle-même pour s'asseoir.

— Ton poste de travail, hein ? dit-il.

— Ouaip. Il y a des gens qui travaillent dans leur chambre, moi je dors dans mon bureau. C'est très différent.

— Bon, ben voilà. Je l'ai chargé hier soir.

Il lui tendit le téléphone qu'elle recueillit dans le creux de ses mains avec autant de précaution que quand, chaque année, elle déballait les décorations de Noël allemandes héritées de son père biologique.

— Tu l'as déjà inspecté ? demanda-t-elle en le déverrouillant du bout du pouce avec plus de délicatesse que pour aucun de ses propres téléphones, même flambant neufs.

— Oui, bien sûr. De façon obsessionnelle. Mais à vous de jouer, chef. Toi, qu'est-ce que tu regarderais en premier ?

— Le journal des appels, déclara-t-elle en appuyant sur l'icône verte du téléphone.

Elle parcourut d'abord la liste des appels manqués. Il y en avait des dizaines le 24 avril, le mardi de sa mort. Des appels de *Papa*, *Maman*, *Ravi*, *Naomi*, *Jake*, ainsi que des numéros non identifiés qui devaient être ceux des policiers ayant essayé de le joindre.

Pip remonta jusqu'à la date de la disparition d'Andie. Sal avait eu deux appels manqués ce jour-là. Un de *Max-y Boy* à 19 h 19, sans doute Max qui voulait savoir à quelle heure il arriverait. L'autre, découvrit Pip avec un coup au cœur, était un appel d'*Andie<3* à 20 h 54.

— Andie lui a téléphoné ce soir-là, murmura Pip, à la fois pour elle-même et pour Ravi. Juste avant 21 heures.

— Oui. Mais Sal n'a pas répondu.

— Pippa ! cria Victor d'une voix à la fois joviale et sérieuse. Pas de garçons dans ta chambre !

Pip sentit ses joues s'embraser. Elle pivota pour que Ravi ne puisse pas s'en apercevoir et hurla à son tour :

— On travaille sur mon TPE ! Ma porte est ouverte.

— OK, ça va pour cette fois !

Quand elle se tourna de nouveau vers Ravi, elle se rendit compte qu'il gloussait dans sa barbe.

— Arrête de toujours trouver ma vie hilarante, grogna-t-elle avant de se replonger dans le téléphone.

Elle passa ensuite en revue les appels sortants de Sal. Le nom d'Andie revenait encore et encore en longues séquences répétitives, interrompues de temps en temps par un coup de fil à *Maison* ou à *Papa*, et un à *Naomi* le samedi. Pip prit quelques instants pour compter tous les « Andie » : entre 10 h 30 le samedi et 7 h 20 le mardi, Sal avait cherché à la joindre à cent douze reprises. Chaque appel avait duré deux ou trois secondes : directement sur messagerie.

— Il l'a appelée plus de cent fois, résuma Ravi en lisant dans ses pensées.

— Pourquoi aurait-il fait ça s'il l'avait tuée et s'il avait caché son téléphone quelque part ? interrogea Pip.

— J'ai contacté la police à l'époque pour leur poser précisément cette question. Le policier sur qui je suis tombé m'a répondu qu'il était clair que Sal avait fait des efforts délibérés pour paraître innocent, en appelant et rappelant le téléphone de la victime sans interruption.

— Mais s'il se donnait tant de mal pour avoir l'air innocent et échapper à la police, pourquoi ne s'est-il pas débarrassé du téléphone d'Andie ? objecta Pip. Il aurait pu le laisser au même endroit que le corps et on n'aurait jamais fait le rapprochement entre lui et la mort d'Andie. Pourquoi aurait-il conservé la preuve la plus accablante ? Et pourquoi se serait-il ensuite senti désespéré au point de mettre fin à ses jours avec cet indice criant sur lui ?

Ravi pointa sur elle ses deux mains en forme de revolvers.

— Là non plus, la réponse du policier n'était pas convaincante, dit-il.

— Tu as lu les derniers textos qu'Andie et Sal se sont échangés ? demanda Pip.

— Ouais. Vas-y, regarde. T'inquiète, c'est pas sexuel ni rien.

Pip revint à l'écran d'accueil et ouvrit l'application « Messages ». Elle cliqua sur le fil de discussion avec Andie, avec l'impression d'être une espionne capable de remonter le temps.

Sal avait envoyé deux SMS à Andie après sa disparition. Le premier, le dimanche matin : *andie reviens tt le monde sinquiete*. Et le lundi après-midi : *stp apl juste qqun pour dire que tt va bien*.

Le message précédent datait du vendredi de sa disparition. À 21 h 01, Sal lui avait écrit : *je te parle + tant que t arreteras pas*.

Pip montra le message à Ravi.

— Il lui a envoyé ça juste après avoir ignoré son coup de fil ce soir-là. Tu ne sais pas à quel sujet ils avaient pu se disputer ? Qu'est-ce qu'il voulait qu'elle arrête ?

— Aucune idée.

— Attends, je peux taper ça dans mes notes ? dit-elle.

Elle attrapa son ordinateur portable sur le bureau, alla s'asseoir sur son lit et recopia les trois messages, fautes et abréviations incluses.

— Maintenant, il faut que tu voies le dernier texto qu'il a envoyé à mon père, reprit Ravi. Celui qu'ils ont appelé ses « aveux ».

Pip le chercha et le trouva aisément. À 10 h 17 ce mardi matin fatidique, Sal avait écrit à son père : *c'est moi, je suis coupable. pardon, pardon*. Pip le relut plusieurs fois en s'efforçant de percer le mystère de ces quelques mots. Les briques pixelisées de chacune des lettres étaient comme une énigme, de celles qu'on ne peut résoudre qu'en arrêtant de *regarder* pour commencer à *voir*.

— Toi aussi, tu le remarques, non ? demanda Ravi en la dévisageant intensément.

— La syntaxe ? suggéra Pip en cherchant l'assentiment dans ses yeux.

— Sal était la personne la plus intelligente que j'aie jamais connue, mais il rédigeait ses textos comme un analphabète. Toujours dans le rush, sans ponctuation, sans majuscules.

— Il devait avoir enlevé le correcteur automatique. Pourtant, dans ce dernier message, on a un point, deux virgules et une apostrophe. Même si tout est en minuscules.

— Et qu'est-ce que tu en déduis ? insista Ravi.

— Mon cerveau n'est pas du genre à avancer par petits pas prudents, Ravi, mais plutôt par bonds de la taille de l'Everest. J'en déduis que c'est quelqu'un d'autre qui a écrit ce message. Quelqu'un qui a mis de la ponctuation parce que c'est comme ça qu'il avait l'habitude de rédiger ses propres textos. Et qui a peut-être vérifié en vitesse et s'est dit que ça pourrait passer pour un message de Sal puisque c'était tout en minuscules.

— Moi aussi, c'est tout de suite ce que j'ai pensé quand on a récupéré le téléphone. Les flics ont balayé cet argument d'un revers de la main. Mes parents non plus n'ont rien voulu entendre, soupira-t-il. Je crois qu'ils sont terrorisés à l'idée de se faire de faux espoirs. Moi aussi, d'ailleurs, pour être honnête.

Pip examina le reste du téléphone. Sal n'avait pris aucune photo le soir de la disparition d'Andie, pas plus que les jours suivants. Elle vérifia dans le dossier des photos supprimées pour s'en assurer. Les rappels de calendrier concernaient tous des devoirs qu'il avait à rendre, sauf un pour acheter un cadeau d'anniversaire à sa mère.

— Il y a quelque chose d'intéressant dans les notes, indiqua Ravi en faisant rouler sa chaise jusqu'à Pip pour ouvrir l'application à sa place.

Toutes les notes étaient très anciennes : le mot de passe du Wi-Fi de la maison, une liste d'exercices pour les abdominaux, une autre d'entreprises auprès desquelles postuler pour un stage. Il y en avait une seule un peu plus récente, rédigée le mercredi 18 avril 2012. Pip l'ouvrit. La page ne contenait qu'une brève série de chiffres et de lettres : *R009 KKJ*.

— Une plaque d'immatriculation, non ? suggéra Ravi.

— Ça y ressemble, en effet. Il l'a notée deux jours avant la disparition d'Andie. Tu sais à qui elle appartient ?

Ravi secoua la tête.

— Je l'ai tapée dans Google pour voir si je pouvais retrouver le propriétaire, mais rien.

Pip la copia quand même dans son compte rendu, avec l'heure exacte à laquelle la note avait été modifiée pour la dernière fois.

— Voilà, fit Ravi, c'est tout ce que j'ai trouvé.

Pip lança un dernier regard mélancolique vers le téléphone avant de le lui rendre.

— Tu as l'air déçue, dit-il.

— J'espérais juste qu'on aurait quelque chose de plus conséquent à se mettre sous la dent. Des incohérences de syntaxe et une tonne de coups de fil à Andie, c'est sûr que ça tendrait à plaider pour son innocence, mais ça ne nous donne pas de piste concrète pour la suite.

— Pas encore, concéda Ravi, mais il fallait que tu le voies. Et toi, tu as des choses à me montrer ?

Pip hésita. Elle en avait, oui, sauf qu'une de ces choses était la possible implication de Naomi. Son instinct de protection prit le dessus et lui noua la langue. Pourtant, s'ils devaient faire équipe, il fallait qu'ils jouent cartes sur table. Elle le savait. Alors elle ouvrit le document Word contenant son journal de bord et tendit l'ordinateur à Ravi.

— Voilà tout ce que j'ai rassemblé jusqu'ici, déclara-t-elle.

Il lut le document en entier sans dire un mot, avant de lui rendre l'ordinateur d'un air pensif.

— OK, déclara-t-il finalement, la piste d'un alibi pour Sal semble être une impasse. Je pense qu'il était seul après être parti de chez Max à 22 h 30, c'est ce qui explique qu'il ait paniqué et qu'il ait demandé à ses amis de mentir. Si ça se trouve, il s'est arrêté sur un banc entre chez Max et la maison et il a passé deux heures à jouer à *Angry Birds* ou autre.

— Je suis d'accord. Il était probablement seul, si bien qu'il n'a pas d'alibi ; c'est la seule explication qui tienne. Cette piste est donc close. À mon avis, la prochaine étape est d'en apprendre le plus possible sur la vie d'Andie et, au passage, d'identifier toutes les personnes susceptibles d'avoir voulu la tuer.

— Vous lisez dans mes pensées, ma parole, chef ! Tu devrais commencer par les deux meilleures amies d'Andie, Emma Hutton et Chloé Burch. Toi, elles accepteront peut-être de te parler.

— Je leur ai envoyé un message à chacune. Pas de réponse pour l'instant.

— OK, parfait, dit-il en hochant la tête avant de se tourner de nouveau vers l'écran de l'ordinateur. Dans ton interview avec le journaliste, tu parles d'incohérences dans le dossier. Quelles autres incohérences vois-tu ?

— Eh bien, j'imagine que quand on a tué quelqu'un, on se récure à fond de la tête aux pieds, y compris sous les ongles. Surtout si on ment sur son alibi et qu'on passe des dizaines de coups de téléphone pour avoir l'air innocent. Tu ne crois pas que Sal aurait pensé par exemple à, je ne sais pas, se frotter les ongles histoire de ne pas être pris avec du sang sur les mains, littéralement ?

— Ouais, Sal n'était quand même pas débile à ce point. Mais comment tu expliques qu'on ait retrouvé ses empreintes dans la voiture d'Andie ?

— Évidemment qu'on a retrouvé ses empreintes dans sa voiture : c'était son petit copain ! Et on ne sait pas dater des empreintes avec précision.

— Et pour ce qui est de cacher le corps ? poursuivit Ravi en se penchant en avant. Je crois qu'on peut supposer sans trop s'avancer, vu l'endroit où on vit, qu'elle est enterrée quelque part dans les bois autour d'ici.

— Exactement, approuva Pip. Dans un trou suffisamment profond pour qu'on ne l'ait jamais retrouvée. Comment Sal aurait-il pu avoir le temps de creuser un trou pareil à mains nues ? Et même avec une pelle ?

— Sauf si elle n'est pas enterrée.

— Ouais, mais bon, il doit falloir encore plus de temps et beaucoup plus de matériel pour se débarrasser d'un corps d'une autre façon.

— Et c'est censé être la version la plus évidente, tu disais.

— Ça l'est, rétorqua-t-elle. Jusqu'à ce que tu commences à te demander *où*, *quoi* et *comment*.

9

Ils croyaient sans doute qu'elle ne pouvait pas les entendre. Ses parents, en train de se disputer au salon, à l'étage du dessous. Elle s'était depuis fort longtemps rendu compte que le mot « Pip » avait la faculté exceptionnelle de traverser les murs et les sols.

En collant l'oreille contre la porte de sa chambre, elle parvenait sans peine à discerner des bribes de la conversation et à en reconstituer l'essentiel. Sa mère n'était pas contente que Pip passe le plus clair de son été à travailler sur son TPE. Son père n'était pas content que sa mère dise ça. Puis sa mère renchérissait que Victor l'avait mal comprise ; elle pensait simplement que cette fixation sur l'affaire Andie Bell n'était pas saine pour Pip. Mais Victor arguait à son tour que sa mère ne laissait pas le loisir à Pip de faire ses propres erreurs, si tant est que ce soient des erreurs.

Pip se lassa de leur joute verbale et s'éloigna de la porte. Elle savait que cette nouvelle querelle cyclique se tarirait bientôt d'elle-même sans l'intervention d'un tiers. Et elle avait un coup de fil important à passer.

La semaine précédente, elle avait envoyé un message privé aux deux meilleures amies d'Andie. Emma Hutton lui avait répondu quelques heures plus tôt en lui indiquant un numéro de téléphone et en disant qu'elle voulait bien répondre « juste à quelques questions » le soir même à 20 heures. Quand Pip avait annoncé ça par texto à Ravi, il lui avait renvoyé toute une page d'émojis « bouche bée » et « poing serré ».

Elle jeta un œil à l'horloge de son ordinateur, puis se mit à la fixer avec impatience : l'heure affichée restait obstinément sur 19:58.

— Allez, quoi ! s'agaça-t-elle alors que le huit refusait de se transformer en neuf.

Quand ce fut fait, à savoir une éternité plus tard, Pip marmonna « On va dire que c'est bon » et enclencha l'enregistreur de son téléphone portable avant de composer le numéro d'Emma d'une main tremblante.

— Allô ? répondit une jolie voix mélodieuse au bout de la troisième sonnerie.

— Bonjour, Emma, c'est Pippa.

— Ah oui, bonjour. Attends, deux secondes, je monte dans ma chambre.

Pip guetta avidement le bruit des pas d'Emma dans l'escalier.

— Voilà, fit cette dernière. Donc, tu prépares un projet sur Andie ?

— En quelque sorte, oui. Plus précisément, sur le rôle des médias dans l'enquête sur sa disparition. Un genre d'étude de cas.

— Hmm, d'accord, rétorqua Emma d'un ton circonspect. Je ne suis pas sûre de pouvoir beaucoup t'aider là-dessus.

— Ne t'en fais pas, j'ai juste quelques questions très simples sur l'enquête telle que tu t'en souviens. D'abord, à quel moment as-tu été informée de sa disparition ?

— Euh... le soir même, vers 1 heure du matin. Ses parents nous ont appelées, Chloé Burch et moi ; on était les meilleures amies d'Andie. Je leur ai dit que je ne l'avais pas vue ni eue au téléphone de la soirée, mais que j'allais essayer de passer quelques coups de fil. J'ai tout de suite appelé Sal Singh, mais il ne m'a répondu que le lendemain matin.

— Est-ce que la police t'a contactée ?

— Oui, le samedi matin. Des policiers sont venus chez moi me poser des questions.

— Et qu'est-ce que tu leur as dit ?

— La même chose qu'aux parents d'Andie. Que je n'avais aucune idée d'où elle pouvait être, qu'elle ne m'avait pas prévenue qu'elle partait quelque part. Ensuite ils m'ont interrogée sur le petit ami d'Andie, alors je leur ai parlé de Sal. J'ai expliqué que je venais de l'avoir au téléphone et que je l'avais averti qu'elle avait disparu.

— Qu'est-ce que tu leur as raconté sur Sal ?

— Juste qu'au lycée cette semaine-là, ça n'avait pas l'air d'aller entre eux. Je les ai clairement vus se disputer le mardi et le vendredi, ce qui ne leur ressemblait pas. En général, Andie lui prenait la tête, mais lui n'entrait pas dans son jeu. Sauf que là, il m'a paru super en colère.

— À propos de quoi ? demanda Pip, qui comprenait mieux pourquoi la police était venue interroger Sal l'après-midi même.

— Je ne sais pas, franchement. Quand j'ai posé la question à Andie, elle m'a juste répondu que Sal la « faisait chier » sur un truc.

— Ah bon ? fit Pip, décontenancée. Donc Andie n'avait pas prévu de voir Sal le vendredi soir ?

— Non, elle n'avait d'ailleurs rien prévu du tout. Elle était censée rester chez elle ce soir-là.

— Ah oui, pourquoi ?

— Euh... je ne sais pas si je devrais te le dire.

— Ne t'inquiète pas, rétorqua Pip en s'efforçant de cacher la fébrilité dans sa voix. Si ça n'a pas de rapport, je ne le mettrai pas dans mon compte rendu. Mais ça pourrait peut-être m'aider à mieux comprendre les circonstances de sa disparition.

— Bon, OK. En fait, la petite sœur d'Andie, Becca, avait été hospitalisée quelques semaines plus tôt parce qu'elle s'était automutilée. Comme leurs parents devaient sortir, ils avaient demandé à Andie de rester à la maison pour garder Becca.

— Hmm, fit simplement Pip, à court de mots.

— Ouais, je sais. Pauvre gamine. Pourtant, Andie l'a quand même laissée seule. C'est seulement maintenant, avec le recul, que je me rends compte que ça ne devait pas être facile d'avoir Andie comme grande sœur.

— Qu'est-ce que tu veux dire par-là ?

— Euh... C'est juste... Je n'ai pas envie de dire du mal des morts, tu comprends, mais j'ai eu cinq années pour méditer sur ça, et quand je repense au lycée, je n'aime pas du tout la personne que j'étais alors. La personne que j'étais avec Andie.

— Ce n'était pas une bonne amie pour toi ?

Pip marchait sur des œufs ; il fallait qu'elle continue à faire parler Emma.

— Oui et non. C'est assez difficile à expliquer, soupira Emma. L'amitié d'Andie était très destructrice, mais à l'époque j'étais totalement dépendante d'elle. Je voulais *devenir* elle. Tu ne vas pas écrire tout ça, rassure-moi ?

— Non, non, bien sûr que non, mentit Pip.

— OK. Tu vois, Andie était belle, drôle, populaire. Être son amie, être quelqu'un avec qui elle choisissait de passer du temps, ça te donnait une aura particulière. Tu te sentais désirée. Mais ensuite elle retournait contre toi les choses dont tu avais le plus honte pour te rabaisser et te faire souffrir. Pourtant, on lui restait fidèles, Chloe et moi, en attendant qu'elle daigne à nouveau nous tendre la main et nous accorder ses faveurs. Elle pouvait être à la fois merveilleuse et horrible, et on ne savait jamais sur quelle facette on allait tomber. Je suis parfois moi-même surprise d'avoir encore de l'amour-propre.

— Et elle était comme ça avec tout le monde ?

— Au moins avec Chloé et moi. On n'avait pas souvent le droit d'aller chez elle, mais j'ai aussi vu la façon dont elle se comportait avec Becca. Elle pouvait être d'une cruauté épouvantable.

Emma marqua une pause avant de reprendre :

— Je ne dis pas ça parce que je pense qu'elle a eu ce qu'elle méritait, hein. Non, vraiment. Personne ne mérite d'être assassiné et de finir dans un trou au fond d'un bois. Je veux juste dire que, maintenant que je suis plus lucide sur la personnalité d'Andie, je peux comprendre que Sal ait pété les plombs et l'ait tuée. Elle était capable de te porter aux nues et ensuite de te rouler dans la boue. Ça ne pouvait que finir mal, je crois.

Emma termina sa phrase dans un reniflement humide, et Pip sut que la conversation touchait à sa fin. Emma ne pouvait pas cacher le fait qu'elle pleurait, et d'ailleurs elle n'essaya pas.

— D'accord, reprit Pip, j'ai terminé avec mes questions. Merci infiniment de ton aide.

— De rien. Je suis désolée, je pensais avoir tourné la page. Faut croire que non.

— C'est moi qui suis désolée de t'avoir fait revivre tout ça. Au fait, j'ai aussi envoyé un message à Chloé Burch, mais elle ne m'a pas répondu. Vous êtes toujours en contact ?

— Non, pas vraiment. Enfin, disons qu'on s'écrit pour nos anniversaires, ce genre de choses, mais on s'est clairement éloignées après l'histoire d'Andie, et après le lycée. Je crois qu'on avait toutes les deux besoin de ça, de couper avec les personnes qu'on avait été.

Pip la remercia de nouveau et raccrocha. Elle laissa échapper un profond soupir et regarda son téléphone dans sa main pendant une bonne minute. Elle savait qu'Andie était une fille jolie et populaire, elle l'avait compris à travers les réseaux sociaux. Et, comme n'importe quel lycéen, elle savait aussi que les personnalités populaires avaient parfois leur revers. Mais ça – qu'Emma puisse encore s'en vouloir après toutes ces années d'être tombée sous le charme de sa persécutrice –, elle ne s'y attendait pas.

Était-ce là le vrai visage d'Andie Bell, caché derrière son sourire parfait et ses pétillants yeux bleus ? Tous les gens autour d'elle si éblouis par son aura, si aveuglés, qu'ils n'avaient pas remarqué la face sombre qui se dissimulait derrière ? Jusqu'à ce qu'il soit trop tard.

Pippa Fitz-Amobi
TPE 25/08/2017

Journal de bord – point n° 11

J'ai fait quelques recherches pour voir si je pouvais retrouver le propriétaire du véhicule dont Sal avait relevé la plaque d'immatriculation dans ses notes : *R009 KKJ*. Ravi avait raison. Il faudrait connaître la marque et le modèle de la voiture pour envoyer une demande au fichier national des immatriculations. Donc je pense que cette piste est morte.

Maintenant, revenons à nos moutons. Je viens de raccrocher avec Chloé. Cette fois, j'ai tenté une approche différente ; je n'avais pas besoin de reprendre les points que j'avais déjà abordés avec Emma, et je ne voulais pas saboter l'interview à cause d'une nouvelle crise émotionnelle.

Mais j'ai quand même touché quelques points sensibles sans le vouloir…

Transcription de l'interview de Chloé Burch

[Je commence à en avoir marre de taper les débuts d'interrogatoire ; c'est pareil à chaque fois et je suis toujours super mal à l'aise. À partir de maintenant, je passe directement aux parties intéressantes.]

Pip : OK, donc ma première question : comment tu décrirais la relation entre Sal et Andie ?

Chloé : Bonne, je dirais. Il était gentil avec elle, et elle le trouvait sexy. Sal avait toujours l'air calme et posé. Je pensais qu'il arriverait à apaiser un peu Andie.

Pip: Pourquoi ? Elle avait besoin d'être apaisée ?
Chloé: Disons qu'elle faisait souvent des drames pour pas grand-chose.
Pip: Et il l'a apaisée ?
Chloé: (rires) Non. Si tu mets un antiacide dans un volcan, tu crois que ça l'empêche d'entrer en éruption ?
Pip: Mais c'était du sérieux entre eux ?
Chloé: Je ne sais pas. Je crois. Qu'est-ce que tu entends par « sérieux » ?
Pip: Eh ben, pardon de te poser la question, mais est-ce qu'ils couchaient ensemble ?

[Oui, j'ai honte en réécoutant ce passage. Mais j'ai besoin d'en savoir le plus possible.]

Chloé: Ouah, les projets scolaires ont vachement changé depuis mon époque ! En quoi ça te regarde, je peux savoir ?
Pip: Elle ne te l'a pas dit ?
Chloé: Bien sûr que si, elle me l'a dit. Et la réponse est non, figure-toi.
Pip: Ah. Andie était vierge, donc ?
Chloé: Non.
Pip: Avec qui elle couchait ?
Chloé: (légère hésitation) Je ne sais pas.
Pip: Tu ne le savais pas ?
Chloé: Andie aimait avoir ses petits secrets, d'accord ? Ça lui donnait du pouvoir. Ça l'excitait qu'Emma et moi ne soyons pas au courant de certaines choses. Mais elle nous les agitait quand même sous le nez, parce qu'elle avait envie qu'on lui pose des questions. Par exemple, d'où elle sortait tout cet argent. Quand on le lui demandait, elle se contentait de rire en nous faisant des clins d'œil.

Pip: Tout cet argent ?

Chloé: Ouais. Elle était toujours en train de s'acheter des trucs, elle avait toujours plein de cash sur elle. La dernière année, elle m'a expliqué qu'elle économisait pour se faire gonfler les lèvres et refaire le nez. Elle ne l'a jamais dit à Emma, juste à moi. Mais elle savait aussi être généreuse. Elle nous offrait du maquillage, par exemple, et elle nous laissait toujours lui emprunter ses fringues. Sauf qu'après, elle choisissait le meilleur moment en plein milieu de la fête pour lancer quelque chose du genre : « Oh, Chlo, j'ai l'impression que tu me l'as distendu. Je vais devoir le donner à Becca, maintenant. » Sympa, quoi.

Pip: Et d'où venait son argent ? Elle avait un petit boulot ?

Chloé: Non. Je t'ai dit, on ne savait pas. On pensait que c'était son père qui le lui donnait.

Pip: Comme de l'argent de poche ?

Chloé: Ouais, genre.

Pip: Donc, quand elle a disparu, est-ce qu'au début tu t'es dit qu'elle avait pu fuguer pour punir quelqu'un ? Son père, peut-être ?

Chloé: Andie avait la vie trop belle pour vouloir fuguer.

Pip: Mais il n'y avait pas de tensions dans sa relation avec son père ?

[À partir de là, le ton de Chloé change brusquement.]

Chloé: Je ne vois pas le rapport avec ton projet. Écoute, je sais que j'ai pu te paraître désinvolte en parlant d'elle, et c'est vrai qu'elle avait ses défauts, mais c'était quand même ma meilleure amie

et elle s'est fait assassiner.
Je ne me sens pas le droit de discuter
de ses relations intimes
ni de sa famille, même après toutes ces années.

Pip: Oui, pardon, tu as raison.
Je me disais juste que si je la connaissais
un peu mieux et que je savais
où elle en était dans sa vie,
ça m'aiderait peut-être à comprendre l'affaire.

Chloé: Sauf que tout ça est complètement hors sujet.
Sal Singh l'a tuée, point barre.
Et ce n'est pas avec quelques interviews
que tu vas pouvoir la connaître.
C'était déjà impossible de connaître Andie,
même en étant sa meilleure amie.

[J'essaie maladroitement de m'excuser et de reprendre le fil de l'interview, mais il est clair que Chloé en a terminé. Je la remercie de son aide et elle raccroche.]

Grrr, c'est trop frustrant! Je croyais vraiment tenir une bonne piste, mais non, j'ai buté sur un gigantesque champ de mines émotionnel avec les deux meilleures amies d'Andie et j'ai tout fait capoter. J'ai l'impression que, même si elles pensent avoir tourné la page, elles ne se sont pas encore totalement libérées de l'emprise d'Andie. Peut-être même qu'elles protègent toujours certains de ses secrets. J'ai clairement touché un point sensible quand j'ai parlé du père d'Andie; est-ce qu'il y a quelque chose à creuser de ce côté?

Je viens de relire l'interview plusieurs fois et... peut-être qu'il y a autre chose à en tirer. Quand j'ai demandé à Chloé avec qui couchait Andie, je voulais en fait savoir avec qui elle avait couché *avant* Sal; si elle avait eu des relations antérieures. Mais au lieu du plus-que-parfait, j'ai utilisé l'imparfait: «Avec qui elle couchait?» Sans le vouloir, j'ai demandé avec qui *d'autre* couchait Andie *en même temps* que son histoire avec Sal. Pourtant, Chloé ne m'a pas corrigée. Elle a juste répondu qu'elle ne savait pas.

Je m'accroche à un infime espoir, j'en suis consciente. Il est tout à fait possible que Chloé ait compris ce que voulais dire. Il n'y a peut-être rien d'autre à y voir. Je sais que je ne vais pas résoudre cette affaire grâce à des règles de syntaxe. Ce n'est pas comme ça que ça marche dans la vraie vie, hélas.

Mais maintenant que j'ai mis le doigt là-dessus, je n'arrive pas à m'en défaire. Andie voyait-elle quelqu'un d'autre en cachette ? Sal l'a-t-il découvert, et est-ce là l'origine de leur dispute ? Cela pourrait-il expliquer le dernier texto de Sal à Andie avant qu'elle disparaisse : *je te parle + tant que t arreteras pas* ?

Je ne suis pas enquêtrice de police, tout ça n'est jamais qu'un projet scolaire, donc je ne peux obliger personne à me parler. Et ça, c'est le genre de secret qu'on ne partage qu'avec ses meilleurs amis, pas avec une inconnue qui fait son TPE.

Oh, mon Dieu ! Je viens d'avoir une idée horrible mais potentiellement géniale. Horrible, sans doute immorale et très certainement stupide ; et – ça, c'est sûr – résolument tordue. Pourtant, je crois quand même qu'il faut que j'essaie. Je ne peux pas rester une oie blanche si je veux vraiment comprendre ce qui est arrivé à Andie et Sal.

Je vais piéger Emma en me faisant passer pour Chloé.

J'ai une vieille carte SIM prépayée qui date de mes vacances l'an dernier. Si je la mets dans mon téléphone, je pourrais écrire des messages à Emma en prétendant que je suis Chloé et que c'est mon nouveau numéro. Ça peut marcher ; Emma dit qu'elles se sont éloignées, donc elle n'y verra peut-être que du feu. Ça peut aussi ne pas marcher. Mais je n'ai rien à perdre, et au contraire quelques secrets à gagner, et un tueur à trouver.

Salut Em, c'est Chloé,
j'ai un nouveau numéro.
Y a une fille de Kilton
qui vient de m'appeler
pour me poser des questions
sur Andie pour son TPE.
Elle t'a appelée aussi ? Bisous

Hé, salut✋.
Ouais, je l'ai eue y a 2 jours.
Ça m'a fait bizarre de repenser
à tout ça, entre nous.

Je sais, Andie avait
cet effet sur nous.
Tu ne lui as rien dit
sur la vie privée d'Andie,
si ?

J'imagine que tu veuxparler du mec
plus vieux qu'elle voyait en secret,
pas de Sal ?

Ouais.

Non, j'ai rien dit.

Moi non plus.
Mais je me suis toujours
demandé si Andie
t'avait dit qui c'était.

Nan, tu sais bien.
La seule chose qu'elle disait,
c'est qu'elle aurait pu
le détruire si elle voulait,
tu te souviens ?

Ouais, elle aimait
avoir ses petits secrets.

Je suis même pas sûre
qu'il existait vraiment, au fond.

Elle a très bien pu l'inventer
pour faire sa mystérieuse.

Ouais, peut-être.
La fille m'a aussi posé
des questions
sur le père d'Andie.
Tu crois qu'elle sait ?

Peut-être. C'est pas très difficile
à deviner, il a épousé cette pute
juste après le divorce.

Ouais, mais tu crois
qu'elle sait qu'Andie
savait ?

Je ne vois pas comment elle saurait, on était les deux seules au courant à l'époque. À part le père d'Andie, bien sûr. Mais qu'est-ce que ça change qu'elle le sache ?

Ouais, t'as raison.
Je crois que j'ai encore l'impression de devoir protéger les secrets d'Andie, tu comprends ?

Tu devrais essayer de prendre plus de distance. Moi c'est ce que j'ai fait et je m'en porte beaucoup mieux.

Je vais essayer.
Bon, je dois y aller, je me lève tôt demain.
Mais faudrait vraiment qu'on se prenne un pot un de ces quatre, non ?

Oui, ce serait top !
Dis-moi quand tu es dispo et de passage à Londres. 👍

Promis. Bye !

Nom d'un pepperoni.

Je n'ai jamais autant transpiré de ma vie entière. Je n'en reviens pas d'avoir réussi un coup pareil. J'ai failli craquer une ou deux fois mais... finalement j'ai tenu.

J'ai quand même des remords. Emma est tellement sympa et confiante. À vrai dire, c'est bon signe que j'aie des remords, ça montre que je n'ai pas complètement perdu mon sens moral. Je suis peut-être encore quelqu'un de bien...

En tout cas, nous avons désormais deux nouvelles pistes.

Jason Bell était déjà sur ma liste de suspects, mais maintenant son nom est inscrit **en gras** comme suspect numéro un. Il avait une maîtresse, et Andie était au courant. Pire, il savait qu'Andie savait. Elle a dû essayer de lui en parler, ou peut-être que c'est elle qui l'a pris la main dans le sac. Voilà qui explique en partie pourquoi leurs relations étaient tendues.

D'ailleurs, maintenant que j'y pense, son père ne lui donnait-il pas tout cet argent en secret *justement* pour ça? Peut-être qu'elle le faisait chanter. Non, c'est de la pure conjecture; il faut que je considère cette histoire d'argent comme une info à part jusqu'à ce que j'arrive à savoir d'où il provenait.

Et maintenant, la deuxième piste et la plus grosse révélation de la soirée: Andie avait un amant secret plus âgé qu'elle pendant sa relation avec Sal. Tellement secret qu'elle n'a jamais rien révélé sur lui à ses amies, si ce n'est qu'elle pouvait le détruire. Il me vient immédiatement une idée en tête: un homme marié. Est-ce qu'il pouvait être la source de tout cet argent mystérieux? J'ai donc un nouveau suspect. Quelqu'un qui avait certainement des raisons de vouloir faire taire Andie pour de bon.

L'image que je découvre peu à peu d'Andie Bell n'est pas celle à laquelle je m'attendais. On est loin de la jolie victime blonde véhiculée par les médias. Une victime adorée par sa famille, adorée par ses amis, emportée trop tôt par un «monstre sanguinaire». Peut-être que cette Andie-là n'était qu'un personnage fictif depuis le début, destiné à susciter l'empathie des lecteurs afin qu'ils achètent toujours plus de journaux. Mais, à présent que je gratte un peu, cette image commence à s'effriter dans les coins.

Il faut que j'appelle Ravi.

<u>Suspects potentiels</u>
Jason Bell
Naomi Ward
Amant secret plus âgé (plus âgé de combien ?)

10

— Je déteste le camping, grommela Lauren en se prenant les pieds dans la toile de tente.

— Ouais, mais c'est mon anniversaire, et moi j'aime bien, rétorqua Cara, qui relisait le mode d'emploi, les sourcils froncés.

C'était le dernier vendredi des grandes vacances et elles se trouvaient toutes les trois dans une petite clairière au milieu d'une forêt de hêtres en périphérie de Kilton. Voilà comment Cara avait choisi de fêter, avec un peu d'avance, son dix-huitième anniversaire : dormir par terre et faire ses besoins dans le noir, accroupie derrière un tronc d'arbre. Pip non plus ne voyait pas l'intérêt de cette régression en matière de sanitaires et de literie. Mais elle arrivait à peu près à faire contre mauvaise fortune bon cœur.

— Le camping sauvage est interdit, je te signale, insista Lauren en balançant un grand coup de pied rageur dans la toile.

— Alors, prie pour que la police du camping n'ait pas de compte Instagram, parce que je l'ai annoncé à la planète entière. Maintenant, la ferme, j'essaie de lire.

— Euh, Cara…, intervint Pip prudemment. Tu sais que ce n'est pas une tente, ce que tu as pris, hein ? C'est un barnum.

— Ouais, c'est pareil. Et il faudra qu'on tienne dessous toutes les trois, avec les trois garçons.

— Mais il n'y a pas de fond, regarde, fit remarquer Pip en lui montrant l'image sur la notice.

— C'est ta connerie qui n'a pas de fond, répliqua Cara en l'écartant d'un coup de hanche. Mon père nous a mis un grand tapis de sol.

— À quelle heure arrivent les garçons ? demanda Lauren.

— Ils m'ont envoyé un texto pour me dire qu'ils partaient il y a deux minutes, répondit Cara. Et non, on ne les attend pas pour faire le montage à notre place, Lauren.

— Je n'ai jamais dit ça.

Cara se fit craquer les doigts.

— Opération démantèlement du patriarcat, une tente après l'autre, déclara-t-elle.

— *Barnum*, la corrigea Pip.

— Tu me cherches, ou quoi ?

— Non non.

Dix minutes plus tard se dressait au milieu de la clairière un barnum blanc de trois mètres sur six des plus incongrus en ce lieu. La tâche s'était avérée facile une fois qu'elles avaient compris que la structure était tout simplement dépliable. Pip jeta un coup d'œil à son téléphone. Il était déjà 19 h 30, et son application météo disait que le soleil se couchait quinze minutes plus tard, même s'ils avaient encore deux heures avant qu'il fasse nuit noire.

— Ça va être trop bien ! s'extasia Cara en reculant pour admirer leur œuvre. J'adore le camping. Je vais m'avaler du gin et des scoubidous à la fraise jusqu'à en vomir. Je ne veux me souvenir de rien demain !

— Génial, comme objectif, commenta Pip. Vous ne voulez pas aller chercher le reste du pique-nique dans la voiture pendant que j'installe les sacs de couchage et que je monte les parois latérales ?

La voiture de Cara était garée sur le minuscule parking à environ deux cents mètres de l'endroit qu'elles avaient choisi. Lauren et Cara s'éloignèrent entre les arbres embrasés par les tout derniers rayons orangés du soleil avant d'être enveloppés dans la pénombre.

— N'oubliez pas les lampes de poche ! leur lança Pip juste au moment où elle les perdait de vue.

Pip entreprit de fixer les larges cloisons du barnum, laissant échapper un juron quand le Velcro lâcha et qu'elle dut recommencer. Elle se débattit ensuite avec le tapis de sol géant, soulagée d'entendre craquer les brindilles sous les pas de Cara et Lauren qui revenaient. Mais lorsqu'elle sortit de la tente pour les aider, il n'y avait personne. Seulement une pie perchée dans un arbre, qui l'observait en ricanant de son rire éraillé. Pip la salua de mauvaise grâce et s'attela à disposer leurs trois sacs de couchage côte à côte, essayant de ne pas penser au fait qu'Andie Bell pouvait très bien être enterrée quelque part dans ces bois.

Tandis qu'elle déroulait le dernier duvet, des craquements de branches résonnèrent au loin, puis un raffut de rires et de cris stridents qui signifiait forcément que les garçons étaient arrivés. Elle vit leurs silhouettes apparaître entre les troncs, accompagnés des filles, les bras chargés de provisions : Ant, qui – comme son nom l'indiquait[1] – n'avait pas beaucoup grandi depuis qu'ils étaient devenus amis à l'âge de douze ans ; Zach Chen, qui habitait à quatre maisons des Amobi ; et Connor, que Pip et Cara connaissaient depuis le primaire et qui s'intéressait à Pip d'un peu trop près ces derniers temps. Avec un peu chance, ça lui passerait vite, comme la fois où il avait été quelque temps persuadé d'avoir un brillant avenir en tant que psychologue pour chats.

— Salut ! lança Connor, qui transportait une glacière avec Zach. Merde, regarde, les filles se sont réservé les meilleures places. Les dés étaient *Pip'és*, ça ne m'étonne pas.

Ce n'était pas la première fois que Pip entendait cette blague.

— Ah ah ah, trop drôle, Conn', rétorqua-t-elle sèchement en écartant une mèche de ses yeux.

— Hé, Connor, intervint Ant, sois pas vexé. Dis-toi qu'elle te sauterait dessus si t'étais un devoir à faire.

1. En anglais, « *ant* » signifie « fourmi ». [NdT]

— Ou Ravi Singh, murmura Cara en aparté, avec un clin d'œil à Pip.

— Les devoirs, c'est beaucoup plus enrichissant que les garçons, répliqua Pip avec un coup de coude discret dans les côtes de Cara. Et tu peux parler, Ant, tu as la vie sexuelle d'un mollusque argonaute.

— C'est-à-dire ?

— Eh bien, le pénis des mollusques argonautes se détache au moment de la copulation, si bien qu'ils ne peuvent avoir de rapports sexuels qu'une seule fois dans leur vie.

— Je confirme, intervint Lauren, qui avait eu un début d'histoire avorté avec Ant l'année précédente.

Tout le monde s'esclaffa et Zach donna une grande tape amicale dans le dos de son ami.

— C'est d'une bassesse ! gloussa Connor.

Une nuit éclairée par la lune s'était abattue sur la forêt, encerclant de toutes parts le barnum blanc qui luisait tel un lampion au milieu des arbres endormis. Ils avaient pour s'éclairer deux lanternes à piles et trois torches.

Ils avaient bien fait de se replier sous le chapiteau, constata Pip, car il s'était mis à pleuvoir assez fort, même si le couvert forestier les protégeait. Ils étaient assis en cercle tous les six autour des victuailles, les deux côtés du barnum relevés pour évacuer l'odeur de fauve des garçons.

Pip, enfoncée jusqu'à la taille dans son duvet bleu marine, s'était même autorisée à boire une bière, bien qu'elle ait été beaucoup plus intéressée par les chips et le guacamole. Elle n'aimait pas beaucoup l'alcool, ni le sentiment de perte de contrôle qui allait avec.

Ant leur racontait une histoire de fantômes et la lumière de la torche qu'il tenait sous sa mâchoire lui faisant un visage distordu et grotesque. Comme par hasard, c'était l'histoire de six amis, trois garçons et trois filles, qui campaient dans les bois.

— Alors, la fille dont c'est l'anniversaire, énonça-t-il d'un ton mélodramatique, termine le paquet de scoubidous à la fraise, qui lui collent au menton comme des traînées de sang.

— Oh, la ferme ! répliqua Cara, la bouche pleine.

— Elle ordonne au beau gosse de la fermer. Et c'est là qu'ils l'entendent : un grattement contre la paroi de la tente. Il y a quelque chose, ou quelqu'un, dehors. Petit à petit, des ongles déchirent un trou dans la toile. « Y a une teuf ici ? » demande une voix de fille. Alors elle surgit tout entière par le trou et, d'un brusque geste de la main, tranche la gorge du mec à la chemise à carreaux. « Je vous ai manqué ? » crie-t-elle, et les cinq amis encore vivants comprennent à qui ils ont affaire : le zombie en décomposition d'Andie Bell, venue prendre sa revanche…

— Tais-toi, Ant, le coupa Pip. C'est pas drôle.

— Alors pourquoi tout le monde rigole ?

— Parce que vous êtes tous des malades. C'est dégueulasse d'utiliser une fille assassinée pour tes blagues débiles.

— Mais pas pour un projet scolaire ? intervint Zach.

— Ça n'a rien à voir.

— J'allais en venir au passage sur le vieux qu'elle se tapait en cachette, reprit Ant.

Pip tressaillit et le fusilla du regard.

— C'est Lauren qui me l'a dit, se défendit-il.

— C'est Cara qui me l'a dit, renchérit Lauren d'une voix un peu pâteuse.

— Cara ? fit Pip en se tournant vers elle.

— Je suis désolée, bredouilla l'intéressée, avec une certaine difficulté à articuler après ses huit shots de gin. Je savais pas que c'était un secret. J'en ai seulement parlé à Naomi et à Lauren. Et je leur ai dit de le répéter à personne.

Elle pointa un doigt accusateur vers Lauren, en vacillant sur elle-même.

C'était vrai ; Pip ne lui avait pas demandé expressément de garder le secret. Elle ne l'avait pas jugé nécessaire. Une erreur qu'elle ne commettrait plus.

— Je ne fais pas ce projet pour vous alimenter en ragots, prévint-elle en s'efforçant de contenir la colère dans sa voix.

Son regard passa de Cara à Lauren puis à Ant. À voir l'expression dans les yeux de Cara derrière leur voile d'ébriété, Pip comprit qu'elle était sincèrement désolée.

— Bref, on s'en fout, trancha Ant. De toute façon, la moitié du bahut est au courant que ton TPE est sur Andie Bell. Et puis, pourquoi on parle des devoirs alors que c'est notre dernier vendredi soir de liberté ? Zach, sors la planche.

— Quelle planche ? interrogea Cara.

— J'ai acheté un Ouija. Cool, non ? répondit Zach en tirant son sac vers lui.

Il en sortit une tablette en plastique imitation bois ornée des lettres de l'alphabet, et un petit objet pointu avec une loupe pour voir les lettres. Il posa l'ensemble au centre du cercle.

— Alors là, pas question, déclara Lauren en croisant les bras. C'est beaucoup trop flippant. Les histoires, OK, mais pas de spiritisme.

Pip laissa les garçons s'évertuer à la convaincre, sans doute pour pouvoir lui jouer quelque tour qu'ils avaient manigancé. Encore un truc avec Andie Bell, à tous les coups. Pip feignait l'indifférence, mais à l'intérieur elle bouillonnait de rage. Contre ses amis. Contre elle-même. Elle tendit la main par-dessus la planche de Ouija pour attraper un paquet de chips, et c'est alors qu'elle le vit.

Un flash de lumière blanche à travers les arbres.

Elle se releva vivement et plissa les yeux. Nouveau flash. Au loin, dans l'obscurité, un petit rectangle de lumière s'alluma et disparut aussitôt. Comme la lueur d'un écran de téléphone portable.

Elle attendit un moment, mais la lumière ne réapparut pas. Dehors, il n'y avait plus que la nuit. Le crépitement de la pluie. Les silhouettes des arbres qui se découpaient dans le clair de lune.

Jusqu'à ce qu'un des troncs d'arbre se déplace.

— Les gars, chuchota-t-elle en envoyant un petit coup de pied dans le tibia d'Ant pour le faire taire. Ne vous retournez pas maintenant, mais je crois qu'il y a quelqu'un dans les bois. Qui nous observe.

11

— Où ça ? articula Connor en silence, le regard planté dans celui de Pip.

— Un peu à ma gauche, murmura-t-elle.

Elle sentait la peur couler comme un goutte-à-goutte glacé dans son ventre. Tous avaient les yeux écarquillés.

Brusquement, Connor poussa un cri, s'empara d'une torche et se leva d'un bond.

— Hé, espèce de pervers ! hurla-t-il dans un accès de courage inattendu.

Il fila dans la nuit, faisant danser le faisceau lumineux au bout de son bras au rythme de sa course.

— Connor ! cria Pip tout en se dépêtrant de son sac de couchage.

Elle arracha la torche des mains d'un Ant pétrifié et s'élança à la poursuite de son ami.

— Connor, attends !

Cernée d'ombres hirsutes, Pip tentait d'éviter les branches qui se tendaient pour lui griffer le visage alors que sa torche se balançait dans sa main, éclairant par intermittence des gouttes de pluie en suspension.

— Connor ! cria-t-elle à nouveau, tout en poursuivant un rai de lumière dans la nuit noire.

Derrière elle, elle entendit d'autres pas courir dans la forêt, quelqu'un beugler son nom. Une des filles pousser un hurlement.

Elle sentait déjà un point de côté lui déchirer le flanc tandis qu'elle redoublait d'efforts, l'adrénaline ayant englouti les dernières traces de bière qui auraient pu la ralentir. Elle était alerte, elle était prête.

— Pip ! lui brailla quelqu'un dans l'oreille.

Ant l'avait rattrapée, en se guidant avec la torche de son téléphone.

— Où est Conn' ? interrogea-t-il, pantelant.

Elle n'avait plus de souffle pour parler. Elle tendit le doigt dans la direction de la lueur vacillante devant eux, et Ant la doubla.

Elle percevait toujours des pas derrière elle. Elle se retourna, mais ne distingua qu'un point de lumière qui se rapprochait en grossissant.

Elle reprit sa course, mais soudain, le rayon de sa torche fit surgir devant elle deux silhouettes voûtées. Elle dut faire une brusque embardée pour ne pas leur rentrer dedans, et s'écroula à genoux.

— Pip, ça va ? haleta Ant en l'aidant à se relever.

— Ouais, fit-elle en avalant de grandes goulées d'air humide alors qu'une crampe lui vrillait la poitrine. Connor, merde, qu'est-ce que tu as foutu ?

— Je l'ai perdu, souffla-t-il, plié en deux. Je crois que je l'ai perdu depuis un bout de temps.

— C'était un homme ? demanda Pip. Tu l'as vu ?

Connor secoua la tête.

— Non, je n'ai pas vu si c'était un homme, mais qu'est-ce que tu voulais que ce soit ? J'ai juste aperçu quelqu'un avec une capuche foncée. Je pense qu'il a dû bifurquer à un moment où ma torche était baissée, et moi comme un con j'ai continué tout droit.

— Surtout, comme un con, tu as voulu le poursuivre, rétorqua Pip, en colère. Seul.

— Encore heureux ! Un pervers dans les bois, à minuit, qui nous reluquait sans doute en se tripotant. Je lui aurais bien cassé la gueule.

— Tu as pris un risque inutile, insista Pip. Qu'est-ce que tu essayais de nous prouver ?

Il y eut un éclair de lumière à la périphérie de son champ de vision et Zach apparut brusquement, s'arrêtant pile avant de leur rentrer dedans.

— Putain, se contenta-t-il de dire.

C'est alors qu'ils entendirent un cri.

— Merde, souffla Zach en faisant demi-tour pour courir dans la direction d'où il venait.

— Cara ! Lauren ! hurla Pip.

Empoignant sa torche, elle s'élança après Zach, suivie des deux autres. Nouveau slalom dans le noir entre les arbres, dont les doigts maléfiques s'agrippaient dans ses cheveux. Son point de côté empirait à chaque foulée.

Trente secondes plus tard, ils trouvèrent Zach qui éclairait de son téléphone les deux filles enlacées, Lauren en larmes.

— Qu'est-ce qu'il y a ? demanda Pip en les serrant toutes les deux contre elle. Pourquoi vous avez crié ?

— Parce qu'on était perdues et que la torche s'est cassée et qu'on est bourrées, répondit Cara.

— Mais pourquoi vous n'êtes pas restées sous la tente ? répliqua Connor.

— Parce que vous étiez tous partis, sanglota Lauren.

— OK, OK, temporisa Pip. On a un peu surréagi. Tout va bien. Il faut juste qu'on retourne sous le barnum. La personne s'est enfuie, maintenant, et on est six contre un, d'accord ? Ça va aller.

Elle essuya les larmes sur la joue de Lauren.

Il leur fallut presque un quart d'heure, même avec les torches, pour retrouver leur chemin jusqu'au barnum. La forêt était une autre planète, la nuit. Ils eurent même recours au GPS du téléphone de Zach pour estimer à quelle distance de la route ils étaient. Leurs pas s'accélérèrent lorsqu'ils aperçurent au loin des éclats de toile blanche entre les arbres, et la douce lueur jaune de leurs lanternes.

Personne ne souffla mot tandis qu'ils ramassaient dans un sac-poubelle les canettes vides et les emballages de nourriture histoire de faire de la place pour leurs sacs de couchage. Ils fermèrent les quatre côtés du barnum, se sentant à l'abri entre ses parois de toile blanche, d'où ils ne voyaient plus que l'ombre déformée des arbres à travers les fausses fenêtres en plastique.

Les garçons commençaient déjà à faire des blagues sur leur course-poursuite nocturne. Mais Lauren avait encore l'air terrorisée.

Pip déplaça son duvet entre le sien et celui de Cara, et l'aida à s'y engouffrer après l'avoir regardée un moment se débattre avec la fermeture Éclair.

— Pas de Ouija, si je comprends bien ? lança Ant.

— Je crois qu'on s'est fait assez de frayeurs comme ça, répondit Pip.

Elle resta assise près de Cara, la faisant boire de l'eau et la distrayant en dissertant sur la chute de Rome. Lauren dormait déjà, Zach aussi à l'autre bout du barnum.

Quand les paupières de Cara commencèrent à s'alourdir, Pip regagna discrètement son sac de couchage. Ant et Connor étaient encore en train de papoter à voix basse, mais elle avait envie de dormir, ou au moins de s'allonger pour tenter de dormir. Alors qu'elle glissait ses jambes dans le duvet, elle sentit quelque chose frotter contre son pied droit. Elle replia les genoux sur sa poitrine et plongea une main à l'intérieur. Ses doigts se refermèrent sur un morceau de papier.

Sans doute un emballage qui s'était égaré là. Mais ce n'était pas un emballage. C'était une feuille A4 pliée en deux.

Elle la déplia. Trois mots étaient imprimés en grosses lettres sur toute la largeur de la page : *Lâche l'affaire, Pippa.*

La feuille lui échappa des mains. Sa respiration s'accéléra d'un coup, comme si elle était de nouveau en train de courir dans la nuit, les arbres surgissant par flashs dans le faisceau de sa torche. Son incrédulité se mua en peur. Puis, au bout de cinq secondes, la peur s'embrasa en colère.

— C'est quoi, ces conneries ? fit-elle en attrapant la feuille et en fonçant vers les garçons.

— Chhh, les filles dorment.

— Vous trouvez ça drôle ? gronda-t-elle en se plantant devant eux, le papier à la main. Vous êtes vraiment hallucinants.

— De quoi tu parles ? demanda Ant, les yeux levés vers elle.

— De ce mot que vous m'avez laissé.

— Je ne t'ai pas laissé de mot, rétorqua-t-il en tendant la main.

Mais Pip recula vivement.

— Et tu crois que je vais gober ça ? Toute cette histoire de pervers dans les bois, c'était aussi une mise en scène ? Ça faisait partie de la blague ? C'était qui ? Ton copain George ?

— Non, Pip, assura Ant en la fixant. Honnêtement, je ne sais pas de quoi tu parles. Qu'est-ce qu'il y a écrit sur ce mot ?

— Arrête de faire l'innocent, s'il te plaît. Connor, rien à ajouter ?

— Pip, tu crois que j'aurais couru comme un dératé pour rattraper ce pervers si c'était juste une blague ? On n'a rien manigancé, je te jure.

— Vous êtes en train de me dire que ce n'est aucun de vous deux qui m'a laissé ce mot ?

Double hochement de tête.

— Espèces de menteurs, souffla Pip avant de repartir vers son côté du barnum.

— Je te jure, Pip, insista Connor, c'est pas nous.

Pip l'ignora et s'entortilla dans son duvet en faisant plus de bruit que nécessaire.

Elle s'allongea et se fabriqua un oreiller avec son sweat roulé en boule, la feuille de papier ouverte sur le sol à côté d'elle. Elle se tourna pour la relire, sans se donner la peine de répondre aux « Pip ! » que lui chuchotaient en boucle Ant et Connor.

Pip était la seule à ne pas dormir. Elle le savait au bruit des respirations autour d'elle. Seule, réveillée.

Une nouvelle créature était née de sa colère, modelée dans les braises et la cendre. Un sentiment entre terreur et doute, entre chaos et logique.

Elle s'était tellement répété les mots dans sa tête qu'ils étaient devenus caoutchouteux, comme une langue étrangère.

Lâche l'affaire, Pippa.

Non, ce n'était pas possible. C'était forcément une blague. Juste une mauvaise blague.

Elle n'arrivait pas à détacher son regard de la feuille, ses yeux épuisés traçant et retraçant sans cesse les contours noirs des lettres imprimées.

Au cœur de la nuit, la forêt avait pris vie autour d'elle. Des craquements de brindilles, des battements d'ailes et des cris dans les arbres. Renards ou cerfs, elle n'aurait su le dire, mais des bêtes jappaient, glapissaient, et tout à coup c'était comme si Andie Bell s'était mise à hurler, défiant les lois du temps.

Lâche l'affaire, Pippa.

DEUXIÈME PARTIE

12

Pip trépignait nerveusement sous la table, en espérant que Cara était trop occupée à jacasser pour le remarquer. C'était bien la première fois qu'elle se sentait obligée de cacher des choses à sa meilleure amie, et cela la mettait horriblement mal à l'aise.

Les cours avaient repris depuis trois jours et les profs avaient enfin attaqué le programme, après avoir expliqué en long et en large ce qu'ils allaient leur faire faire pendant l'année. Pip et Cara étaient rentrées ensemble du lycée. Installées à la table de la cuisine des Ward, elles étaient censées faire leurs devoirs, mais Cara était en pleine crise existentielle.

— Je lui ai dit que je ne savais toujours pas quel cursus je voulais suivre l'an prochain, et encore moins dans quelle fac. Et lui, il n'arrête pas de me répéter : « Le temps passe, Cara », ça me stresse trop. Et toi, tu en as parlé avec tes parents ?

— Ouais, il y a quelques jours. J'ai décidé de demander King's College, à Cambridge.

— En lettres ?

Pip hocha la tête.

— C'est vraiment pas à toi qu'il faut se confier quand on doute de son avenir, en fait, soupira Cara. Je parie que tu as une idée très précise.

— Évidemment. Je veux être un mélange d'Albert Londres, d'Erin Brockovich et de Michelle Obama.

— Rien que ça.

Un puissant sifflement de train jaillit du téléphone de Pip.

— C'est qui ? demanda Cara.

— Ravi Singh, répondit Pip en parcourant rapidement le message. Il veut savoir si j'ai du nouveau.

— Ah, parce que maintenant on s'envoie des textos, hein ? la taquina Cara. Tu me préviens si je dois bloquer une date pour le mariage ?

Pip lui lança un stylo-bille, que Cara évita agilement.

— Et alors ? reprit Cara. Tu as du nouveau du côté Andie Bell ?

— Non. Absolument rien, mentit-elle avec une boule au ventre.

Ant et Connor avaient une fois de plus nié être les auteurs du mot dans son sac de couchage lorsqu'elle leur avait posé la question au lycée. Ils avaient laissé entendre que c'était peut-être Zach, ou une des filles. Certes, leurs dénégations ne prouvaient rien. Mais Pip était bien obligée d'envisager une autre hypothèse : *et si… ?* Et si quelqu'un impliqué dans l'affaire Andie Bell essayait vraiment de l'intimider pour qu'elle abandonne ses recherches ? Quelqu'un qui aurait beaucoup à perdre si elle continuait.

Elle n'avait dévoilé le contenu du message à personne : ni aux filles, ni aux garçons quand ils lui avaient demandé ce qu'il disait, ni à ses parents, ni même à Ravi. Leur inquiétude risquait de sonner le glas de son projet. Et puis il fallait contrôler toute fuite potentielle. Il y avait des secrets qu'elle devait garder pour elle, et pour cela elle prendrait pour modèle un maître en la matière, Miss Andrea Bell en personne.

— Où est ton père ? demanda-t-elle à Cara.

— Euh, tu plaisantes ? Il est passé nous voir, il y a genre un quart d'heure, pour nous dire qu'il partait à son cours.

— Ah oui, fit Pip.

Les mensonges et les secrets, ça occupait l'esprit. Elliot donnait des cours particuliers trois soirs par semaine depuis toujours ; cela faisait partie de la routine chez les Ward, et Pip le savait parfaitement. Ses nerfs lui jouaient des tours. Cara ne tarderait pas à s'en apercevoir, elle la connaissait trop bien. Il fallait que Pip arrive à se calmer. Elle était venue avec un objectif en tête, et si elle continuait à être aussi fébrile, elle allait se faire prendre.

Elle entendait le son étouffé de la télé dans la pièce d'à côté : Naomi regardait un film américain dans lequel fusaient les « *motherfucker* » et les *tchiou-tchouc* des pistolets à silencieux.

C'était le moment idéal pour passer à l'action.

— Hé, je peux t'emprunter ton ordi deux secondes ? demanda Pip à Cara, l'air de rien. Je dois chercher un bouquin pour le cours d'anglais.

— Ouais, bien sûr, répondit Cara en faisant glisser le portable vers elle. Ne ferme pas mes onglets.

— T'inquiète.

Pip tourna l'écran afin que Cara ne puisse pas le voir. Elle sentait son pouls tambouriner jusque dans ses oreilles, et elle avait tellement chaud aux joues qu'elle devait être rouge écarlate. En se tassant au maximum pour se cacher derrière l'écran, elle ouvrit le panneau de configuration.

Elle n'avait pas fermé l'œil avant 3 heures du matin la nuit précédente, obsédée par ce « et si ? » qui l'empêchait de dormir. Elle était donc allée à la pêche aux informations sur Internet, épluchant des forums bourrés de fautes d'orthographe et des modes d'emploi d'imprimantes sans fil.

N'importe qui avait pu la suivre dans les bois, certes. N'importe qui avait pu les observer et chercher à les attirer hors de la tente le temps de glisser le mot dans son sac de couchage. Certes. Mais il y avait un nom précis sur sa liste de suspects potentiels, une personne qui savait exactement où Cara et Pip allaient camper. Naomi. Pip avait été stupide de l'écarter en se disant qu'elle la connaissait. Il pouvait très bien y avoir une autre Naomi. Une Naomi qui avait peut-être menti sur le fait de s'être absentée de chez Max pendant un moment la nuit où Andie avait disparu. Qui était peut-être amoureuse de Sal. Qui détestait peut-être Andie au point de la tuer.

Après des heures de recherche obstinée, Pip avait appris qu'il n'y avait aucun moyen de retrouver *a posteriori* les documents qu'une imprimante sans fil avait imprimés. Et aucun individu normalement constitué ne sauvegarderait un mot pareil sur son ordinateur, si bien qu'il ne servait à rien d'essayer de fouiller dans celui de Naomi. Mais il y avait une chose qu'elle pouvait faire.

Elle ouvrit la fenêtre « Périphériques et imprimantes » sur le portable de Cara et plaça son curseur sur l'icône de l'imprimante familiale des Ward, que quelqu'un avait baptisée *Freddie Prints Jr.* Grâce à un clic droit, elle fit apparaître un menu dans lequel elle choisit « Propriétés de l'imprimante », puis cliqua sur l'onglet « Avancé ».

Pip avait mémorisé les étapes d'un tutoriel. Elle cocha la case « Conserver les documents imprimés », cliqua sur « Appliquer », et voilà. Elle ferma la fenêtre et rouvrit celle des devoirs de Cara.

— Merci, dit-elle en lui rendant l'ordinateur, certaine que tout le monde pouvait entendre les battements de son cœur, comme si elle avait un haut-parleur branché sur la poitrine.

— *No problemo*.

Désormais, le portable de Cara garderait la trace de tous les documents qui passeraient par leur imprimante. Si Pip recevait un deuxième message, elle pourrait vérifier s'il émanait de Naomi ou pas.

La porte de la cuisine s'ouvrit sur une série d'explosions à la Maison-Blanche et des agents du FBI qui hurlaient « Sortez de là ! et « Tirez-vous ! ». Naomi se tenait dans l'embrasure.

— Merde, Nao, fit Cara. On bosse, ici, baisse le son.

— Pardon, chuchota-t-elle, comme si ça pouvait compenser le bruit de la télé. Je prends juste un truc à boire. Ça va, Pip ?

Naomi la dévisageait d'un air étonné, et c'est seulement alors que Pip s'aperçut qu'elle la regardait fixement.

— Euh, ouais, ouais. Tu m'as fait peur, c'est tout, répondit-elle avec un sourire un peu trop large, qui lui fit mal aux joues.

Pippa Fitz-Amobi
TPE 08/09/2017

Journal de bord – point n° 13

Transcription de la deuxième interview d'Emma Hutton

Pip: Merci d'avoir accepté de me parler à nouveau. C'est juste un tout petit complément, promis.

Emma: C'est bon, t'inquiète.

Pip: Merci. OK, donc, premièrement, je me suis un peu renseignée sur Andie, et j'ai entendu certaines rumeurs que je voulais vérifier auprès de toi. On m'a raconté qu'Andie voyait quelqu'un d'autre en même temps que Sal. Peut-être un homme plus âgé. Tu en avais déjà entendu parler?

Emma: Qui t'a dit ça?

Pip: Désolée, mais la personne souhaite garder l'anonymat.

Emma: C'est Chloé Burch?

Pip: Encore une fois, désolée, mais on m'a demandé de ne rien dire.

Emma: C'est forcément elle. On était les deux seules au courant.

Pip: Donc c'est vrai? Andie voyait un autre homme plus âgé alors qu'elle sortait avec Sal?

Emma: Ouais, enfin, c'est ce qu'elle prétendait, en tout cas. Elle ne nous a jamais donné son nom, ni rien.

Pip: Vous saviez depuis combien de temps ça durait?

Emma : Depuis pas très longtemps avant sa disparition. Je crois qu'elle a commencé à nous en parler en mars. Mais c'est juste une supposition.

Pip : Vous n'aviez aucune idée de qui ça pouvait être ?

Emma : Non, ça l'amusait de nous laisser mariner.

Pip : Et vous n'avez pas jugé utile d'en référer à la police ?

Emma : Non parce que, honnêtement, on ne savait rien de plus. En plus, je me suis toujours demandé si Andie ne l'avait pas inventé pour se mettre en avant.

Pip : Mais après toute l'histoire avec Sal, vous n'avez jamais songé que ça pouvait être un mobile potentiel ? Et à prévenir la police ?

Emma : Encore une fois, je n'étais pas totalement convaincue de l'existence de cet homme. Et Andie n'était pas débile, elle n'en aurait jamais parlé à Sal.

Pip : Mais peut-être que Sal l'a découvert tout seul.

Emma : Hmm, je ne crois pas. Andie était douée pour garder un secret.

Pip : OK, dernière question. Est-ce que tu sais si Andie s'était un jour disputée avec Naomi Ward ? Ou si elles avaient une relation conflictuelle ?

Emma : Naomi Ward, la copine de Sal ?

Pip : Oui.

Emma : Non, pas à ma connaissance.

Pip : Andie n'a jamais évoqué de tensions avec Naomi ? Elle n'a jamais médit sur elle ?

Emma : Non. En fait, maintenant que tu m'y fais penser, il y avait bien quelqu'un qu'elle détestait chez les Ward, mais ce n'était pas Naomi.

Pip : Comment ça ?

Emma : Tu connais M. Ward, le prof d'histoire ? Je ne sais pas s'il enseigne encore à Kilton. En tout cas,

	Andie ne l'aimait pas. Je me rappelle l'avoir entendue le traiter de «connard», et d'autres termes plus durs encore.
Pip:	Pourquoi? C'était quand?
Emma:	Hmm, je ne saurais pas te le dire précisément, mais je crois que c'était autour de Pâques cette année-là. Donc, peu de temps avant tout ça.
Pip:	Pourtant, Andie ne suivait pas de cours d'histoire en terminale, si?
Emma:	Non, ça devait être à cause d'une remarque sur la longueur de sa jupe, ou quelque chose du genre. Elle avait horreur de ça.
Pip:	OK, c'est tout ce que je voulais te demander. Merci encore pour ton aide, Emma.
Emma:	Je t'en prie. Bye.

NON. Là, non.

D'abord Naomi, que je n'arrive même plus à regarder dans les yeux. Et maintenant Elliot? Pourquoi toutes mes questions concernant Andie Bell mènent-elles à des gens de mon entourage?

OK, le fait qu'Andie ait injurié un prof peu de temps avant sa mort peut paraître une pure coïncidence. D'accord. C'est peut-être parfaitement innocent.

Mais – et c'est un «mais» non négligeable – Elliot m'a dit qu'il connaissait à peine Andie, ou en tout cas qu'il n'était plus en contact avec elle les deux dernières années de sa vie. Alors pourquoi l'aurait-elle traité de «connard»? Elliot m'a-t-il menti, et si oui, pour quelle raison?

Ce serait hypocrite de ma part de ne pas envisager toutes les hypothèses, comme je l'ai fait jusque-là, sous prétexte que je suis proche d'Elliot. Donc, même si ça me coûte, je me dois de poser la question: cet indice anodin pourrait-il suggérer qu'Elliot Ward était l'amant secret d'Andie? J'ai d'abord pensé que cet homme «plus âgé» devait avoir entre vingt-cinq et trente ans. Mais peut-être que je me suis trompée; peut-être qu'il était *beaucoup* plus vieux que ça. C'est moi qui ai fait le gâteau pour le dernier anniversaire d'Elliot, donc je sais qu'il a aujourd'hui quarante-sept ans, ce qui signifie qu'il en avait quarante-deux l'année de la disparition d'Andie.

Andie affirmait à ses amies qu'elle pouvait «détruire» cet homme. J'en ai déduit qu'il devait s'agir d'un homme marié. Elliot ne l'était pas; sa femme était morte deux ans plus tôt. Mais il était prof dans son lycée, et Andie était mineure. S'ils avaient une liaison et que ça s'était su, Elliot encourait la prison. Ce qui revient assurément à «détruire» quelqu'un.

Elliot est-il le genre de personne à faire ça? Non. Est-il le genre d'homme qu'une belle blonde de dix-sept ans convoiterait? Je ne pense pas. Enfin, il n'est pas hideux, et son côté intello grisonnant pourrait avoir un certain charme, mais... Juste non. Je ne le sens pas.

Comment j'en suis venue à imaginer des choses pareilles? Qui sera le prochain sur ma liste de suspects potentiels? Cara? Ravi? Victor? Moi?

Je vais devoir prendre mon courage à deux mains et poser directement la question à Elliot, histoire d'avoir des éléments concrets à me mettre sous la dent. Sinon, je vais finir par soupçonner toutes les personnes de mon entourage qui ont croisé Andie à un moment ou un autre de leur vie. Et la paranoïa ne me réussit pas.

Mais comment fait-on pour demander l'air de rien à un adulte qu'on connaît depuis l'âge de six ans pourquoi il a menti au sujet d'une fille assassinée?

<u>Suspects potentiels</u>

Jason Bell

Naomi Ward

Amant secret

Elliot Ward

13

La main droite de Pip devait être dotée d'une vie propre, indépendamment de son cerveau.

M. Ward était en train de parler – « Mais Lénine n'aimait pas la politique de Staline envers la Géorgie après l'invasion de l'Armée rouge en 1921 » –, et les doigts de Pip s'activaient à tout noter, soulignant même les dates. Sauf qu'elle n'écoutait pas vraiment.

Une autre guerre faisait rage en elle, les deux hémisphères de son cerveau se livrant une lutte sans merci. Fallait-il qu'elle interroge à nouveau Elliot sur Andie, ou cela mettrait-il son enquête en péril ? Était-il déplacé de poser des questions indiscrètes sur une élève assassinée, ou était-ce un plan à la Pippa parfaitement acceptable ?

La sonnerie de la mi-journée retentit, et Elliot cria par-dessus le brouhaha des grincements de chaises et des claquements de sacs : « Lisez le chapitre trois pour le prochain cours. Et si vous voulez faire du zèle, vous pouvez *stalinoter* les mots-clés.

Il gloussa à sa propre blague.

— Tu viens, Pip ? lança Connor en passant les bretelles de son sac à dos.

— Euh… ouais, je vous rejoins dans deux minutes, je dois d'abord demander un truc à M. Ward.

— Ah bon, tu dois demander un truc à M. Ward ? intervint Elliot, qui l'avait entendue. Ça me fait peur. J'espère que tu n'as pas déjà commencé à réfléchir au contrôle continu.

— Non, enfin si, mais ce n'est pas ce dont je veux vous parler.

Elle attendit que tous les élèves soient sortis.

— Qu'est-ce qu'il y a, Pip ? s'impatienta Elliot en regardant sa montre. Tu as dix minutes avant que je panique pour mon panini.

— Ouais, pardon, bredouilla Pip en s'efforçant de rassembler son courage, qui semblait s'être carapaté. Euh…

— Tout va bien ? interrogea Elliot en s'asseyant sur son bureau, bras et jambes croisés. Tu t'inquiètes pour tes demandes d'inscription à la fac ? On peut relire ensemble ta lettre de motivation si…

— Non, ce n'est pas ça.

Elle prit une grande inspiration avant de se lancer :

— Je… Quand je t'ai interviewé, l'autre jour, tu m'as dit que tu n'avais plus aucun contact avec Andie pendant ses deux dernières années au lycée.

— En effet, oui. Elle ne faisait pas d'histoire.

— D'accord, mais…

Elle retrouva son courage d'un coup et les mots se bousculèrent dans sa bouche :

— Une de ses amies m'a raconté qu'Andie t'avait traité de… pardon pour le gros mot, de « connard », et d'autres termes désobligeants, dans les semaines avant sa disparition.

« Pourquoi ? » était la suite logique de sa phrase sans qu'elle ait besoin de la formuler.

— Ah, fit Elliot en se passant la main dans les cheveux.

Il la regarda en soupirant.

— Écoute, j'espérais que ça ne sortirait pas. Je ne vois pas l'intérêt de ressasser tout ça maintenant. En tout cas, je constate que tu prends ton projet très au sérieux.

Pip confirma d'un hochement de tête, suivi d'un long silence qui appelait clairement une réponse.

Elliot remua nerveusement sur sa chaise.

— Je ne me sens pas très à l'aise de devoir dire des choses désagréables sur une élève qui a perdu la vie.

Il tourna les yeux vers la porte de la classe, qui était restée ouverte, et s'empressa d'aller la fermer.

— En fait, reprit-il, je n'avais pas de contact avec Andie au lycée, mais j'entendais parler d'elle, bien sûr, en tant que père de Naomi. Et... c'est à ce titre, via Naomi, que j'ai appris certaines choses au sujet d'Andie Bell.

— À savoir ?

— C'est un peu difficile à expliquer, mais... elle avait une face sombre. Elle harcelait une autre fille de leur classe. Je ne me rappelle plus comment elle s'appelait, elle avait un nom à consonance portugaise. Il y a eu un incident, une histoire de vidéo qu'Andie a postée sur Internet.

Pip n'était qu'à moitié surprise. Encore une nouvelle voie qui s'ouvrait dans le labyrinthe de la vie d'Andie Bell. Au fil des témoignages, la personnalité d'Andie devenait de plus en plus mystérieuse.

— Andie risquait d'avoir des problèmes à la fois avec le lycée et avec la police, poursuivit Elliot. Et je… je trouvais ça dommage, parce que c'était juste après les vacances de Pâques et elle devait bientôt passer les épreuves du bac. Tout son avenir dépendrait de ses résultats.

Il laissa échapper un soupir.

— J'aurais dû simplement en référer au proviseur. Mais le lycée avait une politique de tolérance zéro face au harcèlement et au cyberharcèlement, et je savais qu'Andie serait renvoyée sur-le-champ. Pas d'examen du bac, pas d'inscription à l'université et, bon… je n'ai pas pu m'y résoudre. Même si elle était en tort, je n'aurais pas pu me regarder dans un miroir si j'avais contribué à ruiner l'avenir d'une élève.

— Alors, qu'est-ce que tu as fait ?

— J'ai cherché les coordonnées de son père et je l'ai contacté, le premier jour de classe après les vacances de Pâques.

— Tu veux dire le lundi de la semaine où Andie a disparu ?

Elliot opina de la tête.

— Oui, ça doit être ça. J'ai appelé Jason Bell, je lui ai rapporté tout ce que je savais et je lui ai conseillé d'avoir une sérieuse conversation avec sa fille à propos du harcèlement et de ses conséquences. Et je lui ai suggéré de restreindre pendant un temps son accès à Internet. J'ai dit que je comptais sur lui pour arranger la situation, sans quoi je n'aurais pas d'autre choix que d'en informer le lycée et de faire renvoyer Andie.

— Et comment il a réagi ?

— Eh bien, il était reconnaissant que je laisse à sa fille une seconde chance qu'elle ne méritait peut-être pas. Et il m'a promis qu'il allait lui parler et régler le problème. J'imagine que, quand il a eu cette fameuse discussion avec elle, il m'a cité comme sa source d'information. Donc, je ne suis pas totalement surpris d'avoir eu droit à quelques noms d'oiseaux de la part d'Andie cette semaine-là. Peut-être un peu déçu, c'est tout.

Pip poussa un grand ouf de soulagement.

— Quoi ? fit Elliot.

— Je suis soulagée que tu ne m'aies pas menti pour une raison plus grave.

— Je crois que tu as lu trop de romans policiers, Pip. Tu ne voudrais pas plutôt te mettre aux biographies historiques ? suggéra-t-il avec un sourire bienveillant.

— C'est parfois aussi tordu que des romans, rétorqua-t-elle. Tu n'en as jamais parlé à personne, hein ? De cet épisode ?

— Bien sûr que non. Ça paraissait futile après ce qui s'était passé. Et indélicat.

Il se gratta le menton avant d'ajouter :

— J'essaie de ne pas trop y penser, parce que sinon je me noie dans l'effet papillon : et si j'avais tout simplement prévenu le lycée et qu'Andie avait été renvoyée cette semaine-là ? Est-ce que ça aurait changé les choses ? Est-ce que les conditions qui ont conduit Sal à l'assassiner n'auraient pas été réunies ? Est-ce qu'ils seraient tous les deux encore en vie ?

— Je comprends, il vaut mieux ne pas mettre le doigt dans ce genre d'engrenage, concéda Pip. Et tu ne te souviens vraiment pas du nom de la fille qu'Andie persécutait ?

— Non, désolé. Naomi s'en souviendra peut-être, demande-lui. Même si je ne vois pas trop le rapport avec le rôle des médias dans les enquêtes criminelles, hein ? répliqua-t-il en agitant un index réprobateur.

— En fait, je n'ai pas encore arrêté mon sujet définitif.

— Bon, d'accord, mais fais attention de ne pas te laisser prendre à ton propre piège. Et maintenant, je file, le panini au thon m'appelle !

Il sortit, et Pip se sentit instantanément plus légère. Ses doutes avaient disparu en même temps qu'Elliot. En lieu et place de vaines conjectures qui l'entraînaient sur de mauvaises pistes, elle en avait désormais une nouvelle, bien réelle. Et un nom de moins sur sa liste. Elle avait gagné au change !

Sauf que cette piste la conduisait une fois de plus à Naomi. Et Pip allait devoir la regarder dans les yeux sans donner l'impression qu'ils cachaient quelque chose de terrible.

Pippa Fitz-Amobi
TPE 13/09/2017

Journal de bord – point n° 15

Transcription de la deuxième interview de Naomi Ward

Pip: OK, ça enregistre. Donc, ton père m'a confié qu'il s'était rendu compte qu'Andie harcelait une fille de votre classe avec une vidéo en ligne. Tu t'en souviens?

Naomi: Ouais, je te l'ai dit, Andie était une fille à embrouilles.

Pip: Tu peux me raconter l'histoire?

Naomi: Il y avait une fille dans notre classe qui s'appelait Natalie da Silva, j'étais assez copine avec elle. C'était aussi une jolie blonde. Andie et elle se ressemblaient beaucoup, en fait. Et je pense qu'Andie devait se sentir menacée parce que, dès le début de l'année, elle avait lancé des rumeurs sur elle et cherchait des façons de l'humilier.

Pip: Quel genre de rumeurs?

Naomi: Oh, des trucs d'ado dégueulasses. Par exemple, qu'il y avait de l'inceste dans sa famille, que Nat se caressait en regardant les autres filles se déshabiller dans les vestiaires. Ce genre de choses.

Pip: Donc tu penses qu'elle faisait ça parce que Natalie était jolie et qu'Andie se sentait menacée?

Naomi : Oui, je pense que son raisonnement était aussi primaire que ça. Andie voulait être *la* fille de la classe que tous les garçons désirent. Nat était une concurrente, alors Andie cherchait à l'éliminer.

Pip : Et tu as su pour cette vidéo, à l'époque ?

Naomi : Ouais, elle a circulé sur les réseaux sociaux. Je crois qu'elle n'a été supprimée que plusieurs jours après, quand quelqu'un l'a signalée.

Pip : C'était quand ?

Naomi : Pendant les vacances de Pâques. Heureusement que ce n'était pas pendant les cours ; ça aurait été encore pire pour Nat.

Pip : Qu'est-ce qu'il y avait sur la vidéo ?

Naomi : D'après ce que je sais, Andie traînait avec des copains du lycée, dont ses deux fidèles groupies…

Pip : Chloé Burch et Emma Hutton ?

Naomi : Oui, et quelques autres. Mais pas Sal ni personne de notre groupe. Et il y avait ce gars, Chris Parks, sur qui tout le monde savait que Nat craquait. Je ne connais pas tous les détails, mais soit Andie lui a piqué son téléphone, soit elle lui a donné des consignes, et ils se sont mis à envoyer des messages de drague à Nat. Et elle, elle répondait, parce que Chris lui plaisait et qu'elle croyait que c'était lui. À un moment, Andie, ou Chris, lui a demandé de lui envoyer une vidéo d'elle seins nus, où il pourrait aussi voir son visage.

Pip : Et elle l'a fait ?

Naomi : Ouais. Un peu naïf de sa part, mais elle pensait que ça resterait entre Chris et elle. Sauf que, d'un coup, la vidéo se retrouve en ligne, et Andie

plus un tas d'autres gens la partagent
sur leur profil avec des commentaires horribles.
Quasiment tout le lycée l'a vue
avant qu'elle soit supprimée.
Nat était inconsolable. Elle a même séché
les cours les deux premiers jours
après les vacances, tellement elle avait honte.

Pip: Sal savait qu'Andie était derrière tout ça?

Naomi: C'est moi qui lui ai dit. Il n'approuvait pas,
bien sûr, mais il m'a juste répondu:
«Ce sont les histoires d'Andie, je n'ai pas envie
de m'en mêler.»
Parfois, Sal était un peu trop cool sur certains trucs.

Pip: Est-ce qu'il y a eu d'autres problèmes entre Andie
et Nat?

Naomi: Oui. Quelque chose d'aussi grave, à mon avis,
mais presque personne ne l'a su. Je suis peut-être
la seule à qui Nat en ait parlé,
parce que je l'ai vue pleurer dans la cour
juste après.

Pip: Quoi?

Naomi: Eh bien, au premier trimestre de cette année-là,
le club théâtre du lycée devait monter une pièce.
Les Sorcières de Salem, je crois.
Après les auditions, c'est Nat qui a décroché
le rôle principal.

Pip: Celui d'Abigail?

Naomi: Peut-être, je ne sais pas. Mais, apparemment,
Andie voulait ce rôle et elle était furax.
Alors, quand la distribution a été annoncée,
elle a pris Nat dans un coin et lui a dit…

Pip: Oui?

Naomi: Pardon, j'ai oublié d'expliquer une partie
du contexte. Le frère de Nat, Daniel,

qui avait à peu près cinq ans de plus que nous, était pion au lycée quand on avait quinze ou seize ans. Seulement une année, le temps de se trouver un autre petit boulot.

Pip : D'accord. Et donc ?

Naomi : Et donc, Andie prend Nat dans un coin et lui affirme que, quand son frère travaillait encore là, ils ont couché ensemble alors qu'elle n'avait que quinze ans. Elle lui demande de renoncer au rôle, sans quoi elle ira voir les flics pour accuser Daniel d'abus sexuel sur une mineure. Du coup, Nat s'est désistée parce qu'elle avait trop peur qu'Andie mette ses menaces à exécution.

Pip : C'était vrai ? Andie a vraiment eu une relation avec le frère de Natalie ?

Naomi : Aucune idée. Nat non plus ne le savait pas, c'est pour ça qu'elle a cédé. Mais je ne crois pas qu'elle ait jamais posé la question à son frère.

Pip : Et tu sais ce qu'est devenue Nat ? Tu penses que je pourrais lui parler ?

Naomi : Je ne suis plus tellement en contact avec elle, mais je sais qu'elle est revenue vivre chez ses parents. Cela dit, j'ai entendu des trucs sur elle.

Pip : Quels trucs ?

Naomi : Qu'elle s'est battue quand elle était à la fac. Elle a été arrêtée pour coups et blessures et il me semble qu'elle a fait de la prison.

Pip : Oh, mon Dieu.

Naomi : Ouais.

Pip : Tu pourrais me donner son numéro ?

14

— Vous vous êtes mise sur votre trente et un pour venir me voir, chef ? lança Ravi, planté sur le seuil de chez lui en jean et chemise à carreaux verte.

— Non, j'arrive direct du lycée, répondit Pip. Et j'ai besoin de ton aide. Mets des chaussures, ordonna-t-elle en tapant dans ses mains, tu viens avec moi.

— On part en mission ? interrogea-t-il en attrapant une paire de vieilles baskets dans l'entrée. Je prends mes lunettes infrarouges à vision nocturne et mes étoiles de ninja ?

— Pas pour cette fois.

Pip sourit et commença à s'éloigner dans la rue. Ravi se dépêcha de fermer la porte pour la rattraper.

— On va où ? demanda-t-il.

— Dans la maison où ont grandi deux des suspects potentiels du meurtre d'Andie, expliqua Pip. Dont une personne qui vient de sortir de prison après avoir été incarcérée pour coups et blessures, et qui pourrait s'avérer dangereuse. Tu vas me servir de garde du corps.

— De garde du corps ? répéta Ravi.

— Enfin, tu vois, quoi. Histoire qu'il y ait quelqu'un pour entendre mes cris de détresse si besoin.

— Pip, attends, dit-il en l'agrippant par le bras. Je ne veux pas que tu te mettes en danger. Et Sal ne l'aurait pas voulu non plus.

— Oh, arrête, fit-elle en se dégageant d'un coup d'épaule. Ce n'est pas une petite délinquante qui m'empêchera de terminer un devoir. Et puis je vais juste lui poser quelques questions très calmement.

— Ah, c'est une fille ? Bon, alors d'accord.

Pip lui balança son sac à dos sur le bras.

— Fais attention à ce que tu dis, hein ! Les femmes peuvent être aussi dangereuses que les hommes.

— Aïe, tu m'étonnes ! s'exclama-t-il en se frottant le bras. Qu'est-ce que tu trimballes là-dedans ? Des briques ?

Quand Ravi eut fini de rire aux éclats dans la minuscule voiture de Pip qui lui faisait penser à un insecte, il attacha enfin sa ceinture. Pip tapa l'adresse dans le GPS de son téléphone et mit le contact. Pendant le trajet, elle relata à Ravi tout ce qu'elle avait appris depuis la dernière fois qu'ils s'étaient parlé. Tout, sauf la silhouette à capuche dans la forêt et le mot dans son sac de couchage. Même si Ravi espérait beaucoup de cette enquête, elle savait qu'il lui demanderait d'arrêter s'il pensait qu'elle courait le moindre risque. Elle ne voulait pas le mettre dans cette position.

— Andie avait l'air d'être une vraie teigne, fit-il observer quand Pip eut terminé son exposé. Pourtant, tout le monde a cru sans aucun problème que c'était Sal, le monstre. Ouah, t'as vu, quel esprit d'analyse ! Tu peux me citer dans ton projet, si tu veux.

— Ouais, bien sûr, avec note de bas de page et *tutti quanti*.

— *Ravi Singh*, déclama-t-il en faisant mine d'écrire avec ses doigts, *pensées profondes non censurées, voiture miniature de Pip, 2017*.

— On a eu une heure de cours sur les notes de bas de page dans les TPE, aujourd'hui, commenta Pip. Comme s'ils allaient m'apprendre quoi que ce soit sur le sujet. Je suis *née* en sachant rédiger des notes de bas de page.

— C'est génial, comme superpouvoir. Tu devrais appeler Marvel.

Ils furent interrompus par la voix mécanique du GPS leur annonçant qu'ils auraient atteint leur destination dans cinq cents mètres.

— Ça doit être celle-là, indiqua Pip. Naomi m'a dit que c'était une maison avec une porte bleu vif.

Elle se gara le long du trottoir.

— J'ai appelé Natalie deux fois hier. La première, elle a raccroché dès que j'ai prononcé les mots « projet scolaire ». La seconde, elle n'a même pas décroché. J'espère qu'elle va au moins nous ouvrir. Tu viens ?

— Je ne suis pas sûr. Le coup du frère de l'assassin, c'est jamais top. Tu obtiendras sans doute plus de réponses sans moi.

— Ah…

— Et si je t'attendais là ? suggéra-t-il en montrant l'allée de dalles en béton qui traversait le jardin jusqu'à la porte d'entrée. Je peux me cacher derrière un arbre, comme ça elle ne me verra pas mais je serai prêt à intervenir en cas d'urgence.

Ils sortirent de la voiture et Ravi souleva le sac à dos de Pip en poussant des grognements théâtraux, puis le lui tendit.

Quand il fut positionné, elle se dirigea vers la porte et donna deux brefs coups de sonnette, tripotant nerveusement le col de son blazer en voyant se découper une silhouette derrière la vitre en verre dépoli.

La porte s'ouvrit tout doucement et un visage apparut dans l'entrebâillement : une jeune femme aux cheveux blond platine coupés très court et aux yeux cerclés d'eyeliner noir qui lui donnaient un air de raton laveur. La ressemblance avec Andie était glaçante : mêmes grands yeux bleus et lèvres charnues.

— Bonjour, fit Pip, vous êtes Natalie da Silva ?

— Euh… oui.

— Je m'appelle Pippa Fitz-Amobi, c'est moi qui vous ai appelée hier. Je suis une amie de Naomi Ward. Vous étiez en classe avec elle, non ?

— Oui, Naomi était une amie. Pourquoi ? Elle va bien ?

La jeune femme paraissait inquiète.

— Oui, oui, elle va bien, la rassura Pip en souriant. Elle est revenue vivre à Kilton.

— Ah, je ne savais pas, répondit Nat en écartant davantage la porte. Il faudrait que je prenne de ses nouvelles. Et donc…

Pip baissa les yeux et remarqua le bracelet électronique à la cheville de Nat.

— Oui, donc, reprit-elle en s'empressant de relever la tête, comme je vous l'ai expliqué au téléphone hier, je travaille sur un projet scolaire et je me demandais si je pourrais vous poser quelques questions.

— À quel sujet ? fit Nat en décalant son pied pour le cacher derrière le battant de la porte.

— Euh… Au sujet d'Andie Bell.

— Non, merci.

Nat recula d'un pas et voulut refermer la porte, mais Pip la bloqua du bout de sa chaussure.

— S'il vous plaît. Je sais les choses atroces qu'elle vous a fait subir. Je peux comprendre que vous n'ayez pas envie de parler d'elle, mais…

— Cette salope a foutu ma vie en l'air, aboya Nat, je n'ai pas une seconde de plus à lui consacrer. Dégage !

C'est alors qu'elles entendirent quelque chose frapper le béton de l'allée, et une voix chuchoter un « Merde ! » agacé.

Nat leva la tête et écarquilla les yeux.

— Toi, dit-elle calmement. Tu es le frère de Sal.

Ce n'était pas une question.

Pip se retourna et découvrit Ravi debout derrière elle, planté, l'air penaud, près de la dalle irrégulière qui avait dû le faire trébucher.

— Bonjour, fit-il avec un petit geste de la main. Je m'appelle Ravi.

Il vint se placer à côté de Pip, et alors Nat se détendit et laissa la porte se réouvrir en grand.

— Sal a toujours été gentil avec moi, déclara-t-elle, même quand rien ne l'y obligeait. La dernière fois que je lui ai parlé, il m'a proposé de renoncer à sa pause déjeuner pour m'aider en économie parce que je n'y comprenais rien. Je suis désolée que tu aies perdu ton frère.

— Merci, murmura Ravi.

— Ça doit être dur pour toi, poursuivit Nat, le regard dans le vague. Tout le monde vénère tellement Andrea Bell dans cette ville. C'est la petite sainte de Little Kilton. Et ce banc qu'on lui a dédié, avec la plaque « Partie trop vite ». Pas assez vite à mon goût.

— Ce n'était pas une sainte, confirma Pip pour essayer d'amadouer Nat et de la faire sortir sur le perron.

Mais Nat ne la regardait pas, elle n'avait d'yeux que pour Ravi.

— Elle te persécutait ? interrogea ce dernier.

— Ouais ! fit Nat avec un rire amer. Et elle continue à me pourrir la vie, même d'outre-tombe. Vous avez vu ma quincaillerie ? ajouta-t-elle en désignant son bracelet électronique. J'ai ça parce que je me suis battue avec une de mes colocataires sur le campus. On était en train de décider de la répartition des chambres, et cette fille a voulu nous embrouiller, exactement comme l'aurait fait Andie. J'ai pété les plombs.

— On est au courant de la vidéo qu'elle a mise en ligne, renchérit Pip. Elle aurait dû être poursuivie en justice pour ça, d'autant que tu étais encore mineure à l'époque.

Nat haussa les épaules.

— Finalement, elle a quand même été punie cette semaine-là. Grâce à Sal.

— Tu avais envie qu'elle meure après ce qu'elle t'avait fait ? demanda Ravi.

— Bien sûr, reconnut Nat d'un air sombre. Bien sûr que j'avais envie qu'elle disparaisse. J'ai séché deux jours de classe, tellement j'étais mal. Et quand je suis revenue, le mercredi, tout le monde me regardait en riant. À un moment, je pleurais dans un couloir, Andie est passée et m'a traitée de salope. J'étais si en colère que je lui ai laissé une lettre dans son casier. J'avais trop peur d'elle pour lui parler en face.

Pip jeta un coup d'œil en biais à Ravi et, en voyant sa mâchoire crispée et ses sourcils froncés, elle comprit qu'il avait tiqué, lui aussi.

— Une lettre ? fit-il. Tu veux dire une… une lettre de menace ?

— Carrément ! répondit Nat en riant. « Espèce de pute, je vais te buter », quelque chose dans ce goût-là. Mais Sal a fait le boulot à ma place.

— Ou peut-être pas, objecta Pip.

Nat se tourna vers elle et la dévisagea un instant. Puis elle partit d'un grand éclat de rire forcé. Un nuage de postillons éclaboussa la joue de Pip.

— Ah, OK, s'esclaffa-t-elle, c'est vraiment trop fort ! En fait, vous êtes en train de me demander si c'est *moi* qui ai tué Andie Bell ? Parce que j'avais un mobile, hein, c'est ce que vous pensez ? Sérieusement, vous voulez mon alibi ?

Pip ne répondit rien. Elle n'osait plus bouger. Elle osait à peine respirer. Elle sentit l'épaule de Ravi effleurer la sienne et le mouvement de sa main créer un léger déplacement d'air.

Nat se pencha vers eux.

— Je n'avais plus aucun ami à cause d'Andie Bell. Je n'avais aucun endroit où aller ce fameux vendredi soir. J'étais chez moi, en train de jouer au Scrabble avec mes parents et ma belle-sœur. Désolée de vous décevoir.

— Et ton frère ? demanda Pip. Où était-il, si sa femme était avec vous ?

— Ah, parce qu'il est suspect aussi ? C'est Naomi qui a dû cracher le morceau… Il buvait des coups au pub avec ses collègues policiers.

— Ton frère est policier ? s'étonna Ravi.

— Il venait de finir sa formation cette année-là. Voilà, donc vous voyez, pas d'assassin dans cette maison, j'en ai peur. Maintenant, allez vous faire foutre, et dites à Naomi d'aller se faire foutre aussi.

Elle recula et leur claqua la porte au nez d'un grand coup de pied.

Pétrifiée, Pip la regarda un moment vibrer sur ses gonds. Puis elle secoua la tête et se tourna vers Ravi.

— Viens, on y va, fit-elle simplement.

Une fois dans la voiture, Pip s'accorda quelques secondes pour respirer et mettre en mots le brouillard de ses pensées.

Mais Ravi rompit le silence en premier :

— Tu m'en veux de m'être incrusté dans la conversation ? J'ai cru entendre qu'elle élevait la voix, alors...

— Non, non. Heureusement que tu étais là. C'est quand elle t'a vu qu'elle a commencé à parler.

Ravi se redressa un peu sur son siège et ses cheveux frôlèrent le toit de la voiture.

— Donc, reprit-il, la lettre de menace qu'a évoquée ce journaliste...

— ... venait de Nat, termina Pip en tournant la clé dans le contact.

Elle démarra et roula une dizaine de mètres jusqu'à ne plus être visible de la maison, puis coupa le contact et sortit son téléphone.

— Qu'est-ce que tu fais ?

— Selon Nat, son frère est policier, répondit-elle en ouvrant l'application Safari. Voyons si on le trouve.

Ce fut le premier résultat qui sortit lorsqu'elle tapa dans la barre de recherche *police du Buckinghamshire Daniel da Silva* : une page sur le site officiel de la police nationale, indiquant que Daniel da Silva était agent au commissariat de Little Kilton. Une rapide recherche sur son profil LinkedIn leur apprit qu'il occupait ce poste depuis fin 2011.

— Hé, mais je le connais ! s'exclama Ravi en se penchant sur l'épaule de Pip pour examiner la photo de Daniel.

— Ah bon ?

— Ouais. À l'époque où j'ai commencé à me poser des questions sur Sal, c'est lui qui m'a dit de laisser tomber, que la culpabilité de mon frère ne faisait pas l'ombre d'un doute. Lui, c'est sûr, il ne m'aime pas.

Ravi se passa une main sur la nuque, enfonçant ses doigts dans son épaisse chevelure brune.

— L'été dernier, reprit-il, j'étais assis à une terrasse de café, et ce type m'a chassé en arguant que je n'avais pas à « traîner » là. Ça ne concernait personne d'autre autour, apparemment. Seulement le garçon basané avec un frère assassin.

— Quel gros naze, souffla Pip. Et il a balayé toutes tes questions sur Sal ?

Ravi hocha la tête.

— Il est devenu flic à Kilton juste avant la disparition d'Andie, songea tout haut Pip en observant le visage souriant de Daniel sur sa photo de profil. Ravi, si Sal a vraiment été assassiné et sa mort maquillée en suicide, tu ne crois pas que ça aurait été plus facile pour quelqu'un qui connaissait les procédures de police ?

— C'est sûr, chef. Et puis, il y a la rumeur selon laquelle il aurait couché avec Andie quand elle avait quinze ans, qu'elle a utilisée pour faire chanter Nat et la convaincre de renoncer au rôle dans la pièce de théâtre.

— Oui, et si ça se trouve, ils ont recommencé à se voir plus tard, quand Daniel était marié et Andie en terminale. Peut-être que c'est lui, l'amant secret plus âgé.

— Et Nat ? demanda Ravi. J'ai plutôt tendance à la croire quand elle dit qu'elle était chez elle avec ses parents ce soir-là parce qu'elle avait perdu tous ses amis. Mais… elle a aussi fait preuve de violence par la suite. Et elle a clairement un mobile. Peut-être un duo meurtrier frère-sœur ?

— Ou un duo d'amies Nat-Naomi, suggéra Pip.

— C'est vrai qu'elle avait l'air furax que Naomi t'ait parlé, acquiesça Ravi. Tu as déjà écrit combien de pages pour ton projet, Pip ?

— Pas assez. On est loin du compte.

— Tu ne crois pas qu'on devrait juste aller prendre une glace et laisser ton cerveau refroidir un peu ? proposa-t-il en se tournant vers elle avec son irrésistible sourire.

— Ouais, peut-être.

— Du moment que tu choisis caramel au beurre salé. Encore une citation de Ravi Singh, déclama-t-il d'un ton solennel dans un microphone invisible. *Thèse sur le meilleur parfum de glace, voiture de Pip, septem…*

— La ferme.

— OK.

Pippa Fitz-Amobi
TPE 16/09/2017

Journal de bord – point n° 17

Je ne trouve rien sur Daniel da Silva. Rien qui puisse m'ouvrir de nouvelles pistes. Sa page Facebook ne comporte aucun renseignement, si ce n'est qu'il s'est marié en septembre 2011.

Mais s'il était bel et bien l'amant secret d'Andie, elle aurait effectivement pu le «détruire» de deux façons : elle aurait pu raconter à sa femme qu'il la trompait et briser son couple, ou porter plainte pour les atteintes sexuelles sur mineure de deux ans plus tôt. Ce sont de pures conjectures à ce stade mais, si elles sont vraies, Daniel avait assurément des raisons de vouloir se débarrasser d'Andie. Peut-être qu'elle le faisait chanter. Après tout, ça colle assez bien avec le personnage.

Il n'y a rien non plus en ligne sur sa vie professionnelle, à part un article écrit par Stanley Forbes il y a trois ans au sujet d'un accident de voiture sur Hogg Hill pour lequel Daniel est intervenu.

Mais *si* Daniel est l'assassin, en tant que policier, il a pu interférer d'une manière ou d'une autre dans l'enquête. Il était bien placé pour. Peut-être qu'au moment de la fouille chez les Bell, il a subtilisé ou falsifié des indices qui auraient mené jusqu'à lui. Ou jusqu'à sa sœur.

Il est aussi intéressant de noter la réaction qu'il a eue face aux questions de Ravi sur son frère. A-t-il éconduit Ravi pour se protéger lui-même ?

J'ai relu tous les articles de journaux sur la disparition d'Andie. J'ai scruté pendant des heures les photos de toutes les fouilles policières, jusqu'à avoir le tournis et les yeux qui me piquaient. À aucun moment je n'ai reconnu Daniel da Silva parmi les enquêteurs présents sur les lieux.

Cela dit, il y a un cliché dont je ne suis pas très sûre. Il a été pris le dimanche matin. On y voit plusieurs policiers en gilet fluo devant la maison d'Andie. L'un d'eux est de dos, en train de franchir la porte. Il a la même coupe de cheveux que Daniel sur les photos que j'ai trouvées sur sa page Facebook à la même époque.

Ça pourrait être lui.

Ça pourrait.

Bon, je le mets sur la liste.

Pippa Fitz-Amobi
TPE 18/09/2017

Journal de bord – point n° 18

Je l'ai!

Je n'arrive pas à y croire.

La police du Buckinghamshire a répondu à ma demande. Voici leur mail:

Chère Mlle Fitz-Amobi,

Réf. n° 3142/17

Je vous écris en réponse à votre demande d'information en date du 19/08/17, reçue par la police du Buckinghamshire et concernant les documents suivants:

Je fais un projet pour l'école sur l'affaire Andrea Bell et souhaiterais avoir accès aux documents suivants:

1. *Une copie de l'interrogatoire de Salil Singh conduit le 21/04/2012*
2. *Une copie de tout interrogatoire éventuel de Jason Bell*
3. *Le procès-verbal des fouilles effectuées au domicile de la famille Bell les 21/04/2012 et 22/04/2012*

Je vous serais très reconnaissante si vous pouviez m'aider dans mes recherches.

Résultat

Les demandes 2 et 3 ont été refusées en vertu des dérogations prévues à l'article 30 (1) (a) (investigations) et à l'article 40 (2) (informations personnelles) de la loi sur la liberté d'accès aux documents administratifs. Cet e-mail tient lieu d'avis de refus partiel en vertu de l'article 17 de la loi sur la liberté d'accès aux documents administratifs (2000).

La demande 1 a été retenue, mais le document contient des coupes en vertu de l'article 30 (1) (a) (b) et de l'article 40 (2).
Vous trouverez le document en pièce jointe.

<u>**Motifs de la décision**</u>

L'article 40 (2) prévoit une dérogation pour toute information touchant aux données personnelles d'un individu autre que le requérant quand la divulgation de ces données enfreindrait au moins un des principes de la loi sur la protection des données de 1988.

L'article 30 (1) prévoit une dérogation à l'obligation de divulguer des informations dont une autorité publique a été en possession à un moment donné dans le cadre de certaines investigations ou procédures.

Pour contester ce courrier, vous bénéficiez d'un droit de recours auprès de la Commission des informations. Je vous invite à prendre connaissance de la notice jointe qui détaille votre droit de recours.
Cordialement,
Gregory Pannett

J'ai l'interrogatoire de Sal ! Tout le reste m'a été refusé. Mais ainsi ils me confirment quand même que Jason Bell a été entendu au cours de l'enquête. La police avait-elle des soupçons sur lui ?

Voici la transcription reçue en pièce jointe :

Interrogatoire enregistré de Salil Singh
Date : 21/04/2012
Durée : 11 minutes
Lieu : domicile de l'interrogé
Conduit par deux officiers de la police du Buckinghamshire

Police: Cet interrogatoire est enregistré.
Nous sommes le 21 avril 2012 et il est 15 h 55.
Je m'appelle coupé Art. 40 (2)
et je travaille à coupé Art. 40 (2)
auprès de la police du Buckinghamshire.
Est également présent mon collègue
coupé Art. 40 (2). Pourriez-vous énoncer
vos nom et prénom?
S.S.: Oui, bien sûr. Salil Singh.
Police: Pouvez-vous me confirmer votre date de naissance?
S.S.: 14 février 1994.
Police: Un bébé de la Saint-Valentin, hein?
S.S.: Ouaip.
Police: Donc, Salil, pour que vous compreniez bien,
ceci est un interrogatoire volontaire
et vous êtes libre d'y mettre fin
ou de nous demander de partir à tout moment.
Vous êtes interrogé en tant que témoin clé
dans l'enquête sur la disparition d'Andrea Bell.
S.S.: Pardon de vous interrompre, mais je vous ai dit
que je ne l'avais pas revue après les cours,
donc je n'ai été témoin de rien du tout.
Police: Oui, désolé, la terminologie peut prêter
à confusion. Un témoin clé est aussi quelqu'un
qui a une relation particulière avec la victime
ou, dans ce cas, la victime présumée.
Et, si j'ai bien compris, vous êtes
le petit ami d'Andrea, n'est-ce pas?
S.S.: Oui. Sauf que personne ne l'appelle Andrea.
C'est Andie.
Police: OK, pardon. Depuis combien
de temps êtes-vous ensemble,
Andie et vous?

S.S. : Ça a commencé juste avant Noël.
Donc environ quatre mois. Excusez-moi,
vous avez parlé d'Andie
comme étant une victime présumée ?
Je ne comprends pas.

Police : C'est la procédure. Elle est portée disparue,
mais comme elle est mineure
et que ça ne lui ressemble pas de disparaître
comme ça, on ne peut pas totalement exclure
qu'elle ait été victime d'un crime. On espère
que non, bien entendu. On peut continuer, ça va ?

S.S. : Euh, ouais... Je suis juste inquiet.

Police : C'est compréhensible, Salil. Alors,
la première question que j'aimerais vous poser,
c'est quand avez-vous vu Andie
pour la dernière fois ?

S.S. : Au lycée, comme je vous ai dit.
On s'est parlé sur le parking en fin de journée,
ensuite je suis rentré chez moi
et elle était censée rentrer chez elle aussi.

Police : Est-ce qu'à un moment
avant ce vendredi après-midi,
elle vous aurait fait part d'un désir de fuguer
de chez elle ?

S.S. : Non, jamais.

Police : Elle n'a jamais évoqué de problèmes
à la maison, avec sa famille ?

S.S. : Si, bien sûr, ça nous arrivait de parler
de choses comme ça. Mais jamais
rien de grave, juste des trucs normaux
d'adolescents. J'ai toujours pensé qu'Andie
et coupé Art. 40 (2). Mais il n'y a rien eu
récemment qui aurait pu lui donner envie de fuguer,
si c'est le sens de votre question. Non.

Police: Est-ce que vous voyez une raison
pour laquelle Andie aurait pu vouloir partir
de chez elle et qu'on ne la retrouve pas ?

S.S. : Euh, je... Non.

Police : Comment décririez-vous votre relation avec Andie ?

S.S. : C'est-à-dire ?

Police : C'était une relation à caractère sexuel ?

S.S. : Hmm, ouais, plus ou moins.

Police : Plus ou moins ?

S.S. : Je... enfin, on n'a pas, vous voyez...
consommé, quoi.

Police : Andie et vous n'avez jamais couché ensemble ?

S.S. : Non.

Police : Diriez-vous que vous avez une relation saine ?

S.S. : Je ne sais pas. Dans quel sens ?

Police : Vous vous disputez souvent ?

S.S. : Non, pas vraiment. Je n'aime pas le conflit,
c'est pour ça que ça marche bien entre nous.

Police : Vous ne vous êtes pas disputés
ces derniers jours ?

S.S. : Ben, non.

Police : Dans les dépositions de coupé Art. 40 (2)
prises ce matin, ils affirment tous les deux
qu'ils vous ont vus vous disputer cette semaine
au lycée. Le jeudi et le vendredi.
coupé Art. 40 (2) a déclaré que c'était
la pire dispute entre vous à laquelle elle ait assisté
depuis le début de votre relation.
Qu'en pensez-vous, Salil ? Il y a du vrai là-dedans ?

S.S. : Hmm, ouais, peut-être un peu.
Andie est assez colérique,
parfois c'est dur de ne pas réagir.

Police : Pouvez-vous me dire à quel sujet
vous vous disputiez, en l'occurrence ?

S.S. : Euh, je sais pas… Je ne sais pas si…
Non, c'est privé.

Police : Non, vous ne voulez pas nous le dire ?

S.S. : Euh, ouais, non. Je ne veux pas vous le dire.

Police : Vous pensez peut-être que ça n'a pas de rapport, mais même le plus petit détail peut nous aider à la retrouver.

S.S. : Hmm. Non, je ne peux quand même pas le dire.

Police : Sûr ?

S.S. : Ouais.

Police : OK, passons à autre chose, alors. Aviez-vous le projet de voir Andie hier soir ?

S.S. : Non, pas du tout. J'avais des projets avec mes amis.

Police : Parce que coupé Art. 40 (2) a dit que lorsque Andie est partie de chez elle vers 22 h 30, elle a présumé que c'était pour aller rejoindre son petit ami.

S.S. : Non, Andie savait que j'étais chez un copain et qu'on n'allait pas se voir.

Police : Donc, où étiez-vous, hier soir ?

S.S. : J'étais chez mon ami coupé Art. 40 (2).
Vous voulez les heures ?

Police : Oui, s'il vous plaît.

S.S. : J'ai dû arriver là-bas vers 20 h 30. C'est mon père qui m'a déposé. Et je suis reparti vers 0 h 15 pour rentrer à pied, parce que j'ai la permission jusqu'à 1 heure quand je ne reste pas dormir. J'étais chez moi pile avant 1 heure, vous pouvez demander à mon père, il n'était pas couché.

Police : Et qui d'autre était avec vous chez coupé Art. 40 (2) ?

S.S. : coupé Art. 40 (2)
coupé Art. 40 (2)

Police : Vous n'avez eu aucun contact avec Andie pendant la soirée ?

S.S. : Non, enfin elle a essayé de m'appeler autour de 21 heures, mais j'étais occupé et je n'ai pas répondu. Vous voulez voir mon téléphone ?

Police : coupé Art. 40 (2) Vous n'avez eu aucun contact avec elle depuis qu'elle a disparu ?

S.S. : Depuis que je l'ai su ce matin, j'ai essayé de l'appeler un million de fois. Je tombe directement sur sa messagerie. Je pense que son téléphone est éteint.

Police : OK, et coupé Art. 40 (2) avait aussi une question…

Police : Oui. Donc, Salil, vous nous avez dit que vous ne saviez pas, mais à votre avis, où pourrait se trouver Andie ?

S.S. : Hmm, honnêtement, Andie ne fait jamais rien qu'elle n'a pas envie de faire. Elle est peut-être partie faire un break quelque part, en coupant son téléphone pour pouvoir juste souffler un peu. En tout cas, c'est ce que j'espère.

Police : Pourquoi Andie aurait besoin de faire un break ?

S.S. : Je ne sais pas.

Police : À votre avis, où pourrait-elle être allée pour faire ce break ?

S.S. : Aucune idée. Andie a pas mal de secrets, peut-être qu'elle a d'autres amis qu'on ne connaît pas. Je n'en sais rien.

Police : OK, y a-t-il autre chose que vous voudriez ajouter et qui pourrait nous aider à la retrouver ?

S.S. : Hmm, non. Euh, par contre, j'aimerais bien participer aux battues, si vous en organisez.

Police : coupé Art. 30 (1) (b)

Très bien, j'ai posé toutes les questions qu'on avait pour le moment.

Fin de l'interrogatoire. Il est 16 h 06 et je coupe l'enregistrement.

OK, on respire un grand coup. Je l'ai relu six fois, y compris à voix haute. Et maintenant j'ai une sensation atroce dans le ventre, comme si j'avais horriblement faim tout en étant horriblement barbouillée.

Tout ça ne plaide pas en faveur de Sal.

Je sais qu'il est parfois difficile de percevoir les nuances dans la transcription d'une conversation orale, mais Sal s'est montré *extrêmement* évasif face aux policiers sur le motif de sa dispute avec Andie. Je ne vois pas ce qui peut être « privé » au point de ne pas vouloir en parler à la police quand votre petite amie a disparu et que ça pourrait aider à la retrouver.

Si ça concernait le fait qu'Andie voyait un autre homme, pourquoi Sal ne l'a pas simplement dit ? Cela aurait pu les conduire dès le départ jusqu'au véritable tueur.

À moins que Sal n'ait cherché à couvrir quelque chose de plus grave ? Quelque chose qui aurait pu lui donner une vraie raison de tuer Andie. Par ailleurs, il ment sur l'heure à laquelle il est parti de chez Max.

Je serais anéantie d'avoir fait tout ce travail pour finalement découvrir que Sal est bel et bien coupable. Ravi aussi serait dévasté. Peut-être que je n'aurais jamais dû entreprendre ce projet, que je n'aurais jamais dû parler à Ravi. Je vais être obligée de lui montrer ce document ; hier encore je lui ai dit que j'attendais la réponse d'un jour à l'autre. Mais je ne sais pas comment il va le prendre. Ou alors… je prétends que je ne l'ai pas encore reçu ?

Serait-il possible que Sal soit tout bonnement coupable? La version la plus évidente a toujours été de penser que Sal était l'assassin. Si tout le monde a pu le croire aussi facilement, c'est peut-être parce que c'est vrai...

Non, parce qu'il y a le mot que j'ai trouvé dans mon sac de couchage.

Quelqu'un veut que je « lâche l'affaire ».

Certes, c'est peut-être un canular de mauvais goût, et dans ce cas Sal pourrait très bien être l'assassin. Mais ce n'est pas mon impression. Quelqu'un dans cette ville a quelque chose à cacher et commence à paniquer parce que je suis sur la bonne voie.

Il faut juste que je persévère dans cette voie, même quand elle me résiste.

Suspects potentiels

Jason Bell

Naomi Ward

Amant secret

Natalie da Silva

Daniel da Silva

15

— Donne-moi la main, dit Pip en se penchant pour attraper les doigts de Joshua.

Ils traversèrent la rue. Elle sentait la paume moite de Josh dans sa main droite, et la laisse de Barney qui tirait à gauche alors que le chien s'impatientait.

Pip lâcha son frère lorsqu'ils arrivèrent devant le café, et elle s'accroupit afin d'attacher Barney au pied d'une des tables en terrasse.

— Assis. Voilà, gentil, le félicita-t-elle en lui caressant la tête tandis qu'il la levait vers elle, les yeux pétillants et la langue pendue.

Elle poussa la porte du café et entra avec Josh.

— Moi aussi, je suis gentil, observa-t-il.

— Oui, gentil, Josh, répondit-elle en lui frictionnant distraitement les cheveux pendant qu'elle passait en revue le rayon des sandwichs.

Elle en choisit quatre différents, dont brie-bacon pour son père, évidemment, et jambon-fromage « sans les bords qui collent » pour Josh. Elle apporta sa sélection à la caissière.

— Salut, Jackie, lança-t-elle en souriant et en lui tendant un billet.

— Salut, ma belle. Un pique-nique en vue chez les Amobi ?

— On est en train de monter des meubles de jardin, et ça devient dur-dur. Il nous faut des vivres pour calmer les troupes affamées.

— Ah, je vois. Tu peux dire à ta mère que je passerai la semaine prochaine avec ma machine à coudre ?

— Ça roule. Merci !

Pip attrapa le sac en papier et se tourna vers Josh.

— Allez, viens, on s'en va.

Ils avaient presque atteint la porte quand Pip la repéra, assise seule à une table devant un café à emporter. Cela faisait des années que Pip ne l'avait pas croisée en ville ; elle la croyait encore à la fac. Elle devait avoir vingt et un ans, désormais, peut-être vingt-deux. Et voilà qu'elle tombait quasiment nez à nez avec elle, qui fixait son gobelet d'un air absent.

Elle ressemblait encore plus qu'avant à Andie. Son visage s'était affiné et elle s'était teint les cheveux un ton plus clair, exactement comme ceux de sa sœur. Si ce n'est qu'elle les portait en un carré court alors que ceux d'Andie lui arrivaient à la taille. Pourtant, malgré cette similitude indéniable, le visage de Becca Bell ne possédait pas la grâce de celui de sa sœur, qui évoquait davantage une représentation picturale qu'une personne réelle.

Pip savait qu'elle ferait mieux de passer son chemin ; elle savait que c'était déplacé, pas déontologique, et tous ces autres termes que Mme Morgan avait employés dans ses mises en garde – « je m'inquiète de la direction que va prendre ton projet ». Mais, même si elle sentait les parties raisonnables et rationnelles de son cerveau unir leurs forces, une autre part d'elle-même avait déjà pris sa décision, ce fragment d'imprudence qui contaminait toutes ses pensées.

— Josh, lança-t-elle en lui tendant le sac de sandwichs, tu veux bien m'attendre dehors avec Barney deux minutes ? J'arrive tout de suite.

Il la dévisagea d'un air implorant.

— Tu peux jouer sur mon portable, concéda-t-elle en le sortant de sa poche.

— *Yessss !* s'exclama-t-il dans un murmure triomphant.

Il prit le téléphone, toucha aussitôt l'icône jeux et sortit du café en se cognant dans la porte.

Le cœur de Pip cognait fort dans sa poitrine comme en signe de protestation. On aurait dit les battements d'une pendule folle coincée dans sa gorge.

Elle s'approcha de la chaise vide en face de la fille et posa les deux mains sur le dossier.

— Bonjour, fit-elle. Becca, c'est bien ça ?

— Ouais. On se connaît ? répondit cette dernière en plissant les yeux.

— Non, tu ne me connais pas. Je m'appelle Pippa, je suis en terminale ici, au lycée de Kilton.

Elle s'efforça d'arborer son sourire le plus chaleureux, mais elle le sentit crispé et factice.

— Ah… attends, ne me dis pas, rétorqua Becca en s'agitant sur sa chaise. Tu es la fille qui fait un projet sur ma sœur, c'est ça ?

— Euh, je, euh…, bredouilla Pip. Comment tu sais ?

— Hmm, c'est parce que…

Elle s'interrompit un instant avant de terminer sa phrase :

— C'est parce que je sors plus ou moins avec Stanley Forbes. Plutôt moins que plus, ajouta-t-elle avec un haussement d'épaules.

Pip tenta de dissimuler sa surprise par une fausse quinte de toux.

— Ah, super, fit-elle. Chouette type.

— Ouais, acquiesça Becca en baissant les yeux vers son café. Je viens de finir mes études et je fais un stage au *Kilton Mail*.

— Cool. Moi aussi, je veux devenir journaliste. Journaliste d'investigation.

— C'est pour ça que ton projet est sur Andie ? interrogea Becca en promenant un doigt sur le bord de son gobelet.

— Oui. Et je suis désolée de t'aborder comme ça… Tu peux très bien me dire de partir si tu veux, mais je me demandais si tu accepterais de répondre à quelques questions que je me pose sur ta sœur.

Becca se pencha en avant, faisant onduler ses cheveux dans son cou. Elle toussota.

— Hum. Quel genre de questions ?

Beaucoup trop. Elles se bousculaient dans la tête de Pip, qui se mit à bafouiller :

— Je, euh... Par exemple, est-ce que vos parents vous donnaient de l'argent de poche quand vous étiez ados ?

Becca eut une expression à la fois perplexe et amusée.

— Ah, je ne m'attendais pas à ça. En fait non, pas vraiment. Ils nous achetaient plutôt les trucs quand on en avait besoin. Pourquoi ?

— Juste... pour compléter certains points. Et y avait-il parfois des tensions entre ta sœur et ton père ?

Dès que le mot « père » franchit les lèvres de Pip, le regard de Becca plongea vers le sol.

— Euh...

Sa voix se brisa. Elle enveloppa son gobelet de ses deux mains et se leva, faisant grincer sa chaise sur le carrelage.

— En fait, je ne crois pas que ce soit une bonne idée, déclara-t-elle. Désolée.

— Non, non, c'est moi qui suis désolée, répliqua Pip. Je n'aurais pas dû te déranger.

— Ça va, t'inquiète. C'est juste que la vie commence à peine à reprendre son cours. Avec ma mère, on a retrouvé une sorte de normalité et les choses s'améliorent peu à peu. Je ne crois pas que ressasser le passé... enfin, l'histoire d'Andie, nous fasse du bien ni à l'une ni à l'autre. Surtout à ma mère. Donc, ouais, fais ton projet si tu as envie, mais je préférerais que tu nous laisses en dehors de ça.

— Absolument. Je suis vraiment désolée.

— Pas de problème, conclut Becca en saluant Pip d'un timide hochement de tête alors qu'elle la contournait pour se diriger vers la porte.

Pip attendit un moment que les battements de son cœur reviennent à la normale avant d'en faire autant.

— Allez, lança-t-elle en détachant la laisse de Barney. On rentre.

— La fille avait l'air en colère contre toi, commenta Josh, les yeux toujours rivés sur les petits personnages animés qui sautillaient sur l'écran du téléphone. Tu as été méchante avec elle, Hippo Pippo ?

Pippa Fitz-Amobi
TPE 24/09/2017

Journal de bord – point n° 19

Je sais, j'ai poussé le bouchon un peu trop loin en interrogeant Becca. J'ai eu tort. Mais je n'ai pas pu m'en empêcher; elle était juste là, à deux mètres de moi. La dernière personne à avoir vu Andie vivante, sans compter le tueur, bien sûr.

Sa sœur a été assassinée. Je peux comprendre qu'elle n'ait pas très envie d'en parler, même si ma démarche a pour but de découvrir la vérité. Et si Mme Morgan l'apprend, mon projet sera disqualifié. Cela dit, au point où j'en suis, ce n'est pas sûr que ça m'arrêterait.

Mais il me manque des infos sur la vie de famille d'Andie et, évidemment, il n'est pas du domaine du possible ni de l'acceptable d'envisager de parler à ses parents.

J'ai remonté le fil Facebook de Becca jusqu'à il y a cinq ans, avant le meurtre. À part qu'elle avait les cheveux plus foncés et les joues plus rondes, j'ai aussi constaté qu'elle avait une très bonne amie en 2012. Une certaine Jess Walker. Peut-être que Jess serait suffisamment détachée pour évoquer Andie sans trop d'émotion et qu'elle pourrait me fournir certaines des réponses dont j'ai désespérément besoin.

Le profil de Jess Walker est très riche et instructif. Elle est actuellement en fac à Newcastle. Je viens aussi de remonter son fil sur cinq ans (ça m'a pris une éternité). À l'époque, elle était avec Becca sur presque toutes ses photos, jusqu'à ce que ça s'arrête brusquement.

Zut de flûte de crotte de bique en chocolat...

Je viens de liker accidentellement une de ses photos d'il y a cinq ans.

Bon sang ! Pour la discrétion, on repassera. Je l'ai dé-likée aussitôt, mais elle verra quand même la notification. *Grrr*, les écrans tactiles sont un PIÈGE REDOUTABLE pour l'espion Facebook amateur.

Bon, de toute façon, c'est trop tard. Elle saura que je suis allée fourrer mon nez dans sa vie, alors, autant lui envoyer un message privé. Elle acceptera peut-être de me donner une interview par téléphone.

IMBÉCILES DE POUCES MALADROITS !

Pippa Fitz-Amobi
TPE 26/09/2017

Journal de bord – point n° 20

Transcription de l'interview de Jess Walker
(amie de Becca Bell)

[Nous parlons un peu de Little Kilton, de ce qui a changé au lycée depuis qu'elle est partie, des profs qui sont toujours là ou pas, etc. Il me faut quelques minutes avant de pouvoir entrer dans le vif du sujet.]

Pip: Donc, en fait, je voulais te poser des questions
sur la famille Bell en général, pas que sur Andie.
Quel type de famille c'était,
est-ce qu'ils s'entendaient bien,
ce genre de choses.

Jess: C'est-à-dire que, bon, c'est déjà
une question chargée, ça. (elle renifle)

Pip: Pourquoi ?

Jess: Hmm, je ne sais pas si « dysfonctionnel »
serait le bon terme. Les gens disent ça pour rigoler,
comme un clin d'œil. Mais là, je le prends
au sens propre. Ils n'étaient pas tout à fait normaux,
quoi. Enfin, ça allait, mais ils ont l'air normaux
jusqu'à ce que tu passes beaucoup de temps
chez eux, comme c'était mon cas.
J'ai fini par remarquer pas mal de petits détails
que personne ne pouvait voir à moins de vivre
avec eux.

Pip: Qu'est-ce que tu entends par «pas tout à fait normaux»?

Jess: Je ne sais pas si c'est une bonne manière de les décrire. C'est juste qu'il y avait certains trucs qui clochaient. Surtout chez Jason, le père de Becca.

Pip: Pourquoi, qu'est-ce qu'il faisait?

Jess: C'était surtout la façon dont il leur parlait, aux filles et à Dawn. Quelqu'un qui aurait assisté à ça deux ou trois fois se serait dit qu'il essayait juste d'être marrant. Mais moi, je l'ai vu souvent, très souvent, et je pense que ça affectait clairement l'ambiance de la maison.

Pip: Quoi?

Jess: Pardon, je m'embrouille un peu, hein? C'est assez difficile à expliquer. Hmm... C'est juste qu'il leur balançait des choses... Sans cesse de petites piques sur leur physique, leur façon de s'habiller... L'opposé de ce qu'il faut faire avec des adolescentes. Il les embêtait précisément sur ce qui les complexait. Il faisait des remarques à Becca sur son poids, et puis il tournait ça en plaisanterie. Il disait à Andie qu'elle ferait bien de se maquiller avant de sortir, parce que son visage était son seul atout dans la vie. Des petites blagues de ce genre tout le temps. Comme si leur physique était la chose la plus importante au monde. Je me souviens d'un soir où je dînais chez eux. Andie était contrariée parce qu'elle n'avait eu aucune réponse positive des universités où elle avait postulé, juste une parmi ses seconds choix. Et Jason lui a balancé: «Oh, ça ne fait rien, de toute façon tu ne vas à la fac que pour trouver un mari riche.»

Pip: Non ?!

Jess: Et il faisait pareil avec sa femme, il lui disait des choses vraiment horribles, même quand j'étais là. Qu'elle avait l'air vieille, avec ses rides. Qu'il l'avait épousée pour sa beauté, qu'elle l'avait épousé pour son argent, et que seul un des deux avait tenu ses promesses. Sur le moment, tout le monde rigolait, comme si c'étaient juste des taquineries. Mais à force, c'était… gênant. Je n'aimais pas aller chez eux.

Pip: Et tu penses que ça affectait les filles ?

Jess: Becca ne voulait jamais, jamais parler de son père. Mais oui, c'était évident que ça bousillait leur estime de soi. Andie est devenue obsédée par son apparence, par ce que les gens pensaient d'elle. Elle piquait des crises pas possibles quand ses parents voulaient sortir et qu'elle n'était pas prête, qu'elle n'avait pas fini de se coiffer ou de se maquiller. Ou quand ils refusaient de lui acheter un nouveau rouge à lèvres dont elle prétendait avoir absolument besoin. Qu'une fille pareille puisse se trouver moche, ça me dépasse. Becca a commencé à faire une fixation sur son poids, elle s'est mise à sauter des repas. On peut dire que ça les a affectées de manière différente : Andie est devenue de plus en plus aguicheuse, Becca de plus en plus transparente.

Pip: Et quel type de relation elles avaient ?

Jess: Là aussi, l'influence de Jason a pesé lourd. Il transformait tout en compétition. Quand une de ses filles réussissait quelque chose,

par exemple qu'elle avait une bonne note,
il s'en servait pour rabaisser l'autre.

Pip: Mais comment elles étaient entre elles?

Jess: Comme deux sœurs adolescentes.
Elles se disputaient à mort, et quelques minutes après c'était oublié. Mais Becca a toujours admiré Andie. Elles avaient très peu de différence d'âge, seulement quinze mois. Andie était juste une classe au-dessus de nous, au lycée.
Et quand on a eu seize ans, Becca a commencé à vouloir imiter sa sœur. Sans doute parce qu'Andie avait toujours l'air tellement sûre d'elle, tellement aimée.
Becca s'est mise à s'habiller comme elle.
Elle suppliait son père de lui apprendre à conduire pour qu'elle puisse passer son permis et avoir une voiture dès qu'elle aurait dix-sept ans, comme Andie. Elle voulait aussi sortir comme elle, aller à des fêtes.

Pip: Tu veux parler des fêtes qu'ils appelaient des calamités?

Jess: Ouais. Même si elles étaient organisées par des lycéens plus âgés et qu'on ne connaissait presque personne, elle m'a convaincue de l'accompagner, une fois. Je crois que c'était en mars, donc peu de temps avant la disparition d'Andie. Andie ne l'avait pas invitée ni rien, mais Becca a trouvé le moyen de savoir où la prochaine fête aurait lieu, et on a débarqué. On y est allées à pied.

Pip: Et c'était comment?

Jess: Atroce. On est restées assises dans un coin la soirée entière sans parler à personne.
Andie a complètement ignoré Becca,

je crois qu'elle était furax qu'elle soit là.
On avait un peu bu et, à un moment,
Becca a purement et simplement disparu.
Je ne la trouvais plus nulle part au milieu
de tous ces gens bourrés, et j'ai dû rentrer
chez moi à pied, seule, à moitié saoule.
J'étais très en colère contre Becca.
Encore plus le lendemain quand elle a fini
par me répondre au téléphone
et que j'ai su ce qui s'était passé.

Pip: Qu'est-ce qui s'était passé ?

Jess: Elle n'a pas voulu me raconter, mais bon,
c'était assez clair vu qu'elle m'a demandé
de l'accompagner pour acheter la pilule
du lendemain. Je n'ai pas arrêté de lui poser
la question, mais elle refusait catégoriquement
de me dire avec qui elle avait couché.
Je pense qu'elle avait honte. Mais à l'époque,
ça m'a ulcérée. D'autant qu'elle avait jugé ça
assez important pour me planter au milieu
d'une fête où je n'avais pas envie d'aller à la base.
On s'est gravement disputées, et je crois que ça
a sonné le début de la fin de notre amitié.
Becca a séché les cours pendant un certain temps,
et je ne l'ai pas vue plusieurs week-ends d'affilée.
Et c'est là qu'Andie a disparu.

Pip: Tu as continué à voir les Bell après sa disparition ?

Jess: Je suis allée chez eux quelques fois,
mais Becca n'avait pas trop envie de parler.
Ni personne, d'ailleurs. Jason était encore
plus irascible que d'habitude, en particulier le jour
où la police est venue l'interroger. Apparemment,
la nuit où Andie a disparu, l'alarme s'est déclenchée
dans ses bureaux pendant qu'il dînait avec Dawn.

Il est parti voir en voiture, mais il avait déjà pas mal bu, alors il avait peur d'en parler aux policiers. C'est ce que m'a raconté Becca, en tout cas. Mais sinon, ouais, l'ambiance était sinistre à la maison. Même des mois plus tard, quand il était clair qu'Andie était morte et qu'elle ne reviendrait jamais, sa mère insistait pour laisser sa chambre en l'état. Au cas où. C'était horriblement triste.

Pip: Et quand vous étiez à cette fête en mars, tu as un peu vu ce que faisait Andie, avec qui elle traînait ?

Jess: Plus ou moins. Tu sais, je n'ai jamais vraiment su qu'elle sortait avec Sal jusqu'à ce qu'elle disparaisse. Elle ne l'invitait pas chez elle. Mais je savais qu'elle avait un copain et, après cette fameuse fête, je pensais que c'était le type que j'avais vu avec elle. Je les avais surpris plusieurs fois tous les deux seuls à se chuchoter des trucs à l'oreille au cours de la soirée, ils avaient l'air assez proches. Sal n'était pas là, en revanche.

Pip: Qui ça ? Quel type tu as vu avec elle ?

Jess: Hmm, c'était un grand blond aux cheveux mi-longs, qui parlait toujours sur un ton un peu snobinard.

Pip: Max ? Max Hastings ?

Jess: Ouais, c'est ça, je crois bien que c'était lui.

Pip: Tu as vu Max et Andie ensemble à cette fête ?

Jess: Ouaip, et ils donnaient l'impression d'être assez intimes.

Pip: Jess, merci mille fois d'avoir accepté de me parler. Ça m'aide énormément.

Jess: Pas de problème. Hé, Pippa, tu sais ce que devient Becca, ces temps-ci ?

Pip: Écoute, je l'ai croisée récemment, je crois qu'elle va bien. Elle a terminé ses études et elle fait un stage au *Kilton Mail*. Elle avait l'air en forme.

Jess: Tant mieux. Je suis ravie de l'entendre.

J'ai du mal à appréhender la quantité d'informations que j'ai apprises grâce à cette seule conversation. Cette enquête prend un tour différent chaque fois que je soulève un nouveau coin de la vie d'Andie.

Plus je creuse, plus Jason Bell me paraît suspect. Je sais maintenant qu'il s'est absenté quelque temps du dîner où il était ce soir-là. D'après Jess, il faisait preuve de violence psychologique envers sa femme et ses filles. Tyran, macho, mari infidèle. Pas étonnant qu'Andie soit devenue ce qu'elle était dans un environnement aussi toxique. On dirait que Jason a tellement abîmé la confiance en soi de ses deux filles que l'une s'est transformée en petit tyran comme lui, et que l'autre a commencé à s'automutiler. Je sais par Emma, la copine d'Andie, que Becca a été hospitalisée dans les semaines qui ont précédé la disparition d'Andie, et qu'elle était censée rester sous la surveillance de sa sœur ce soir fatidique. Mais, visiblement, Jess n'était pas au courant de l'automutilation ; elle pensait juste que son amie séchait les cours.

Andie n'était donc pas parfaite, et la famille Bell non plus. Les photos de famille en disent peut-être long, mais très souvent elles mentent.

En parlant de mensonges : Max. Ce foutu Max Hastings. Je rappelle ici mot pour mot la réponse qu'il m'a faite quand je lui ai demandé s'il connaissait Andie : « Ça nous arrivait de discuter ensemble. Mais on n'a jamais été de grands potes. Jamais. On ne se fréquentait pas, en fait. Juste de loin. »

Juste de loin, mais quelqu'un les a vus collés l'un à l'autre dans une fête ? Au point de penser que Max était le petit copain d'Andie ?

Et puis il y a aussi ça : même s'ils étaient en terminale, Andie était née en été, tandis que Max est de septembre ET avait redoublé une classe à cause de sa leucémie. Ce qui veut dire qu'ils avaient presque deux ans d'écart. Du point de vue d'Andie, Max *était* bel et bien un homme plus âgé. Est-ce qu'il pouvait être son amant secret ? Carrément dans le cercle le plus rapproché de Sal ?

J'ai déjà essayé de chercher Max sur Facebook. Il n'y a quasiment rien sur son profil, seulement des photos de vacances et de Noëls avec ses parents, et des vœux de ses oncles et tantes pour ses anniversaires. Je me souviens d'avoir trouvé ça bizarre sur le moment, mais je ne m'y suis pas attardée plus que ça.

Eh bien, j'y suis retournée et cette fois je m'y suis attardée. Et j'ai fait une découverte intéressante. Sur certaines des photos postées par Naomi, Max n'est pas identifié sous le nom de *Max Hastings* mais de *Nancy Tangotits*. J'ai d'abord cru qu'il s'agissait d'une petite blague entre eux, mais non, *Nancy Tangotits* est bien la véritable identité de Max sur Facebook. Son profil *Max Hastings* doit être un leurre qu'il entretient uniquement pour le cas où un employeur potentiel s'aviserait de jeter un coup d'œil à ses activités en ligne. Je peux comprendre. J'ai moi aussi quelques amis qui ont pris des pseudos sur Facebook pour qu'on ne puisse pas les retrouver sous leur vrai nom à l'approche des candidatures aux universités.

Le vrai Max Hastings – avec toutes ses photos de beuverie et tous les posts de ses amis – se cache en fait sous le nom de Nancy. C'est ce que je suppose, en tout cas, parce que je ne peux rien voir : le profil de Nancy est privé. J'ai seulement accès aux photos et aux statuts sur lesquels Naomi est aussi taguée. Ce qui ne me laisse pas grand-chose à me mettre sous la dent : pas de photos secrètes de Max et Andie en train de s'embrasser au second plan, aucune du soir où elle a disparu.

Mais j'ai retenu la leçon avec Elliot : quand on surprend quelqu'un en flagrant délit de mensonge au sujet d'une fille assassinée, le mieux à faire est d'aller lui demander pourquoi.

Suspects potentiels
Jason Bell
Naomi Ward
Amant secret
Natalie da Silva
Daniel da Silva
Max Hastings (alias Nancy Tangotits)

16

La porte d'entrée avait changé. Elle était marron la dernière fois que Pip était venue, un peu plus de six semaines auparavant. À présent elle était repeinte en blanc, mais on distinguait encore des veinures plus foncées au travers.

Pip sonna de nouveau, plus longtemps, en espérant se faire entendre par-dessus le vrombissement d'un aspirateur à l'intérieur.

Le bruit s'arrêta brusquement, laissant dans son sillage un silence légèrement bourdonnant, suivi du claquement de talons sur le parquet.

La porte s'ouvrit et une femme élégante, au rouge à lèvres cerise, apparut dans l'encadrement.

— Bonjour, dit Pip. Je suis une amie de Max. Il est là ?

— Ah, bonjour, répondit la femme en souriant, révélant une trace de rouge sur une de ses dents du haut. Il est là, oui, entrez.

Elle se recula pour laisser passer Pip.

— Pippa, se présenta cette dernière en s'avançant dans le vestibule.

— Pippa. Venez, il est au salon. Furieux après moi parce que je passe l'aspirateur pendant qu'il joue à je ne sais quel jeu vidéo. Il ne peut pas mettre sur pause, apparemment.

La mère de Max conduisit Pip jusqu'au salon, où Max était affalé sur le canapé vêtu d'un bas de pyjama écossais et d'un tee-shirt blanc, les doigts agrippés à une manette dont il enfonçait frénétiquement la touche X.

Sa mère se racla la gorge.

Max releva la tête.

— Ah, salut, Pippa Je-Sais-Plus-Quel-Nom-Bizarre, lança-t-il de sa voix grave et maniérée, tout en se replongeant dans son jeu. Qu'est-ce qui t'amène ?

Pip réprima une grimace, qu'elle remplaça par un sourire forcé.

— Oh, pas grand-chose, déclara-t-elle avec un haussement d'épaules nonchalant. Je suis juste venue vérifier à quel point tu connaissais *réellement* Andie Bell.

Max mit le jeu sur pause, se redressa, dévisagea tour à tour Pip, sa mère, puis de nouveau Pip.

— Euh..., fit Mme Hastings. Quelqu'un prendra du thé ?

— Non, aboya Max en se levant d'un coup. Là-haut, Pippa.

Il sortit de la pièce d'un pas brusque et s'engagea dans le grand escalier majestueux qui montait à l'étage, ses pieds nus résonnant lourdement sur les marches. Pip le suivit en adressant un petit salut poli à sa mère au passage. Sur le palier, Max ouvrit la porte de sa chambre et fit signe à Pip d'entrer.

Elle hésita, un pied en suspens au-dessus de la moquette fraîchement aspirée. Était-il prudent de se retrouver seule avec lui ?

Max hocha le menton avec impatience.

Sa mère était juste en dessous, songea Pip ; elle ne risquait rien. Elle reposa le pied par terre et pénétra dans la chambre.

— Merci pour la discrétion, grommela Max en refermant la porte. Ma mère n'avait pas besoin de savoir que j'avais reparlé d'Andie et de Sal. C'est un teckel, elle ne lâche jamais prise.

— Un pitbull, rectifia Pip. Ce sont les pitbulls qui ne lâchent jamais prise.

— Ouais, bref. Qu'est-ce que tu veux ?

Max s'assit sur son couvre-lit bordeaux.

— Je te l'ai dit. Je veux savoir quels étaient réellement tes liens avec Andie.

— Je t'ai déjà répondu. Je ne la connaissais pas plus que ça.

Il se laissa tomber en arrière sur ses coudes et jeta un coup d'œil par-dessus l'épaule de Pip.

— Hmm, fit-elle. Juste de loin, hein, c'est ça ?

— Ouais, voilà. Et je vais être franc, je commence à trouver le ton sur lequel tu me parles un tantinet agaçant.

— Très bien, répliqua-t-elle en suivant son regard jusqu'à un panneau en liège sur le mur du fond, placardé d'affiches, de petits mots et de photos. Et moi, je commence à trouver tes mensonges un tantinet intrigants.

— Quels mensonges ? Je ne la connaissais pas bien.

— C'est marrant, parce que j'ai parlé à une fille qui était à une de vos soirées calamités en mars 2012 et qui m'a raconté qu'elle vous avait vus tous les deux seuls à plusieurs reprises ce soir-là, et que vous aviez l'air plutôt intimes.

— Qui t'a dit ça ?

Nouveau regard furtif vers le panneau en liège.

— Je ne peux pas révéler mes sources.

— Oh, mon Dieu ! s'exclama-t-il en éclatant de rire. Tu t'y crois vraiment ! Tu sais que tu n'es pas une vraie enquêtrice de police, j'espère ?

— Tu esquives la question, là. Est-ce que tu sortais avec Andie en secret dans le dos de Sal ?

Max s'esclaffa de plus belle.

— C'était mon meilleur pote.

— Ce n'est pas une réponse, insista Pip en croisant les bras.

— Non. Non, je ne sortais pas avec Andie Bell. Je te le répète, je ne la connaissais pas plus que ça.

— Alors pourquoi ma source vous a-t-elle vus ensemble ? Avec un comportement qui lui a laissé penser que tu étais le petit ami d'Andie ?

Pendant que Max renversait la tête en arrière en soupirant, Pip en profita pour jeter à son tour un coup d'œil vers le panneau en liège. Les bouts de papier et les petits mots griffonnés à la main se chevauchaient sur plusieurs épaisseurs par endroits. Des photos de Max en train de skier ou de surfer étaient punaisées par-dessus. Une affiche de *Reservoir Dogs* prenait presque toute la place.

— Je n'en sais rien, finit-il par répondre. Quelle que soit ta source, elle se trompe. Peut-être qu'elle était bourrée. Pas fiable, en tout cas.

— OK.

Pip se décolla de la porte, à laquelle elle s'était adossée. Elle fit quelques pas sur la droite, puis deux sur la gauche afin que Max ne se rende pas compte qu'elle se rapprochait progressivement du panneau.

— Donc, pour clarifier, reprit-elle en renouvelant la manœuvre de façon à gagner encore quelques centimètres, tu es en train de me dire que tu n'as jamais parlé seul à seule avec Andie dans une soirée calamité ?

— C'est peut-être arrivé, mais pas dans le sens que tu sous-entends.

— OK, OK, acquiesça Pip, désormais à deux pas du panneau. Et on peut savoir pourquoi tu n'arrêtes pas de jeter des regards par ici ?

Elle pivota d'un coup et se mit à farfouiller dans la masse de petits papiers punaisés.

— Hé, ça va pas !

Elle entendit le lit grincer alors que Max se levait.

Les doigts et les yeux de Pip parcouraient des listes, des notes avec des noms d'entreprises et de cabinets de recrutement, des flyers et de vieilles photos de Max enfant dans un lit d'hôpital.

Un bruit de pas derrière elle.

— Ce sont mes affaires, c'est privé !

Elle aperçut alors le coin d'un papier glissé sous l'affiche de *Reservoir Dogs*. Elle tira dessus et le dégagea juste au moment où Max lui agrippait le bras. Pip fit volte-face alors que ses doigts s'enfonçaient dans son poignet, et ils baissèrent tous les deux les yeux vers le papier qu'elle tenait à la main.

Pip eut un coup au cœur.

— Putain ! s'emporta Max en lui lâchant le bras pour se passer la main dans les cheveux.

— Tu ne la connaissais pas plus que ça, hein ? souffla Pip d'une voix tremblante.

— De quel droit tu fouilles dans mes affaires ?

— Pas plus que ça ? répéta-t-elle en agitant la photo sous le nez de Max.

C'était Andie.

Un selfie dans un miroir. Debout sur un carrelage rouge et blanc, la main droite levée, tenant son téléphone en l'air. Elle avançait les lèvres comme pour donner un baiser et plissait les yeux. Elle ne portait rien d'autre qu'une culotte noire.

— Tu peux m'expliquer ça ? demanda Pip.

— Non.

— Ah, tu préfères d'abord l'expliquer à la police ? Je comprends.

Pip lui jeta un regard noir et fit mine de se diriger vers la porte.

— Arrête ton cinéma, rétorqua Max en la fusillant à son tour de ses yeux bleus glacés. Ça n'a rien à voir avec ce qui lui est arrivé.

— On va laisser la police en juger.

— Non, Pippa, dit-il en venant lui barrer la route. Écoute, ce n'est pas du tout ce que tu crois. Ce n'est pas Andie qui m'a donné cette photo. Je l'ai trouvée.

— Tu l'as trouvée ? Où ça ?

— Par terre, au lycée. Je l'ai ramassée et je l'ai gardée. Andie ne l'a jamais su.

Il y avait une note implorante dans sa voix.

— Tu as trouvé une photo d'Andie nue par terre au lycée ? résuma Pip sans même essayer de masquer son scepticisme.

— Oui. Au fond d'une classe. Je te jure.

— Et tu ne l'as pas raconté à Andie ni à personne ?

— Non, je l'ai simplement gardée.

— Pourquoi ?

— Je ne sais pas. Parce que je la trouvais sexy et que j'avais envie. Et ensuite je n'ai pas réussi à la jeter, une fois que… Quoi ? Ne me juge pas. C'est elle qui a pris cette photo, c'était bien pour que des gens la voient.

— Tu crois vraiment que je vais gober que tu es tombé par hasard sur cette photo d'Andie nue, une fille avec qui on t'a vu en grande intimité dans des soirées, et…

— Ça n'a rien à voir, la coupa Max. Ce n'est pas parce qu'on sortait ensemble que je parlais avec Andie, ni que j'ai cette photo d'elle. On n'était pas ensemble. On ne l'a jamais été.

— C'est donc *vrai* que tu discutais seul avec Andie à cette soirée ! s'exclama Pip d'un ton triomphant.

Max se cacha le visage entre les mains.

— D'accord, finit-il par répondre calmement. Si je t'explique, tu voudras bien me laisser tranquille ? Et pas de police, hein ?

— Ça dépendra.

— OK, d'accord. Je connaissais Andie mieux que ce que j'ai dit. Beaucoup mieux. Avant qu'elle commence à sortir avec Sal. Mais on n'était pas *ensemble*. Je la connaissais parce que c'était ma dealeuse.

Pip le dévisagea, bouche bée.

— Ta dealeuse… *de drogue* ? murmura-t-elle.

Max confirma d'un hochement de tête.

— Mais rien de très fort. Juste de l'herbe et quelques cachets.

— Nom d'un pepperoni. Attends, reprit Pip en levant un doigt en l'air pour donner à son cerveau le temps d'assimiler l'information. Andie Bell vendait de la drogue ?

— Ouais, mais seulement aux calamités et quand on sortait en boîte, ce genre de choses. Et seulement à quelques personnes. Une dizaine tout au plus. Ce n'était pas une vraie dealeuse. En revanche elle bossait pour un dealer connu du coin ; elle lui permettait d'avoir accès aux gosses du lycée. C'était gagnant-gagnant pour eux deux.

— Voilà pourquoi elle avait toujours autant d'argent sur elle, comprit soudain Pip tandis que le puzzle se reconstituait dans sa tête. Et elle consommait aussi ?

— Pas vraiment. Je crois qu'elle faisait juste ça pour l'argent. L'argent et le pouvoir qu'il lui donnait. Elle aimait ça.

— Sal était au courant ?

Max éclata de rire.

— Oh, non ! Non, non, non. Sal a toujours détesté les drogues, il l'aurait très mal pris. Andie le lui a caché, elle était très douée pour garder les secrets. Les seules personnes qui le savaient étaient ses clients. Mais j'ai toujours pensé que Sal était un peu naïf. Ça m'étonne qu'il ne s'en soit jamais rendu compte.

— Depuis combien de temps faisait-elle ça ? demanda Pip en sentant un frisson d'excitation lugubre la traverser.

— Depuis un bout de temps.

Max leva les yeux au plafond, comme s'il cherchait dans ses propres souvenirs.

— La première fois que je lui ai acheté de l'herbe, ça devait être début 2011, alors qu'elle n'avait que seize ans. Elle a dû commencer à peu près à cette période.

— Et qui était son dealer ? Qui lui fournissait la drogue ?

Max haussa les épaules.

— J'en sais rien, je n'ai jamais été en contact avec lui. J'achetais toujours directement à Andie.

— T'en sais rien, hein ? rétorqua Pip. Tu n'as plus jamais acheté de drogue à Kilton après la mort d'Andie ?

— Non. Je t'ai raconté tout ce que je savais.

— Mais il y avait bien des gens aux calamités qui ont continué à acheter de la drogue ? Où est-ce qu'ils se fournissaient ?

— Je ne sais pas, Pippa, insista Max en insistant sur chaque syllabe. Je t'ai dit ce que tu voulais savoir. Maintenant, je te demande de partir.

Il fit un pas en avant et lui arracha la photo des mains. Son pouce se referma sur le visage d'Andie, qui se froissa dans son poing crispé et tremblant alors qu'il pliait l'image en deux.

17

Pip se déconnecta de la conversation pour se perdre dans le brouhaha de la cafétéria. Des grincements de chaises mêlés d'éclats de rire venant d'un groupe de garçons dont les voix fluctuaient sans crier gare du ténor profond au soprano aigu. Le glissement mélodieux des plateaux sur le rail métallique qui se remplissaient d'assiettes de salade ou de bols de soupe, entrecoupé par le bruissement des paquets de chips et des potins du week-end.

Pip le repéra avant les autres et lui fit signe de les rejoindre à leur table. Ant se dandina vers eux, deux sandwichs entre les bras.

— Salut, tout le monde, lança-t-il en s'asseyant sur le banc à côté de Cara et en mordant sans plus attendre dans son sandwich numéro un.

— C'était comment, ton entraînement ? interrogea Pip.

Ant releva la tête et la regarda d'un air méfiant, la bouche entrouverte, révélant une bouillie à moitié mâchée. Il déglutit.

— Bien, dit-il. Pourquoi tu fais la gentille avec moi ? Qu'est-ce que tu veux ?

— Rien, fit Pip en riant. Je te demande juste si c'était bien, ton foot.

— Non, intervint Zach, c'est beaucoup trop sympa de ta part. T'as un truc derrière la tête.

— Je n'ai rien derrière la tête, déclara Pip avec un haussement d'épaules. À part mon cervelet et mon lobe occipital.

— Ou du moins ce qu'il en reste, vu ton niveau de connerie, rétorqua Ant.

Pip tourna une petite manivelle invisible sur le côté de sa main, qui fit se dresser son majeur.

Ils l'avaient vue venir. Elle attendit cinq bonnes minutes qu'ils se mettent à parler du dernier épisode de la série de zombies qu'ils suivaient tous, pendant que Connor se bouchait les oreilles en fredonnant tout haut parce que lui ne l'avait pas encore vu.

— Et sinon, Ant, réessaya-t-elle alors, ton copain George, du foot, tu vois ?

— Oui, il me semble que je vois mon copain George du foot, répondit-il en se trouvant apparemment très drôle.

— Il fait partie de la bande qui continue à organiser des calamités, non ?

— Ouais, acquiesça Ant. Je crois même que la prochaine doit avoir lieu chez lui. Ses parents partent en week-end pour un anniversaire ou je sais pas trop quoi.

— Ce week-end ?

— Ouaip.

— Tu penses…

Pip s'avança pour poser les coudes sur la table.

— Tu penses que tu pourrais tous nous incruster ? demanda-t-elle.

Ses amis se tournèrent d'un bloc vers elle pour la dévisager, les yeux écarquillés.

— Qui es-tu et qu'as-tu fait de Pippa Fitz-Amobi ? souffla Cara.

— Ben quoi ? C'est notre dernière année de lycée, je me disais que ce serait marrant d'y aller ensemble. Et c'est pile le bon moment, avant l'avalanche de devoirs à rendre et le bac blanc.

— Arrête de nous *Pip'oter*, glissa Connor en riant.

— Tu veux aller à une fête, toi ? insista Ant.

— Oui.

— Où tout le monde sera bourré, en train de vomir partout, de comater dans les coins ? poursuivit Ant. C'est pas vraiment ton truc, Pip.

— Je vois ça comme une expérience sociologique.

— OK, très bien, conclut Ant en tapant dans ses mains. On y va.

En rentrant du lycée, Pip s'arrêta chez Ravi. Il posa un mug de thé noir devant elle en l'informant qu'elle n'avait pas besoin d'attendre une seule microseconde qu'il refroidisse car il avait anticipé et ajouté un peu d'eau froide.

Puis il écouta Pip lui exposer les derniers rebondissements de son enquête.

— D'accord, finit-il par dire en hochant la tête d'un air pensif alors qu'il s'efforçait de visualiser Andie Bell – cette jolie blonde au teint de rose – en dealeuse de drogue. D'accord, donc tu penses que le type qui la fournissait pourrait être un suspect ?

— Oui. Quand on n'a pas de morale au point de vendre de la drogue à des enfants, je crois qu'on peut aussi être enclin au meurtre.

— Ouais, je comprends ta logique. Mais comment tu comptes découvrir l'identité de ce dealer ?

Elle reposa son mug et fixa Ravi dans les yeux.

— Je vais m'infiltrer incognito, annonça-t-elle.

18

— C'est une fête, pas un carnaval, protesta Pip en essayant de se dégager des mains de Cara.

Mais Cara la tenait fermement : un vrai guet-apens.

— Tais-toi, rétorqua cette dernière. Tu as la chance d'avoir un visage qui supporte le fard à paupières, alors arrête de gigoter, j'ai presque fini.

Pip poussa un soupir et se laissa faire, cédant à ce pomponnage forcé. Elle avait déjà moyennement apprécié que ses amis l'obligent à quitter sa salopette pour enfiler une robe prêtée par Lauren, tellement courte qu'on aurait dit un tee-shirt. Tout le monde avait éclaté de rire quand elle avait fait ce commentaire.

— Les filles ! cria la mère de Pip depuis le bas de l'escalier. Vous feriez bien de vous dépêcher. Victor a commencé à montrer sa chorégraphie à Lauren !

— Oh, pitié, murmura Pip. C'est bon, là ? Il faut absolument qu'on aille la délivrer.

— C'est bon, confirma Cara en se penchant vers elle pour lui souffler sur le visage.

— Génial, on y va.

Pip attrapa son sac et vérifia une dernière fois que son téléphone était chargé à cent pour cent.

— Coucou, ma puce ! lança son père alors que Pip et Cara descendaient l'escalier. Avec Lauren, on a décidé que j'allais venir avec vous à cette soirée kilométrée.

— *Calamité*, papa. Et tu peux rêver.

Victor s'approcha d'elle et la serra dans ses bras.

— La petite Pipsy qui va dans une soirée...

— Eh oui ! renchérit la mère de Pip avec un grand sourire. Une vraie soirée avec de l'alcool et des garçons.

— D'ailleurs, enchaîna Victor en lâchant Pip pour la regarder avec une mine grave, un doigt en l'air, je voudrais que tu me promettes d'être au moins un peu irresponsable.

— C'est ça, rétorqua Pip en attrapant ses clés de voiture et en se dirigeant vers la porte. Bon, allez, on y va. Bye bye, mes parents attardés et anormaux.

— Adieu ! répondit Victor sur un ton mélodramatique en s'agrippant à la rampe et en tendant la main vers les trois filles, comme le capitaine héroïque d'un navire en train de sombrer.

Même le trottoir devant la maison vibrait au rythme de la musique. Elles s'avancèrent jusqu'au perron et, comme Pip toquait à la porte, celle-ci s'ouvrit toute seule, les invitant à plonger dans une cacophonie de basses pulsées et de bavardages éméchés, dans une quasi-obscurité.

Pip hésita à se jeter dans la cohue, en respirant d'emblée une odeur poisseuse de vodka, mêlée de sueur et d'une légère touche de vomi. Elle repéra le maître des lieux, le fameux George, en train d'embrasser une fille de première, les yeux grands ouverts. Son regard croisa celui de Pip et, sans interrompre son baiser, il la salua en agitant la main dans le dos de sa partenaire.

Refusant de se rendre complice d'un tel accueil, Pip l'ignora et s'engagea dans le couloir. Cara et Lauren la suivirent, et Lauren dut enjamber Paul-de-terminale-B qui ronflait allègrement, affalé au pied du mur.

— Y a des gens qui ont de drôles de façons de s'amuser…, commenta Pip alors que les trois filles arrivaient au salon, grouillant d'adolescents compressés les uns contre les autres : des corps qui se contorsionnaient sur la musique, des pyramides de bouteilles de bière en équilibre précaire, des monologues avinés sur le sens de la vie déclamés à tue-tête, des taches humides sur la moquette et des couples plaqués contre les murs.

— C'est toi qui voulais absolument venir, rétorqua Lauren en saluant de la main un groupe de filles qu'elle connaissait du club théâtre.

— Ouaip. Et je ne regrette pas ma décision.

Ant, Connor et Zach les aperçurent et les rejoignirent en slalomant parmi la foule déchaînée.

— Ça va ? demanda Connor en les embrassant maladroitement tour à tour. Vous arrivez tard.

— Je sais, répondit Lauren. On a dû relooker Pip.

Pip ne comprenait pas comment sa salopette aurait pu leur faire honte alors que la danse de robot électrocuté des copines de Lauren semblait parfaitement acceptable.

— Il y a des verres quelque part ? s'enquit Cara en brandissant une bouteille de vodka au citron.

— Ouais, je vais te montrer, fit Ant en l'entraînant vers la cuisine.

Lorsque Cara revint en lui tendant un gobelet, Pip se força à en boire régulièrement une gorgée imaginaire tout en hochant la tête et en riant pour faire mine de suivre la conversation. Mais, dès que l'occasion se présenta, elle se faufila jusqu'à l'évier, y vida son verre et le remplit d'eau à la place.

Plus tard, comme Zach lui proposait de la resservir, elle fut obligée de réitérer la manœuvre et se retrouva coincée avec Joe Kerr, qui était assis un rang derrière elle en cours d'anglais. Sa seule forme d'humour consistait à poser une devinette absurde puis, après avoir laissé sa victime mariner un certain temps, à déclarer avec un grand sourire niais : « Si tu ne sais pas, je veux bien être ton *Joe Kerr*. »

Au bout de la troisième devinette, Pip s'excusa et alla se réfugier dans un coin, soulagée d'être enfin seule. Tapie dans l'ombre, sans personne pour la déranger, elle put scruter la pièce à sa guise. Elle observa les danseurs et les dragueurs, guettant le moindre signe de tractations furtives, de sourires béats ou de pupilles dilatées. Tout ce qui pourrait la mener au dealer d'Andie.

Dix bonnes minutes s'écoulèrent sans que Pip ne remarque rien de suspect, à part un dénommé Stephen qui cassa la télécommande et cacha l'objet du délit dans un vase. Elle le suivit des yeux alors qu'il se dirigeait vers la porte du jardin en sortant un paquet de cigarettes de sa poche arrière.

Évidemment. Dehors, avec les fumeurs, c'est par là qu'elle aurait dû commencer.

Pip se fraya un chemin dans le chaos en jouant des coudes pour se protéger des brusques embardées des danseurs éméchés.

Il y avait quelques personnes dehors. Deux silhouettes sombres se roulaient sur le trampoline au fond du jardin. Stella Chapman pleurait au téléphone près de la poubelle. Deux autres filles de terminale, sur la balançoire, semblaient avoir une conversation des plus sérieuses, ponctuée par de grandes exclamations, la main plaquée sur la bouche. Et puis, ce Stephen, Thompson ou Timpson, perché sur un muret, une cigarette entre les lèvres tandis qu'il palpait frénétiquement ses poches.

— Salut, lança-t-elle en se hissant sur le muret à côté de lui.

— Salut, Pippa, fit Stephen en ôtant la cigarette de sa bouche pour pouvoir lui parler. Quoi de neuf ?

— Oh, pas grand-chose. Je suis juste venue voir si je ne pouvais pas trouver Marie-Jeanne.

— Je ne sais pas qui c'est, désolé, répondit-il en dégainant enfin un briquet vert fluo.

— Pas qui, mais quoi, rectifia Pip avec un regard lourd de sous-entendus. Enfin, tu vois, j'ai envie de me fumer un spliff.

— Pardon ?

Pip avait passé une heure sur Internet le matin même pour se mettre à la page.

Elle réessaya, en baissant la voix jusqu'au murmure :

— Fumer un stick, un pète, un bédo, un cône, un beuze. Tu vois ce que je veux dire ? Un joint, quoi.

Stephen éclata de rire.

— Oh putain, t'es complètement bourrée !

— Grave, fit-elle en essayant de simuler un gloussement éméché, qui sonna plutôt comme un rire maléfique. Bref, t'en n'aurais pas ? De la weed ?

Quand il eut fini de s'esclaffer, Stephen se tourna pour la reluquer de la tête aux pieds en s'attardant avec insistance sur sa poitrine et ses jambes nues. Pip eut un haut-le-cœur de dégoût et de gêne. Elle le rembarra mentalement, mais il fallait qu'elle prenne sur elle et qu'elle se taise. Elle était en opération commando.

— Ouais, prononça enfin Stephen en se mordant la lèvre, je peux nous faire un joint.

Il se remit à fouiller dans ses poches et en sortit un petit sachet d'herbe et un paquet de papier à rouler.

— Génial, approuva Pip avec un mélange d'excitation et d'inquiétude. Vas-y, roule-nous un bon tarpé.

Il pouffa de nouveau et se mit à lécher le bord du papier en essayant de maintenir le contact visuel avec elle tout en remuant la langue. Pip détourna le regard. Elle songea que, cette fois, elle était peut-être allée un peu trop loin pour un simple projet scolaire. Peut-être. Sauf que c'était bien plus qu'un projet scolaire, désormais. Elle le faisait aussi pour Sal, pour Ravi. Pour la vérité. Ça valait bien un petit effort.

Stephen alluma le joint et aspira deux longues bouffées avant de le passer à Pip. Elle l'attrapa maladroitement entre l'index et le majeur et le porta à ses lèvres, puis tourna la tête d'un geste vif de façon à faire voler ses cheveux devant son visage et feignit de tirer sur le joint.

— Hmm, trop bon, dit-elle en le rendant à Stephen. C'est de la bonne came.

— T'es jolie, ce soir, déclara Stephen.

Il tira une taffe et tendit de nouveau le joint à Pip. Elle essaya de le lui prendre sans que leurs doigts se touchent. Cette fois encore, elle se contenta de crapoter, mais l'odeur l'écœurait et elle ne put s'empêcher de toussoter.

— Euh, tu sais pas où je pourrais m'en procurer ? demanda-t-elle.

— Tu peux partager avec moi.

— Non, je veux dire, où est-ce que tu te fournis ? Je me cherche un plan.

— Y a ce mec en ville qui s'appelle Howie, la renseigna Stephen en se décalant sur le muret pour se rapprocher d'elle.

— Et il habite où, Howie ? questionna Pip en lui tendant le joint et en profitant du mouvement pour s'écarter un peu.

— J'en sais rien. Il ne deale jamais chez lui. On se donne rendez-vous sur le parking de la gare, tout au bout, là où il n'y a pas de caméras.

— Le soir ?

— En général, ouais. C'est lui qui m'envoie l'heure par texto.

— Tu as son numéro ? Tu me le files ?

Pip plongea la main dans son sac pour attraper son téléphone. Mais Stephen secoua la tête.

— Il serait furax s'il savait que je balançais son numéro comme ça. Tu n'as pas besoin d'aller le voir. Si tu veux quelque chose, tu me donnes l'argent et je l'achèterai pour toi. Je te ferai même un prix, ajouta-t-il avec un clin d'œil.

— Je préférerais acheter en direct.

— Non. Pas possible, rétorqua Stephen en posant un regard insistant sur ses lèvres.

Pip détourna vivement la tête, et ses longs cheveux bruns formèrent comme un rideau entre eux. Elle était folle de rage : si près du but, et voilà qu'elle se heurtait à un mur.

Soudain, une idée lui vint.

— OK, acquiesça-t-elle en lui reprenant le joint des mains, mais comment je fais pour te joindre ? Tu n'as même pas mon numéro.

— Et c'est bien dommage, répondit-il d'une voix si mielleuse qu'elle dégoulinait presque de sa bouche.

Il sortit son téléphone de sa poche arrière, tapa le code pour le déverrouiller et le lui tendit.

— Tiens, note-le-moi là-dedans.

— OK, fit Pip.

Elle ouvrit le répertoire et se détourna légèrement de Stephen pour qu'il ne puisse pas voir l'écran. Elle tapa les lettres *how* dans la barre de recherche et un seul résultat s'afficha : *Howie Bowers*, et son numéro de portable.

Pip examina un instant la série de chiffres. Bon sang, elle n'arriverait jamais à mémoriser tout ça ! Une autre idée lui traversa alors l'esprit. Peut-être pouvait-elle prendre une photo de l'écran ; son propre téléphone était posé sur le muret juste à côté d'elle. Sauf que Stephen était là à l'observer en se rongeant les ongles. Elle devait détourner son attention.

Brusquement, elle bondit en avant, projetant le joint le plus loin possible sur la pelouse.

— Pardon, s'excusa-t-elle, j'ai cru sentir un insecte sur moi.

— T'inquiète, je vais le récupérer.

Stephen sauta du muret. Pip n'avait que quelques secondes pour agir. Elle attrapa son téléphone, ouvrit l'appareil photo et le positionna juste au-dessus du portable de Stephen.

Elle sentait son cœur tambouriner dans sa poitrine.

L'appareil avait du mal à faire le point, lui faisant perdre un temps précieux.

Pip avait le doigt à deux millimètres du bouton, prêt à appuyer.

L'image se stabilisa enfin et elle prit la photo, lâchant son téléphone sur ses cuisses juste au moment où Stephen se retournait.

— Il est encore allumé, annonça-t-il en se hissant de nouveau sur le mur, beaucoup trop collé à elle.

Pip lui rendit son téléphone.

— Euh, pardon, mais en fait je ne préfère pas te donner mon numéro. J'ai décidé que la drogue ne m'intéressait pas.

— Arrête de faire ta mijaurée, murmura-t-il en refermant les doigts à la fois sur son téléphone et sur la main de Pip avant de se pencher vers elle.

— Non, merci, riposta-t-elle en se reculant promptement. Je crois que je vais retourner à l'intérieur.

Mais alors Stephen l'agrippa par la nuque et l'attira vers lui. Pip se dégagea d'un coup d'épaule et le repoussa si fort qu'il perdit l'équilibre et tomba à un mètre du muret, étalé de tout son long dans l'herbe humide.

— Sale pétasse, lança-t-il en se relevant et en frottant son pantalon.

— Espèce de macaque dépravé, pervers et dégénéré, rétorqua Pip. Désolée pour les macaques. J'ai dit non !

C'est alors qu'elle s'en rendit compte. Elle ne savait pas quand ni comment c'était arrivé, mais en redressant la tête, elle s'aperçut qu'ils étaient maintenant seuls dans le jardin.

La peur déferla en elle en l'espace d'une seconde, et elle sentit sa peau se hérisser.

Elle pivota vers la maison, mais alors qu'elle commençait à s'éloigner, Stephen la rattrapa et la retint par le poignet.

— Hé, fit-il, c'est bon, on peut discuter encore deux minutes.

— Lâche-moi, Stephen ! aboya-t-elle.

— Mais...

Pip lui agrippa le poignet de sa main libre et serra de toutes ses forces en lui enfonçant ses ongles dans la peau. Stephen laissa échapper un juron et la relâcha. Aussitôt, elle fonça vers la maison et claqua la porte derrière elle, puis tourna le verrou.

À l'intérieur, elle se faufila à travers la foule, ballottée de-ci de-là sur la piste de danse, scrutant les corps frétillants et les visages hilares en sueur, à la recherche de celui, rassurant, de Cara.

Il faisait chaud et moite dans cette mêlée humaine. Mais Pip tremblait comme une feuille, parcourue après coup par un frisson glacé qui faisait s'entrechoquer ses genoux nus.

Pippa Fitz-Amobi
TPE 03/10/2017

Journal de bord – point n° 22

J'ai attendu quatre heures dans ma voiture, ce soir. Au bout du parking de la gare. J'ai vérifié : pas de caméras. Trois vagues successives de voyageurs sont arrivées en provenance de la gare de Marylebone à Londres, dont mon père. Heureusement, il ne m'a pas repérée.

Je n'ai vu personne traîner dans les parages, personne qui avait l'air d'être là pour acheter ou vendre de la drogue. Mais bon, il faut dire que je ne savais pas trop quoi chercher ; je n'aurais jamais deviné que c'était le genre d'Andie, par exemple.

Oui, je sais que j'ai réussi à trouver le numéro d'Howie Bowers sur le téléphone de Stephen-le-pervers. Je pourrais simplement l'appeler et voir s'il accepterait de répondre à quelques questions au sujet d'Andie. Ravi pense que c'est ce qu'on devrait faire. Mais, soyons réalistes, il n'y a aucune chance qu'il me révèle quoi que ce soit de cette manière. C'est un dealer. Il ne va pas l'admettre à une inconnue au bout du fil comme si on discutait en toute innocence de la météo ou de la crise des subprimes.

Non. La seule façon pour qu'il nous parle, c'est d'avoir un moyen de pression sur lui.

Je retournerai à la gare demain soir. Ravi sera encore au travail, mais je peux très bien me débrouiller toute seule. Je n'aurai qu'à dire à mes parents que je vais réviser chez Cara. Plus je suis obligée de mentir, plus j'y arrive facilement.

Il faut que je trouve Howie.

Il me faut ce moyen de pression.

Il faut aussi que je dorme.

Suspects potentiels

Jason Bell

Naomi Ward

Amant secret

Natalie da Silva

Daniel da Silva

Max Hastings

Dealer de drogue : Howie Bowers ?

19

Pip en était au chapitre treize, plongée dans sa lecture à la lumière crue de son téléphone, lorsqu'elle remarqua une silhouette isolée qui passait sous un réverbère. Elle était dans sa voiture, garée à l'extrémité du parking de la gare. Les crissements stridents des trains pour Londres ou Aylesbury résonnaient chaque demi-heure.

Les réverbères s'étaient allumés environ une heure plus tôt, quand le jour avait commencé à décliner, plongeant la ville dans une pénombre bleutée. Les lampes avaient cette couleur jaune orangé grésillante qui projetait sur les environs une lueur industrielle un peu inquiétante.

Pip plissa les yeux pour réduire les reflets du pare-brise. Alors que la silhouette traversait le cône de lumière, elle vit qu'il s'agissait d'un homme vêtu d'une veste vert foncé avec une capuche en fourrure et une doublure orange. Il avait relevé sa capuche et son visage n'était qu'un masque d'ombres dans lequel on distinguait seulement le triangle éclairé de son nez.

Pip s'empressa d'éteindre son téléphone et posa *Les Grandes Espérances* sur le siège passager. Puis elle recula le sien au maximum de façon à pouvoir s'accroupir au sol, cachée par la portière, ne laissant dépasser que le haut de son crâne et ses yeux derrière la vitre.

L'homme marcha jusqu'au bout du parking et s'appuya à la rambarde, dans un coin sombre pile entre deux ronds de lumière orange. Pip l'observa, en retenant son souffle car de la buée se formait sur la vitre et l'empêchait de voir chaque fois qu'elle respirait.

Tête baissée, l'homme sortit un téléphone d'une de ses poches. Comme il le déverrouillait et que l'écran s'éclairait, Pip put enfin voir son visage, émacié et anguleux, partiellement recouvert d'une barbe de trois jours. Pip n'était pas très forte en âges, mais à vue de nez elle lui aurait donné autour de la trentaine.

Certes, ce n'était pas la première fois de la soirée qu'elle pensait avoir identifié Howie Bowers. Il y avait déjà eu deux autres hommes qu'elle avait épiés ainsi recroquevillée. Le premier était monté dans une vieille voiture toute cabossée et avait démarré aussitôt ; le second s'était arrêté pour fumer une cigarette, assez longtemps pour que le cœur de Pip se mette à battre la chamade. Mais ensuite il avait écrasé son mégot, avait ouvert sa voiture à distance et était parti à son tour.

Cependant, dans les deux cas, quelque chose ne collait pas : les individus en question étaient habillés en costume cravate et manteau chic ; c'étaient clairement des hommes d'affaires qui rentraient du travail.

Ce type-là était différent. Il était vêtu d'un jean et d'une parka courte et il ne faisait aucun doute qu'il attendait quelque chose. Ou quelqu'un.

Ses pouces s'affairaient sur son téléphone : peut-être envoyait-il un message à ses clients pour les prévenir qu'il était en poste. Et voilà, un plan à la Pippa typique, toujours à mettre la charrue avant les bœufs. Elle avait heureusement une manière infaillible de vérifier si ce rôdeur était bien l'homme qu'elle traquait. Elle dégaina son portable en le tenant le plus bas possible et tourné vers sa cuisse pour en dissimuler l'éclat, puis elle chercha Howie Bowers dans ses contacts et appuya sur la touche APPEL.

Les yeux de nouveau derrière la vitre, le pouce au garde-à-vous au-dessus du bouton rouge pour raccrocher, elle attendit. Sa tension augmentait à chaque demi-seconde.

Et puis elle l'entendit.

Beaucoup plus fort que la tonalité de son propre téléphone.

Un coin-coin mécanique, qui provenait des mains de l'homme en parka. Elle le vit décrocher et porter le téléphone à son oreille.

— Allô ? dit une lointaine voix dehors, assourdie par la vitre de la voiture.

Quelques fractions de seconde plus tard, la même voix lui parvint dans le haut-parleur de son portable. La voix d'Howie, elle en avait maintenant la confirmation.

Pip raccrocha aussitôt et regarda Howie Bowers éloigner l'appareil de son visage et fixer l'écran. Comme il baissait la tête, ses yeux furent éclipsés un instant dans l'ombre de ses sourcils, épais mais remarquablement droits. Il pressa une touche et colla de nouveau le téléphone à son oreille.

— Zut, murmura Pip en attrapant vivement son téléphone pour le mettre sur silencieux.

Moins d'une seconde plus tard, l'écran s'illumina pour afficher un appel entrant d'Howie Bowers. Pip le laissa sonner dans le vide tandis que son cœur cognait à tout rompre dans sa poitrine. C'était moins une. Quelle idiote de ne pas avoir masqué son numéro !

Howie rangea son téléphone et resta planté là, les mains dans les poches, la tête basse. Bien sûr, même si elle savait désormais que cet homme était Howie Bowers, elle n'avait aucune preuve qu'il ait effectivement fourni de la drogue à Andie. Sa seule certitude était qu'il en vendait à présent aux élèves du lycée, le marché qu'Andie avait ouvert à son dealer à l'époque. Ça pouvait être une coïncidence ; Howie Bowers n'était peut-être pas la personne avec qui Andie avait fait équipe. Mais dans une petite ville comme Kilton, il ne fallait jamais trop se fier aux coïncidences.

Juste à cet instant, Howie releva la tête et hocha le menton. Pip entendit alors des pas résonner sur le bitume. Elle n'osa pas bouger pour voir qui c'était, tressaillant à chaque claquement qui se rapprochait. Et puis l'individu apparut dans son champ de vision.

C'était un homme plutôt grand, vêtu d'un long manteau beige et de chaussures vernies noires flambant neuves. Il avait les cheveux bruns, coupés très court. En arrivant au niveau d'Howie, il pivota pour s'appuyer à la rambarde à côté de lui. Les yeux de Pip mirent un moment à s'accoutumer à l'obscurité, et alors elle faillit pousser un cri.

Elle connaissait cet homme. Du moins son visage d'après sa photo sur le site Internet du *Kilton Mail*. Et sa voix depuis leur entretien téléphonique particulièrement tendu. C'était Stanley Forbes.

Stanley Forbes, qui *a priori* n'avait rien à voir avec l'enquête de Pip, et qui pourtant y faisait irruption pour la deuxième fois. Becca Bell lui avait confié qu'elle sortait « plus ou moins » avec lui, et voilà qu'il venait de rejoindre le type qui fournissait potentiellement de la drogue à la sœur de Becca.

Les deux hommes ne s'étaient pas encore adressé la parole. Stanley se gratta le nez et sortit une épaisse enveloppe de sa poche. Il la plaqua brusquement contre le torse d'Howie, et c'est seulement là que Pip remarqua qu'il avait le visage rougeaud et les mains tremblantes. Elle attrapa son téléphone et, s'assurant que le flash était désactivé, prit quelques photos de la rencontre.

— C'est la dernière fois, tu m'entends ? aboya Stanley, sans se donner la peine de baisser la voix. Tu ne peux pas continuer à me demander toujours plus d'argent. Je n'en ai pas.

Howie parlait beaucoup trop bas, et Pip ne réussit à distinguer que le début et la fin de sa phrase : « Mais… dire. »

Stanley lui rétorqua du tac au tac.

— Tu n'oseras jamais !

Ils se fixèrent un long moment, la tension était palpable entre eux. Puis Stanley fit volte-face et s'éloigna d'un pas vif, les pans de son manteau voletant derrière lui.

Lorsqu'il fut parti, Howie vérifia le contenu de l'enveloppe avant de la fourrer dans la poche intérieure de sa parka. Pip eut le temps de prendre encore quelques photos de lui avec le paquet dans les mains. Après quoi Howie ne bougea pas. Il resta appuyé contre la rambarde en recommençant à tapoter sur son téléphone. Comme s'il attendait quelqu'un d'autre.

Quelques minutes plus tard, Pip vit une silhouette approcher. Pelotonnée dans sa cachette, elle regarda un homme marcher vers Howie et lever la main pour le saluer. Lui aussi, elle le connaissait : un élève de première dans son lycée, qui jouait au foot avec Ant. Robin Machin-Chose.

Leur échange fut aussi bref que le précédent. Robin tendit une liasse de billets à Howie. Ce dernier les recompta avant de sortir de sa poche un sachet en papier. Pip prit cinq photos rapidement tandis qu'Howie remettait le sachet à Robin et empochait l'argent.

Si elle voyait leurs lèvres bouger, Pip n'entendait pas les secrets qu'ils s'échangeaient. Howie sourit et donna une grande tape dans le dos du garçon. Robin fourra le sachet dans son sac à dos et retraversa le parking en sens inverse, lançant un « À plus ! » alors qu'il passait devant la voiture de Pip, si près que ça la fit sursauter.

Tapie en boule dans l'espace entre le siège et le volant, elle fit défiler les photos qu'elle venait de prendre. On voyait parfaitement le visage d'Howie sur au moins trois d'entre elles. Et Pip connaissait le nom du garçon à qui elle l'avait surpris en train de vendre de la drogue. Un excellent moyen de pression pour faire chanter un dealer.

Soudain, Pip se figea. Quelqu'un marchait juste derrière sa voiture, traînant les pieds et sifflotant. Elle attendit vingt secondes et se redressa pour jeter un œil dehors. Howie était parti en direction de la gare.

Et c'est là que survint le moment d'indécision. Howie était à pied, Pip ne pouvait pas le suivre en voiture. Pourtant elle n'avait aucune envie de quitter l'abri rassurant de sa Coccinelle pour se lancer à la poursuite d'un criminel.

Elle sentit la peur se déployer dans son ventre et lancer ses tentacules jusqu'à son cerveau pour y planter une idée fixe : Andie Bell était partie toute seule dans la nuit, et elle n'était jamais revenue. Pip chassa cette pensée, ravala sa peur et sortit de la voiture en refermant la portière le plus discrètement possible. Elle avait besoin d'en savoir davantage sur cet homme.

C'était peut-être lui qui fournissait Andie en drogue, lui qui l'avait réellement tuée.

Howie marchait une quarantaine de mètres devant elle. Il avait enlevé sa capuche, dont la doublure orange était facile à repérer dans le noir. Pip maintint la distance entre eux, marchant au rythme de quatre battements de cœur entre chaque pas.

Comme ils arrivaient sur le rond-point très éclairé devant la gare, elle ralentit un peu l'allure pour ne pas trop se rapprocher de lui. Howie prit alors à droite, passant devant la petite supérette. Puis il traversa la rue et tourna à gauche sur High Street.

Elle le suivit jusqu'à Wyvil Road, où il franchit le pont qui enjambait la voie ferrée. Après le pont, Howie quitta la route pour emprunter un chemin de terre.

Pip attendit qu'il ait pris un peu d'avance pour s'engager à son tour sur le sentier, au bout duquel elle déboucha dans une petite rue résidentielle sans éclairage. Elle continua, les yeux toujours rivés sur la capuche à la doublure orange quinze mètres devant elle. La nuit était le meilleur des camouflages ; elle rendait tout paysage, même le plus familier, inconnu et étrange. C'est seulement en passant devant la plaque de la rue qu'elle se rendit compte d'où ils étaient.

Sur Romer Close.

Son cœur bondit, battant maintenant au rythme de six pulsations par pas. Romer Close : là où on avait retrouvé la voiture d'Andie Bell après sa disparition.

Pip vit Howie bifurquer devant elle et elle plongea derrière un arbre, d'où elle le regarda se diriger vers un petit pavillon, sortir des clés de sa poche et ouvrir la porte. Quand celle-ci se referma, Pip émergea de sa cachette et s'approcha de la maison, au numéro 29 de Romer Close.

C'était une maison basse aux murs en briques ocre et au toit en ardoise couvert de mousse. Les deux fenêtres en façade étaient occultées par des stores, celui de gauche à présent strié de jaune alors qu'Howie allumait la lumière à l'intérieur. Il y avait un petit terre-plein en gravier juste devant l'entrée, où était garée une voiture bordeaux délavé.

Pip l'examina, et cette fois la révélation fut instantanée. Elle sentit sa mâchoire se décrocher et une boule lui serra la gorge.

— Oh, mon Dieu, murmura-t-elle.

Elle s'éloigna de la maison, sortit son téléphone, parcourut la liste de ses derniers appels et appuya sur le nom de Ravi.

— Par pitié, dis-moi que tu as fini ton service, lança-t-elle dès qu'il décrocha.

— Je viens de rentrer chez moi. Pourquoi ?

— J'ai besoin que tu me rejoignes au 29 Romer Close. Tout de suite.

20

Pip savait grâce à sa carte du crime que Ravi mettrait environ dix-huit minutes pour venir à pied de chez lui jusqu'à Romer Close. Il arriva quatre minutes plus tôt et se mit à courir dès qu'il la vit.

— Qu'est-ce qu'il y a ? demanda-t-il, légèrement essoufflé, en écartant les cheveux de son visage.

— Il y a… beaucoup de choses, répondit Pip à voix basse. Je ne sais pas trop par où commencer, mais je vais essayer.

— Tu me fais flipper, marmonna-t-il en la scrutant d'un air inquiet.

— Moi aussi, je me fais flipper.

Elle marqua une pause le temps de prendre une grande inspiration avant de se lancer.

— OK, tu sais que j'étais sur la piste du dealer de drogue, d'après les infos que j'avais eues à la soirée calamité. Je l'ai surpris ce soir en train de dealer sur le parking de la gare, et je l'ai suivi jusqu'à chez lui. Il habite ici, Ravi. Dans la rue où on a retrouvé la voiture d'Andie.

Ravi releva la tête et parcourut des yeux la ruelle sombre.

— Mais tu n'es même pas sûre que ce soit lui qui fournissait Andie, objecta-t-il.

— Avant, je n'étais pas sûre, maintenant si. Mais je dois d'abord te dire un autre truc, et je ne veux pas que tu te fâches.

— Pourquoi je me fâcherais ? questionna-t-il avec un léger froncement de sourcils.

— Euh... parce que je t'ai menti, avoua-t-elle en baissant les yeux pour éviter son regard. Je t'ai fait croire que je n'avais pas encore reçu la transcription de l'interrogatoire de Sal. En fait, si. Depuis deux semaines.

— Quoi ?

Une expression peinée lui chiffonna le visage.

— Je suis désolée, reprit Pip. Mais quand je l'ai lue, j'ai pensé qu'il valait mieux que tu ne la voies pas.

— Pourquoi ?

— Parce que ça ne plaide pas en faveur de Sal. Ses réponses sont assez évasives, et il refuse carrément d'expliquer aux policiers pourquoi Andie et lui se sont disputés le jeudi et le vendredi. On a vraiment l'impression qu'il essaie de cacher son propre mobile. Du coup j'ai pensé qu'il l'avait peut-être réellement tuée et que ça allait t'anéantir...

Elle risqua un coup d'œil vers Ravi. Il avait le visage fermé et le regard triste.

— Tu crois que Sal est coupable, après tout ça ?

— Non. J'ai juste eu des doutes à un moment, et j'ai eu peur de ta réaction. Mais je me rends compte que j'ai eu tort d'agir comme ça, je te demande pardon. Et j'ai aussi eu tort de douter de l'innocence de Sal.

Ravi la dévisagea en se grattant la nuque.

— OK, c'est bon. Je comprends pourquoi tu l'as fait. Donc, maintenant, qu'est-ce qui se passe ?

— Je viens de découvrir pourquoi Sal était si bizarre et fuyant pendant son interrogatoire, et pourquoi Andie et lui se disputaient. Viens voir.

Elle lui fit signe de la suivre et retourna en direction du pavillon d'Howie.

— Ça, c'est la maison du dealer, indiqua-t-elle en tendant le doigt. Et maintenant, regarde sa voiture.

Elle observa le visage de Ravi tandis qu'il examinait le véhicule sous toutes ses coutures, pare-brise, capot, phares avant, feux arrière… Puis ses yeux se posèrent sur la plaque d'immatriculation et y restèrent.

— La vache, souffla-t-il.

— Ouaip, la vache, renchérit Pip en hochant la tête.

— Je dirais même mieux : nom d'un pepperoni !

La plaque portait le numéro *R009 KKJ*.

— C'est l'immatriculation que Sal a relevée dans les notes de son téléphone, indiqua Pip. Le mercredi 18 avril vers 19 h 45. Il devait avoir des soupçons. Peut-être qu'il avait entendu des rumeurs au lycée, quelque chose comme ça. Alors, ce soir-là, il a suivi Andie et il a dû la surprendre avec Howie. Et voir ce qu'elle faisait.

— Voilà pourquoi ils se disputaient les jours avant la disparition d'Andie, acquiesça Ravi. Sal détestait la drogue. Au plus haut point.

— Et quand les policiers l'ont questionné sur ces disputes, poursuivit Pip, ce n'était pas pour cacher son propre mobile qu'il est resté évasif, mais pour protéger Andie. Il ne pensait pas qu'elle était morte. Il pensait qu'elle était en vie, qu'elle allait revenir, et il ne voulait pas lui créer d'ennuis avec la police en révélant qu'elle vendait de la drogue. Et ce dernier message qu'il lui a envoyé le vendredi soir ?

— *Je te parle plus tant que t'arrêteras pas*, cita Ravi de mémoire.

— Tu sais quoi ? fit Pip en souriant. Jamais ton frère n'a eu l'air aussi innocent que maintenant.

Ravi lui retourna son sourire.

— Merci. Et tu sais quoi ? C'est bien la première fois que je dis ça à une fille, mais... Je suis content que tu sois venue toquer à ma porte sans prévenir.

— Pourtant je me souviens très bien que tu as essayé de te débarrasser de moi.

— Il semblerait que ce ne soit pas si facile...

— Ça, je te le confirme. Prêt à toquer ensemble, ce coup-ci ?

— Hein ? Non. Quoi ?

Il la dévisagea d'un air horrifié.

— Oh, allez ! insista-t-elle en se dirigeant d'un pas déterminé vers la porte de la maison d'Howie. Pour une fois que tu seras au cœur de l'action.

— Hmm, je ne sais pas trop comment le prendre... Non, attends, Pip ! s'exclama-t-il en lui courant après. Qu'est-ce que tu fais ? Il ne va pas vouloir nous parler.

— Je te garantis que si, rétorqua-t-elle en brandissant son téléphone. J'ai un moyen de chantage.

— Quel moyen de chantage ?

Ravi la rejoignit sur le perron. Elle se tourna vers lui avec un grand sourire malicieux. Puis elle lui prit la main et, avant que Ravi n'ait le temps de la retirer, elle la cogna trois fois contre la porte.

Il écarquilla les yeux et agita un doigt réprobateur sous son nez.

Ils entendirent un bruit de pas traînant et une toux sèche. Quelques secondes plus tard, la porte s'ouvrit brutalement.

Howie les dévisagea en clignant des yeux. Il avait ôté sa parka et était maintenant pieds nus, vêtu d'un tee-shirt bleu taché. Autour de lui flottait une odeur de tabac froid et de moisi.

— Bonsoir, Howie Bowers, fit Pip. On voudrait vous acheter de la drogue, s'il vous plaît.

— Mais vous êtes qui, bordel ? aboya Howie.

— Je suis la personne qui a pris ces jolies photos tout à l'heure, répondit-elle en orientant le téléphone vers lui et en faisant défiler sous ses yeux les images du parking. Figurez-vous que je connais ce garçon à qui vous avez vendu de la drogue. Il s'appelle Robin. Je me demande ce qui se passerait si j'appelais ses parents là, tout de suite, pour leur dire de fouiller dans son sac à dos. Je me demande s'ils y trouveraient un sachet en papier. Et ensuite combien de temps il faudrait avant que la police débarque ici, surtout si je leur passais un petit coup de fil pour les aider.

Les yeux d'Howie faisaient la navette entre le téléphone, Ravi et Pip. Elle lui laissa quelques secondes pour digérer tout ça.

— Qu'est-ce que tu veux ? grommela-t-il.

— Je veux que vous nous laissiez entrer et que vous répondiez à quelques questions, dit-elle. C'est tout. Et on n'ira pas voir la police.

— Des questions sur quoi ? demanda-t-il en se curant les dents avec son ongle.

— Sur Andie Bell.

Son visage revêtit une expression faussement ingénue.

— Andie Bell, vous savez ? reprit Pip. La fille à qui vous fournissiez de la drogue pour qu'elle la revende aux élèves du lycée. Cette même fille qui a été assassinée il y a cinq ans. Vous vous souvenez ? Parce que, sinon, je suis sûre que la police s'en souviendra très bien.

— OK, céda Howie en s'écartant tout en leur tenant la porte ouverte. Allez-y.

— Parfait, répliqua Pip.

Elle se tourna vers Ravi d'un air triomphant et lui mima le mot « chantage » en silence. Il roula des yeux mais, alors qu'elle s'apprêtait à entrer dans la maison, il la tira en arrière et franchit le seuil le premier. Il soutint le regard d'Howie jusqu'à ce que celui-ci détourne la tête et s'engage dans le couloir.

Pip suivit Ravi à l'intérieur et referma la porte derrière elle.

— Par ici, maugréa Howie en pénétrant dans le salon.

Il s'affala dans un fauteuil défoncé, sur l'accoudoir duquel l'attendait une canette de bière entamée. Ravi s'avança jusqu'au canapé, dégagea une pile de vêtements et s'assit en face de lui, le dos bien droit et aussi proche du bord que possible. Pip s'installa à sa gauche, bras croisés.

Howie tendit sa canette en direction de Ravi.

— Tu es le frère du meurtrier, c'est ça ?

— Présumé meurtrier, rectifièrent Pip et Ravi en chœur.

La tension dans la pièce était palpable.

— Vous avez bien compris que nous irons montrer ces photos à la police si vous ne répondez pas à nos questions sur Andie ? prit soin de vérifier Pip en jetant un coup d'œil à la bière d'Howie, qui n'était sans doute pas sa première depuis qu'il était rentré.

— Oui, *darling*, répondit Howie avec un rire rauque. Tu as été assez claire là-dessus.

— Très bien. Je vais essayer de rester aussi claire dans mes questions. Quand Andie a-t-elle commencé à travailler avec vous, et comment est-ce arrivé ?

— Je ne m'en souviens pas, déclara-t-il avant de s'interrompre pour boire une longue gorgée de bière. Peut-être début 2011 ? Et c'est elle qui est venue me chercher. Elle n'avait pas froid aux yeux. Elle a débarqué un jour sur le parking où je bossais en m'annonçant qu'elle pourrait m'avoir plus de clients si je lui filais une commission. Elle m'a expliqué que son but était de se faire de l'argent, je lui ai répondu que moi aussi. Je ne sais pas comment elle avait eu mon contact.

— Et donc vous avez accepté sa proposition ?

— Ouais, bien sûr. Elle me promettait une entrée auprès des gamins du lycée, un marché auquel je n'avais pas accès. C'était gagnant-gagnant.

— Et ensuite, comment ça s'est passé ? intervint Ravi.

Howie posa son regard froid sur lui, et Pip le sentit se raidir à côté d'elle.

— On s'est donné rendez-vous pour que je lui apprenne deux-trois règles de base, comme de toujours planquer la marchandise et l'argent, ou de se servir de codes au lieu des noms. Je lui ai demandé ce qui pourrait intéresser les gosses de son bahut et je lui ai fourni un téléphone à utiliser uniquement pour le business, et c'est à peu près tout. Après, je l'ai lâchée dans la nature, conclut-il avec un sourire malsain.

— Andie avait un deuxième téléphone ? s'étonna Pip.

— Bah ouais, évidemment. Elle n'allait quand même pas dealer avec un téléphone payé par papa-maman. Je lui ai acheté un portable, avec une carte prépayée en cash. Deux, même. Je lui ai donné une nouvelle carte quelques mois à peine avant qu'elle se fasse tuer.

— Où Andie stockait-elle la drogue avant de la revendre ? demanda Ravi.

— Ça faisait partie des règles de base, justement. Je l'ai prévenue que ce petit business n'irait pas très loin si elle n'avait pas un endroit où planquer le matos et son deuxième téléphone sans que ses parents les trouvent. Elle m'a garanti qu'elle avait une cachette parfaite que personne ne connaissait à part elle.

— Où ça ? voulut savoir Ravi.

Howie se gratta le menton.

— Hmm, je crois que c'était sous une latte du parquet, dans sa penderie. Elle disait que ses parents ne savaient même pas qu'elle existait et qu'elle planquait toujours des trucs là-dedans.

— Du coup, le téléphone est sans doute toujours caché dans la chambre d'Andie, suggéra Pip.

— J'en sais rien. Sauf si elle l'avait sur elle quand...

Au lieu de terminer sa phrase, Howie se prit la gorge à deux mains en émettant des borborygmes.

Pip jeta un coup d'œil à Ravi avant d'enchaîner avec sa question suivante. Elle vit les muscles de sa mâchoire se contracter alors qu'il serrait les dents et se forçait à ne pas quitter Howie des yeux ; comme s'il pensait pouvoir le clouer sur place par son seul regard.

— D'accord, reprit-elle, et donc quelles drogues vendait Andie pendant les soirées ?

Howie écrasa la canette vide entre ses doigts et la lança par terre.

— Au début, juste de la weed, répondit-il. Mais à la fin elle vendait un tas de trucs différents.

— Elle a demandé *quelles drogues* vendait Andie, insista Ravi. On veut la liste.

— OK, souffla Howie d'un air agacé, en se redressant sur son siège pour triturer une croûte marron sur son tee-shirt. Elle vendait de la weed, parfois de la MDMA, de la méphédrone, de la kétamine. Elle avait aussi deux ou trois acheteurs réguliers de Rohypnol.

— De Rohypnol ? répéta Pip, incapable de dissimuler son émotion. La drogue des violeurs ? Andie vendait ça dans les fêtes du lycée ?

— Ouais, mais ça sert surtout à se détendre, c'est pas ce que les gens croient.

— Vous saviez qui le lui achetait ?

— Euh, elle m'avait parlé d'un gosse de riche, je crois. J'en sais rien, fit Howie en secouant la tête.

— Un gosse de riche ?

Une image apparut aussitôt dans l'esprit de Pip : un visage anguleux et un sourire narquois, des cheveux filasse.

— Il était blond ? demanda-t-elle.

Howie la fixa d'un regard vide et haussa les épaules.

— Répondez ou on va voir les flics, le menaça Ravi.

— Ouais, c'était peut-être bien un blond, concéda Howie.

Pip se racla la gorge pour se donner le temps de réfléchir.

— D'accord, reprit-elle enfin. Vous vous voyiez tous les combien, avec Andie ?

— Quand on en avait besoin, chaque fois qu'elle avait des commandes à récupérer ou du fric à m'apporter. Environ une fois par semaine, je dirais, parfois plus, parfois moins.

— Et vous vous retrouviez où ? interrogea Ravi.

— Soit à la gare, soit ici.

— Est-ce que vous..., hésita Pip. Est-ce que vous aviez une histoire ensemble ?

Howie ricana. Il se redressa brusquement et fit le geste de chasser quelque chose près de son oreille.

— Certainement pas, putain ! rétorqua-t-il, sans que son rire ne parvienne à masquer son irritation, qui montait sous forme de plaques rouges dans son cou.

— Vous êtes sûr ?

— Oui, je suis sûr.

Cette fois, ça n'avait plus du tout l'air de l'amuser.

— Alors pourquoi vous êtes sur la défensive ?

— Évidemment que je suis sur la défensive quand j'ai deux gamins qui débarquent chez moi pour m'emmerder avec des trucs qui remontent à des années, et qui me menacent d'aller chez les flics.

Il donna un grand coup de pied dans la canette écrasée, qui vola à travers la pièce et atterrit contre le store juste derrière la tête de Pip.

Ravi bondit du canapé pour venir se placer devant elle.

— Quoi ? Qu'est-ce que tu comptes faire ? lui lança Howie en se levant pour le toiser de haut en bas. T'es un putain de guignol, mec.

— OK, tout le monde, on se calme, intervint Pip en se levant à son tour. On a presque fini, il suffit que vous nous répondiez honnêtement. Est-ce que vous couchiez avec...

— Non, j'ai déjà dit non, OK ?

Les plaques rouges atteignaient maintenant son visage.

— Mais vous aviez envie de coucher avec elle ?

— Non ! hurla-t-il. On avait une relation purement business, OK ? C'était pas plus compliqué que ça.

— Où étiez-vous le soir où elle a été tuée ? intervint Ravi.

— J'étais bourré et je comatais sur le canapé ici présent.

— Vous savez qui l'a tuée ? demanda Pip.

— Ouais, son frère, répondit Howie en tendant un doigt accusateur vers Ravi. C'est bien ça, hein, tu veux prouver que ton salopard de frère ne l'a pas zigouillée ?

Pip vit Ravi se raidir et serrer les poings. Mais alors il croisa son regard, s'ébroua pour chasser la dureté de son visage et fourra ses poings dans ses poches.

— C'est bon, on a fini, déclara Pip en lui posant une main sur le bras. Viens, on s'en va.

— Ah non, je ne crois pas, rétorqua Howie.

En deux enjambées, il se rua vers la porte pour leur barrer le passage.

— Excusez-moi, Howard, tenta Pip, dont la nervosité était en train de se muer en peur.

— Non, non, non, répéta-t-il en secouant la tête, hilare. Je ne peux pas vous laisser partir.

Ravi se planta devant lui.

— Allez, bouge, souffla-t-il.

— J'ai fait ce que t'as demandé, poursuivit Howie en se tournant vers Pip. Maintenant, tu dois effacer ces photos de moi.

Pip se détendit quelque peu.

— OK, dit-elle. C'est de bonne guerre.

Elle dégaina son téléphone sous les yeux d'Howie et effaça une à une toutes les images du parking, jusqu'à tomber sur une photo de Barney et Josh endormis côte à côte dans le panier du chien.

— Voilà, fit-elle.

Howie s'écarta pour les laisser passer.

Alors que Pip ouvrait la porte et qu'ils sortaient dans la fraîcheur de la nuit, Howie lança :

— Si tu continues à poser des questions dangereuses, ma grande, tu risques de trouver des réponses dangereuses.

Ravi claqua la porte derrière eux et attendit d'avoir fait vingt mètres pour dire :

— Super sympa, comme soirée, merci de m'avoir offert ma première séance de chantage.

— De rien. C'était ma première fois aussi. Très efficace, d'ailleurs : on a appris qu'Andie possédait un deuxième téléphone, qu'Howie avait des sentiments complexes pour elle et Max Hastings un penchant pour le Rohypnol.

Sur quoi elle ressortit son téléphone de sa poche et ouvrit l'application « photo ».

— Attends, je récupère ces images au cas où on ait à nouveau besoin de faire pression sur Howie.

— Oh, génial, j'ai trop hâte ! Comme ça je pourrai peut-être ajouter « maître chanteur » à la liste de mes compétences sur mon CV.

— Tu es conscient d'avoir recours à l'humour comme mécanisme de défense quand tu es déstabilisé ? lui demanda Pip en souriant.

— Ouais, et toi tu es consciente de devenir snob et hautaine ?

Il la regarda un long moment dans les yeux, et elle craqua la première. Ils éclatèrent de rire en chœur et ne purent bientôt plus s'arrêter. La descente d'adrénaline se transforma en hystérie. Pip s'écroula sur lui en essuyant ses larmes et en hoquetant. Ravi tituba, le visage grimaçant, riant si fort qu'il dut se plier en deux pour se tenir le ventre.

Ils rirent jusqu'à ce que Pip ait mal aux joues et au ventre.

Mais alors qu'ils reprenaient leur souffle, leurs soupirs pantelants les firent pouffer de plus belle.

Pippa Fitz-Amobi
TPE 06/10/2017

Journal de bord – point n° 23

Il faudrait vraiment que je me concentre sur mes inscriptions en fac ; j'ai une semaine pour finir ma lettre de motivation avant la date limite des candidatures pour Cambridge. Allez, je m'arrête juste deux secondes de m'envoyer des fleurs, le temps de faire le point.

Howie Bowers n'a donc pas d'alibi pour le soir où Andie a disparu. De son propre aveu, il « comatait » sur son canapé. Sans rien pour le confirmer, ça peut très bien être une pure invention. Il est plus vieux qu'Andie et elle aurait tout à fait pu le « détruire » en le dénonçant à la police. Sa relation avec elle était fondée sur des activités criminelles et, à en juger par sa réaction défensive, peut-être une certaine attirance sexuelle. Et la voiture d'Andie – dont la police pense qu'elle a servi à transporter son corps – a été retrouvée dans sa rue.

Je sais que Max, lui, a un alibi ; c'est celui que Sal a demandé à ses amis de lui fournir. Réfléchissons : Andie a été enlevée entre 22 h 40 et 0 h 45. Max a parfaitement pu agir dans les dernières minutes. Ses parents n'étaient pas là, Jake et Sal étaient déjà partis, Millie et Naomi sont allées se coucher dans la chambre d'amis « un peu avant 0 h 30 ». Max a pu ressortir de chez lui à ce moment-là sans que personne le sache. Naomi aussi, d'ailleurs. Ou bien tous les deux ?

Max détient une photo nue d'une jeune fille assassinée avec qui il prétend n'avoir jamais eu de relation sentimentale. Techniquement, il est plus vieux qu'elle. Il était impliqué dans les activités illégales d'Andie et lui achetait régulièrement une drogue qu'utilisent les violeurs pour endormir leurs victimes. Ce brave Max Hastings n'a plus l'air aussi propre sur lui, hein ?

J'ai une petite idée derrière la tête. Peut-être que je devrais suivre la piste du Rohypnol, pour voir si je trouve d'autres indices. (Comment pourrais-je faire autrement? Ce n'est quand même pas n'importe quelle drogue, bon sang!)

Bien qu'ils aient tous les deux des raisons d'être soupçonnés, je ne crois pas à un duo Max/Howie. Max se fournissait toujours en drogue par l'intermédiaire d'Andie, et Howie n'avait que vaguement entendu parler de Max et de ses habitudes de consommation via Andie.

Je suis toutefois convaincue que l'info la plus importante qu'on ait soutirée à Howie est cette histoire de deuxième téléphone. C'est LA priorité numéro un. Le deuxième téléphone d'Andie contient probablement toutes les coordonnées des gens à qui elle vendait de la drogue; peut-être même la confirmation de la nature de sa relation avec Howie. Et si ce n'est pas lui l'amant plus âgé, Andie utilisait peut-être ce même numéro pour contacter cet homme en toute discrétion. La police a retrouvé le téléphone officiel d'Andie sur le corps de Sal; s'ils y avaient trouvé le moindre signe d'une liaison secrète, ils auraient évidemment suivi cette piste.

En remettant la main sur ce téléphone, il est possible qu'on remonte jusqu'à l'amant d'Andie, peut-être même jusqu'au tueur, et qu'on en finisse une bonne fois pour toutes. En l'état actuel des choses, nous avons trois candidats potentiels dans le rôle de l'amant: Max, Howie et Daniel da Silva. Si le deuxième téléphone désignait l'un des trois, je pense qu'on aurait de quoi aller voir la police.

Ou alors c'est quelqu'un qu'on n'a pas encore trouvé, quelqu'un qui attend son tour en coulisse, prêt à entrer en scène dans le rôle principal de ce projet. Quelqu'un comme Stanley Forbes, par exemple? Je sais qu'il n'y a pas de lien direct entre Andie et lui, donc pour l'instant il n'est pas sur la liste des suspects. Mais n'est-ce pas un peu gros qu'il ait écrit des articles cinglants sur le petit ami «sanguinaire» d'Andie, qu'il sorte maintenant avec sa petite sœur *et* que je l'aie vu donner de l'argent au même dealer qui fournissait Andie ? À moins que ce ne soient que des coïncidences... Mais je ne crois pas aux coïncidences.

<u>Suspects potentiels</u>
Jason Bell
Naomi Ward
Amant secret
Natalie da Silva
Daniel da Silva
Max Hastings
Howie Bowers

21

— Tourne, tourne, petit Barney, chantait Pip en tenant les deux pattes avant du chien tandis qu'ils dansaient en rond autour de la table du salon.

C'est alors que le vieux CD de sa mère se mit à sauter et à bégayer sur le refrain de *Hit the Road, Ja-Ja-Ja-Ja-Ja...*

— Aïe, c'est insupportable, s'exclama Leanne, en arrivant avec un plat de pommes de terre rôties qu'elle déposa au centre de la table avant de repartir en cuisine. Passe au morceau suivant, Pipsy.

Pip lâcha Barney et appuya sur le bouton du lecteur CD, dernière relique du vingtième siècle à laquelle sa mère s'accrochait, refusant de le remplacer par un écran tactile et des enceintes Bluetooth. Il faut dire que même la télécommande de la télé lui donnait du fil à retordre.

— Tu as découpé le poulet, Vic ? lança Leanne en revenant dans la pièce avec un saladier de brocolis et de petits pois fumants, sur lesquels finissait de fondre une noix de beurre.

— Oui, madame, mission accomplie, répondit-il depuis la cuisine.

— Josh ! cria Leanne. À table !

Pip alla aider son père à apporter les assiettes et le poulet, et Josh se faufila derrière eux.

— Tu as fini tes devoirs, mon grand ? lui demanda Leanne alors que chacun prenait sa place attitrée.

Celle de Barney était par terre aux pieds de Pip, dans un complot bien organisé pour qu'elle puisse lui glisser des petits bouts de viande quand ses parents regardaient ailleurs.

Pip réussit à attraper le plat de pommes de terre avant que Victor ne mette la main dessus. Il était, comme elle, grand amateur de patates.

— Joshua chéri, il me tarde que tu me passes la moutarde, fit-il d'une voix guillerette.

Quand tout le monde fut servi, Leanne pointa sa fourchette en direction de Pip.

— Au fait, c'est quand la date limite pour envoyer tes candidatures aux universités qui t'intéressent ?

— Le 15, répondit Pip. Mais je vais essayer de tout poster d'ici deux jours, histoire d'être un peu en avance.

— Tu as suffisamment travaillé ta lettre de motivation ? J'ai l'impression que tu ne t'occupes que de ton TPE, en ce moment.

— Tu m'as déjà vue bâcler quelque chose ? rétorqua Pip en embrochant une tête de brocoli particulièrement énorme, le *Sequoiadendron giganteum* du monde des brocolis. Si je rate une échéance un jour, c'est parce que l'apocalypse aura commencé.

— D'accord, très bien, papa et moi pourrons la relire après dîner, si tu veux.

— OK, je vous l'imprimerai.

Le sifflement de train du portable de Pip se mit à hurler, faisant sursauter Barney et grimacer sa mère.

— Pas de téléphones à table, rappela sa mère.

— Pardon. Je le mets sur silencieux.

Ça pouvait très bien être le début d'un des interminables monologues de Cara envoyés phrase par phrase, quand le téléphone de Pip devenait une gare en surchauffe, un train chassant l'autre dans un concert de sifflets stridents. À moins que ce soit Ravi. Elle le sortit de sa poche et jeta un coup d'œil à l'écran sous la table le temps de couper la sonnerie.

Elle se sentit blêmir.

Tout le sang de son visage reflua dans son estomac, qui se convulsa en repoussant son dîner vers le haut. Un frisson glacial lui parcourut la colonne vertébrale et sa gorge se noua de peur.

— Pip ?

— Euh... Je... Il faut absolument que j'aille faire pipi, s'exclama-t-elle en bondissant de sa chaise, son téléphone à la main.

Elle faillit trébucher sur le chien et sortit de la pièce en courant. Dans l'entrée, ses grosses chaussettes en laine dérapèrent sur le parquet ciré et elle tomba de tout son poids sur un coude.

— Pippa ? s'inquiéta Victor.

— Ça va, répondit-elle en se relevant. J'ai juste glissé.

Elle s'enferma dans les toilettes, baissa l'abattant de la cuvette et s'assit dessus, tremblante. Tenant son téléphone à deux mains, elle cliqua sur le message.

Espèce de conne. Arrête tant qu'il en est encore temps.

Venant de : « Inconnu ».

Pippa Fitz-Amobi
TPE 08/10/2017

<u>Journal de bord – point n° 24</u>

Je n'arrive pas à dormir.

J'ai cours dans cinq heures et je n'arrive pas à dormir.

Il n'y a plus aucune chance que ce soit une blague. Le mot dans mon sac de couchage, et maintenant ce texto. C'est pour de vrai. Je n'ai plus parlé de mes recherches depuis la nuit dans la forêt ; les seules personnes au courant de ce que j'ai découvert sont Ravi et les gens que j'ai interviewés.

Pourtant, quelqu'un sait que je me rapproche de la vérité et commence à paniquer. Quelqu'un qui m'a suivie dans les bois. Quelqu'un qui a mon numéro de téléphone.

J'ai répondu au texto par un futile « C'est qui ? ». J'ai reçu un message d'erreur. J'ai cherché sur Internet : il existe plusieurs applications pour adresser des SMS anonymes, si bien qu'il est impossible de répondre ni de savoir qui c'est.

Le nom est bien trouvé : Inconnu.

Cet Inconnu est-il l'assassin d'Andie Bell ? Essaie-t-il de me faire comprendre qu'il peut aussi s'en prendre à moi ?

Je ne peux pas aller voir la police. Je n'ai pas encore assez de preuves. Seulement des déclarations – même pas sous serment – de personnes qui connaissaient chacune un fragment des différentes vies secrètes d'Andie. J'ai sept suspects potentiels sur ma liste, mais aucun qui se détache du lot. Trop de gens à Little Kilton avaient un mobile pour tuer Andie.

Il me faut des preuves tangibles.

Il me faut ce deuxième téléphone.

C'est seulement alors que j'arrêterai, cher Inconnu. Seulement quand j'aurai fait éclater la vérité au grand jour, et toi avec.

22

— Qu'est-ce qu'on vient faire là ? demanda Ravi dès qu'il l'aperçut.

— Chhhhut, souffla Pip en l'attrapant par la manche de son manteau pour le tirer derrière l'arbre avec elle.

Elle sortit la tête de sa cachette afin d'observer la maison sur le trottoir d'en face.

— Tu ne devrais pas être en cours ? insista-t-il.

— J'ai séché, OK ? J'ai dit que j'étais malade. Pas la peine de me faire culpabiliser encore plus.

— Quoi, c'est la première fois que tu sèches ?

— J'ai raté quatre jours d'école dans ma vie en tout et pour tout. Et c'était à cause de la varicelle, chuchota-t-elle sans quitter la maison des yeux.

Ses vieilles briques allant du jaune clair au brun roux étaient couvertes de lierre, lequel grimpait jusqu'au toit, d'où dépassaient trois hautes cheminées. Le grand portail blanc du garage au bout de l'allée réfléchissait le soleil automnal du matin. C'était la dernière maison sur Church Street avant que la rue monte jusqu'à l'église.

— Pourquoi on est là ? répéta Ravi en passant la tête de l'autre côté du tronc afin d'apercevoir le visage de Pip.

— Becca est sortie il y a une vingtaine de minutes. Elle fait un stage au *Kilton Mail*. Je suis arrivée juste après 8 heures, pile quand Dawn partait. Ma mère dit qu'elle travaille à mi-temps dans une ONG à Wycombe. Il est 9 h 15, donc elle ne devrait pas revenir tout de suite. Et il n'y a pas d'alarme sur la porte d'entrée.

La fin de sa phrase se perdit dans un bâillement. Elle n'avait quasiment pas dormi de la nuit, se réveillant à intervalles réguliers pour relire le message de l'Inconnu jusqu'à ce que les mots soient gravés à l'intérieur de ses paupières et la hantent chaque fois qu'elle essayait de fermer les yeux.

— Pip, reprit Ravi en la fusillant du regard, je te demande une fois de plus ce qu'on est venus faire ici. Dis-moi que ce n'est pas ce que je crois.

— On est venus cambrioler. Il faut qu'on trouve le deuxième téléphone d'Andie.

Ravi laissa échapper un grognement.

— Pourquoi j'étais sûr que tu allais répondre ça ?

— Il nous faut du concret, Ravi. Une preuve concrète. La preuve qu'elle dealait avec Howie. Peut-être l'identité de cet homme plus âgé qu'elle voyait en secret. Si on met la main sur ce téléphone, on pourra appeler anonymement la police pour leur fournir un renseignement, et peut-être qu'ils réouvriront l'enquête et qu'ils retrouveront le véritable tueur.

— OK, mais si je peux me permettre une petite remarque, rétorqua-t-il en levant un doigt en l'air, tu veux que moi, le frère de la personne que tout le monde considère comme l'assassin d'Andie Bell, je m'introduise clandestinement dans la maison des Bell ? Sans parler des emmerdes que j'aurais de toute façon en tant que garçon basané si on me prend en flagrant délit d'effraction chez une famille blanche.

— Merde, Ravi, murmura Pip en se rétractant derrière l'arbre. Je suis désolée. Je n'ai pas réfléchi.

Elle n'avait réellement pas réfléchi ; elle était tellement convaincue que la vérité les attendait dans cette maison qu'elle n'avait pas songé à la position dans laquelle ça mettrait Ravi. Évidemment qu'il ne pouvait pas participer au cambriolage avec elle. Toute la ville le traitait déjà comme un criminel. S'ils se faisaient prendre, ça ne ferait qu'aggraver les choses.

Depuis qu'elle était petite, son père lui avait toujours parlé ouvertement de leur différence de statut dans le monde, lui expliquant la situation chaque fois qu'elle se présentait. Chaque fois que quelqu'un le suivait dans les rayons d'un magasin, lui demandait ce qu'il faisait seul avec une fillette blanche, ou le prenait pour un agent de sécurité à son cabinet, et non un des avocats associés. En grandissant, Pip s'était juré de ne jamais être aveugle à ces choses-là, ni au privilège implicite dont elle jouissait sans jamais avoir eu à se battre pour l'obtenir.

Ce matin-là, elle avait pourtant été aveugle, et elle s'en voulait terriblement.

— Je suis vraiment désolée, répéta-t-elle avec une boule au ventre. C'était complètement idiot de ma part. Je sais que tu ne peux pas prendre les mêmes risques que moi. Je vais y aller seule. Peut-être que tu peux juste rester là pour surveiller ?

— Non, répondit-il d'un air pensif. Si c'est la seule manière de laver le nom de Sal, je veux en être. Le jeu en vaut la chandelle. C'est trop important. Je continue à penser que c'est de la folie et je suis mort de trouille, mais...

Il s'interrompit pour lui sourire timidement.

— On forme une équipe, après tout. Pour le meilleur et pour le pire.

— Tu es sûr ? demanda Pip en se tournant vers lui.

Dans son mouvement, la bandoulière de son sac glissa dans le creux de son coude. Ravi tendit la main pour la lui remettre à l'épaule.

— Je suis sûr, déclara-t-il.

— OK, dit Pip en se concentrant de nouveau sur la maison. Et si ça peut te consoler, l'idée n'était pas de se faire prendre.

— Et donc, c'est quoi l'idée ? De casser une vitre ?

Elle l'observa en écarquillant les yeux.

— Certainement pas ! Je pensais plutôt trouver la clé. Nous sommes à Kilton, tout le monde a un double caché dehors quelque part.

— Ah... d'accord. Alors, allons inspecter la zone, chef.

Ravi la fixa droit dans les yeux en effectuant une série complexe de gestes pseudomilitaires. Elle l'arrêta d'une pichenette.

Pip s'élança la première, traversant d'un pas vif la chaussée puis la pelouse devant la maison. Fort heureusement, les Bell habitaient tout au bout d'une rue tranquille ; il n'y avait personne dans les parages. Lorsqu'elle arriva devant la porte, elle se retourna et vit son ami la rejoindre en courant, tête baissée.

Ils commencèrent par regarder sous le paillasson, là où les parents de Pip cachaient toujours leur double. Raté. Ravi leva le bras pour tâter la baguette en saillie au-dessus de la porte. Ses doigts revinrent bredouilles, bien que couverts de crasse et de poussière.

— OK, va voir dans ce buisson, moi je fais celui-ci.

Mais il n'y avait pas de clé cachée là, ni derrière les lanternes sur la façade, pas plus que pendue à un clou secret dissimulé sous le lierre.

— Et là ? suggéra Ravi en désignant un carillon à vent accroché à droite de la porte.

Il glissa une main entre les tubes métalliques, grimaçant lorsque deux d'entre eux s'entrechoquèrent mélodieusement.

— Ravi ! souffla Pip. Qu'est-ce que tu…

Il attrapa quelque chose sur la plaquette en bois d'où pendaient les tubes et le brandit sous le nez de Pip : une clé à laquelle était restée collée une petite boule de Patafix.

— Ah ah ! triompha-t-il. L'élève surpasse le maître ! Vous êtes peut-être le chef, chef, mais moi je suis premier lieutenant.

— La ferme, Singh !

Pip posa son sac par terre, fouilla dedans et trouva aussitôt ce qu'elle cherchait, reconnaissant au toucher le contact soyeux du caoutchouc.

— Qu'est-ce… Non, je ne veux même pas savoir, s'esclaffa Ravi en secouant la tête tandis qu'elle enfilait une paire de gants de ménage jaune fluo.

— Je suis sur le point de commettre un délit, rétorqua Pip, je n'ai pas envie de laisser mes empreintes partout. J'en ai pris d'autres pour toi.

Elle lui tendit sa paume fluorescente et Ravi y déposa la clé. Après quoi il se pencha pour chercher dans son sac et en sortit une paire de gants violets à fleurs roses.

— Qu'est-ce que c'est que ça ? demanda-t-il.

— Les gants de jardinage de ma mère. Écoute, je n'ai pas eu beaucoup de temps pour me préparer, OK ?

— Je vois ça, marmonna Ravi.

— C'est les plus grands, vas-y, mets-les.

— Les vrais hommes portent toujours des gants à fleurs pour un cambriolage, commenta Ravi en les enfilant, puis en frappant dans ses mains.

Il indiqua qu'il était prêt d'un hochement de tête.

Pip remit son sac à l'épaule et s'avança jusqu'à la porte. Elle prit une grande inspiration, retint son souffle. Puis elle glissa la clé dans la serrure et tourna.

23

Le soleil les suivit à l'intérieur, dessinant un long rectangle brillant sur le carrelage de l'entrée. Comme ils franchissaient le seuil, leurs silhouettes se découpèrent dans la lumière, formant l'espace d'un instant une seule ombre géante à deux têtes et huit pattes.

Ravi referma la porte et ils s'engagèrent tout doucement dans le couloir, Pip sur la pointe des pieds, même si elle savait que personne n'était là. Elle avait déjà vu cette maison à de nombreuses reprises, photographiée sous différents angles avec une armada de policiers devant. Mais toujours de l'extérieur. De l'intérieur, elle n'avait jamais eu qu'un bref aperçu quand la porte était restée ouverte et qu'un photographe de presse avait immortalisé l'instant.

La frontière entre dedans et dehors avait tout son sens, ici.

À la façon dont il retenait son souffle, elle devinait que Ravi ressentait la même chose. Il y avait une lourdeur dans l'air ; des secrets prisonniers du silence, qui flottaient autour d'eux comme des grains de poussière invisibles. Pip hésitait même à penser trop fort, de peur de déranger les lieux. Cet endroit paisible, l'endroit où Andie Bell avait été vue vivante pour la dernière fois alors qu'elle avait quelques mois à peine de plus que Pip. Cette maison qui faisait elle-même partie du mystère, de l'histoire de Kilton.

Ils se dirigèrent vers l'escalier en jetant un coup d'œil au passage dans le salon cossu sur la droite et l'immense cuisine vintage sur la gauche, meublée de placards bleu céladon et d'un grand îlot central en bois.

C'est alors qu'ils l'entendirent. Un petit bruit sourd à l'étage.

Pip se figea.

Ravi attrapa sa main gantée dans la sienne.

Même bruit à nouveau, plus près cette fois, juste au-dessus de leur tête.

Pip se retourna vers la porte : pourraient-ils l'atteindre à temps ?

Les bruits sourds se muèrent en un tintinnabulement frénétique, et quelques secondes plus tard un chat noir apparut en haut de l'escalier.

— Bon sang, marmonna Ravi en relâchant à la fois ses épaules et la main de Pip.

Pip laissa échapper un petit rire nerveux. Elle sentait ses doigts transpirer dans le caoutchouc. Le chat descendit les marches à petits bonds et s'arrêta à mi-hauteur pour miauler à leur intention. Pip, qui n'avait jamais eu que des chiens, ne savait pas trop comment réagir.

— Salut, le chat, murmura-t-elle alors qu'il terminait sa descente et venait se lover contre elle.

Il frotta son museau contre ses tibias, passant et repassant entre ses jambes.

— Pip, je n'aime pas les chats, dit Ravi d'un ton inquiet.

Raide comme un piquet, il regarda avec dégoût l'animal venir lui chatouiller les chevilles avec le haut de sa tête. Pip se pencha pour le caresser de sa main gantée. Il revint aussitôt vers elle et se mit à ronronner.

— Allez, viens, lança-t-elle à Ravi.

Prenant garde de ne pas trébucher sur le chat, elle s'avança jusqu'à l'escalier et commença à monter. Quand Ravi la suivit, le chat poussa un miaulement et bondit pour les rattraper, se faufilant entre les jambes de Ravi.

— Pip…, bredouilla-t-il d'une voix tremblante, en s'efforçant de ne pas lui marcher dessus.

Pip chassa l'animal d'un grand geste de la main, et il déguerpit dans la cuisine.

— Je n'ai pas peur, hein, précisa Ravi sans grande conviction.

Gant agrippé à la rampe, elle grimpa le reste des marches et faillit faire tomber un carnet et une clé USB posés en équilibre sur le haut du dernier pilier. Bizarre, comme lieu de rangement.

Quand Ravi l'eut rejointe, Pip examina les différentes pièces qui donnaient sur le palier. La chambre au fond à droite ne pouvait pas être celle d'Andie : le couvre-lit à fleurs était froissé, quelqu'un y avait dormi récemment, et il y avait des chaussettes soigneusement pliées par paires sur la chaise dans le coin. Ça ne pouvait pas non plus être la chambre devant eux, où un peignoir avait été abandonné par terre, et un verre d'eau sur la table de chevet.

Ravi fut le premier à le voir. Il donna une petite tape sur le bras de Pip et tendit le doigt : une seule porte à l'étage était fermée. Ils traversèrent le palier pour l'atteindre. Pip tourna la poignée dorée et ouvrit.

Aussitôt, ils surent qu'ils étaient dans la bonne pièce.

Tout semblait mis en scène et figé. Malgré tous les accessoires d'une chambre d'adolescente – des photos punaisées au mur d'Andie entre Emma et Chloé faisant toutes les trois le V de la victoire, une autre de Sal et elle partageant une barbe à papa, un vieil ours en peluche marron posé sur le lit à côté d'une bouillotte en fourrure, un vanity-case débordant de maquillage sur le bureau –, la pièce ne paraissait pas complètement vraie. Un endroit momifié sous cinq ans de chagrin.

Pip fit un pas sur l'épaisse moquette crème.

Ses yeux passaient des murs lilas aux meubles en bois blancs ; tout était propre et net, on discernait de récentes traces d'aspirateur sur la moquette. Dawn Bell devait toujours faire le ménage dans la chambre de sa fille morte, afin de la conserver telle qu'elle était quand Andie l'avait quittée pour la dernière fois.

Elle n'avait plus sa fille, mais elle avait encore le lieu où elle avait dormi, où elle s'était réveillée, habillée, où elle avait crié, hurlé et claqué la porte, où sa mère était venue lui murmurer bonne nuit à l'oreille et éteindre la lumière. Du moins Pip l'imaginait-elle ainsi, en réinsufflant dans cette pièce vide la vie qui avait dû s'y dérouler. Cette pièce qui attendait indéfiniment quelqu'un qui ne rentrerait pas, tandis que le monde continuait à tourner de l'autre côté de sa porte close.

Elle se retourna vers Ravi et, en voyant l'expression sur son visage, elle comprit qu'il devait y avoir une pièce identique dans la maison des Singh.

Bien que Pip ait eu peu à peu l'impression de connaître Andie, celle qui était cachée derrière tous ces secrets, cette chambre faisait d'elle pour la première fois une personne réelle. Alors que Ravi et elle s'approchaient de l'armoire, elle fit en silence la promesse qu'elle découvrirait la vérité. Pas seulement pour Sal, mais aussi pour Andie.

Et cette vérité se tenait peut-être à quelques centimètres d'eux.

— Prête ? chuchota Ravi.

Elle opina de la tête.

Il ouvrit les portes du placard, et ils se retrouvèrent devant une penderie bourrée à craquer de robes et de pulls accrochés à des cintres en bois. Tout au fond, un uniforme du lycée de Little Kilton était écrabouillé contre le mur par des jupes et des hauts. On ne pouvait même pas insérer un doigt entre chaque vêtement.

Handicapée par ses gants en caoutchouc, Pip réussit tant bien que mal à sortir son téléphone de la poche de son jean et à en allumer la torche. Elle s'agenouilla au sol, Ravi en fit autant et ils se glissèrent sous les habits. Pip éclaira les vieilles lattes de parquet à l'intérieur de la penderie et ils se mirent à les tester une par une, passant leurs doigts sur les bords en essayant de soulever les coins.

C'est Ravi qui trouva la bonne : celle tout au fond, contre le mur à gauche.

Il appuya sur un bout, et l'autre extrémité jaillit. Pip s'enfonça un peu plus dans le placard afin de déloger entièrement la latte, qu'elle posa entre eux deux. Puis, à la lumière de son téléphone, ils se penchèrent pour scruter la cavité obscure.

— Rien.

Elle balaya chaque recoin de sa torche pour en être absolument sûre, mais ne réussit qu'à éclairer des moutons de poussière, qui voletaient à présent en tourbillons dans le souffle de leurs deux respirations.

C'était vide. Ni téléphone, ni argent, ni drogue. Rien.

— Il n'est pas là, constata Ravi.

Pip ressentit la déception physiquement, comme un trou qui se creusait dans son ventre, laissant à la peur un espace pour se déployer.

— Je pensais vraiment qu'il serait là, reprit Ravi.

Pip aussi. Elle pensait que le nom du tueur s'afficherait sur l'écran de ce fameux téléphone, et qu'ensuite la police ferait le reste. Elle pensait qu'elle serait à l'abri de l'Inconnu. C'était censé s'arrêter ainsi. Elle sentit sa gorge se nouer, comme quand elle était au bord des larmes.

Elle remit la latte de parquet en place et recula à quatre pattes pour sortir de la penderie juste après Ravi, s'accrochant brièvement les cheveux dans la fermeture Éclair d'une robe longue. Puis elle se releva, ferma les portes et se tourna vers lui.

— Où pourrait être ce deuxième téléphone? demanda-t-il.

— Peut-être qu'Andie l'avait sur elle quand elle est morte, répondit Pip, et que le tueur l'a détruit ou enterré avec elle.

— Ou alors…, suggéra Ravi en étudiant les objets sur le bureau. Ou alors quelqu'un savait où il était caché et l'a récupéré après la disparition d'Andie pour que la police ne le retrouve pas et ne remonte pas jusqu'à lui.

— Possible, acquiesça Pip. Mais ça ne nous aide pas beaucoup.

Elle le rejoignit devant le bureau. Sur le vanity-case était posée une grande brosse plate où étaient encore emmêlés de longs cheveux blonds. À côté, Pip repéra un agenda scolaire 2011/2012 du lycée de Kilton, presque identique à celui qu'elle possédait elle-même. Andie avait décoré la première page de cœurs et d'étoiles dessinés à la main, ainsi que de petites images de top-modèles découpées dans des magazines.

Pip le feuilleta rapidement. Les pages étaient remplies de listes de révisions ou de devoirs à rendre. En novembre et décembre étaient indiquées plusieurs journées portes ouvertes dans diverses universités. La semaine avant Noël, Andie avait noté *peut-être trouver un cadeau à Sal*. Les dates et les lieux des calamités, les échéances scolaires, les anniversaires des amis. Et, curieusement, des lettres aléatoires avec des heures griffonnées à côté.

— Hé, fit-elle en montrant l'agenda à Ravi. Regarde ces initiales bizarres notées un peu partout. À ton avis, qu'est-ce que ça peut être ?

Ravi réfléchit un moment, tenant son menton dans sa main gantée. Puis il plissa les yeux et son regard s'assombrit.

— Tu te souviens de ce que nous a dit Howie Bowers ? Qu'il avait conseillé à Andie d'employer des codes au lieu des noms ?

— Donc ce sont peut-être des codes, termina Pip à sa place. Il faudrait qu'on en garde une trace.

Elle posa l'agenda ouvert sur le bureau et ressortit son téléphone. Ravi l'aida à enlever un de ses gants en le tirant par le bout des doigts, et elle cliqua sur l'appareil photo. Puis Ravi revint en arrière, jusqu'en février 2012, et Pip entreprit de photographier systématiquement chaque double page à partir de là, en terminant par la troisième semaine d'avril, juste après les vacances de Pâques, où la dernière chose qu'Andie avait écrite le vendredi 20 était : *commencer fiches révision de français bientôt*. Onze photos en tout.

— OK, déclara Pip en rempochant son téléphone et en remettant son gant. On peut…

La porte d'entrée claqua à l'étage d'en dessous.

Ravi tourna brusquement la tête, les pupilles emplies de terreur.

Pip désigna la penderie d'un hochement de menton.

— Viens, on se cache, chuchota-t-elle.

Elle ouvrit les portes et rampa à l'intérieur, puis se retourna pour voir ce que faisait Ravi.

Il était à genoux juste devant la penderie. Pip se décala pour lui faire de la place, mais il ne bougea pas. Pourquoi ne bougeait-il pas ?

Elle se pencha en avant, l'agrippa par le bras et le tira vers elle. Il sortit alors de son hébétude et referma sur eux les portes de la penderie.

Des talons claquèrent sur le sol de l'entrée. Était-ce Dawn qui revenait déjà du travail ?

— Coucou, Monty, résonna une voix jusqu'à eux.

C'était Becca.

Pip sentit Ravi trembler à côté d'elle. Elle lui prit la main, dans un crissement de caoutchouc.

Ils entendirent alors Becca monter l'escalier, chaque pas un peu plus près que le précédent, le grelot du chat tintant juste derrière elle.

— Ah, voilà où je les avais laissés, dit-elle en s'arrêtant sur le palier.

Pip serrait très fort la main de Ravi dans la sienne, en espérant lui faire comprendre à quel point elle était désolée, et qu'elle était prête à tout prendre sur elle s'il le fallait.

— Monty, tu es entré là-bas ?

La voix de Becca se rapprochait.

Ravi ferma les yeux.

— Tu sais que tu n'as pas le droit d'aller dans cette pièce.

Pip enfouit son visage contre l'épaule de Ravi.

Becca était maintenant dans la même pièce qu'eux. Ils percevaient presque sa respiration. Puis des pas à nouveau, amortis par la moquette épaisse. Et enfin le cliquetis de la porte de la chambre qui se refermait.

La voix de Becca leur parvint cette fois assourdie depuis le palier :

— Bye, Monty.

Ravi rouvrit doucement les yeux et serra à son tour la main de Pip, qui sentit son souffle paniqué dans ses cheveux.

La porte d'entrée claqua de nouveau.

Pippa Fitz-Amobi
TPE 09/10/2017

Journal de bord – point n° 25

Je croyais qu'il me faudrait au moins six cafés pour me tenir en éveil toute la journée, mais finalement le coup de frayeur que nous a fait Becca a suffi. Ravi n'avait pas tout à fait repris ses esprits quand il a dû me laisser pour partir au travail. On l'a vraiment échappé belle. Et le deuxième téléphone d'Andie n'était même pas là… Mais ça n'aura peut-être pas servi à rien.

Je me suis envoyé par mail les photos que j'ai prises de l'agenda d'Andie de façon à pouvoir les regarder en plus grand sur mon ordinateur. Je les ai examinées chacune des dizaines de fois, et je crois qu'on peut en tirer deux ou trois choses intéressantes.

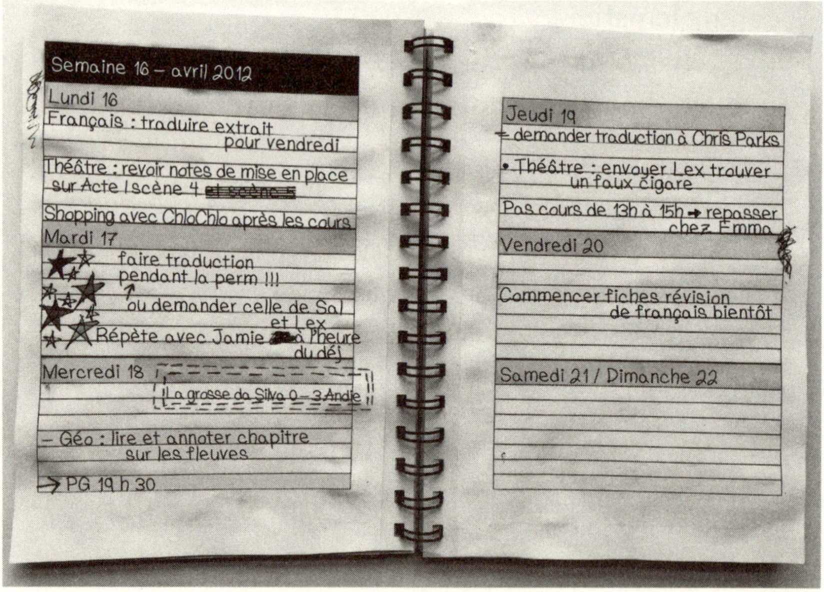

C'est la semaine juste après les vacances de Pâques, celle où Andie a disparu. Rien que sur cette page, il y a beaucoup à observer. Je ne peux pas ignorer le commentaire sur le score 3 – 0 contre «la grosse da Silva». Peu de temps avant, Andie avait posté la vidéo nue de Natalie da Silva sur Facebook. Et je sais par Nat qu'elle n'est revenue au lycée que le mercredi 18 et que ce jour-là Andie l'a traitée de salope dans un couloir, d'où la lettre de menace qu'elle a ensuite laissée dans son casier.

Mais, si je prends cette note au pied de la lettre, il semblerait qu'Andie ait remporté trois victoires contre Nat à ce petit jeu pervers. À supposer que la vidéo en soit une, et l'autre le chantage pour que Nat renonce à son rôle dans *Les Sorcières de Salem*, quelle est donc la troisième victoire dont Andie se targue ici? Est-ce que ça pourrait être la provocation de trop qui a poussé Nat à commettre l'irréparable?

Il y a un autre détail à relever, le mercredi 18 avril. Andie a écrit: *PG 19 h 30*.

Si Ravi a vu juste et qu'Andie utilisait en effet des codes, je pense que j'ai décrypté celui-là. C'est assez simple. PG = parking de la gare. Andie avait sûrement rendez-vous avec Howie. Et je *sais* par ailleurs qu'elle a bien vu Howie ce soir-là puisque Sal a noté la plaque d'immatriculation d'Howie sur son téléphone précisément à 19 h 42 ce même mercredi.

Les deux lettres «PG» reviennent très souvent, toujours accompagnées d'un horaire, dans les pages que j'ai photographiées. Je pense pouvoir affirmer sans me tromper qu'elles correspondent au business d'Andie avec Howie, et qu'elle se servait bien de codes afin de dissimuler ses activités aux regards indiscrets. Mais, comme tous les adolescents, elle avait tendance à oublier les choses (en particulier son emploi du temps), si bien qu'elle notait ses rendez-vous scrupuleusement sur cet agenda qu'elle était sûre d'ouvrir au moins une fois par cours. Le pense-bête parfait.

Maintenant que je crois avoir compris le système, il y a d'autres pages avec des initiales suivies d'une heure.

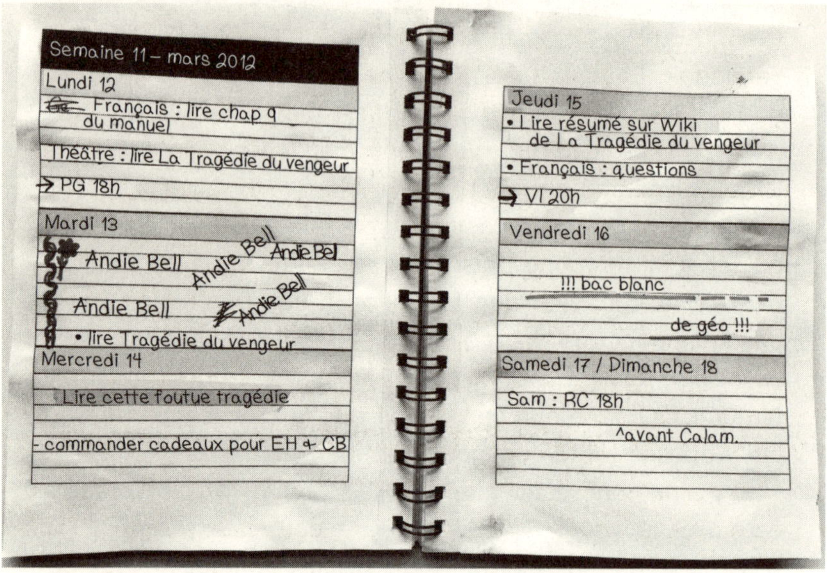

Pendant cette semaine de la mi-mars, Andie a noté au jeudi 15 : *VI 20h*.

Là, je sèche. Si, comme PG, VI se réfère à un lieu, je n'ai pas la moindre idée de ce que ça peut être. Je ne connais aucun endroit à Little Kilton qui corresponde à ces initiales. À moins que ce soient les initiales de quelqu'un ? Ces lettres n'apparaissent que trois fois sur les pages que j'ai photographiées.

Il y a en revanche un autre couple de lettres qui revient beaucoup plus souvent : *RC*. Or, le 17 mars, Andie a ajouté dessous *avant Calam.*, ce qui désigne sans doute une soirée calamité. Alors peut-être que RC sont les initiales de Romer Close, c'est-à-dire l'adresse d'Howie, et qu'Andie devait simplement passer chez lui chercher la drogue qu'elle vendrait pendant la fête.

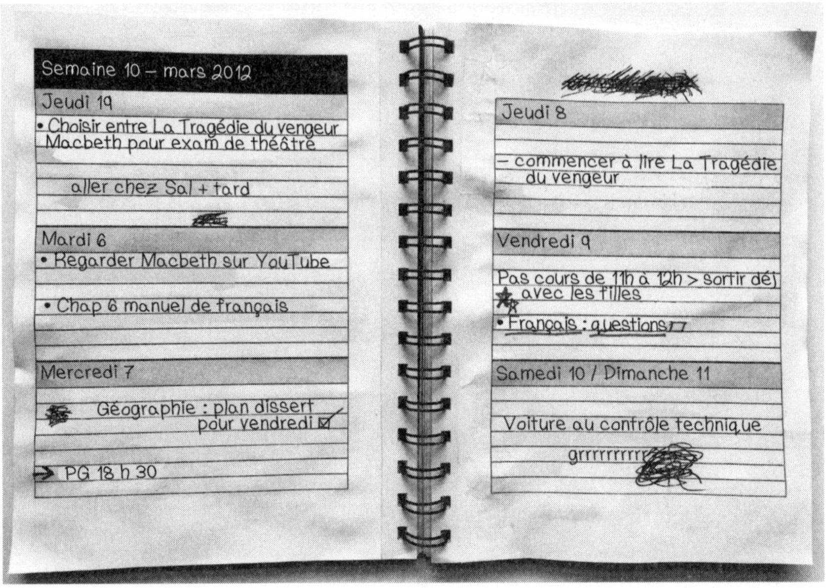

La semaine précédente en mars a également retenu mon attention. Ces chiffres barrés au-dessus du jeudi 8 mars sont un numéro de téléphone : onze chiffres commençant par 07, c'est forcément ça. Réfléchissons un peu : pourquoi Andie aurait-elle noté un numéro de téléphone dans son agenda ? Évidemment, elle avait sans doute son agenda sur elle la plupart du temps, au lycée et en dehors – le mien ne quitte jamais mon sac. Mais si elle voulait noter un numéro, pourquoi ne pas l'avoir enregistré directement dans son portable ? Sauf si justement elle ne voulait pas entrer ce numéro dans son téléphone officiel. Peut-être qu'elle l'a noté là parce qu'elle n'avait pas son deuxième téléphone sur elle à ce moment-là. Est-ce que ça pourrait être le numéro de l'amant secret ? Ou celui d'Howie ? Ou encore un nouveau client qui voulait lui acheter de la drogue ? En tout cas, après l'avoir enregistré dans son autre téléphone, elle a dû le barrer pour ne pas laisser de traces.

J'ai étudié ce gribouillis pendant une bonne demi-heure. J'ai l'impression que les huit premiers chiffres sont 07700900. Il est possible que les deux zéros de la fin soient en fait des huit, mais je crois que c'est plutôt le trait des rayures. Ensuite, pour les trois derniers chiffres, ça se complique. L'avant-avant-dernier ressemble à un 7 ou un 9, parce que j'arrive à voir une barre verticale en bas et une ligne incurvée en haut. Je suis à peu près sûre que le suivant est 7 ou 1. Et pour finir, il y a un chiffre avec un bord arrondi, donc 6, 0 ou 8.

Ce qui nous donne douze combinaisons possibles :

07700900776	07700900976	07700900716	07700900916
07700900770	07700900970	07700900710	07700900910
07700900778	07700900978	07700900718	07700900918

J'ai essayé d'appeler les trois de la première colonne, et j'ai obtenu la même réponse robotique à chaque fois : *Le numéro que vous avez composé n'est pas attribué. Merci de bien vouloir renouveler votre appel*.

Dans la deuxième colonne, je suis tombée sur une vieille dame à Manchester qui n'avait jamais mis les pieds ni même entendu parler de Little Kilton. Un autre numéro *non attribué* et un *plus en service*. La troisième colonne m'a donné deux *non attribués* et un répondeur standard d'opérateur téléphonique. Parmi la dernière colonne, j'ai eu la messagerie d'un réparateur de chaudière dénommé Garrett Smith avec un fort accent de Newcastle, un *plus en service*, et de nouveau un message de répondeur standard.

Je crois que courir après ce numéro de téléphone est une fausse bonne idée. J'arrive à peine à lire les trois derniers chiffres, et de toute façon c'est un numéro qui a maintenant plus de cinq ans et qui n'est sans doute plus en service. Je réessaierai ceux qui ont abouti à un répondeur, juste au cas où. Mais j'ai vraiment besoin 1) d'une bonne nuit de sommeil et 2) de finir mon dossier de candidature pour Cambridge.

<u>Suspects potentiels</u>
Jason Bell
Naomi Ward
Amant secret
Natalie da Silva
Daniel da Silva
Max Hastings
Howie Bowers

Pippa Fitz-Amobi
TPE 11/10/2017

Journal de bord – point n° 26

Dossier de candidature envoyé ce matin ! Et le lycée m'a inscrite pour les tests de préadmission en lettres à Cambridge, le 2 novembre. Pendant mon heure de perm aujourd'hui, j'ai commencé à relire mes anciennes dissertations d'anglais pour choisir lesquelles joindre à ma candidature. J'aime bien celle sur Toni Morrison, je l'enverrai. Mais il n'y a rien d'autre au niveau, il va falloir que j'en rédige une nouvelle. Sur Margaret Atwood, je pense.

Je devrais sans doute m'y mettre dès à présent, mais je me suis de nouveau laissée happer par le monde d'Andie Bell et j'ai réouvert les notes de mon TPE. J'ai relu l'agenda d'Andie tellement de fois que je pourrais presque réciter par cœur son emploi du temps entre février et avril.

S'il y a bien une chose qui est sûre, c'est qu'Andie Bell était la reine de la procrastination en ce qui concernait ses devoirs.

Deux autres choses sont relativement sûres, disons à quatre-vingt-dix pour cent : PG correspond aux rendez-vous d'Andie avec Howie sur le parking de la gare, et RC chez lui.

Je n'ai toujours pas réussi à décrypter les initiales VI. Elles n'apparaissent que trois fois en tout : le jeudi 15 mars à 20 heures, le vendredi 23 mars à 21 heures et le jeudi 29 mars à 21 heures.

Contrairement aux PG et RC qui tombent un peu à n'importe quelle heure, VI est une fois à 20 heures et deux fois à 21 heures.

Ravi aussi a travaillé là-dessus de son côté. Il vient de m'envoyer un mail avec une liste de gens et/ou lieux potentiels auxquels les lettres VI pourraient correspondre. Il a étendu la recherche un peu au-delà de Kilton, en prenant en compte les petites villes et villages alentour. J'aurais dû y songer.

Voilà sa liste:

- le night-club Velvet Imperial à Amersham
- l'hôtel Victoria Inn à Little Chalfont
- Vera Ingalls, une femme de quatre-vingt-dix ans résidant à Chesham
- le Café Six à Wendover (VI = six en chiffres romains)

OK, à nous deux, Google!

Le site du Velvet Imperial indique que ce club a été ouvert en 2010. D'après sa localisation sur la carte, il a l'air planté au milieu de nulle part: un rectangle de béton et un parking entourés d'un océan de pixels vert prairie. Il propose des soirées étudiantes tous les mercredis et vendredis, ainsi que des événements réguliers comme la «Ladies' Night». Le club appartient à un certain Rob Hewitt. Il est possible qu'Andie l'ait fréquenté pour y vendre de la drogue. On pourrait aller y jeter un coup d'œil, demander à parler au propriétaire.

L'hôtel Victoria Inn n'a pas de site Internet, mais une page sur TripAdvisor où il n'obtient que deux étoiles et demie. C'est une petite auberge familiale de quatre chambres juste à côté de la gare de Chalfont. D'après les quelques photos en ligne, ça a l'air mignon et cosy, mais ça «donne sur rue très bruyante, bon courage pour dormir», selon Carmel672. Quant à Trevor59, il n'était pas content du tout: l'hôtel n'avait pas pris en compte sa réservation et il a dû se trouver une chambre ailleurs. T9Jones dit que «l'accueil était charmant» mais que la salle de bains était «vieillotte et sale, avec de la crasse tout autour de la baignoire»; elle a même inclus des photos dans ses commentaires pour appuyer ses dires.

PURÉE!

Oh, mon Dieu, oh, mon Dieu, oh, mon Dieu. Ça doit faire au moins trente secondes que je répète en boucle «oh, mon Dieu», mais ce n'est pas suffisant, j'ai aussi besoin de l'écrire : OH, MON DIEU.

Et Ravi qui ne répond pas au téléphone, bon sang !

Ça va trop vite dans ma tête, mes doigts n'arrivent pas à suivre. T9Jones a posté deux gros plans de la baignoire sous des angles différents, plus un plan large de la salle de bains tout entière. Sur le mur à côté de la baignoire se trouve un très grand miroir en pied ; on y voit T9Jones et le reflet du flash de son téléphone. Et on y voit aussi le reste de la pièce, depuis le plafond crème et ses spots encastrés jusqu'au sol carrelé. Un sol en carrelage rouge et blanc.

Je suis prête à manger mon chapeau en faux poils de renard si je me trompe, mais je suis presque sûre que c'est le même carrelage que sur une certaine photo cachée derrière une affiche de *Reservoir Dogs* dans la chambre de Max Hastings : Andie en culotte noire, posant avec la bouche en cul de poule devant un miroir, ce miroir… à l'hôtel Victoria Inn de Little Chalfont.

Si j'ai raison, alors Andie s'est rendue dans cet hôtel à trois reprises au moins en l'espace de trois semaines. Qui allait-elle y retrouver ? Max ? L'amant secret ?

Je connais quelqu'un qui va faire un tour à Little Chalfont demain après les cours…

24

Il y eut quelques cris étouffés alors que le train se mettait en branle et commençait à prendre de la vitesse. Une brusque secousse fit déraper le stylo de Pip en pleine introduction de sa dissertation. Elle poussa un soupir, arracha la page du bloc de papier et la froissa en boule. C'était nul, de toute façon. Elle fourra la feuille chiffonnée dans son sac et empoigna de nouveau son stylo.

Elle était dans le train pour Little Chalfont. Comme Ravi devait la rejoindre là-bas directement après le travail, elle s'était dit qu'elle pourrait profiter de ces onze minutes pour attaquer sa dissertation sur Margaret Atwood. Mais en relisant ce qu'elle avait écrit, elle trouva que tout sonnait faux. Elle savait ce qu'elle voulait dire, chaque idée parfaitement formée dans sa tête, mais les mots s'embrouillaient et se perdaient quelque part entre son cerveau et ses doigts. Elle avait l'esprit trop accaparé par Andie Bell.

Une voix enregistrée annonça dans le haut-parleur que Chalfont était le prochain arrêt, et Pip rangea avec soulagement dans son sac le bloc A4 de plus en plus maigrichon. Le train ralentit et freina dans un soupir strident. Elle sauta sur le quai et se dirigea vers la sortie.

Ravi l'attendait devant la gare.

— Chef, fit-il en écartant la mèche qui lui tombait dans les yeux. J'étais en train de réfléchir à une BO pour nos opérations commandos. Pour l'instant, je pensais à une flûte de pan sur un fond de cordes tranquille quand c'est moi, et ensuite de grosses trompettes à la Dark Vador quand tu arrives.

— Pourquoi des trompettes ?

— Parce que tu marches toujours d'un pas militaire. Pardon de devoir te le dire.

Pip sortit son portable et tapa l'adresse de l'hôtel Victoria Inn dans le GPS. L'itinéraire de trois minutes s'afficha en pointillés bleus. Ils le suivirent, téléphone à la main, et Pip releva la tête lorsque le petit rond indiquant sa position coïncida avec l'épingle rouge de leur destination.

Sur une pancarte en bois à l'entrée d'une allée de gravier, les lettres *Victoria Inn* étaient à moitié effacées. L'allée montait en pente jusqu'à une maison en briques rouges presque entièrement couverte de lierre. Le feuillage était si épais que toute la maison elle-même semblait frissonner dans la brise.

Leurs chaussures crissèrent sur le gravier alors qu'ils marchaient vers la porte. Pip repéra la voiture garée devant, ce qui signifiait qu'il devait y avoir quelqu'un. Avec un peu de chance, les propriétaires et pas un client.

Elle appuya sur le bouton de sonnette en métal froid et la laissa retentir un bon moment.

Ils entendirent une petite voix à l'intérieur, de lents pas traînants, après quoi la porte s'ouvrit, faisant frémir le lierre autour du cadre. Une vieille dame aux cheveux blancs floconneux, portant d'épaisses lunettes et un pull de Noël particulièrement incongru en cette saison, les dévisagea en souriant.

— Bonjour, mes chers, dit-elle. Je ne savais pas qu'on attendait des gens. Sous quel nom avez-vous réservé ?

Elle les fit entrer et referma derrière eux. Ils se retrouvèrent dans un grand vestibule carré à peine éclairé, meublé d'un canapé et d'une table basse sur la gauche. Un escalier blanc s'élevait le long du mur du fond.

— Ah, désolée, la détrompa Pip, on n'a pas réservé.

— Je vois. Eh bien, vous avez de la chance qu'on ne soit pas complet, parce…

— Pardon, la coupa Pip en jetant un coup d'œil gêné à Ravi. On ne cherche pas de chambre, en fait… On aurait quelques questions à poser aux propriétaires de l'hôtel. Vous êtes… ?

— Oui, je suis la propriétaire. On a tenu cet établissement vingt ans avec mon David. Mais il s'occupait de presque tout. Il est mort depuis deux ans maintenant et ça devient dur. Heureusement que mes petits-fils sont toujours là pour m'aider, m'emmener en voiture ici ou là. Henry est justement en train de faire le ménage en haut.

— Donc, il y a cinq ans, c'était votre mari et vous qui teniez l'hôtel ? demanda Ravi.

La femme opina de la tête, et ses yeux qui avaient tendance à papillonner se posèrent sur Ravi.

— Quel beau jeune homme, commenta-t-elle à mi-voix, avant d'ajouter à l'intention de Pip : Veinarde, va !

— Non, nous ne sommes pas…, commença Pip en se tournant vers Ravi, ce qu'elle regretta aussitôt.

Discrètement, il se mit à dandiner les épaules d'un air fanfaron et désigna son propre visage en répétant silencieusement du bout des lèvres : « Quel beau jeune homme. »

— Vous ne voulez pas vous asseoir ? proposa la dame en leur indiquant un canapé en velours vert sous une fenêtre. Moi, ce ne serait pas de refus.

Elle rejoignit lentement le fauteuil en cuir en face du canapé. Pip la suivit, écrabouillant volontairement le pied de Ravi au passage. Elle s'assit, les genoux tournés vers la vieille dame, et Ravi vint se glisser à côté d'elle, arborant toujours son grand sourire idiot.

— Où j'ai mis mon…, murmura la femme en tâtant son pull et les poches de son pantalon, le regard soudain perdu dans le vide.

— Hmm, donc…, reprit Pip pour essayer de regagner son attention. Est-ce que vous gardez une trace des clients qui ont séjourné ici ?

— Tout est fait par le, euh... sur le... par ordinateur, aujourd'hui, vous savez. Parfois par téléphone. C'était toujours David qui s'occupait des réservations. Maintenant, c'est Henry.

— Mais comment consigniez-vous les réservations ? demanda Pip, en devinant déjà que la réponse serait décevante.

— C'est mon David qui notait tout, dit-elle en haussant les épaules. Il s'imprimait un tableau semaine par semaine.

— Vous avez encore les tableaux d'il y a cinq ans, par hasard ? tenta Ravi.

— Non, non. On croulerait sous le papier, sinon.

— Mais vous avez peut-être les documents enregistrés sur l'ordinateur ? suggéra Pip.

— Oh, non. On a jeté l'ordinateur de David après sa mort. C'était un vieux machin très lent, comme moi. Maintenant c'est mon Henry qui gère tout ça.

— Je peux vous poser une question ? enchaîna Pip en ouvrant son sac à dos pour en sortir une feuille imprimée pliée en deux.

Elle la déplia et la tendit à la femme.

— Est-ce que vous reconnaissez cette fille ? Est-ce qu'elle est déjà venue ici ?

La vieille dame examina la photo d'Andie, celle qui avait été publiée dans la plupart des journaux. Elle leva la feuille sous ses yeux, puis la tint à bout de bras avant de la rapprocher de nouveau.

— Oui, déclara-t-elle en hochant la tête à l'intention de Pip, puis de Ravi. Je la connais. Elle est venue ici.

Pip sentit sa peau picoter d'excitation.

— Vous vous souvenez que cette fille a logé ici il y a cinq ans ? Est-ce que vous vous souvenez aussi de l'homme avec qui elle était ? À quoi il ressemblait ?

L'expression de la femme se troubla et elle se mit à jeter des regards de gauche à droite, clignant des yeux à chaque changement de direction.

— Non, prononça-t-elle d'une voix mal assurée. Non, ce n'était pas il y a cinq ans. J'ai vu cette fille. Elle était là.

— En 2012 ? insista Pip.

— Non, non. Il y a quelques semaines à peine. Je m'en souviens.

Le cœur de Pip dégringola de plusieurs centaines de mètres en chute libre dans sa poitrine.

— Ce n'est pas possible, souffla-t-elle. Cette fille est morte il y a cinq ans.

— Mais, je…, bredouilla la femme en secouant la tête, les yeux plissés. Je m'en souviens. Elle était là. Elle est venue ici.

— Il y a cinq ans ? réessaya Ravi.

— Non, répéta la femme, avec une pointe de colère. Je m'en souviens, quand même ! Je ne…

— Mamie ? lança une voix d'homme à l'étage.

De lourds pas dévalèrent l'escalier quatre à quatre et un homme blond apparut.

— Bonjour, fit-il en découvrant Pip et Ravi, et en s'avançant, main tendue. Henry Hill.

Ravi se leva et lui serra la main.

— Enchanté. Je m'appelle Ravi, et voilà Pip.

— On peut vous aider ? demanda-t-il avec un coup d'œil inquiet en direction de la vieille dame.

— On était juste en train de poser quelques questions à votre grand-mère au sujet de quelqu'un qui a séjourné ici il y a cinq ans, exposa Ravi.

Pip se retourna vers la femme et se rendit compte qu'elle pleurait. Des larmes coulaient sur la peau parcheminée de ses joues et gouttaient de son menton sur la photo d'Andie.

Son petit-fils avait dû s'en apercevoir aussi. Il s'approcha d'elle, lui posa une main sur l'épaule et retira gentiment la photo de ses doigts tremblants.

— Mamie, dit-il, tu ne voudrais pas aller nous préparer du thé ? Je vais m'occuper de ces gens, ne t'en fais pas.

Il l'aida à se lever du fauteuil et à marcher jusqu'à une porte sur la gauche, rendant la photo à Pip au passage. Ravi et elle échangèrent un regard perplexe, jusqu'à ce qu'Henry revienne quelques secondes plus tard, fermant la porte de la cuisine derrière lui.

— Pardon, fit-il avec un petit sourire triste. Ça la chamboule quand elle s'aperçoit qu'elle se mélange les pinceaux. Son Alzheimer s'est sérieusement aggravé. D'ailleurs je suis en train de faire un grand ménage pour qu'on puisse vendre. Elle l'oublie tout le temps.

— Je suis désolée, répondit Pip. On aurait dû s'en rendre compte. On ne voulait pas la perturber.

— Non, bien sûr, je sais. Vous aviez besoin de quelque chose ? Je peux vous aider ?

— Nous cherchons des renseignements sur cette fille, expliqua Pip en lui montrant la photo. Pour savoir si elle a séjourné ici il y a cinq ans.

— Et que vous a répondu ma grand-mère ?

— Qu'elle pensait l'avoir vue récemment, il y a quelques semaines. Sauf que cette personne est morte en 2012.

— Ça lui arrive de plus en plus souvent, ces temps-ci. Elle confond les époques. Parfois, elle croit que mon grand-père est encore en vie. Elle a sans doute reconnu cette fille parce qu'elle l'a vue il y a cinq ans, si vous pensez qu'elle est venue à ce moment-là.

— Ouais, soupira Pip. Sans doute.

— Désolé de ne pas pouvoir vous aider davantage. Je ne peux pas vous dire qui nous avons accueilli il y a cinq ans. Nous n'avons pas gardé nos anciens registres. Mais si elle l'a reconnue, je suppose que vous avez votre réponse.

Pip hocha la tête.

— Tout à fait. Encore désolée d'avoir embêté votre grand-mère.

— Ça va aller ? s'inquiéta Ravi.

— Oui, oui, le rassura Henry. Une bonne tasse de thé et ça ira très bien.

Ils sortirent de la gare de Kilton sur le coup de dix-huit heures, alors que le soleil chavirait à l'horizon et que l'obscurité commençait à descendre sur la ville.

Le cerveau de Pip était comme une centrifugeuse, brassant à toute allure les pièces mouvantes du puzzle d'Andie pour les séparer avant de les réassembler selon d'autres combinaisons.

— En y réfléchissant, dit-elle, je pense qu'on peut confirmer qu'Andie a séjourné à l'hôtel Victoria Inn.

Elle estimait que le carrelage de la salle de bains et le souvenir de la vieille dame, même anachronique, étaient des preuves suffisantes. Mais cette confirmation, par effet domino, déplaçait certaines autres pièces.

Ils tournèrent à droite en direction du parking, au bout duquel Pip avait laissé sa voiture, tout en élaborant des enchaînements complexes de « si » et de « donc ».

— Si Andie fréquentait cet hôtel, suggéra Ravi, c'est sûrement parce que c'était là qu'elle retrouvait l'amant secret.

Pip acquiesça d'un hochement de tête.

— Donc, poursuivit-elle, ça signifie que l'amant secret, quel qu'il soit, ne pouvait pas recevoir Andie chez lui. Et la raison la plus probable à cela est qu'il vivait avec sa famille ou sa femme.

Ce qui changeait un peu les choses.

Pip continua :

— En 2012, Daniel da Silva était fraîchement marié, et Max Hastings habitait chez ses parents, qui connaissaient bien Sal. Tous les deux auraient eu besoin de s'éloigner de chez eux pour entretenir une liaison secrète avec Andie. Et n'oublions pas que Max possède une photo nue d'Andie prise au Victoria Inn, photo qu'il prétend avoir « trouvée », précisa-t-elle en mimant des guillemets avec les doigts.

— Ouais, fit Ravi. Alors qu'à l'époque, Howie Bowers vivait seul. Si c'était lui qu'Andie voyait en cachette, ils n'auraient pas eu besoin d'aller à l'hôtel.

— C'est exactement ce que je pensais. Donc on peut éliminer Howie comme amant secret potentiel. Ce qui ne l'empêche pas d'être le tueur par ailleurs.

— En effet. Mais au moins, ça commence à éclaircir le tableau. Ce n'est pas Howie qu'Andie fréquentait dans le dos de Sal en mars 2012, et ce n'est pas lui qu'elle se vantait de pouvoir détruire.

Toutes ces déductions les avaient menés jusqu'à la voiture de Pip. Elle sortit les clés de sa poche et appuya sur le bipper. Puis elle ouvrit la portière côté conducteur et attendit que Ravi s'installe sur le siège passager pour lui passer son sac. Mais alors qu'elle allait s'asseoir au volant, elle releva les yeux et remarqua un homme appuyé à la rambarde au fond du parking, à une vingtaine de mètres d'eux, vêtu d'une parka verte à la doublure orange. Howie Bowers, le visage obscurci par sa capuche, qui hochait la tête en écoutant un autre homme lui parler.

Un homme qui gesticulait frénétiquement et qui semblait en colère. Un homme aux cheveux filasse dans un élégant manteau en laine.

Max Hastings.

Pip blêmit et plongea sur son siège.

— Qu'est-ce qu'il y a, chef ? demanda Ravi.

— Regarde, répondit-elle en lui désignant les deux hommes à travers le pare-brise.

Max Hastings, qui lui avait menti une fois de plus en prétendant qu'il n'avait plus acheté de drogue à Kilton après la disparition d'Andie, et qu'il n'avait aucune idée de qui pouvait être son dealer à l'époque. Or voilà qu'il était justement en train de passer un savon au dealer en question, même si ses mots étaient inaudibles pour eux.

— Ah, fit Ravi.

Pip démarra et manœuvra pour sortir du parking avant de se faire repérer par Max ou Howie, et avant que ses mains ne se mettent à trembler trop fort pour pouvoir conduire.

Max et Howie se connaissaient.

Encore un glissement tectonique sur la planète Andie Bell.

Pippa Fitz-Amobi
TPE 12/10/2017

Journal de bord – point n° 27

Max Hastings. S'il y a bien quelqu'un qui doit figurer en gras sur ma liste de suspects potentiels, c'est lui. Je retire donc à Jason Bell le titre de suspect numéro un pour le conférer à Max. Il m'a menti deux fois au sujet d'Andie. Et on ne ment pas quand on n'a rien à cacher.

Récapitulons : Max était plus âgé qu'Andie, il possède une photo d'elle nue prise dans un hôtel où il se peut qu'il ait eu des rendez-vous secrets avec elle en mars 2012, il était proche à la fois d'elle et de Sal, il lui achetait régulièrement du Rohypnol, et apparemment il a l'air d'assez bien connaître Howie Bowers.

Ce qui ouvre également la possibilité d'un autre duo de complices dans le meurtre d'Andie : Max et Howie.

Je crois qu'il est temps de prendre au sérieux la piste du Rohypnol. Parce que bon, tous les garçons de dix-neuf ans n'achètent pas des drogues de violeurs pour aller dans les fêtes de leur lycée, si ? Et c'est la chose qui relie le triangle Max-Howie-Andie.

Je vais contacter d'anciens élèves de la promo 2012 pour essayer d'en apprendre un peu plus sur ces fameuses calamités. Et si mes soupçons se confirment, se pourrait-il que Max et le Rohypnol soient des acteurs clés dans ce qui est arrivé à Andie ? Comme les cartes manquantes d'une partie de Cluedo ?

Suspects potentiels
Jason Bell
Naomi Ward

Amant secret
Natalie da Silva
Daniel da Silva
Max Hastings
Howie Bowers

Pippa Fitz-Amobi
TPE 13/10/2017

Journal de bord – point n° 28

Emma Hutton a répondu à mon texto à propos des drogues au lycée pendant que j'étais en cours. Voilà ce qu'elle m'a écrit :

Ouais, peut-être. Je me souviens de filles qui racontaient qu'on avait empoisonné leur verre. Mais, franchement, tout le monde buvait beaucoup trop dans ces soirées, alors elles disaient sans doute ça parce qu'elles ne connaissaient pas leurs propres limites, ou pour se rendre intéressantes. Moi, ça ne m'est jamais arrivé.

Chloé Burch m'a répondu il y a trois quarts d'heure, pendant que je regardais *Le Seigneur des anneaux* avec Josh :

Non, je ne pense pas. Je n'ai jamais entendu ce genre de rumeurs. Mais parfois les filles disent ça quand elles sont trop bourrées, non ?

Hier soir, j'ai envoyé des messages à quelques filles qui étaient taguées avec Naomi sur des photos à des calamités en 2012, et qui par chance avaient leur adresse mail sur leur profil Facebook. J'ai un peu menti en me faisant passer pour une certaine Poppy, journaliste à la BBC, parce que j'ai pensé que ça les encouragerait à parler. Du moins si elles avaient quelque chose à dire. L'une d'entre elles vient de me répondre.

12 oct. (Il y a 1 jour)

De : pfa20@gmail.com
À : handslauraj116

Chère Laura Hands,

Je suis journaliste indépendante et je travaille sur un reportage pour la BBC à propos de la consommation de drogue par les mineurs en soirées. D'après mes recherches, vous avez fréquenté certaines fêtes baptisées des « calamités » dans la région de Kilton en 2012. Je me demandais si vous aviez entendu des rumeurs ou aviez vous-même été témoin de filles qui auraient été droguées à leur insu lors de ces événements.

Je vous serais extrêmement reconnaissante si vous pouviez me fournir toute information à ce sujet. Le cas échéant, sachez que vos commentaires seront bien sûr anonymes et traités avec la plus grande discrétion.

Merci d'avance.

Cordialement,

Poppy Firth-Adams

21:22 (Il y a 2 minutes)

De : handslauraj116@yahoo.com
À : moi

Bonjour Poppy,

Aucun problème, je suis contente de pouvoir vous aider.

Je me souviens en effet de bruits qui couraient à ce sujet. Évidemment, tout le monde buvait avec excès dans ces soirées, donc les choses étaient un peu floues.

Mais j'avais une amie, Natalie da Silva, qui pensait qu'on avait versé de la drogue dans son verre à une de ces fêtes. Elle disait qu'elle n'avait aucun souvenir de la soirée alors qu'elle n'avait bu qu'un seul verre. C'était début 2012, si ma mémoire est bonne.

J'ai peut-être encore son numéro de téléphone si vous voulez la contacter.

Bonne chance pour votre reportage. Vous pourrez me prévenir quand il passera ? Ça m'intéresserait de le voir.

Bien à vous,

Laura

Pippa Fitz-Amobi
TPE 14/10/2017

Journal de bord – point n° 29

Deux nouvelles réponses ce matin pendant que j'étais au match de foot de Josh. La première disait qu'elle n'était au courant de rien et ne voulait pas commenter. La seconde disait ceci :

Demande d'information pour un reportage de la BBC

De : pfa20@gmail.com
À : Joanna95Riddell
12 oct. (Il y a 2 jours)

Chère Joanna Riddell, Je suis journaliste indépendante et je travaille sur un reportage pour…

12:44 (Il y a 57 minutes)
De : Joanna95Riddell@aol.com
À : moi

Chère Poppy Firth-Adams,

Merci pour votre e-mail. Je pense comme vous qu'il s'agit d'un sujet très important qui mériterait d'être plus souvent abordé dans les grands médias.

Il se trouve que j'ai en effet été témoin de ce genre d'agissements dans les fêtes dont vous parlez. Au début, c'étaient juste des rumeurs et je croyais qu'elles venaient de personnes qui avaient trop bu et se cherchaient des excuses. Mais dans une soirée, vers février 2012, une de mes amies (que je ne nommerai pas) s'est retrouvée dans un état pas possible. Elle n'arrivait plus à parler, et à peine à bouger. J'ai dû demander à des garçons de m'aider à la porter jusqu'à la voiture de son père. Et le lendemain, elle ne se souvenait même pas d'avoir été à cette fête.

Quelques jours après, elle m'a demandé de l'accompagner au commissariat de Kilton pour signaler l'incident. On y est allées et elle a parlé avec un jeune policier dont j'ai oublié le nom. Je ne suis pas vraiment sûre qu'il y ait eu des suites. Mais après ça, j'ai toujours fait attention à garder un œil sur mon verre.

Donc, oui, je suis persuadée que des gens mettaient des choses dans les verres des filles à ces soirées (quoi ? je ne sais pas). J'espère que ça pourra vous aider. N'hésitez pas à me recontacter si vous avez d'autres questions.

Sincères salutations,
Jo Riddell

Décidément, ça se complique.

Je pense pouvoir affirmer sans trop m'avancer que certaines filles ont bel et bien été droguées à leur insu lors de soirées calamités en 2012, même si tout le monde n'était pas au courant.

Donc, si on résume : Max achetait du Rohypnol à Andie, et des filles étaient droguées dans les fêtes qu'il organisait. Pas besoin d'être un génie pour faire le lien entre les deux.

Et ce n'est pas tout : Natalie da Silva pourrait bien avoir été une de ses victimes. Y aurait-il un rapport avec le meurtre d'Andie ? Et qu'est-il arrivé à Nat le soir où elle pense avoir été droguée ? Je ne peux pas lui poser la question : elle est ce que j'appellerais un *témoin exceptionnellement hostile*.

Pour couronner le tout, Joanna Riddell dit que son amie est allée le signaler au commissariat. Auprès d'un « jeune policier ». Eh bien, j'ai fait des recherches, et le seul homme jeune de la police de Kilton en 2012 était… (je vous le donne en mille) Daniel da Silva. Kilton est une petite ville, avec un petit commissariat ; le deuxième plus jeune policier après lui avait quarante et un ans en 2012. Selon Joanna, il n'y a pas eu de suites. Est-ce simplement parce que la fille avait trop attendu pour se manifester et qu'il n'y avait déjà plus de traces de drogue dans son sang ? Ou bien Daniel est-il intervenu d'une façon ou d'une autre pour couvrir quelque chose ? Et si oui, pourquoi ?

Je viens peut-être de découvrir par hasard un autre lien entre des personnes de ma liste de suspects : Max Hastings et les deux da Silva. J'appellerai Ravi plus tard pour qu'on réfléchisse à cet éventuel triangle. Mais, pour l'instant, concentrons-nous sur Max. Il m'a déjà trop menti, et maintenant j'ai de vraies raisons de croire qu'il versait de la drogue dans le verre des filles aux soirées calamités et qu'il voyait Andie en cachette dans le dos de Sal au Victoria Inn.

Si je devais arrêter ce projet en l'état et désigner un coupable, je choisirais Max. C'est mon suspect numéro un.

Mais je ne peux tout simplement pas aller lui en parler ; lui aussi, c'est un témoin hostile, avec potentiellement un passif de violeur. Il ne me dira rien sans moyen de pression.

Et la seule méthode que je connaisse pour en dégotter un est la surveillance informatique renforcée.

Je dois accéder à sa page Facebook et traquer ses posts et ses photos pour le relier d'une manière ou d'une autre à Andie, à l'hôtel Victoria Inn ou à ses pratiques avec les filles et la drogue. Quelque chose que je pourrai utiliser pour le faire parler ou, encore mieux, pour aller directement à la police.

Il faut que j'arrive à contourner les paramètres de confidentialité de Nancy Tangotits (alias Max).

25

Pip déposa cérémonieusement son couteau et sa fourchette en travers de son assiette.

— Et *maintenant*, puis-je me lever de table ? demanda-t-elle à sa mère qui l'observait d'un air renfrogné.

— Je ne vois pas ce qui presse autant, répondit cette dernière.

— Je suis en plein TPE et je voudrais atteindre mes objectifs avant de me coucher.

— Mais oui, ma puce, vas-y, intervint son père avec un grand sourire, en tendant le bras pour récupérer son assiette et transférer les restes dans la sienne.

— Vic ! protesta Leanne tandis que Pip repoussait sa chaise sous la table.

— Oh, chérie, il y a des gens qui doivent empêcher leurs gamins de quitter la table pour aller se faire un shoot d'héroïne. Estime-toi heureuse que ce soit pour les devoirs.

— C'est quoi, un shoot d'héroïne ? interrogea la petite voix de Josh alors que Pip sortait du salon.

Elle grimpa les marches quatre à quatre, laissant Barney tout penaud au pied de l'escalier, d'où il la regarda disparaître dans ce mystérieux endroit strictement interdit aux chiens.

Elle avait eu le temps de réfléchir à cette affaire de Nancy Tangotits pendant le dîner, et elle avait eu une idée.

Pip ferma la porte de sa chambre et composa un numéro sur son téléphone.

— Salut, *muchacha*, pépia Cara au bout du fil.

— Salut. Tu es en train de t'avaler des *Downton Abbey* à la chaîne ou tu as deux minutes pour m'aider à fouiner ?

— Je suis toujours dispo pour du fouinage. Qu'est-ce que tu veux ?

— Naomi est là ?

— Non, elle passe la soirée à Londres. Pourquoi ?

Une pointe de soupçon transpirait dans sa voix.

— Tu me jures de garder le secret ?

— Bien sûr. Qu'est-ce qu'il y a ?

— J'ai entendu des rumeurs au sujet de ces fameuses soirées calamités qui pourraient me fournir une piste pour mon TPE. Mais il me faut des preuves, et c'est là que le fouinage intervient.

Elle espérait avoir visé juste en omettant le nom de Max et en prenant un ton suffisamment désinvolte afin que Cara ne s'inquiète pas pour sa sœur, tout en restant assez évasive pour aiguiser sa curiosité.

— Ouuhhh, quelles rumeurs ? demanda Cara.

Pip la connaissait par cœur.

— Rien de concret pour l'instant. Mais il faudrait que je puisse consulter des photos des calamités de l'époque. Et c'est là que j'ai besoin de toi.

— Vas-y, balance.

— Le profil Facebook de Max Hastings n'est qu'une façade. Tu sais, pour les universités et les employeurs. Il a un vrai profil sous un faux nom, avec des paramètres de confidentialité ultra stricts. Je ne peux voir que les posts sur lesquels Naomi est taguée.

— Et tu voudrais te connecter via le profil de Naomi pour pouvoir fouiller dans les vieilles photos de Max ?

— Bingo, confirma Pip en s'asseyant sur son lit avec son ordinateur sur les genoux.

— *No problemo*. En l'occurrence, on n'espionne même pas Naomi, comme quand j'ai voulu savoir si ce rouquin sosie de Benedict Cumberbatch était son nouveau *boyfriend*. Là, techniquement, on n'enfreint aucune règle. Et puis ça lui apprendra à ne jamais changer son mot de passe. Elle utilise le même pour tout.

— Tu peux te mettre sur son ordi ?

— Je suis en train de l'ouvrir.

Quelques secondes de silence suivirent, ponctuées uniquement par les cliquetis du clavier et du pavé tactile. Pip imaginait parfaitement Cara avec ce chignon ridicule sur le haut du crâne qu'elle se faisait chaque fois qu'elle était en pyjama ; c'est-à-dire, dans son cas, aussi souvent qu'il était physiquement possible.

— OK, reprit-elle, elle était restée connectée. Je suis dessus.

— Tu peux aller dans les paramètres de sécurité ?

— Ouaip.

— Décoche la case à côté des alertes de connexion pour qu'elle ne sache pas que je me connecte depuis un nouvel appareil.

— C'est fait.

— Voilà, opération piratage terminée.

— Dommage. C'était plus rigolo que les recherches pour mon TPE.

— Tu n'avais qu'à pas choisir un sujet sur la moisissure.

Cara lui dicta l'adresse mail de Naomi et Pip la tapa sur la page d'accueil de Facebook.

— Le mot de passe est Isobel0610, ajouta Cara.

— Génial, répondit Pip. Merci, camarade. Repos !

— À vos ordres ! Mais je te préviens, si Naomi s'en rend compte, je te dénonce direct.

— Compris.

— Bon, je te laisse, y a mon père qui gueule. Tu me diras si tu as trouvé des choses intéressantes ?

— Promis, mentit Pip.

Elle lâcha son téléphone et, penchée sur l'ordinateur, cliqua sur « connexion ».

En jetant un coup d'œil rapide au mur de Naomi, elle constata que, comme le sien, il était rempli de chats faisant des trucs débiles, de vidéos de recettes en accéléré et de citations « inspirantes » sur fond de couchers de soleil.

Pip tapa « Nancy Tangotits » dans la barre de recherche et cliqua sur le profil de Max. La page s'ouvrit, pleine de couleurs vives et peuplée de visages souriants.

Pip comprit vite pourquoi Max avait deux profils. Il ne voulait sans doute pas que ses parents voient ce qu'il trafiquait en dehors de la maison. Il y avait des dizaines de photos de lui dans des clubs et des bars, ses cheveux blonds plaqués sur son front en sueur, la mâchoire tendue, les yeux révulsés ou dans le vague. Il posait avec des filles entre les bras, dardant sa langue face à l'objectif, la chemise éclaboussée par des verres renversés. Et ça, ce n'étaient que les derniers posts.

Pip cliqua sur l'onglet « photos » et entreprit de les faire défiler pour remonter progressivement jusqu'en 2012. Environ toutes les quatre-vingts vignettes, il fallait attendre que la suite de la vie de Nancy Tangotits se charge. C'était plus ou moins toujours la même chose : des clubs, des bars, des mines vaseuses. Il y eut à un moment une brève interruption dans les activités nocturnes de Max avec une série pendant des vacances au ski, où Max posait dans la neige avec pour tout vêtement un string de bain à la Borat.

La tâche était si laborieuse que Pip cala son téléphone à côté d'elle et relança le podcast de faits divers qu'elle avait commencé à écouter. Elle arriva enfin en 2012 et remonta jusqu'en janvier avant de se mettre à examiner les images une par une, dans l'ordre.

Sur la plupart, on voyait Max entouré d'autres gens, qui souriait au premier plan ou faisant le pitre.

Naomi, Jake, Millie et Sal partageaient le plus souvent la vedette avec lui. Pip s'attarda un long moment sur une photo de Sal qui fixait l'appareil, hilare, pendant que Max lui léchait la joue. Elle scruta intensément le visage de ces deux garçons ivres et heureux, en quête d'un indice sur les secrets qu'il pouvait y avoir entre eux.

Pip était particulièrement attentive aux photos de groupe, sur lesquelles elle cherchait le visage d'Andie en arrière-plan et guettait la présence de Max, un objet suspect dans la main ou rôdant d'un peu trop près autour du verre d'une fille. Elle enchaîna une telle quantité de photos prises dans des calamités que ses yeux fatigués, desséchés par la lumière blanche de l'écran, finirent par les transformer en un film animé, façon flipbook. Jusqu'à ce qu'elle tombe sur la soirée fatale et que tout redevienne parfaitement net et statique.

Pip se pencha en avant.

Max avait pris et posté dix photos le soir de la disparition d'Andie. Pip reconnut aussitôt les vêtements de chacun et les canapés du domicile de Max. Ajoutées aux trois photos de Naomi et aux six de Millie, cela faisait au total dix-neuf images de cette soirée-là, dix-neuf moments qui s'étaient déroulés pendant les dernières heures de la vie d'Andie Bell.

Pip frissonna et tira la couette sur ses pieds. Les photos de Max ressemblaient à celles prises par Millie et Naomi : Max et Jake agrippés à leur manette, les yeux rivés sur un point hors du cadre, Millie et Max grimaçant avec des filtres rigolos superposés à leur visage, Naomi au second plan qui regardait son téléphone sans se rendre compte des poses que prenaient les autres devant elle. Quatre meilleurs amis, sans le cinquième de la bande. Pendant que Sal était prétendument dehors en train de trucider quelqu'un au lieu de faire l'idiot avec eux.

Pip remarqua alors une chose. Ça ne pouvait pas être une coïncidence : Millie, Naomi et Max avaient chacun mis en ligne leurs photos de cette soirée-là le lundi 23 entre 21 h 30 et 22 heures. N'était-il pas un peu étrange qu'en pleine panique autour de la disparition d'Andie, ils aient songé à poster ces photos quasiment au même moment ? Et d'ailleurs, pourquoi les avoir postées tout court ? Selon Naomi, ils avaient pris la décision d'aller dire la vérité à la police sur l'alibi de Sal le lundi soir. Le fait de publier ces photos découlait-il de cette volonté ? De ne plus cacher l'absence de Sal parmi eux ?

Pip tapa quelques notes sur cette curieuse concomitance, puis enregistra le document et referma l'ordinateur. Elle se prépara pour se mettre au lit et revint de la salle de bains sa brosse à dents dans la bouche, fredonnant tout en griffonnant sa to-do liste du lendemain. *Finir dissert sur Margaret Atwood* était souligné trois fois.

Blottie sous sa couette, elle ne put lire que trois paragraphes de son livre en cours avant que la fatigue ne commence à brouiller les mots sous ses yeux. Elle réussit de justesse à éteindre sa lampe de chevet avant de sombrer dans le sommeil.

Pip se dressa d'un bond et se retrouva assise dans son lit, la jambe agitée de soubresauts. Elle se radossa à son oreiller et se frotta les yeux le temps que son esprit émerge à la surface. En allumant son téléphone, éblouie par la lumière de l'écran, elle constata qu'il était 4 h 47 du matin.

Qu'est-ce qui l'avait réveillée ? Le cri d'un renard dehors ? Un rêve ?

Quelque chose remua alors dans son cerveau. Une vague pensée, trop floue, filandreuse et mouvante pour la mettre en mots, encore inaccessible à sa conscience somnolente. Mais elle savait vers quoi elle cherchait à l'emmener.

Pip se glissa hors du lit. Le froid de la pièce lui mordit la peau. Elle attrapa son ordinateur sur le bureau et revint se pelotonner sous la couette. De nouveau aveuglée par la lumière crue, elle plissa les yeux pour ouvrir Facebook, où elle était toujours connectée en tant que Naomi, et navigua parmi les photos de Nancy Tangotits jusqu'à retrouver celles de la fameuse soirée.

Elle les passa toutes en revue une première fois, puis une deuxième un peu plus lentement. Elle s'arrêta sur l'avant-dernière. On y voyait les quatre amis en même temps. Naomi était de dos, la tête baissée. Bien qu'elle fût à l'arrière-plan, on distinguait son téléphone entre ses mains et l'écran d'accueil où brillaient les petits chiffres blancs de l'horloge. Au premier plan se trouvaient Max, Millie et Jake, tous les trois assis sur le bord du canapé, souriants alors que Millie tenait les deux garçons par le cou. Max avait toujours une manette de jeu vidéo à la main, celle de Jake disparaissait hors champ au bout de son bras.

Pip frissonna, mais cette fois pas à cause du froid.

La photo avait dû être prise à au moins deux mètres de distance pour réussir à avoir tout le monde dans le cadre.

Et dans le silence de mort de la nuit, Pip murmura tout haut : « Qui prend la photo ? »

26

C'était Sal.

Forcément.

Malgré le froid, le corps de Pip était un torrent de sang chaud et bouillonnant qui faisait battre son cœur à tout rompre.

Elle s'activait au radar, l'esprit submergé par des vagues de pensées qui lui criaient des choses inintelligibles les unes par-dessus les autres. Mais ses mains savaient ce qu'elles avaient à faire. Quelques minutes plus tard, elle avait téléchargé une version d'essai de Photoshop, où elle ouvrit la photo qu'elle avait enregistrée depuis la page Facebook de Max. Grâce à un tutoriel en ligne réalisé par un homme au doux accent irlandais, elle réussit à l'agrandir et à la rendre un peu plus nette.

Elle fut prise d'un vertige et retint un cri de stupeur.

Il n'y avait aucun doute : les chiffres sur l'écran du téléphone de Naomi affichaient 00:09.

Ils avaient affirmé que Sal était parti à 22 h 30, pourtant ils étaient là, tous les quatre, à minuit passé, dans le cadre d'une photo qu'ils n'avaient pas pu prendre eux-mêmes.

Les parents de Max étaient sortis ce soir-là, et personne d'autre n'était venu, du moins c'est ce qu'ils avaient toujours affirmé : ils étaient tous les cinq, jusqu'à ce que Sal parte à 22 h 30 pour aller tuer sa petite amie.

Et là, sous les yeux de Pip, se trouvait la preuve que c'était un mensonge. Il restait bel et bien une cinquième personne avec eux après minuit. Et qui cela aurait-il pu être à part Sal ?

Pip zooma sur le haut de l'image. Derrière le canapé, sur le mur du fond, se trouvait une fenêtre ; et, dans la vitre, le reflet du flash de l'appareil photo. On ne pouvait pas distinguer la silhouette du photographe de l'obscurité du dehors. Mais, tout autour du vif éclat blanc, on discernait un faible halo de bleu, à peine visible sur le fond noir de la nuit. Ce même bleu que celui de la chemise en jean que Sal portait ce soir-là, celle que Ravi mettait encore de temps en temps. Le ventre de Pip se noua lorsqu'elle pensa à lui, et à la tête qu'il ferait en voyant cette photo.

Elle créa deux nouveaux documents en recadrant l'image pour ne garder que les gros plans du téléphone de Naomi d'un côté et du reflet dans la vitre de l'autre. Puis elle les imprima, ainsi que la photo originale. Pip regarda depuis son lit l'imprimante crachoter une page après l'autre. Elle ferma les yeux quelques secondes, bercée par le teuf-teuf lancinant qui ressemblait à celui d'une locomotive à vapeur.

— Pips, je peux entrer pour passer l'aspirateur ?

Pip ouvrit les yeux en sursaut. Elle se redressa de sa position avachie : tout le côté droit de son corps était endolori, de la hanche à la nuque.

— Tu es encore au lit ? s'étonna sa mère en poussant la porte. Il est 13 h 30, espèce de marmotte, je pensais que tu serais levée.

— Non… je…, bredouilla Pip, la gorge desséchée. J'étais fatiguée, je ne me sentais pas très bien. Tu ne veux pas commencer par la chambre de Josh ?

Sa mère la dévisagea d'un air inquiet.

— Tu n'es pas en train de te surmener, Pip, j'espère ? On en a déjà parlé.

— Non, non, promis.

Leanne referma la porte et Pip sortit de son lit en manquant de faire tomber son ordinateur. Elle enfila sa salopette par-dessus un sweat vert foncé, se démêla tant bien que mal les cheveux, puis attrapa les trois photos imprimées et les glissa dans une pochette en plastique qu'elle fourra dans son sac à dos. Après quoi elle parcourut la liste de ses derniers appels et appuya sur le nom qu'elle cherchait.

— Ravi !

— Quoi de neuf, chef ?

— Rendez-vous devant chez toi dans dix minutes. Je passe te prendre en voiture.

— OK. Qu'est-ce qu'on a au menu, aujourd'hui ? Encore un petit chantage ? Servi avec son accompagnement de cambrio...

— C'est sérieux. J'arrive.

Assis sur le siège passager de la Coccinelle, où sa tête touchait presque le plafond, Ravi contemplait bouche bée la photo imprimée qu'il avait dans la main.

Il resta un long moment sans rien dire. Pip le regardait en silence effleurer du bout des doigts le halo bleu dans le reflet de la vitre.

— Sal n'a jamais menti à la police, finit-il par murmurer.

— Non. Je pense qu'il est bien parti de chez Max à 0 h 15, comme il l'a toujours affirmé. Ce sont ses amis qui ont menti. Je ne sais pas pourquoi mais, le mardi, ils ont menti et ils ont détruit son alibi.

— Ça veut dire qu'il est innocent, Pip, souffla Ravi en la fixant de ses grands yeux ronds.

— C'est ce qu'on est venus vérifier. Viens, suis-moi.

Elle ouvrit sa portière et sortit de la voiture. Après être passée chercher Ravi, elle avait roulé directement jusqu'à Wyvil Road et s'était garée sur le bas-côté herbeux en mettant ses warnings. Ravi claqua sa portière et la suivit le long de la route.

— Comment est-ce qu'on va le vérifier ? demanda-t-il.

— Il faut qu'on en ait le cœur net avant de l'accepter comme une vérité. Et la seule façon d'en avoir le cœur net, c'est de procéder à une reconstitution du meurtre. Pour voir si, avec sa nouvelle heure de départ de chez Max, Sal aurait quand même eu le temps de tuer Andie ou pas.

Ils tournèrent à gauche sur Tudor Lane, qu'ils descendirent jusqu'à la somptueuse maison de Max Hastings, où tout avait commencé, cinq ans et demi plus tôt.

Pip sortit son téléphone.

— On va laisser le bénéfice du doute à l'accusation, déclara-t-elle. Disons que Sal est parti de chez Max juste après avoir pris cette photo, à 0 h 10. À quelle heure ton père dit qu'il est rentré chez vous ?

— Vers 0 h 50.

— OK. Prenons même une petite marge d'erreur supplémentaire et disons 0 h 55. Ce qui signifierait que Sal a eu quarante-cinq minutes porte à porte. Il va falloir faire vite, Ravi, avec le temps minimum qu'il aurait pu mettre pour la tuer et se débarrasser du corps.

— Les adolescents normaux restent chez eux devant la télé, le dimanche, soupira-t-il.

— Peut-être. Bon, j'enclenche le chronomètre... C'est parti !

Pip fit demi-tour et remonta Tudor Lane en sens inverse, Ravi à son côté. Son allure se situait entre la marche rapide et le petit trot. Huit minutes et quarante-sept secondes plus tard, ils arrivèrent à sa voiture et elle était déjà essoufflée. C'était le point d'interception.

— OK, déclara-t-elle en mettant le contact et en reprenant la route. Donc, nous sommes dans la voiture d'Andie et elle a croisé Sal. Admettons qu'elle a gardé le volant, pour faire au plus court. Maintenant, on cherche le premier endroit isolé où en théorie le meurtre aurait pu avoir lieu.

Elle roulait depuis peu quand Ravi tendit le doigt.

— Là, suggéra-t-il. C'est à l'écart et tranquille. Tourne ici.

Pip bifurqua sur un petit chemin de terre bordé de grandes haies. Un panneau leur indiqua que cet étroit sentier sinueux conduisait à une ferme. Pip arrêta la voiture au niveau d'un dégagement sur le bas-côté et dit :

— Bon, on sort. Ils n'ont pas trouvé de sang à l'avant de la voiture, seulement dans le coffre.

Elle jeta un œil à son chronomètre pendant que Ravi faisait le tour du véhicule pour la rejoindre de son côté : 15:29, 15:30...

— OK. Disons qu'ils sont en train de se disputer et que ça dégénère. Ça peut être au sujet du trafic de drogue ou de l'amant secret. Sal est en colère, Andie lui crie dessus, patati patata...

Pip se mit à fredonner en faisant des moulinets avec les mains pour meubler le temps de cette scène imaginaire.

— Voilà. À présent, imaginons que Sal trouve une pierre par terre, ou un objet lourd dans la voiture d'Andie, et il la frappe. Ou peut-être même à mains nues. Donnons-lui au moins quarante secondes pour la tuer.

Ils attendirent.

— Maintenant, Andie est morte, reprit Pip en désignant un point à ses pieds. Sal ouvre le coffre (elle ouvrit son coffre) et la ramasse (elle se pencha et tendit les bras, en comptant assez de temps pour soulever le corps invisible). Il la met dans le coffre, là où on a retrouvé son sang.

Elle plongea les bras dans le coffre avant de se redresser et de le refermer.

— Et hop, on remonte en voiture, poursuivit Ravi.

Pip consulta le chronomètre : 20:02, 20:03... Elle enclencha la marche arrière et recula jusqu'à la route.

— Désormais, c'est Sal qui conduit, précisa-t-elle. Il laisse des empreintes sur le volant et le tableau de bord. Il réfléchit sans doute à la façon dont se débarrasser du corps. La zone boisée la plus proche est Lodge Wood. Donc peut-être qu'il quitte Wyvil Road ici, supposa-t-elle en s'engageant sur une petite route transversale qui longeait la forêt sur leur gauche.

— Mais il doit trouver un endroit pour laisser la voiture juste en lisière du bois, objecta Ravi.

Ils scrutèrent la forêt alentour pendant plusieurs minutes à la recherche d'un tel endroit, jusqu'à ce que la route s'enfonce sous un tunnel d'arbres.

— Là ! s'exclamèrent-ils en chœur.

Pip mit son clignotant et s'arrêta sur l'accotement en terre au bord de la forêt.

— Je suis sûre que la police a dû fouiller cette zone des dizaines de fois, vu que c'est le bois le plus proche de chez Max, fit-elle remarquer. Mais imaginons que Sal ait réussi à cacher le corps par ici.

Pip et Ravi descendirent à nouveau de la voiture.

26:18.

— Donc, il ouvre le coffre et la sort.

Pip mima l'action et vit la mâchoire de Ravi se contracter. Il avait sûrement fait des cauchemars de cette scène : son adorable grand frère traînant un cadavre ensanglanté à travers les arbres. Mais peut-être aussi que ce serait la toute dernière fois qu'il aurait à l'imaginer.

— Il faut qu'il s'enfonce assez loin, à l'écart de la route, continua Pip.

Elle fit mine de tirer Andie au sol, le dos voûté, titubant lentement à reculons.

— Là, on n'est plus visibles de la route, indiqua Ravi alors que Pip avait dû faire une soixantaine de mètres dans la forêt.

— D'accord.

Elle lâcha Andie.

29:48.

— Bon, reprit-elle, cette histoire de trou a toujours été un problème. Je ne vois pas bien comment il aurait eu le temps d'en creuser un assez profond. Mais, maintenant qu'on est là…

Elle balaya du regard les troncs tachetés de soleil.

— Il y a pas mal d'arbres arrachés dans ces bois, constata-t-elle. Peut-être qu'il n'a pas eu à creuser tant que ça. Peut-être qu'il a trouvé un trou déjà fait. Comme ici.

Elle désigna un grand creux moussu dans le sol, un enchevêtrement de vieilles racines desséchées encore reliées à un tronc tombé à terre depuis belle lurette.

— Il aurait quand même fallu qu'il creuse un peu plus profond que ça, objecta Ravi. On n'a jamais retrouvé le corps. Comptons trois ou quatre minutes de creusement.

— OK.

Une fois le temps écoulé, Pip tira le corps d'Andie jusqu'au trou.

— Ensuite, il la recouvre de terre et de débris, dit-elle.

— Très bien, alors faisons-le, acquiesça Ravi, le visage déterminé, à présent.

Il enfonça le bout de sa chaussure dans le sol et projeta une giclée de terre dans le trou.

Pip l'imita, ramassant de l'humus, des feuilles et des brindilles pour remplir la cavité. Ravi était à genoux, ratissant des brassées de terre qu'il faisait pleuvoir sur Andie.

— Voilà, annonça Pip une fois qu'ils eurent fini de combler le trou, désormais au même niveau que le sol de la forêt. Donc, le corps étant enterré, Sal peut rentrer chez lui.

37:59.

Ils retournèrent à la voiture au petit trot et montèrent en mettant de la terre partout. Pip manœuvra pour faire demi-tour et poussa un juron lorsque retentit derrière eux le klaxon impatient d'un 4x4 qui voulait les doubler.

Une fois de retour sur Wyvil Road, elle déclara :

— À présent, Sal roule vers Romer Close, où il se trouve que vit Howie Bowers. Et il abandonne la voiture d'Andie.

Ils y arrivèrent quelques minutes plus tard et Pip se gara hors de la vue du pavillon d'Howie. Elle verrouilla la voiture d'un coup de bipper.

— Et maintenant, on rentre à pied chez moi, indiqua Ravi en s'efforçant de marcher aussi vite que Pip, qui s'était presque mise à courir.

Ils étaient tous les deux trop concentrés pour parler, les yeux baissés vers leurs pieds qui foulaient le sol dans les pas *présumés* de Sal à l'époque.

Quand ils atteignirent enfin la maison des Singh, ils étaient hors d'haleine et en nage. Un duvet de sueur luisait sur la lèvre supérieure de Pip. Elle l'essuya d'un revers de manche et sortit son téléphone.

Elle arrêta le chronomètre. Les chiffres lui sautèrent au visage avant de lui tomber sur l'estomac, où ils se mirent à papillonner. Elle leva les yeux vers Ravi.

— Alors ? demanda-t-il fébrilement.

— Alors, nous avions accordé à Sal quarante-cinq minutes au total en comptant plutôt large. Et nous avons accompli toutes les étapes de cette reconstitution en prenant les endroits les plus rapprochés possible et avec une rapidité presque inconcevable.

— Oui, on a rarement vu un meurtre aussi rondement mené. Et donc ?

Pip lui montra l'écran de son téléphone.

— Cinquante-huit minutes et dix-neuf secondes, lut Ravi à voix haute.

— Ravi...

Son prénom lui sembla pétiller sur ses lèvres et la fit sourire.

— Sal n'a tout simplement pas pu le faire, affirma-t-elle. Il est innocent. Cette photo le prouve.

— Merde, souffla Ravi en secouant la tête, une main sur la bouche. Sal ne l'a pas tuée. Il est innocent.

Il émit alors un son qui monta du fond de sa gorge, râpeux et bizarre, et qui lui échappa d'un coup ; une sorte de jappement de rire étouffé par un voile d'incrédulité. Son sourire s'étira si lentement sur son visage qu'on aurait dit qu'il se déployait muscle par muscle. Puis il rit à nouveau, cette fois d'un rire pur et chaud qui toucha Pip droit au cœur.

Toujours hilare, Ravi leva les yeux au ciel, le visage illuminé de soleil, et son rire se mua en cri. Il rugit de toutes ses forces, la tête renversée en arrière, les paupières closes.

Les gens lui jetaient des regards étonnés depuis le trottoir d'en face, des rideaux s'écartèrent aux fenêtres des maisons, mais Pip savait qu'il s'en moquait. Et elle aussi d'ailleurs, prise dans cet instant brut de bonheur et de chagrin mêlés.

Ravi baissa la tête vers elle et son rugissement redevint un simple éclat de rire. Il la souleva de terre et elle se sentit traversée par un crépitement joyeux. Elle rit elle aussi, les larmes aux yeux, alors qu'il la faisait tournoyer dans les airs encore et encore.

— On a réussi ! s'exclama-t-il en la reposant si maladroitement qu'elle faillit tomber.

Il recula d'un pas et s'essuya les yeux, soudain gêné.

— On a réussi, non ? reprit-il. Ça suffit ? Tu crois qu'on peut aller voir la police avec cette photo ?

— Je ne sais pas, avoua Pip.

Elle ne voulait pas lui gâcher ce moment, mais elle ne savait réellement pas.

— Peut-être que ça peut suffire à les convaincre de réouvrir l'enquête, dit-elle, ou peut-être pas. Mais il nous faut d'abord des réponses. Pourquoi les amis de Sal ont menti. Pourquoi ils l'ont privé de son alibi. Viens.

Ravi fit un pas et s'arrêta net.

— Tu veux voir Naomi ?

Pip acquiesça d'un hochement de tête.

— Alors tu devrais y aller seule, décida-t-il. Naomi ne parlera pas si je suis là. Elle sera *physiquement* incapable de parler. Je l'ai croisée par hasard l'an dernier et elle a fondu en larmes rien qu'en me voyant.

— Tu es sûr ? Pourtant, s'il y a bien quelqu'un qui mérite de savoir la vérité, c'est toi.

— Ça vaut mieux comme ça, crois-moi. Faites attention à vous, chef.

— D'accord. Je t'appelle tout de suite après.

Pip ne savait pas trop comment lui dire au revoir. Elle posa une main sur son bras, puis s'éloigna en emportant avec elle l'expression de son visage.

27

Pip retourna à pied jusqu'à sa voiture sur Romer Close, le pas beaucoup plus léger à présent. Plus léger car désormais elle n'avait plus aucun doute. Et elle pouvait le dire dans sa tête : *Sal Singh n'a pas tué Andie Bell*. Un mantra qu'elle se répétait au rythme de ses pas.

Elle composa le numéro de Cara.

— Salut, beauté ! répondit Cara.

— Tu fais quoi ? demanda Pip.

— Figure-toi qu'on bosse avec Naomi et Max. Ils rédigent des lettres de motivation pour des boulots, et moi j'ai attaqué mon TPE. Tu sais que j'ai du mal à me concentrer quand je suis toute seule.

Le ventre de Pip se noua.

— Max et Naomi sont là tous les deux ?

— Ouaip.

— Et ton père ?

— Pas là. Il passe l'après-midi chez ma tante Lila.

— OK, j'arrive, déclara Pip. Je suis là dans dix minutes.

— Top ! Je te piquerai un peu de ta concentration.

Pip raccrocha avec un pincement de culpabilité envers Cara, qui n'aurait d'autre choix que d'être mêlée à toute cette histoire. Car ce n'était pas pour booster leur concentration que Pip les rejoignait, mais pour les piéger.

Cara lui ouvrit dans son pyjama à motif de pingouins et ses chaussons pattes d'ours.

— *Chica*, fit-elle en ébouriffant les cheveux déjà mal peignés de Pip. *Bienvenida al club*.

Pip referma derrière elle et suivit son amie jusqu'à la cuisine.

— Interdiction de parler, annonça Cara en lui tenant la porte ouverte. Et de faire du bruit en tapant sur son clavier, comme Max.

Pip entra dans la pièce. Max et Naomi étaient assis côte à côte, devant leurs ordinateurs et des dizaines de papiers étalés sur la table, un mug de thé fumant entre les mains. La place de Cara était de l'autre côté : un fatras de feuilles, de carnets et de stylos éparpillés sur son clavier.

— Salut, Pip, lança Naomi en souriant. Comment ça va ?

— Bien, merci, couina Pip, la voix soudain rauque.

Dès qu'elle regarda Max, il détourna la tête et plongea le nez dans son mug.

— *Bonjour*, Max, dit-elle avec une insistance délibérée, pour le forcer à relever les yeux vers elle.

Il lui répondit par un petit sourire crispé qui pouvait faire illusion auprès de Cara et de Naomi, mais que Pip savait être en réalité une grimace déguisée.

Elle s'avança jusqu'à la table et posa son sac pile en face de lui, avec une brusquerie qui fit sursauter les trois ordinateurs portables.

— Pip adore les séances de travail, expliqua Cara à l'intention de Max. Parfois un peu trop.

Cara se rassit à sa place et appuya sur une touche afin de rallumer son écran.

— Viens, mets-toi là, proposa-t-elle en tendant le pied sous la table pour tirer une chaise à côté d'elle, qui grinça bruyamment sur le sol.

— Qu'est-ce qu'il y a, Pip ? questionna Naomi. Tu veux un thé ?

— Qu'est-ce que t'as à nous mater comme ça ? intervint Max.

— Max ! le gronda Naomi en lui donnant un coup de bloc-notes sur le bras.

Du coin de l'œil, Pip voyait l'expression interloquée de Cara, mais elle ne quitta pas des yeux Naomi et Max. Elle sentait la colère bouillir en elle et ses narines se dilater. Jusqu'à ce qu'elle voie leurs visages, elle ne savait pas que ça lui ferait cet effet. Elle pensait qu'elle serait soulagée. Soulagée que ce soit fini, que Ravi et elle aient réussi leur mission. Mais se retrouver face à eux la mettait en rage. Cette fois, il ne s'agissait plus de petites cachotteries et de trous de mémoire innocents, mais d'un mensonge calculé et lourd de conséquences.

D'une monstrueuse trahison. Et elle ne détournerait pas les yeux ni ne s'assiérait avant de savoir pourquoi.

— Je suis venue d'abord ici par simple courtoisie, commença-t-elle d'une voix tremblante. Parce que, Naomi, tu es comme une sœur pour moi. Max, toi, je ne te dois rien.

— Pip, de quoi tu parles ? demanda Cara avec un début d'inquiétude.

Pip ouvrit son sac, en sortit la pochette en plastique et se pencha par-dessus la table pour déposer les trois feuilles imprimées devant Max et Naomi.

— Je vous laisse une chance de vous expliquer avant d'aller voir la police. Alors, Nancy Tangotits, je t'écoute, ajouta-t-elle en fusillant Max du regard.

— Qu'est-ce que tu racontes ? ricana-t-il.

— C'est une de tes photos, Nancy. Prise le soir de la disparition d'Andie Bell, non ?

— Oui, répondit Naomi à mi-voix. Mais pourquoi…

— Le soir où Sal est parti de chez Max à 22 h 30 pour aller tuer Andie, pas vrai ?

— Oui, aboya Max. Où est-ce que tu veux en venir ?

— Si tu arrêtais de t'énerver deux secondes et que tu regardais la photo, tu verrais où je veux venir. Mais, à l'évidence, tu n'as pas un grand sens de l'observation, sans quoi tu ne l'aurais jamais postée. Alors je vais t'expliquer. Vous êtes tous les quatre sur cette photo, toi, Naomi, Millie et Jake.

— Ouais, et alors ?

— Alors, Nancy, qui a pris cette photo de vous quatre ?

Pip vit Naomi écarquiller les yeux et entrouvrir la bouche alors qu'elle examinait l'image.

— Ouais, d'accord, concéda Max, c'est peut-être Sal qui l'a prise. Ce n'est pas comme si on avait dit qu'il n'était jamais venu. Il a dû la prendre en début de soirée.

— Bien tenté, rétorqua Pip, sauf que…

— Mon téléphone, la coupa Naomi, le visage défait.

Elle ramassa le cliché pour le regarder de plus près.

— On voit l'heure sur mon téléphone, déclara-t-elle.

Max resta muet et observa les images, la mâchoire serrée.

— Enfin bon, on arrive à peine à lire les chiffres, finit-il par répliquer. Tu as dû la trafiquer.

— Non, Max. Je l'ai téléchargée telle quelle de ton Facebook. Et rassure-toi, j'ai fait des recherches : la police peut la retrouver même si tu l'effaces tout de suite. Je suis sûre que ça les intéressera beaucoup.

Naomi se tourna vers Max, les joues en feu.

— Pourquoi tu n'as pas vérifié ? lui reprocha-t-elle.

— La ferme, souffla-t-il entre ses dents.

— On va être obligés de lui dire, reprit Naomi en reculant sa chaise dans un crissement strident qui déchira les tympans de Pip.

— La ferme, Naomi, répéta Max.

— Oh, mon Dieu, poursuivit Naomi en se levant pour faire les cent pas le long de la table. Il va falloir lui dire…

— Tais-toi ! hurla Max.

Il bondit de sa chaise et l'agrippa par les épaules.

— Ne prononce pas un mot de plus.

— Elle va aller voir la police, Max. N'est-ce pas, Pip ? Il faut lui dire.

Max prit une grande inspiration, hoquetant, son regard passant de l'une à l'autre.

— Fait chier ! cria-t-il tout à coup en lâchant Naomi et en shootant dans le pied de la table.

— Mais qu'est-ce qui se passe, bon sang ? demanda Cara en tirant Pip par la manche.

— Vas-y, Naomi, explique-moi, l'encouragea Pip.

Max se laissa retomber sur sa chaise, ses cheveux blonds pendouillant devant ses yeux.

— Pourquoi tu as fait ça ? murmura-t-il en levant la tête vers Pip. Tu ne pouvais pas nous laisser tranquilles ?

Pip l'ignora.

— Naomi, parle-moi, insista-t-elle. Sal n'est pas parti de chez Max à 22 h 30 ce soir-là, n'est-ce pas ? Il est parti à 0 h 15, comme il l'a dit à la police. Il ne vous a jamais demandé de mentir pour lui fournir un alibi. Il en avait un ; il était avec vous. Sal n'a pas menti une seule fois à la police. C'est vous qui avez tous menti ce mardi-là. Vous avez menti pour lui retirer son alibi.

Naomi était au bord des larmes. Elle regarda Cara, puis se tourna lentement vers Pip. Et elle hocha la tête.

Pip cligna des yeux.

— Pourquoi ? demanda-t-elle.

28

— Pourquoi ? répéta Pip, après avoir laissé Naomi regarder ses pieds sans rien dire pendant suffisamment longtemps.

— Quelqu'un nous a forcés, finit-elle par bredouiller en reniflant. Quelqu'un nous a forcés à le faire.

— Comment ça ?

— On a reçu un texto le lundi soir, Max, Jake, Millie et moi. D'un numéro anonyme. Ça nous disait d'effacer toutes les photos de Sal qu'on avait prises le soir où Andie avait disparu, et de poster les autres comme si de rien n'était. Et puis d'aller voir le proviseur du lycée le lendemain pour qu'il appelle la police et qu'on puisse faire une déposition. On devait dire qu'en fait Sal était parti de chez Max à 22 h 30 mais qu'il nous avait demandé de mentir.

— Mais pourquoi avoir accepté ? s'insurgea Pip.

— Parce que…

Le menton de Naomi tremblait tandis qu'elle essayait de retenir ses larmes.

— … parce que cette personne savait quelque chose sur nous. Une chose horrible qu'on avait faite.

Elle n'y tint plus, se cacha le visage entre les mains et fondit en sanglots. Cara bondit de sa chaise et courut enlacer sa sœur. Tout en la serrant dans ses bras, elle dévisageait Pip, une lueur de crainte dans les yeux.

— Max ? fit Pip.

Il se racla la gorge, le regard rivé sur ses mains qui s'agitaient nerveusement.

— On a, euh... Il s'est passé quelque chose le soir du Nouvel An 2011. Quelque chose de très grave. À cause de nous.

— De nous ? réagit Naomi. De *nous*, Max ? C'est arrivé à cause de toi. C'est toi qui nous as mis dans cette situation et qui nous as ensuite forcés à fuir et à le laisser là.

— Tu mens. On était tous d'accord, sur le moment.

— J'étais en état de choc. Et terrorisée.

— Naomi ? intervint Pip.

— On, euh... on avait passé la soirée dans cette petite boîte merdique à Amersham..., commença-t-elle.

— Le Velvet Imperial ?

— Ouais. On avait tous beaucoup bu. Quand la boîte a fermé, impossible de trouver un taxi ; on était genre les soixante-dixièmes dans la queue et il faisait un froid polaire. Alors, Max, avec qui on était venus en voiture, a affirmé qu'il n'avait pas tant bu que ça et qu'il pouvait conduire. Et il nous a convaincus, Jake, Millie et moi, de monter avec lui. C'était tellement débile. Oh, mon Dieu, si je pouvais revenir en arrière et changer une seule chose dans ma vie, ce serait ce moment-là...

— Sal n'était pas avec vous ? demanda Pip.

— Non. Et c'est bien dommage, parce qu'il ne nous aurait jamais laissés être aussi débiles. Il était avec son frère, ce soir-là. Donc Max, qui était tout aussi bourré que nous, roulait beaucoup trop vite sur l'A413. Il devait être 4 heures du mat, on était la seule voiture sur la route. Et tout à coup...

Elle se remit à pleurer.

— Tout à coup..., reprit-elle péniblement.

— Un type a déboulé de nulle part, compléta Max.

— Non, pas du tout. Il se tenait parfaitement en retrait sur l'accotement, Max. C'est toi qui as perdu le contrôle du véhicule.

— Eh ben on n'a pas vécu la même scène, alors, assena Max d'un ton cassant. On l'a heurté et on est partis en tête-à-queue. Quand la voiture s'est immobilisée, je me suis rangé sur le bord de la route et on est sortis voir ce qu'il avait.

— Oh, mon Dieu, sanglota Naomi, il y avait du sang partout. Et il avait les jambes complètement tordues.

— Il avait l'air mort, OK ? On a vérifié s'il respirait et on a cru que non. On s'est dit que c'était trop tard pour lui, trop tard pour appeler une ambulance. Et vu qu'on avait tous picolé, on savait ce qu'on encourait. Des poursuites pénales, de la prison. Alors on a décidé d'un commun accord de le laisser et de partir.

— Tu nous as forcés, rectifia Naomi. Tu nous as manipulés, tu nous as fait peur, parce que tu savais que ce serait toi qui aurais des problèmes.

— On a décidé *d'un commun accord*, Naomi, tous les quatre ! cria Max, le visage écarlate. On est rentrés chez moi parce que mes parents étaient à Dubaï. On a nettoyé la voiture et ensuite on l'a plantée contre l'arbre juste devant ma maison. Exprès. Mes parents ne se sont jamais doutés de rien et m'en ont racheté une neuve quelques semaines plus tard.

Cara aussi pleurait, à présent. Elle essuya ses larmes avant que Naomi puisse les voir.

— L'homme est mort ? questionna Pip.

Naomi secoua la tête.

— Il est resté plusieurs semaines dans le coma, mais il s'en est sorti. Sauf que… sauf que…

Son visage se contorsionnait de douleur.

— Il est paraplégique. En fauteuil roulant. À cause de nous. On n'aurait jamais dû le laisser comme ça.

Ils se turent un moment pendant que Naomi hoquetait, peinant à reprendre sa respiration entre deux sanglots.

— Et je ne sais pas comment, finit par dire Max, mais quelqu'un était au courant de cette histoire. Dans le message, il disait que si on ne faisait pas tout ce qu'il demandait, il irait raconter à la police ce qui s'était passé. Alors on l'a fait. On a effacé les photos et on a menti aux flics.

— Mais comment quelqu'un a-t-il pu savoir que vous aviez commis un délit de fuite ? interrogea Pip.

— On ne sait pas, avoua Naomi. On s'était tous juré de ne jamais en parler à personne, jamais. Et moi, je m'y suis tenue.

— Moi aussi, renchérit Max.

Naomi le regarda en laissant échapper un ricanement narquois.

— Quoi ? fit-il.

— Avec Jake et Millie, on a toujours pensé que c'était toi qui avais lâché le morceau.

— Ah oui ? éructa-t-il.

— Ben, à l'époque, c'est toi qui te bourrais la gueule quasiment tous les soirs.

— Je n'en ai jamais parlé à personne, déclara Max en se tournant vers Pip. Je ne sais pas du tout comment quelqu'un a pu être au courant.

— Ce ne serait pas la première fois que tu vendrais la mèche sans le vouloir, rétorqua Pip. Naomi, Max m'a laissé entendre par inadvertance que tu t'étais volatilisée pendant quelque temps le soir où Andie a disparu. Où étais-tu ? Je veux la vérité.

— J'étais avec Sal, expliqua-t-elle. Il a voulu me parler seul à seule là-haut. Au sujet d'Andie. Il était en colère à cause d'une chose qu'elle avait faite, mais il a refusé de me dire quoi. Il m'a raconté qu'elle n'était pas la même quand ils étaient juste tous les deux, mais qu'il ne pouvait plus ignorer la façon dont elle se comportait avec les autres. Ce soir-là, il avait décidé de la quitter. Et il avait l'air… presque soulagé d'avoir pris cette décision.

— Donc, soyons clairs, résuma Pip. Sal était chez Max avec vous jusqu'à 0 h 15 le soir où Andie a disparu. Le lundi, quelqu'un vous menace pour que vous alliez dire à la police qu'il est parti à 22 h 30, et pour que vous effaciez toute trace de lui ce soir-là. Le lendemain, Sal disparaît et on le retrouve mort dans les bois. Vous savez ce que ça veut dire, j'imagine ?

Max baissa la tête et se mit à s'arracher la peau autour des ongles. Naomi enfouit à nouveau son visage dans ses mains.

— Sal était innocent, reprit Pip.

— On n'en sait rien, objecta Max.

— Sal était innocent. Quelqu'un a tué Andie, puis Sal, après s'être assuré de lui faire porter le chapeau pour le meurtre d'Andie. Votre meilleur ami était innocent, et vous le savez tous depuis cinq ans.

— Je m'en veux, sanglota Naomi. Je m'en veux tellement. On ne savait pas quoi faire. On risquait trop gros. On n'a jamais pensé que Sal pourrait mourir. On se disait que si on obtempérait, la police attraperait la personne qui s'en était prise à Andie, que Sal serait innocenté et que nous, on s'en tirerait. Sur le moment, ça nous paraissait juste un petit mensonge. Mais maintenant, on voit ce qu'on a fait.

— Sal est mort à cause de votre *petit* mensonge, souffla Pip avec une rage mâtinée de tristesse.

— On n'en sait rien, répéta Max. Il peut quand même avoir joué un rôle dans la disparition d'Andie.

— Il n'en aurait pas eu le temps.

— Qu'est-ce que tu vas faire avec cette photo ? demanda-t-il posément.

Pip jeta un coup d'œil à Naomi, dont le visage rouge et bouffi était déformé par la douleur. Cara lui tenait la main, les yeux rivés sur Pip et les joues baignées de larmes.

— Max, dit Pip. Est-ce que tu as tué Andie ?

— Hein ?

Il se leva et écarta vivement ses cheveux de ses yeux.

— Non, reprit-il, j'étais chez moi toute la soirée.

— Tu as très bien pu ressortir une fois que Millie et Naomi étaient couchées.

— Mais je ne suis pas ressorti, OK ?

— Tu sais ce qui est arrivé à Andie ?

— Non plus.

— Pip, intervint Cara. Je t'en supplie, ne va pas montrer cette photo à la police. Je t'en supplie. Je ne peux pas perdre aussi ma sœur, après ma mère.

Son menton tremblait et elle fronça le visage pour essayer de contenir ses sanglots. Naomi la prit dans ses bras.

Pip eut la gorge nouée de désespoir en les voyant toutes les deux dans une telle détresse. Que devait-elle faire ? Que pouvait-elle faire ? Elle n'était même pas sûre que la police prendrait cette photo au sérieux, à vrai dire. Mais si c'était le cas, Cara resterait toute seule et ce serait par sa faute. Elle ne pouvait pas lui faire ça. Mais Ravi, alors ? Sal était innocent, il n'était pas question de tout abandonner maintenant. Pip comprit alors qu'elle n'avait qu'une seule solution.

— Je n'irai pas voir la police, déclara-t-elle.

Max poussa un soupir de soulagement et Pip le dévisagea avec un air de dégoût alors qu'il essayait de réprimer un petit sourire.

— Je ne le fais pas pour toi, Max, mais pour Naomi. Et pour tout le tort que tes erreurs lui ont causé. Je doute que la culpabilité t'ait beaucoup empêché de dormir, mais j'espère que tu le paieras un jour.

— Ce sont aussi mes erreurs, murmura Naomi. J'ai été complice.

Cara s'approcha de Pip et se serra contre elle, imbibant son sweat de ses larmes.

Max en profita pour s'éclipser sans un mot. Il rangea son ordinateur et ses notes, mit son sac en bandoulière et se dirigea vers la porte.

Dans le silence de la cuisine, Cara alla s'asperger le visage au robinet et remplir un verre d'eau pour sa sœur. Naomi fut la première à parler :

— Je suis désolée.

— Je sais, répondit Pip. Je te crois. Je n'irai pas montrer cette photo à la police. Ce serait beaucoup plus simple, mais je n'ai pas besoin d'un alibi pour prouver l'innocence de Sal. Je trouverai une autre façon.

— Comment ça ? rétorqua Naomi en reniflant.

— Tu me demandes de te couvrir pour ce que tu as fait. Et j'accepte. Mais je ne couvrirai pas la vérité à propos de Sal.

Elle déglutit péniblement et sentit une brûlure dans sa gorge serrée.

— Je vais retrouver le vrai coupable, reprit-elle, la personne qui a tué Andie et Sal. C'est la seule façon de blanchir Sal et de te protéger en même temps.

Naomi vint l'enlacer, enfouissant son visage humide dans le creux de son cou.

— Oui, s'il te plaît, chuchota-t-elle. Sal est innocent, et chaque jour qui passe, ça me tue.

Pip lui caressa doucement les cheveux en regardant Cara, sa meilleure amie, sa sœur. Elle sentit ses épaules s'affaisser sous un poids incommensurable. Jamais le monde ne lui avait paru aussi lourd à porter.

TROISIÈME PARTIE

Pippa Fitz-Amobi
TPE 16/10/2017

Journal de bord – point n° 31

Il est innocent.
Toute la journée, au lycée, ces trois mots ont résonné dans ma tête. Ce projet n'est plus le simple pari hypothétique qu'il était quand il a vu le jour. Ce n'est plus moi qui suis mon intuition viscérale juste parce que Sal a été gentil avec moi quand j'étais petite et vulnérable. Ce n'est plus Ravi qui espère, en dépit des apparences, la rémission de ce frère qu'il aimait tant. C'est la vérité : plus de conditionnel, de *peut-être* ni de *présumé*. Sal Singh n'a pas tué Andie Bell. Et il ne s'est pas suicidé.

Une vie innocente a été fauchée et tous les habitants de cette ville l'ont salie verbalement, ont fait de Sal un monstre. Mais si l'on peut fabriquer un monstre, on peut aussi le réhabiliter. Deux adolescents ont été assassinés à Little Kilton il y a cinq ans et demi, et nous détenons suffisamment d'indices pour identifier le tueur. « Nous », c'est-à-dire Ravi, moi et cet interminable document Word.

Je suis allée voir Ravi directement après les cours ; je viens juste de rentrer. On est allés au parc et on a parlé pendant plus de trois heures, jusqu'à la nuit tombée. Il bouillonnait de colère quand je lui ai expliqué pourquoi l'alibi de Sal avait été détruit. Une colère froide. À ses yeux, il n'est pas juste que Naomi et Max Hastings s'en soient sortis sans la moindre sanction alors que Sal, qui n'a jamais fait de mal à personne, a été tué et dépeint comme un assassin. Évidemment que ce n'est pas juste ; il n'y a strictement rien de juste dans tout ça. Mais Naomi n'a jamais voulu que ça retombe sur Sal, ça se voit sur son visage, ça se voit à la façon qu'elle a de traverser la vie sur la pointe des pieds depuis. Elle a agi sous le coup de la peur et je peux le comprendre. Ravi aussi, même s'il n'est pas sûr de pouvoir lui pardonner.

Son visage s'est décomposé quand je lui ai dit que je ne savais pas si la photo suffirait à faire réouvrir l'enquête. J'ai bluffé avec Max et Naomi pour les faire parler. La police pourrait très bien croire que j'ai trafiqué l'image et refuser de demander un mandat pour accéder au profil Facebook de Max. Bien entendu, il a déjà supprimé la photo. Ravi pense que j'aurais plus de crédibilité que lui auprès de la police, mais je n'en suis pas si certaine; une ado qui délire sur des angles de prise de vue et de minuscules chiffres blancs sur un écran de téléphone, alors que les preuves contre Sal sont si solides... Sans parler de Daniel da Silva qui pourrait me barrer la route.

Il a aussi fallu pas mal de temps à Ravi pour comprendre que je veuille protéger Naomi. Je lui ai expliqué que, pour moi, c'était la famille; que Cara et Naomi sont comme mes sœurs et que, même si Naomi a joué un rôle dans toute cette histoire, Cara, elle, est innocente. Je m'en voudrais terriblement de lui faire ça, de lui enlever sa sœur alors qu'elle a déjà perdu sa mère. Mais j'ai promis à Ravi que ce ne serait pas un obstacle, qu'on n'avait pas besoin d'un alibi pour prouver l'innocence de Sal; qu'il suffisait de découvrir le véritable tueur. Alors on a passé un accord: on se donne encore trois semaines. Trois semaines pour retrouver le tueur ou des preuves concrètes contre un des suspects. Et si on n'a rien d'ici là, on ira montrer la photo à la police, en espérant qu'ils la prennent au sérieux.

Donc, voilà. J'ai trois semaines pour débusquer le tueur, ou bien la vie de Naomi et de Cara vole en éclats. Est-ce que j'ai eu tort de demander ça à Ravi, de patienter encore un peu alors qu'il a déjà tant attendu? Je suis tiraillée. Entre les Ward, les Singh, et ce qui me semble juste. Je ne sais même plus ce qui est juste, tout est tellement confus. Je ne suis plus sûre d'être la brave fille honnête que j'ai toujours pensé être. Je crois que je l'ai perdue en cours de route.

Mais je n'ai pas le temps de m'appesantir là-dessus. Il me reste maintenant cinq personnes sur ma liste de suspects potentiels. J'ai retiré Naomi. Les raisons que j'avais de la soupçonner ont depuis trouvé une explication : son absence à un moment de la soirée chez Max, et le fait qu'elle soit si mal à l'aise quand je l'interrogeais sur Sal.

Voici un schéma récapitulatif de tous les suspects :

En plus du petit mot et du texto que j'ai reçus, j'ai désormais une autre indication concrète à propos du tueur : il était au courant du délit de fuite. Évidemment, le mieux placé pour ça était Max, puisqu'il en était l'auteur. Il a très bien pu faire semblant de se menacer au même titre que ses amis afin de mettre le meurtre d'Andie sur le dos de Sal.

Mais, comme l'a souligné Naomi, Max a toujours été un grand fêtard. Il a toujours consommé beaucoup d'alcool et de drogue. Il n'est pas impossible qu'il ait vendu la mèche à quelqu'un un soir où il était dans un état second ; quelqu'un qu'il connaissait, comme Natalie da Silva ou Howie Bowers. Ou même Andie Bell qui, à son tour, aurait pu le répéter à n'importe laquelle de ces personnes. Daniel da Silva était policier et intervenait à l'époque sur les accidents de la route ; peut-être qu'il a fait le lien ? À moins que l'un d'entre eux se soit trouvé sur la même route ce soir-là et ait été témoin de la scène ? Au bout du compte, n'importe lequel des cinq suspects a pu entendre parler de cet accident et l'utiliser à son avantage. Mais Max demeure l'option la plus probable sur ce point.

Je sais qu'en théorie Max a un alibi pour la majeure partie de la soirée. Mais je n'ai pas confiance en lui. Il a pu ressortir quand Naomi et Millie sont allées se coucher. Il a tout à fait pu intercepter Andie avant 0 h 45, l'heure où elle était censée passer chercher ses parents. Ou peut-être qu'il a rejoint Howie en cours de route pour l'aider à terminer ce qu'il avait commencé ? Il affirme qu'il n'a pas bougé de chez lui, mais je ne me fie pas à ses réponses. Je crois qu'il a fait un pari : il savait que je n'allais pas livrer Naomi à la police, donc il s'est dit qu'il n'avait pas besoin d'être honnête avec moi. Je suis un peu coincée, en fait : je ne peux pas protéger Naomi sans protéger Max en même temps.

Maintenant, je sais aussi que le tueur avait accès d'une façon ou d'une autre aux numéros de téléphone de Max, Naomi, Millie et Jake (en plus du mien). Mais, là encore, ça ne rétrécit pas tellement le champ des possibles. Max les avait tous, évidemment, et Howie a pu les obtenir par lui. Natalie da Silva aussi avait sans doute leurs numéros, d'autant qu'elle était très copine avec Naomi ; et Daniel a pu les récupérer via sa sœur. Jason Bell est peut-être le maillon faible sur ce point-là, MAIS s'il a tué Andie et qu'il a pris son téléphone, il les avait dedans.

Arrgh. Je n'ai pas avancé d'un poil et le temps presse. Il faut que je suive les pistes encore non explorées, que je trouve *le* fil sur lequel tirer pour démêler ce sac de nœuds. ET que je finisse cette fichue dissert sur Margaret Atwood !!!

29

À peine Pip avait-elle tourné la clé dans la serrure et poussé la porte que Barney déboula dans l'entrée et l'escorta jusqu'au salon, d'où lui parvenaient des voix familières.

— Coucou, ma puce, lança Victor alors qu'elle passait une tête dans la pièce. On vient juste de rentrer. J'allais préparer un petit quelque chose en vitesse pour ta mère et moi. Joshua a dîné chez Sam. Tu as mangé chez Cara ?

— Ouais, c'est bon, répondit-elle.

Elles avaient dîné, mais sans beaucoup se parler. Cara ne lui avait pas adressé la parole de toute la semaine au lycée. Pip comprenait. Ce projet avait fait trembler sa famille sur ses bases ; la vie de Cara dépendait maintenant du fait que Pip découvre la vérité ou pas. Naomi et elle lui avaient demandé dimanche, après le départ de Max, qui était le coupable selon elle. Elle ne leur avait rien dit, néanmoins elle avait conseillé à Naomi de se tenir à distance de Max. Elle ne pouvait pas prendre le risque de partager avec elles les secrets d'Andie, car elles pourraient alors devenir les cibles du tueur. C'était à Pip de porter ce poids-là.

— Alors, comment s'est passée la réunion des parents d'élèves ? voulut savoir Pip.

— Super, affirma Leanne en ébouriffant les cheveux de Joshua. Tu as fait des progrès en maths et en sciences, pas vrai, Josh ?

Ce dernier hocha la tête tout en continuant à assembler des Lego sur la table basse.

— Même si Mme Speller a indiqué que tu avais tendance à faire le clown en classe, intervint Victor avec une expression faussement sévère.

— Je me demande bien d'où ça peut lui venir, rétorqua Pip avec la même expression à l'intention de son père.

Il éclata de son rire tonitruant en se frappant les cuisses.

— Pas d'insolence, mademoiselle ! gronda-t-il.

— Je n'ai pas le temps, de toute façon. Je voudrais encore bosser une heure ou deux avant de me coucher, annonça-t-elle en reculant pour se diriger vers l'escalier.

— Oh, ma chérie, soupira Leanne. Tu travailles trop.

— On ne travaille jamais trop ! répliqua Pip en montant les marches.

Sur le palier, elle s'arrêta devant sa chambre, interloquée. La porte était entrouverte, et ça ne collait pas avec le souvenir qu'elle avait du moment où elle était partie au lycée le matin. Joshua s'était emparé de deux flacons d'après-rasage de Victor, un dans chaque main, et, coiffé d'un chapeau de cow-boy, il s'était mis à en vaporiser frénétiquement le couloir de l'étage, en clamant : « Je suis le parfumeur le plus rapide de l'Ouest, et cette maison n'est pas assez grande pour nous deux, Pippo. » Pip avait fui en prenant soin de bien fermer la porte de sa chambre pour que ça n'empeste pas trop quand elle rentrerait. À moins qu'elle se trompe et que ce soit la veille ? Elle avait mal dormi toute la semaine et les journées se confondaient un peu.

— Quelqu'un est entré dans ma chambre ? cria-t-elle.

— Non, on vient d'arriver, répondit sa mère.

Pip poussa la porte et lâcha son sac à dos sur son lit. Elle marcha jusqu'au bureau et il lui fallut un demi-coup d'œil pour s'apercevoir que quelque chose n'allait pas. Son ordinateur était ouvert, or Pip le fermait toujours quand elle partait pour la journée. Elle appuya sur le bouton de démarrage et, tandis qu'il s'allumait dans un vrombissement, elle remarqua que la pile bien nette de feuilles imprimées posée à côté avait été étalée en éventail. Une des pages avait été choisie et placée sur le dessus de la pile.

C'était *la* photo. La preuve de l'alibi de Sal. Et elle avait été bougée.

L'ordinateur émit un petit tintement de bienvenue et afficha l'écran du bureau. Il était exactement tel qu'elle l'avait laissé : le document Word de son dernier journal de bord réduit dans la barre des tâches. Elle cliqua dessus et il s'ouvrit sur la page juste en dessous de son schéma récapitulatif.

Pip retint un cri.

Sous ses derniers mots, quelqu'un avait tapé : *ARRÊTE TOUT ÇA, PIPPA*.

Des centaines de fois à la suite. Au point que ça remplissait quatre pages entières.

Elle eut l'impression que son cœur se métamorphosait en un millier de scarabées bourdonnants qui grouillaient sous sa peau. Elle leva les mains du clavier et le fixa sans pouvoir bouger. Le tueur était venu ici, dans sa chambre. Il avait touché ses affaires. Fouillé dans ses documents. Pressé les touches de son clavier.

Chez elle.

Elle bondit de sa chaise et dévala l'escalier quatre à quatre.

— Euh, mam', dit-elle en s'efforçant de parler normalement pour cacher la terreur dans sa voix. Quelqu'un est venu à la maison aujourd'hui ?

— Je ne sais pas, j'étais au boulot toute la journée et ensuite je suis allée directement à la réunion à l'école de Josh. Pourquoi ?

— Oh, pour rien. J'ai commandé un livre et je pensais qu'il serait arrivé, improvisa Pip. En fait, il y a un bruit qui courait au lycée aujourd'hui. Deux ou trois maisons ont été cambriolées et il paraît que les voleurs utilisent les clés que les gens cachent dehors.

Peut-être qu'on ne devrait plus laisser la nôtre pendant un moment.

— Ah oui ? s'étonna Leanne. Dans ce cas, tu as sans doute raison.

— Je vais la chercher ! s'exclama Pip en essayant de ne pas glisser alors qu'elle se précipitait dans l'entrée.

Elle ouvrit la porte, et la fraîcheur de l'air du soir lui picota le visage. Agenouillée au sol, elle souleva un coin du paillasson extérieur. La clé scintilla dans l'éclairage de l'entrée. Elle était posée non pas dans, mais juste à côté de sa propre empreinte en creux dans la terre. Pip la ramassa, et le métal froid lui brûla les doigts.

Allongée sous sa couette, tremblante et droite comme un piquet, Pip ferma les yeux et tendit l'oreille. Il y avait des grattements quelque part dans la maison. Quelqu'un essayait-il de s'introduire chez eux ? Ou était-ce simplement le saule qui raclait, comme parfois, contre les volets de la chambre de ses parents ?

Un bruit sourd dehors. Pip sursauta. Un voisin qui claquait sa portière ou un cambrioleur ?

Elle se leva pour la seizième fois et alla à la fenêtre. Elle écarta le bord du rideau et jeta un coup d'œil dehors. Il faisait noir. Les voitures garées dans la rue étaient émaillées de pâles reflets de lune argentés, mais le manteau sombre de la nuit dissimulait tout le reste. Y avait-il quelqu'un qui l'observait, tapi dans la pénombre ? Elle scruta les alentours, guettant un mouvement, une ondulation dans l'obscurité qui se transformerait en silhouette humaine.

Pip laissa le rideau retomber et retourna se coucher. La couette l'avait trahie et avait laissé filer toute la chaleur que son corps y avait emmagasinée. Elle frissonna en regardant l'horloge de son téléphone basculer de 02:59 à 03:00.

Quand le vent se mit à hurler et à faire vibrer sa fenêtre, et que Pip sentit son cœur lui sauter à la gorge, elle écarta sa couette d'un geste brusque et se leva de nouveau. Mais cette fois elle traversa le palier sur la pointe des pieds et poussa la porte de la chambre de Josh. Il dormait profondément, son visage paisible éclairé par la lueur bleutée de sa veilleuse étoilée.

Pip s'avança tout doucement jusqu'au pied de son lit. Elle y grimpa et s'y glissa en prenant soin d'éviter la bosse de son frère assoupi. Il ne se réveilla pas mais gémit un peu lorsqu'elle tira une partie de la couette sur elle. Il faisait tellement chaud, dessous ! Et Josh serait en sécurité si elle était là pour veiller sur lui.

Elle resta allongée à écouter le bruit de sa respiration en se réchauffant contre son frère. Ses yeux papillotaient, hypnotisés par le doux ballet des étoiles lumineuses qui dansaient au plafond.

30

— Naomi est un peu nerveuse depuis que… tu sais, dit Cara en accompagnant Pip jusqu'à son casier.

Il y avait encore une sorte de malaise entre elles, un bloc épais qui commençait à peine à fondre sur les bords. Même si elles faisaient toutes les deux comme si de rien n'était.

Pip ne savait pas quoi répondre.

— Enfin, elle a toujours été un peu nerveuse, reprit Cara, mais encore plus en ce moment. Hier, papa l'a appelée depuis la pièce d'à côté et elle a sursauté si fort que son téléphone a valsé à l'autre bout de la cuisine. Il a carrément explosé par terre. Elle a dû l'envoyer en réparation ce matin.

— Zut, fit Pip en ouvrant son casier pour y ranger ses livres. Elle a besoin d'un téléphone de rechange, en attendant ? Ma mère vient d'en acheter un neuf et elle a toujours l'ancien.

— Nan, c'est bon. Elle en a ressorti un qu'elle utilisait il y a des années. Sa carte SIM n'allait pas dedans, mais on a trouvé une vieille carte prépayée sur laquelle il restait du crédit. Ça ira pour l'instant.

— Elle va bien ? s'inquiéta Pip.

— Je n'en sais rien. Je crois que ça fait longtemps qu'elle ne va pas très bien, en fait. Depuis la mort de maman. Mais j'ai toujours pensé qu'il y avait autre chose.

Pip referma le casier et suivit Cara dans le couloir. Elle espérait que son amie n'avait pas remarqué les pâtés d'anticernes sous ses yeux, ni les petits vaisseaux rouges éclatés qui couraient à l'intérieur. Le sommeil n'était plus vraiment une option, désormais. Pip avait envoyé ses dissertations d'anglais pour sa candidature à Cambridge et avait commencé à réviser pour les pré-admissions. Mais l'échéance que Ravi lui avait fixée si elle voulait laisser Naomi et Cara en dehors de tout ça se rapprochait de minute en minute. Les rares fois où elle parvenait à dormir, ses rêves étaient peuplés de silhouettes noires qui la surveillaient en cachette.

— Ça va aller, dit Pip. Promis.

Cara serra sa main dans la sienne avant que leurs chemins ne se séparent dans le couloir.

À quelques portes de son cours d'anglais, Pip s'arrêta net, ses chaussures couinant sur le lino. Quelqu'un arrivait vers elle d'un pas vif, quelqu'un avec des cheveux blond platine coupés à la garçonne et des yeux cerclés d'eyeliner noir.

— Nat ? tenta Pip avec un petit coucou de la main.

Natalie da Silva s'arrêta à sa hauteur. Elle ne lui sourit pas et ne lui retourna pas son salut. À peine lui adressa-t-elle un regard.

— Qu'est-ce que tu fais là ? demanda Pip en remarquant la bosse de son bracelet électronique sous sa chaussette.

— J'avais oublié que tous les détails de ma vie étaient soudain devenus tes oignons, Penny.

— Pippa.

— M'en fous, aboya-t-elle. Si tu veux savoir, pour les besoins de ton projet à la con, j'ai officiellement touché le fond. Mes parents me coupent les vivres et personne ne veut m'embaucher. Je viens de supplier ce mollusque de proviseur de me refiler l'ancien boulot de pion de mon frère. Mais apparemment, ils n'ont pas le droit d'employer des criminels violents. Voilà un effet post-Andie que tu pourrais analyser, tiens. Elle m'aura vraiment emmerdée jusqu'au bout.

— Je suis désolée, murmura Pip.

— Non, rétorqua Nat en continuant son chemin. Non, tu n'es pas désolée.

Après le déjeuner, Pip revint à son casier pour récupérer son manuel d'histoire russe pour les deux heures de cours suivantes. En l'ouvrant, elle vit un papier posé sur sa pile de livres. Une feuille pliée en deux que quelqu'un avait dû insérer par la fente du haut.

Elle fut parcourue de sueurs froides. Après s'être retournée pour vérifier que personne ne la regardait, elle attrapa la feuille.

Ceci est ton dernier avertissement, Pippa. Laisse tomber.

Elle ne lut qu'une seule fois les grosses lettres imprimées en noir, replia le papier et le glissa entre les pages de son livre d'histoire, qu'elle sortit en tremblant du casier – il lui fallut ses deux mains – avant de faire demi-tour.

C'était clair, à présent. Quelqu'un voulait lui signifier qu'il pouvait l'atteindre chez elle et au lycée. Quelqu'un voulait lui faire peur. Et ça fonctionnait : la terreur l'empêchait de dormir ; elle avait passé les deux dernières nuits à scruter l'obscurité par la fenêtre de sa chambre. Mais, de jour, Pip était plus rationnelle. Si cette personne était réellement prête à s'en prendre à elle ou à sa famille, ne l'aurait-elle pas déjà fait, à ce stade ? Pip ne pouvait pas laisser tomber maintenant, laisser tomber Sal et Ravi, Cara et Naomi. Elle s'était déjà trop mouillée, et la seule issue possible était de plonger encore plus profond.

Un assassin se cachait à Little Kilton. Il avait lu les dernières notes de son journal de bord, et voilà qu'il réagissait. Ce qui voulait dire que Pip était plus ou moins sur la bonne voie. C'était un avertissement, rien de plus, du moins il fallait qu'elle le croie, qu'elle se le répète quand elle n'arrivait pas à trouver le sommeil la nuit. Même si l'Inconnu resserrait ses filets autour d'elle, elle aussi resserrait les siens autour de lui.

Pip poussa la porte de la classe avec la tranche de son livre, et elle s'ouvrit avec beaucoup plus de force que prévu.

— Aïe ! s'exclama Elliot en la prenant dans le coude.

La porte rebondit vers Pip et elle trébucha, lâchant au passage son manuel, qui s'écrasa par terre avec un bruit sourd.

— Pardon, Ell… monsieur Ward, s'excusa-t-elle. Je n'avais pas vu que vous étiez derrière.

— Ça va, répondit-il en souriant. Je prends ça comme le signe de ton impatience à apprendre plutôt que comme une tentative d'assassinat.

— On a tous des choses à apprendre de la Russie des années 1930, plaisanta Pip.

— Ah, je vois, fit-il en se penchant pour ramasser le livre. C'était donc une démonstration pratique ?

Le papier s'échappa d'entre les pages et glissa au sol. Il atterrit sur la pliure, partiellement ouvert. Pip plongea pour le récupérer et le froissa entre ses mains.

— Pip ?

Elle sentait qu'Elliot cherchait à croiser son regard. Mais elle garda les yeux rivés droit devant elle.

— Pip, ça va ? demanda-t-il.

— Oui, oui, ça va, mentit-elle vivement avec un petit sourire forcé.

— Écoute, reprit-il d'un ton bienveillant, si tu es victime de harcèlement, la pire chose à faire serait de le garder pour toi.

— Ce n'est pas le cas, assura-t-elle en se tournant vers lui. Tout va bien, vraiment.

— Pip…

— Je vais très bien, monsieur Ward, répéta-t-elle alors qu'entrait dans la salle un groupe d'élèves absorbés par leurs bavardages.

Elle reprit son livre des mains d'Elliot et alla s'asseoir à sa place, sentant son regard la suivre tout du long.

— Pips, murmura Connor comme il posait son sac sur la table à côté d'elle. Je t'ai perdue après la cantine. Dis-moi, je rêve ou il y a un gros froid entre Cara et toi ? Vous vous êtes disputées, ou quoi ?

— Non, rétorqua-t-elle, ça va. Tout le monde va très bien.

Pippa Fitz-Amobi
TPE 21/10/2017

Journal de bord – point n° 33

Je ne peux ignorer le fait que j'ai croisé Natalie da Silva dans les couloirs du lycée quelques heures à peine avant de trouver le mot dans mon casier. Et je connais sa tendance à mettre des lettres de menace dans les casiers. Mais même si son nom a désormais grimpé tout en haut de la liste des suspects, cela n'a rien de définitif. Dans une petite ville comme Kilton, il arrive que des choses qui paraissent liées soient de pures coïncidences, et *vice versa*. Tomber par hasard sur quelqu'un dans le seul lycée de la ville ne fait pas de lui un assassin.

Presque tous les suspects sur ma liste ont un lien avec ce lycée. Max Hastings et Natalie da Silva y ont été élèves, les deux filles de Jason Bell aussi, Daniel da Silva y a travaillé comme pion. À vrai dire, je ne sais pas si Howie Bowers a fréquenté cet établissement ; je ne trouve aucune information le concernant sur Internet. Quoi qu'il en soit, ils savent tous que c'est là que je suis ; ils ont très bien pu me suivre et m'espionner vendredi matin alors que j'étais devant mon casier avec Cara. Ce n'est pas comme s'il y avait un contrôle de sécurité à la porte ; on y entre comme dans un moulin.

Donc c'est peut-être Nat, mais peut-être les autres aussi. Et voilà, retour à la case départ ! Qui est le tueur ? Le temps passe et je n'ai pas avancé d'un pouce.

Après tout ce que Ravi et moi avons découvert, je considère toujours le téléphone secret d'Andie comme la piste la plus importante. Il a disparu, mais si on arrive à le retrouver, ou à retrouver la personne qui le détient, alors on aura fini notre boulot. Ce téléphone est une preuve tangible. Exactement ce qu'il nous faut si on veut avoir une chance de convaincre la police. Une photo avec quelques détails flous pourrait les faire ricaner, mais personne ne peut dédaigner le deuxième téléphone secret de la victime.

Certes, j'ai envisagé qu'Andie ait pu avoir ce téléphone sur elle quand elle est morte, et qu'il ait donc disparu à jamais avec son corps. Mais imaginons l'inverse une seconde. Imaginons qu'Andie ait été interceptée alors qu'elle partait de chez elle en voiture. Imaginons qu'elle ait été tuée et enterrée quelque part. Et qu'ensuite le tueur se soit dit: *Oh non, ce téléphone pourrait conduire les enquêteurs jusqu'à moi s'ils tombent dessus au cours de leurs recherches!*

Le tueur doit donc absolument le récupérer. Deux personnes sur ma liste connaissaient de manière sûre l'existence de ce téléphone: Max et Howie. Si Daniel da Silva était l'amant secret d'Andie, alors il était sans doute au courant aussi. Howie, en outre, savait où elle le cachait.

Et si l'un d'entre eux était allé chez les Bell pour subtiliser le téléphone après avoir tué Andie? J'ai de nouvelles questions à poser à Becca Bell. Je ne sais pas si elle voudra y répondre, mais je dois au moins essayer.

31

Elle sentit son ventre se tordre d'appréhension alors qu'elle marchait vers le bâtiment. C'était un petit immeuble de bureaux à la façade vitrée, à l'entrée duquel un panneau en métal indiquait « *Kilton Mail* ». Bien qu'on fût lundi matin, l'endroit semblait à l'abandon : aucun signe de vie ni de mouvement à travers les fenêtres visibles depuis la rue.

Pip appuya sur l'interphone à côté de la porte. Il émit un grésillement strident qui lui écorcha les oreilles. Elle relâcha la pression et, quelques secondes plus tard, une voix étouffée sortit du haut-parleur :

— Oui ?

— Euh… bonjour. Je viens voir Becca Bell.

— OK, je vous ouvre. Poussez fort, parce que la porte est dure.

Un bourdonnement sourd. Pip se jeta de tout son poids contre le battant et, avec un claquement sec, la porte céda brutalement. Elle la referma derrière elle et se retrouva dans une petite pièce froide où il y avait trois canapés et deux tables basses, mais personne.

— Bonjour ? lança-t-elle.

Une porte s'ouvrit et un homme en sortit en remontant le col de son long manteau beige ; un homme brun au teint grisâtre, coiffé avec la raie sur le côté. Stanley Forbes.

— Oh, fit-il en voyant Pip. J'allais partir. Je… Qui êtes-vous ?

Il la dévisagea en plissant les yeux, le menton saillant, et Pip sentit des picotements lui parcourir la nuque. Il faisait froid, dans ce hall.

— Je viens voir Becca, dit-elle.

— Ah, d'accord. Tout le monde travaille dans la pièce du fond, aujourd'hui. Le chauffage est en panne dans celle-ci. Par là, indiqua-t-il en désignant la porte qu'il venait d'emprunter.

— Merci, répondit Pip.

Mais Stanley ne l'écoutait plus, il était déjà en train de franchir la porte de l'immeuble, qui se referma en claquant bruyamment.

Pip se dirigea vers la porte à l'autre bout du hall. Elle donnait sur un minuscule couloir qui débouchait dans une pièce plus vaste, où quatre bureaux croulant sous des papiers avaient été poussés contre chaque mur. Trois étaient occupés par des femmes en train de taper sur leur ordinateur dans un crépitement mélodieux. Personne ne l'avait entendue entrer.

Pip s'approcha de Becca Bell, qui avait attaché ses courts cheveux blonds en un moignon de queue-de-cheval, et se racla la gorge.

— Bonjour, Becca, dit-elle.

Becca sursauta et pivota sur sa chaise. Les deux autres femmes relevèrent la tête.

— Ah, c'est toi qui cherches à me voir ? Tu ne devrais pas être en cours ?

— C'est les vacances de la Toussaint, expliqua Pip, mal à l'aise en songeant à la fois où Becca avait failli les surprendre, Ravi et elle, en flagrant délit d'effraction.

Fuyant le regard de Becca, les yeux de Pip se posèrent sur l'écran de son ordinateur. Becca s'en aperçut et se retourna pour réduire le document qui était resté ouvert.

— Pardon, mais c'est le premier papier que j'écris pour le journal, et mon brouillon est absolument nul. Strictement confidentiel, ajouta-t-elle en souriant.

— C'est sur quoi ? demanda Pip.

— Oh, euh, c'est sur une vieille ferme qui est inhabitée depuis onze ans, tout au bout de Sycamore Road. Apparemment, les propriétaires n'arrivent pas à vendre. Quelques voisins songent à se cotiser pour l'acheter à plusieurs, à déposer une requête pour un changement d'usage et à la transformer en pub. J'essaie d'exposer pourquoi ce serait une très mauvaise idée.

Une des femmes à l'autre bout de la pièce intervint :

— Mon frère vit par là-bas et il ne trouve pas que ce soit une si mauvaise idée. De la bière à gogo juste au coin de sa rue, il est à fond pour !

Elle éclata d'un rire tonitruant en se tournant vers son autre collègue pour la prendre à témoin.

Becca haussa les épaules, baissa les yeux et se mit à triturer la manche de son pull.

— Je pense juste que cet endroit mériterait d'être à nouveau habité par une famille, déclara-t-elle. Mon père a failli l'acheter pour le restaurer, il y a quelques années, avant tout ce qui s'est passé. Finalement il a changé d'avis, mais je me suis toujours demandé comment les choses auraient tourné s'il l'avait fait.

Les deux autres claviers se turent.

— Oh, Becca, ma grande, soupira la première femme, je ne savais pas que c'était pour ça que tu t'y intéressais. Je me sens idiote, maintenant. Bon, je suis de corvée de thé jusqu'à ce soir !

— Non, ne t'en fais pas, lui répondit Becca avec un maigre sourire.

Les deux femmes se remirent au travail.

— Pippa, c'est ça ? reprit Becca à voix basse. En quoi puis-je t'être utile ? Si c'est au sujet de ce dont on a parlé la dernière fois, tu sais que je ne veux pas m'en mêler.

— Crois-moi, Becca, rétorqua Pip dans un murmure, c'est important. Très important. S'il te plaît.

Becca la fixa quelques instants de ses grands yeux bleus.

— D'accord, céda-t-elle en se levant. Viens, on passe à côté.

Le hall paraissait encore plus froid que quelques minutes plus tôt. Becca s'assit sur un des canapés et croisa les jambes. Pip prit place à l'autre bout et se tourna vers elle.

— Hmm… donc…, hésita-t-elle, ne sachant pas trop comment formuler sa requête, ni jusqu'où aller.

Elle se tut, les yeux rivés sur le visage de Becca, qui ressemblait tant à celui de sa sœur.

— Quoi ? Qu'est-ce qu'il y a ? la relança Becca.

Pip retrouva sa langue.

— Voilà, au cours de mes recherches, j'ai découvert qu'Andie vendait peut-être de la drogue, notamment dans les soirées appelées calamités…

Les jolis sourcils de Becca se froncèrent alors qu'elle dévisageait Pip d'un air méfiant.

— Non, souffla-t-elle, c'est impossible.

— Je regrette, mais ça m'a été confirmé par plusieurs sources.

— Ce n'est pas possible.

— L'homme qui la fournissait lui avait donné un deuxième téléphone, secret, qu'elle utilisait uniquement pour ses deals, poursuivit Pip malgré les protestations de Becca. Il affirme qu'Andie le cachait dans sa penderie, avec ses réserves de drogue.

— Je suis désolée, mais je pense que quelqu'un a voulu se moquer de toi, répliqua Becca en secouant la tête. Je suis sûre que ma sœur n'était pas une dealeuse.

— Je comprends que ce soit difficile à entendre, mais je commence à me rendre compte qu'Andie avait beaucoup de secrets. C'en était un. La police n'a pas retrouvé ce deuxième téléphone dans sa chambre, alors j'essaie de savoir qui d'autre a pu y avoir accès après sa disparition.

— Quoi… mais…, bafouilla Becca en secouant toujours la tête. Personne ! La maison était sous scellés.

— Je veux dire, avant l'arrivée de la police. Entre le moment où Andie est sortie et celui où tes parents se sont aperçus de sa disparition. Quelqu'un n'aurait pas pu s'introduire chez vous à ton insu ? Tu étais allée te coucher, non ?

— Je… je… Non, je ne sais pas. Je ne dormais pas, je regardais la télé en bas. Mais tu…

— Tu connais Max Hastings ? enchaîna Pip avant que Becca ait le temps de protester à nouveau.

Becca la regarda avec une expression décontenancée.

— Euh… ouais, c'était un copain de Sal, non ? Un blond ?

— Tu ne l'as jamais vu traîner autour de chez vous après la disparition d'Andie ?

— Non. Non, mais pourquoi…

— Et Daniel da Silva ? Tu le connais ? poursuivit Pip, en espérant que sa stratégie de questions en rafale fonctionnerait, que Becca répondrait du tac au tac avant de songer à garder le silence.

— Daniel, répéta-t-elle. Ouais, je le connais, il était proche de mon père.

Pip fronça les sourcils.

— Daniel da Silva était proche de ton père ?

— Ouais. Il a travaillé un temps pour mon père, après avoir quitté son boulot de pion au lycée.

Mon père possède une entreprise de nettoyage. Mais il s'est pris d'affection pour Daniel et l'a promu à un poste dans les bureaux. C'est lui qui l'a convaincu de postuler pour entrer dans la police et qui l'a financé pendant sa formation. Ouais. Mais je ne sais pas s'ils sont encore en contact ; je ne parle plus à mon père.

— Donc tu voyais beaucoup Daniel ?

— Pas mal, oui. Il passait souvent à la maison, parfois il restait dîner. Mais quel rapport avec ma sœur ?

— Daniel était policier quand ta sœur a disparu. Tu sais s'il a participé à l'enquête ?

— Ben ouais, répondit Becca, il fait partie des premiers policiers qui sont arrivés chez nous quand mon père a appelé.

Pip se pencha en avant malgré elle, les mains posées sur l'assise du canapé, buvant les mots de Becca.

— Et il a inspecté la maison ?

— Oui. Lui et une femme policier. Ils ont pris nos dépositions et ensuite ils ont procédé à une première fouille.

— Tu penses que Daniel a pu fouiller la chambre d'Andie ?

— Ouais, peut-être, fit Becca en haussant les épaules. Mais je ne vois pas trop où tu veux en venir avec tout ça. Je crois que tu t'es fait mener en bateau par quelqu'un, vraiment. Andie n'était pas mêlée à des histoires de drogue.

— Daniel da Silva a été le premier à accéder à la chambre d'Andie, murmura Pip, davantage pour elle-même que pour Becca.

— Et qu'est-ce que ça peut faire ? rétorqua Becca avec une pointe d'agacement dans la voix. On sait très bien ce qui s'est passé ce soir-là. On sait que Sal l'a tuée, et ce que pouvait trafiquer Andie ou n'importe qui d'autre n'y change rien.

— Je n'en suis pas si sûre, décréta Pip en lui adressant un regard qu'elle espérait éloquent. Je ne suis pas sûre que ce soit Sal qui l'ait tuée. Et je crois que je ne suis pas loin de pouvoir le prouver.

Pippa Fitz-Amobi
TPE 23/10/2017

Journal de bord – point n° 34

Becca Bell n'a pas bien réagi quand j'ai suggéré que Sal pourrait être innocent. Elle m'a aussitôt demandé de partir. Ça n'a rien d'étonnant. Pendant cinq ans et demi, elle a vécu avec la certitude que Sal avait tué Andie. Cinq ans et demi pour faire le deuil de sa sœur. Et voilà que je débarque en remuant le couteau dans la plaie et en lui disant qu'elle se trompe.

Mais bientôt elle n'aura d'autre choix que de me croire, comme le reste de Little Kilton, quand Ravi et moi aurons découvert le véritable meurtrier d'Andie et de Sal.

Depuis ma conversation avec Becca, mon suspect numéro un a encore changé. Non seulement j'ai mis au jour une forte connexion entre deux personnes sur ma liste (donc possiblement un nouveau duo de meurtriers : Daniel da Silva et Jason Bell), mais j'ai également confirmé mes soupçons sur Daniel. Il a été le premier à fouiller la chambre d'Andie après sa disparition ! Il a donc eu l'occasion parfaite de subtiliser le téléphone secret d'Andie pour éliminer toute trace de ses liens avec elle.

Mes recherches sur Internet n'ont rien donné d'intéressant au sujet de Daniel. Mais je viens de voir ça sur le site de la police du Buckinghamshire, à la page de Little Kilton :

Réunion publique

Venez rencontrer votre force de police locale
et donner votre avis sur les priorités
en matière de sécurité dans votre quartier.

Prochains événements :

Type : réunion publique
Date : mercredi 25 octobre 2017
Heure : 12 h à 13 h
Lieu : bibliothèque municipale de Little Kilton

La police de Kilton compte au total cinq policiers et deux agents de proximité. Je suis prête à parier que Daniel sera là. Mais aussi qu'il ne voudra pas me parler.

32

— Et il y a encore trop de jeunes qui traînent sur le terrain communal le soir, ronchonna une vieille dame, la main levée.

— On en a déjà parlé lors d'une réunion précédente, madame Faversham, lui répondit une policière aux cheveux frisés. Ils n'ont pas un comportement antisocial, ils jouent juste au foot après les cours.

Pip était assise sur une chaise en plastique jaune vif au milieu de onze autres participants. La salle de la bibliothèque était sombre et mal aérée, et ses narines remplies de l'odeur merveilleuse des vieux livres et de celle, poussiéreuse, des personnes âgées.

Bien que la réunion fût longue et assommante, Pip était sur le qui-vive. Daniel da Silva faisait partie des trois policiers présents. Il était plus grand qu'elle ne se l'était imaginé, debout dans sa chemise blanche et son uniforme noir. Il était rasé de près, avait un petit nez retroussé, de grosses lèvres charnues, les cheveux châtain clair et ondulés, coiffés en arrière. Pip s'efforçait de ne pas le fixer trop longtemps pour qu'il ne s'aperçoive de rien.

Il y avait un autre visage familier dans l'auditoire, à trois chaises de Pip. Soudain, l'homme en question se leva, un doigt en l'air.

— Stanley Forbes, du *Kilton Mail*, annonça-t-il. Plusieurs de nos lecteurs se sont plaints que les gens continuaient à rouler trop vite sur High Street. Comment comptez-vous résoudre ce problème ?

Daniel s'avança en signifiant à Stanley d'un hochement de tête qu'il pouvait se rasseoir.

— Merci, Stan, dit-il. Cette rue a déjà bénéficié de plusieurs mesures visant à ralentir la circulation. Nous avons envisagé de pratiquer davantage de contrôles et, si c'est une préoccupation des habitants, je suis prêt à réouvrir cette discussion avec mes supérieurs.

Mme Faversham avait encore deux griefs à énoncer, après quoi la réunion fut enfin close.

— Si vous avez encore des questions concernant la sécurité, déclara le troisième policier en évitant ostensiblement le regard de la vieille Mme Faversham, je vous invite à remplir un des formulaires derrière vous. Et si vous préférez venir nous parler en privé, nous serons encore là pendant une dizaine de minutes.

Pip patienta quelques instants pour ne pas paraître trop empressée. Elle attendit que Daniel ait fini de discuter avec une des bénévoles de la bibliothèque, puis se leva de sa chaise et s'avança vers lui.

— Bonjour, dit-elle.

— Bonjour, répondit-il en souriant. Tu m'as l'air trop jeune de plusieurs décennies pour venir à ce genre de réunion.

Elle haussa les épaules.

— Je m'intéresse au droit et à la criminalité.

— Il ne se passe pas grand-chose d'intéressant à Kilton, à part quelques gamins qui traînent et des conducteurs qui se prennent pour des pilotes automobiles.

Si seulement…

— Vous n'avez donc jamais arrêté personne pour détention de saumon suspect ? demanda Pip avec un petit rire nerveux.

Daniel la dévisagea d'un air ahuri.

— Oh, euh… C'est une authentique loi britannique, reprit Pip en rougissant.

Mais pourquoi ne pouvait-elle pas se dandiner ou se tripoter les cheveux comme tout le monde quand elle était nerveuse ?

— La loi sur le saumon de 1986 a rendu illégal de… Bref, peu importe, se ravisa-t-elle en secouant la tête. Je voulais vous poser quelques questions.

— Je t'écoute. Du moment que ce n'est pas sur le saumon.

— Non, non.

Elle toussota dans son poing avant de relever les yeux et de se lancer.

— Vous vous souvenez de plaintes, il y a cinq ou six ans, de la part de filles qui auraient été droguées à leur insu dans des fêtes organisées par des élèves du lycée de Kilton ?

La mâchoire de Daniel se crispa et il prit une mine songeuse.

— Non, fit-il, je ne m'en souviens pas. Tu souhaites déclarer un délit ?

— Non. Vous connaissez Max Hastings ?

— Je connais un peu la famille Hastings, affirma Daniel avec un haussement d'épaules. C'est la toute première intervention que j'ai faite en solo après ma formation.

— Pour quel motif ?

— Oh, pas grand-chose. Leur fils avait embouti sa voiture contre un arbre devant chez eux. Il fallait remplir un rapport de police pour l'assurance. Pourquoi ?

— Rien, juste comme ça, dit Pip d'un air faussement nonchalant.

Daniel s'apprêtait déjà à tourner les talons lorsqu'elle ajouta :

— Une dernière chose…

— Ouaip ?

— Vous avez été un des premiers policiers à arriver sur place quand la disparition d'Andie Bell a été signalée. C'est vous qui avez procédé à la première fouille de la maison.

Daniel hocha la tête en plissant légèrement les yeux.

— Et... n'y avait-il pas une forme de conflit d'intérêts, dans la mesure où vous étiez très proche de son père ?

— Non, répliqua Daniel, pas du tout. Je me comporte en professionnel quand je porte cet uniforme. Et j'ajouterai que je n'aime pas beaucoup le ton de ces questions. Si tu veux bien m'excuser.

Il commença à s'éloigner, et juste à cet instant une femme apparut dans son dos et vint s'interposer entre Pip et lui. Elle avait de longs cheveux blonds, des taches de rousseur sur le nez et un ventre énorme qui tendait le tissu de sa robe. Elle devait être enceinte d'au moins sept mois.

— Bonjour, bonjour, lança-t-elle à Pip avec un enjouement forcé. Je suis la femme de Dan. Quelle surprise de le trouver en grande conversation avec une jeune fille ! Même si je dois avouer que vous n'êtes pas son genre habituel.

— Kim, intervint Daniel en lui posant une main sur le bras. Arrête.

— Qui c'est ? s'enquit-elle.

— Je n'en sais rien. Une gamine qui est venue assister à la réunion.

Et il entraîna sa femme à l'autre bout de la pièce.

Dans le hall de la bibliothèque, Pip jeta un dernier coup d'œil par-dessus son épaule. Daniel, flanqué de son épouse, discutait avec Mme Faversham en évitant délibérément de croiser le regard de Pip. Elle poussa la porte et sortit, emmitouflée dans son manteau kaki alors que le froid du dehors la saisissait. Ravi l'attendait au bout de la rue, en face du café, les mains enfoncées dans les poches pour les protéger du vent.

— Tu as bien fait de ne pas venir, indiqua-t-elle en arrivant à sa hauteur. Il était déjà plutôt hostile avec moi. Et il y avait aussi Stanley Forbes.

— Un type charmant, rétorqua Ravi d'un ton sarcastique. Donc tu n'as rien appris de nouveau ?

— Eh si. Il a laissé échapper une chose, je ne sais même pas s'il s'en est rendu compte.

— Tu pourrais arrêter tes effets d'annonce et en venir au but, s'il te plaît ?

— Pardon. Il a dit qu'il connaissait les Hastings, que c'était lui qui avait rempli le rapport de police quand Max a foncé dans un arbre devant chez lui.

— Tiens, tiens... Donc il était peut-être au courant du délit de fuite ?

— Peut-être.

Pip avait si froid aux mains qu'elle commençait à les sentir se paralyser. Elle allait proposer à Ravi qu'ils se réfugient chez elle quand il se raidit, les yeux rivés sur un point derrière elle.

Elle pivota.

Daniel da Silva et Stanley Forbes sortaient de la bibliothèque, en plein conciliabule. Daniel semblait expliquer quelque chose à voix basse, à grand renfort de gestes. C'est alors que Stanley balaya des yeux les environs et repéra Pip et Ravi.

Son visage se durcit instantanément, et Daniel se tourna pour suivre son regard. Il fixa Pip avec une acuité cinglante.

Ravi lui prit la main.

— Viens, souffla-t-il. On s'en va.

33

— Voilà, mon grand, dit Pip à Barney en se penchant pour décrocher sa laisse. Tu peux y aller.

Il leva vers elle ses grands yeux pleins de douceur et, le temps qu'elle se redresse, il avait déjà filé, bondissant sur le sentier boueux et slalomant à toute allure entre les arbres.

Sa mère avait raison : il était un peu tard pour sortir se promener. Le jour déclinait déjà dans les bois, des coins de ciel gris apparaissant çà et là entre les feuillages jaunissants. Il était 17 h 45 et, d'après l'application météo du téléphone de Pip, il restait deux minutes avant le coucher du soleil. Elle ne tarderait pas à rentrer ; elle avait juste besoin de se dégourdir un peu les jambes, loin de son ordinateur. Elle avait besoin d'air. Et d'espace.

Toute la journée, elle avait oscillé entre ses révisions pour les préadmissions la semaine suivante et sa liste de suspects potentiels, qu'elle fixait jusqu'à ce que ses yeux louchent et finissent par tracer des lignes imaginaires d'un nom à l'autre, au point que la liste devenait un méli-mélo de lettres enchevêtrées et de liens inextricables.

Elle ne savait pas quoi faire. Peut-être tenter de parler à la femme de Daniel da Silva ? Il y avait clairement de la tension entre eux : pourquoi ? Quels secrets avaient pu la provoquer ? Ou devait-elle plutôt rechercher le deuxième téléphone d'Andie, quitte à s'introduire dans les maisons des suspects qui en connaissaient l'existence et à fouiller pour le retrouver ?

Non.

Elle était justement sortie faire un tour pour oublier Andie Bell et se vider la tête. Elle chercha ses écouteurs dans sa poche. Après les avoir démêlés, elle lança un nouveau podcast de faits divers. Elle dut monter le volume à fond pour entendre quelque chose à cause des craquements de ses bottes en caoutchouc sur le sentier jonché de feuilles mortes.

Pip se concentra sur la voix dans ses oreilles, sur l'histoire d'une autre jeune fille assassinée, pour essayer d'oublier la sienne.

Elle prit le raccourci à travers la forêt, entre les ombres projetées par les branches décharnées, des ombres qui semblaient s'éclaircir à mesure que le monde autour s'obscurcissait. Lorsque le crépuscule bascula dans la nuit, Pip quitta le sentier et s'enfonça entre les arbres afin de rejoindre la route plus vite. Quand elle aperçut le bitume dix mètres devant elle, elle appela Barney.

En atteignant la route, elle interrompit son podcast et enroula les écouteurs autour du téléphone.

— Barney, au pied ! cria-t-elle en fourrant le tout dans sa poche.

Une voiture passa à toute allure et Pip fut momentanément aveuglée par ses phares.

— Barney ! répéta-t-elle, plus fort. Barney, au pied !

Les arbres restaient noirs et immobiles.

Pip humecta ses lèvres et siffla.

— Barney ! Reviens !

Aucun bruit de pattes piétinant les feuilles mortes. Aucun éclair doré entre les arbres. Rien.

Pip sentit une peur glacée lui parcourir l'échine.

— Bar-ney ! hurla-t-elle, et sa voix se brisa.

Elle repartit en courant dans la direction d'où elle venait, de nouveau engloutie par la pénombre de la forêt.

— Barney ! Barney ! s'époumonait-elle en cavalant à toutes jambes sur le sentier, tandis que la laisse se balançait au bout de son bras.

34

— Maman ! Papa !

Elle se jeta sur la porte, trébucha sur le paillasson et tomba à genoux dans l'entrée. Les larmes lui brûlaient le visage et s'accumulaient dans le creux au-dessus de ses lèvres.

— Papa !

Victor apparut sur le seuil de la cuisine.

— Ma puce ?

Puis il la vit.

— Pippa, qu'est-ce qu'il y a ? Qu'est-ce qui se passe ? demanda-t-il en se précipitant vers elle pour l'aider à se relever.

— Barney est parti. Il n'est pas revenu quand je l'ai appelé. J'ai sillonné toute la forêt en criant son nom. Il est parti. Je ne sais pas quoi faire. Je l'ai perdu, papa.

Sa mère et Josh les avaient rejoints dans l'entrée et la regardaient en silence.

Victor lui serra le bras.

— Ça va aller, ma puce, assura-t-il de sa voix chaude et joyeuse. On va le retrouver, ne t'en fais pas.

Il attrapa sa grosse veste matelassée et deux torches électriques dans le placard sous l'escalier. Puis il obligea Pip à enfiler des gants avant de lui tendre une des lampes.

Le temps qu'ils retournent dans les bois, il faisait nuit noire. Pip guida son père le long de l'itinéraire qu'elle avait suivi. Les deux faisceaux blancs de leurs torches fendaient l'obscurité.

— Barney ! criait Victor de sa voix de stentor, qui se répercutait en échos entre les arbres.

Deux heures plus tard, ils étaient transis de froid et Victor décréta qu'il était temps de rentrer.

— Pas avant de l'avoir trouvé ! gémit Pip.

— Écoute, dit-il en se tournant vers elle, éclairé du halo de leurs torches. Il fait trop noir, maintenant. On le retrouvera demain matin. Il a dû se perdre, mais il peut supporter une nuit dehors.

Pip monta directement se coucher après leur dîner tardif et taciturne. Ses deux parents vinrent la voir dans sa chambre et s'assirent au bord de son lit. Sa mère lui caressa les cheveux alors qu'elle luttait pour ne pas fondre en larmes.

— Je suis désolée, bredouilla-t-elle. Je suis tellement désolée.

— Ce n'est pas de ta faute, ma grande. Ne t'inquiète pas. Il va retrouver son chemin. Maintenant, essaie de dormir.

Elle n'y parvint pas. En tout cas, pas beaucoup. Une pensée s'était glissée dans son esprit et ne voulait plus en sortir : et si c'était réellement de sa faute ? Si c'était parce qu'elle avait ignoré le dernier avertissement ? Si Barney ne s'était pas perdu, mais qu'on l'avait enlevé ? Pourquoi n'avait-elle pas fait plus attention ?

Levés aux aurores, ils prenaient un petit déjeuner sans grand appétit. Victor, qui avait l'air de n'avoir pas beaucoup dormi non plus, avait déjà appelé au bureau pour prévenir qu'il ne viendrait pas de la journée. Entre deux bouchées de céréales, il énonçait leur plan d'action : d'abord Pip et lui retourneraient dans les bois. Après quoi ils élargiraient leur périmètre de recherche et commenceraient à sonner aux portes pour demander si personne n'avait vu Barney. Leanne et Josh resteraient à la maison et fabriqueraient des affichettes qu'ils iraient placarder dans High Street et distribuer aux passants. Quand ils auraient fini, ils se rejoindraient tous et partiraient explorer les bois autour de la ville.

Dans la forêt, ils entendirent aboyer et le cœur de Pip se mit à battre la chamade. Mais c'était seulement une famille qui se promenait avec deux beagles et un labradoodle. Ils affirmèrent qu'ils n'avaient pas repéré de golden retriever égaré, mais que désormais ils ouvriraient l'œil.

Au bout de leur deuxième ronde dans les bois, Pip avait la voix éraillée. Ils sonnèrent aux portes des maisons voisines sur Martinsend Way : personne n'avait vu de chien perdu.

En début d'après-midi, le sifflement de train du portable de Pip retentit dans le silence de la forêt.

— C'est maman ? demanda Victor.

— Non, répondit Pip en lisant le texto.

C'était Ravi : *Salut. Je viens de voir des avis de recherche pour Barney en ville. Ça va ? Tu as besoin d'aide ?*

Pip avait les doigts trop engourdis par le froid pour taper une réponse.

Ils s'arrêtèrent rapidement le temps d'engloutir un sandwich, puis reprirent leurs recherches, désormais rejoints par Leanne et Josh, criant en chœur des « Barney ! » emportés par le vent.

Mais ils furent à nouveau rattrapés par le temps et la nuit.

De retour à la maison, épuisée, Pip toucha à peine aux nouilles thaïlandaises que Victor était allé leur chercher en ville. Sa mère avait mis un Disney sur la télé pour égayer l'ambiance, mais Pip avait les yeux rivés sur son assiette et regardait ses nouilles s'entortiller comme des asticots autour de sa fourchette.

Fourchette qu'elle lâcha subitement lorsqu'un sifflement de train résonna dans sa poche.

Elle posa son assiette sur la table basse et sortit son téléphone. La lumière de l'écran lui sauta au visage, et elle s'efforça de chasser la terreur de ses yeux et de garder une expression impassible tandis qu'elle retournait le téléphone contre le coussin du canapé.

— C'est qui ? demanda sa mère.

— Cara.

Ce n'était pas Cara. C'était l'Inconnu : *Tu veux revoir ton chien ?*

35

Le message suivant n'arriva qu'à 11 heures le lendemain matin.

Victor travaillait depuis la maison. Il passa la tête dans la chambre de Pip sur le coup de 8 heures pour lui dire que Leanne et lui sortaient faire une nouvelle ronde et qu'ils seraient de retour pour le déjeuner.

— Mais toi, tu devrais rester ici et avancer dans tes révisions, ajouta-t-il. Cet examen est très important. On s'occupe de Barney.

Pip hocha la tête. Elle était soulagée, d'une certaine façon. Elle ne se sentait pas capable de marcher aux côtés de sa famille et d'appeler Barney en sachant qu'ils ne le retrouveraient pas. Car il n'était pas perdu ; il avait été capturé. Par le tueur d'Andie Bell.

Mais elle n'avait pas le temps de s'autoflageller ni de se demander pourquoi elle n'avait pas écouté les menaces ; pourquoi elle avait été idiote au point de se croire invincible. Elle devait récupérer Barney, c'était la seule chose qui comptait.

Ses parents et Josh étaient sortis depuis environ deux heures lorsque son téléphone émit une sonnerie stridente, la faisant sursauter et renverser du café sur sa couette. Elle se précipita sur le message et le relut plusieurs fois :

Prends ton ordinateur et toutes les clés USB ou disques durs sur lesquels ton projet est sauvegardé. Apporte-les au parking du club de tennis et marche cent pas dans le bois sur la droite. N'en parle à personne, et viens seule. Si tu suis ces instructions, tu reverras ton chien.

Pip bondit de son lit, renversant au passage le reste de son café. Elle se dépêcha d'agir, avant que la peur ne la paralyse. Elle ôta son pyjama pour enfiler un jean et un pull. Elle ramassa son sac à dos, ouvrit toutes les fermetures Éclair et le retourna pour en faire tomber ses livres scolaires et son agenda. Après quoi elle débrancha son ordinateur et le fourra dans le sac avec le chargeur. Les deux clés USB sur lesquelles elle avait sauvegardé son projet se trouvaient dans le tiroir du milieu de son bureau. Elle les récupéra et les flanqua aussi dans le sac.

Elle descendit l'escalier en courant et manqua de trébucher lorsqu'elle balança le sac sur son épaule, enfila ses chaussures de marche, son manteau, et attrapa ses clés de voiture sur la console dans l'entrée. Elle n'avait pas le temps de réfléchir. Si elle s'accordait ne serait-ce qu'une minute de réflexion, elle se dégonflerait et perdrait Barney pour toujours.

Dehors, le vent lui cingla le visage et les mains. Elle courut jusqu'à la voiture et s'y engouffra aussitôt.

Ses doigts s'agrippaient au volant en tremblant alors qu'elle reculait pour sortir de l'allée.

Cinq minutes plus tard, elle était au club de tennis. Elle aurait pu aller plus vite si elle ne s'était pas retrouvée coincée derrière un véhicule lent, qu'elle dut coller et harceler par des appels de phares pour qu'il s'écarte et la laisse passer.

Elle tourna sur le parking le long des courts de tennis et se gara sur la place la plus proche. Après avoir récupéré son sac à dos sur le siège passager, elle sortit de la voiture et se dirigea droit vers les arbres en bordure du parking.

Avant de quitter le bitume pour s'enfoncer dans les bois, Pip s'arrêta juste le temps de jeter un regard par-dessus son épaule. Les terrains étaient occupés par un cours collectif : des gamins hurlaient en envoyant des balles dans le grillage tandis que deux mamans papotaient près d'une voiture tout en surveillant du coin de l'œil de jeunes bambins qui braillaient. Personne ne semblait faire attention à elle. Pip ne reconnaissait aucune des voitures. Aucun des visages. Si elle était surveillée, c'était discret.

Elle se tourna de nouveau vers les arbres et commença à marcher en comptant ses pas, paniquée à l'idée qu'ils soient trop longs ou trop courts et qu'elle n'arrive pas là où elle devait.

Au bout de trente pas, son cœur battait si fort qu'elle avait du mal à respirer.

À soixante-sept, elle sentit la sueur perler et lui picoter la peau sur la poitrine et sous les bras.

À quatre-vingt-quatorze, elle se mit à marmonner tout bas « Pitié, pitié, pitié ».

Au bout de cent pas, elle s'immobilisa au milieu des arbres. Et elle attendit.

Il n'y avait rien autour d'elle, rien à part l'ombre pommelée des branches à demi nues et les feuilles qui tapissaient le sol, allant du rouge au jaune clair.

Un long sifflement strident retentit au-dessus d'elle, suivi de quatre salves plus brèves. Elle leva la tête et aperçut la silhouette d'un milan royal sur le fond gris du ciel. L'oiseau s'éloigna à grands coups d'ailes et elle fut de nouveau seule.

Il s'écoula presque une minute avant que son téléphone ne hurle dans sa poche. Elle le sortit et lut le message :

Détruis tout et laisse tout là. Ne répète à personne ce que tu sais. Plus aucune question sur Andie. C'est fini maintenant.

Les yeux de Pip relurent les mots encore et encore. Elle se força à prendre une grande inspiration et rangea le téléphone. Elle avait l'impression d'avoir la peau en feu sous le regard du tueur qui devait l'observer depuis une cachette.

À genoux, elle laissa glisser son sac à terre, en extirpa l'ordinateur, le chargeur et les deux clés USB. Elle les déposa sur le sol et ouvrit le portable.

Puis elle se remit debout et, les yeux remplis de larmes qui lui brouillaient la vue, enfonça le talon de sa chaussure droite sur la première clé USB. Un côté du boîtier en plastique se brisa et fut projeté en l'air. L'embout en métal se tordit. Elle l'écrasa une seconde fois avant de passer à l'autre clé, puis de sauter à pieds joints sur les deux en même temps.

Après quoi elle se tourna vers l'ordinateur. L'écran semblait la regarder. Elle fixa le reflet sombre de sa propre silhouette sur la surface brillante tandis qu'elle levait la jambe et donnait un grand coup de pied dedans. L'écran s'aplatit complètement au sol, traversé par une large fissure.

La première larme coula sur le menton de Pip alors qu'elle prenait son élan pour shooter de nouveau, dans le clavier cette fois. Plusieurs touches voltigèrent.

Elle continua, coup de talon après coup de talon, le visage baigné de larmes, jusqu'à ce que sa chaussure brise l'écran en deux.

À force de sauter dessus, le métal autour du clavier finit par se fendre lui aussi, dévoilant la carte mère et le ventilateur. La plaque verte du circuit imprimé vola en éclats sous sa semelle, et le petit ventilateur se détacha et fusa sur le côté. Elle sauta encore une fois, perdit l'équilibre en trébuchant sur la machine démantibulée et s'écroula sur le tapis de feuilles souple et craquant.

Elle resta ainsi quelques instants, laissant couler ses larmes, avant de se redresser en position assise, de ramasser l'ordinateur dont l'écran détruit pendait mollement par une seule charnière, et de le lancer de toutes ses forces contre le tronc le plus proche. Il s'y fracassa et retomba par terre, en morceaux, au milieu des racines.

Pip demeura assise à tousser, le temps que l'air circule à nouveau dans ses poumons, le visage luisant de sueur.

Et elle attendit.

Elle ne savait pas trop ce qui était censé arriver maintenant. Elle avait fait tout ce qu'on lui avait demandé. Barney allait-il lui être rendu ici même ? Elle verrait bien. Elle guetterait le prochain message. Elle cria son nom et attendit encore.

Plus d'une demi-heure s'écoula. Rien. Pas de message. Pas de Barney. Pas de bruit dans la forêt à part les cris lointains des enfants sur les courts de tennis.

Pip se leva. Ses chaussures lui faisaient mal aux pieds. Elle ramassa son sac à dos vide et s'éloigna d'un pas traînant, en jetant un dernier regard à son ordinateur disloqué.

— Où étais-tu ? demanda Victor quand elle ouvrit la porte de la maison.

Pip était restée un long moment dans la voiture sur le parking du club de tennis. Histoire de ne pas rentrer chez elle avec les yeux rougis.

— Je n'arrivais pas à me concentrer ici, dit-elle, alors je suis allée réviser au café.

— Je vois, fit-il avec un sourire attendri. Parfois ça aide de changer de décor.

— Mais, papa..., commença-t-elle en détestant par avance le mensonge qui était sur le point de sortir de sa bouche. Il s'est passé quelque chose. Je ne sais pas comment. Je suis allée aux toilettes à peine deux minutes et, quand je suis revenue, mon ordinateur n'était plus là. Personne n'a rien vu. Je crois qu'on me l'a volé. Je suis désolée, ajouta-t-elle en baissant les yeux vers ses chaussures tout éraflées. Je n'aurais pas dû le laisser sans surveillance.

Victor la prit dans ses bras pour lui faire un câlin, dont elle avait particulièrement besoin.

— Ne sois pas bête, murmura-t-il. Les objets n'ont pas d'importance, on peut toujours les remplacer. La seule chose qui m'importe, c'est de savoir si tu vas bien.

— Oui, ça va. Rien de neuf de votre côté ?

— Non, mais Josh et maman vont reprendre les recherches cet après-midi, et moi je vais appeler tous les refuges pour animaux du coin. On va le retrouver, ma puce.

Elle hocha la tête et se détacha de lui. Ils allaient le retrouver, oui ; elle avait fait tout ce qu'on lui avait demandé. C'était le deal. Elle aurait voulu pouvoir le dire à sa famille, les rassurer dès à présent, mais ce n'était pas possible. Ça faisait partie des nombreux secrets autour d'Andie Bell dans lesquels Pip s'était elle-même piégée.

Quant à laisser tomber son projet, pouvait-elle vraiment faire ça ? Pouvait-elle tout abandonner en sachant que Sal Singh n'était pas coupable ? En sachant qu'un tueur se promenait en liberté dans les rues de Little Kilton ? Mais elle n'avait pas le choix, n'est-ce pas ? Pour le chien qu'elle aimait depuis dix ans, et qui l'aimait encore plus fort en retour. Pour la sécurité de sa famille. Et même pour Ravi. Comment allait-elle le convaincre d'abandonner lui aussi ? Il le fallait, sans quoi il risquait d'être le prochain corps qu'on découvrirait dans les bois. Ça ne pouvait plus continuer ; c'était devenu trop dangereux. Non, elle n'avait pas le choix. Et cette décision lui donnait l'impression qu'un éclat de l'écran brisé de son ordinateur s'était logé dans sa poitrine, et qu'il la transperçait chaque fois qu'elle respirait.

Pip était dans sa chambre, à son bureau, en train de réviser pour son test de préadmission. Le jour déclinait et elle venait d'allumer sa lampe en forme de champignon. Elle travaillait avec la bande originale de *Gladiator* en fond sonore, battant la mesure avec son stylo. Elle coupa la musique sur son téléphone quand elle entendit frapper à sa porte.

— Ouaip ? fit-elle en pivotant sur sa chaise.

Victor entra et referma derrière lui.

— Tu travailles, ma puce ?

Elle acquiesça d'un hochement de tête.

Il s'approcha et s'assit contre le bord du bureau, les jambes croisées devant lui.

— Écoute, Pip, commença-t-il d'une voix douce. Quelqu'un vient de retrouver Barney.

Pip sentit un nœud dans sa gorge.

— Pou... Pourquoi tu n'as pas l'air content ?

— Il a dû tomber, je ne sais pas comment. Ils l'ont retrouvé dans la rivière.

Victor lui prit la main avant d'ajouter :

— Je suis désolé, ma puce. Il s'est noyé.

Pip fit brusquement rouler sa chaise en arrière.

— Non ! s'exclama-t-elle en secouant la tête. Non, c'est impossible. Ce n'est pas ce que... Il n'a pas pu...

— Je suis désolé, chérie, répéta Victor, le menton tremblant. Barney est mort. On l'enterrera demain, dans le jardin.

— Non ! C'est impossible !

Pip bondit de sa chaise et repoussa Victor qui s'avançait vers elle pour la prendre dans ses bras.

— Non, il n'est pas mort. Ce n'est pas juste ! sanglota-t-elle. Il ne peut pas être mort. Ce n'est pas juste. Ce n'est pas... Ce n'est pas...

Elle se laissa tomber d'abord à genoux, puis s'assit par terre, les jambes serrées contre la poitrine. Une douleur indicible lui déchira le cœur.

— C'est de ma faute, marmonna-t-elle, la bouche collée à son genou, ses mots à peine audibles. Je suis désolée. Je suis tellement désolée.

Son père s'assit à côté d'elle et l'enlaça tendrement.

— Pip, je ne veux pas que tu culpabilises une seule seconde. Ce n'est pas de ta faute s'il t'a échappé.

— Ce n'est pas juste, papa, gémit-elle contre son torse. Pourquoi, pourquoi ? Je veux qu'il revienne. Je veux mon Barney.

— Moi aussi, murmura Victor.

Ils restèrent un long moment assis par terre, à pleurer ensemble. Pip n'entendit même pas quand sa mère et Josh entrèrent dans la chambre. Elle ne s'aperçut de leur présence que lorsqu'ils vinrent se serrer contre eux, Josh assis sur les genoux de Pip, la tête sur son épaule.

— Ce n'est pas juste.

36

Ils enterrèrent Barney dans l'après-midi. Pip et Josh décidèrent qu'ils planteraient des tournesols sur sa tombe au printemps, car c'étaient des fleurs joyeuses et dorées, comme lui.

Cara et Lauren passèrent les voir, avec des cookies faits maison par Cara. Pip ne leur parla presque pas. Chacune de ses phrases menaçait de se terminer dans un sanglot ou un cri de rage. Chacun de ses mots remuait en elle ce mélange d'émotions insoutenable : elle était à la fois trop triste pour être en colère, et trop en colère pour être triste. Les filles ne restèrent pas longtemps.

C'était le soir, à présent, et Pip avait les oreilles qui sifflaient. Son chagrin s'était accru au fil de la journée, elle se sentait maintenant vidée, comme assommée. Barney ne reviendrait pas, et elle ne pouvait en expliquer la raison à personne. Ce secret, et la culpabilité qui allait avec, était le plus lourd à porter.

Quelqu'un frappa quelques coups discrets à sa porte. Pip lâcha son stylo sur la page vierge.

— Oui, couina-t-elle d'une petite voix rauque.

La porte s'ouvrit, et Ravi entra dans la pièce.

— Salut, lança-t-il en écartant les cheveux de son visage. Comment tu vas ?

— Pas bien. Qu'est-ce que tu fais là ?

— Tu ne me répondais pas, alors je me suis inquiété. J'ai vu que les affichettes avaient été enlevées ce matin. Ton père vient de tout me raconter.

Il referma la porte et s'y adossa.

— Je suis désolé, Pip. Je sais que ça n'aide pas beaucoup quand les gens disent ça, c'est juste des mots. Mais je suis réellement désolé.

— Il n'y a qu'une seule personne ici qui doit être désolée, et c'est moi.

Ravi laissa échapper un soupir.

— C'est toujours comme ça quand on perd un être cher, on culpabilise. Je suis passé par là, Pip. Et j'ai mis du temps à accepter que ce n'était pas ma faute ; que, parfois, il arrivait des malheurs. C'était plus facile après ça. J'espère que ce sera plus rapide pour toi.

Elle haussa les épaules.

— Et je voulais aussi te dire…, poursuivit-il avant de se racler la gorge. Ne t'en fais pas pour le truc de Sal. Ce délai qu'on s'est donné pour apporter la photo à la police, ça n'a pas d'importance. Je comprends que tu veuilles protéger Naomi et Cara. Tu peux prendre plus de temps. Tu t'es déjà surmenée, et je pense que tu as besoin d'un break, après ce qui s'est passé. Et puis tu as aussi ton examen pour Cambridge.

Il se gratta la nuque en inclinant légèrement la tête, et sa mèche de devant retomba dans ses yeux.

— Maintenant, je sais que mon frère était innocent, même si pour l'instant on n'est que deux à le savoir. J'ai attendu plus de cinq ans, je peux bien attendre encore un peu. Pendant ce temps, je poursuivrai nos pistes.

Le cœur de Pip se serra. Elle allait devoir lui faire mal. C'était la seule façon. La seule façon pour qu'il renonce, et qu'il soit en sécurité. L'assassin d'Andie et de Sal venait de lui prouver qu'il était prêt à tuer de nouveau. Elle ne pouvait pas mettre Ravi en danger.

Pip n'arrivait pas à le regarder. À affronter son visage d'une infinie douceur, ni ce sourire parfait qu'il partageait avec son frère, ni ses yeux si profonds qu'on aurait pu se noyer dedans. Alors elle ne le regarda pas.

— Je ne vais pas continuer le projet, annonça-t-elle. J'arrête.

Il se raidit.

— Qu'est-ce que tu veux dire ?

— Je veux dire que j'abandonne le projet. J'ai envoyé un mail à ma prof principale pour lui demander de changer de sujet. C'est fini.

— Mais... Je ne comprends pas, fit-il, les premières fêlures apparaissant dans sa voix. Ce n'est pas juste un projet scolaire, Pip. Il s'agit de mon frère, et de savoir ce qui s'est vraiment passé. Tu ne peux pas arrêter comme ça. Et Sal, alors ?

C'était précisément à Sal qu'elle pensait. À combien, par-dessus tout, il aurait voulu que son petit frère ne meure pas dans un bois, comme lui.

— Je suis désolée, mais c'est décidé.

— Je ne... pourqu... Regarde-moi.

Elle garda les yeux baissés.

Il s'avança jusqu'au bureau et s'accroupit devant sa chaise, la tête levée vers elle.

— Qu'est-ce qu'il y a ? demanda-t-il. Quelque chose ne va pas. Tu ne ferais pas ça si...

— J'arrête, Ravi, c'est tout, répéta-t-elle en se tournant vers lui, et en le regrettant aussitôt. Je n'y arrive pas. Je ne sais pas qui les a tués. Je ne trouve pas. Je déclare forfait.

— Mais on *va* trouver, rétorqua-t-il, le visage creusé de détresse. On *va* trouver.

— Non, c'est trop difficile. Je ne suis qu'une gamine, n'oublie pas.

— C'est un idiot qui t'a dit ça. Tu n'es ni une gamine ni rien du tout. Tu es Super Pippa Fitz-Amobi, bon sang !

Il sourit, mais elle n'avait jamais vu d'expression aussi triste.

— Et je ne crois pas qu'il y en ait deux comme toi au monde, reprit-il. Je veux dire, tu ris à mes blagues, c'est que tu dois avoir un sérieux problème. On est tout près du but, Pip. On sait que Sal est innocent ; on sait que quelqu'un lui a mis le meurtre d'Andie sur le dos puis l'a tué. Tu ne peux pas arrêter maintenant. Tu m'as promis. Tu en avais envie autant que moi.

— J'ai changé d'avis, déclara-t-elle sèchement, et tu ne m'en feras pas rechanger. J'en ai fini avec Andie Bell. J'en ai fini avec Sal.

— Mais il est innocent, non ?

— Ce n'est pas mon boulot de le prouver.

— Tu en as fait ton boulot, répliqua-t-il en poussant sur ses genoux pour se relever, une pointe de colère dans la voix, à présent. Tu as déboulé dans ma vie en m'offrant cette chance que je n'avais jamais eue avant. Tu ne peux pas me la retirer comme ça ; tu sais que j'ai besoin de toi. Tu ne peux pas laisser tomber. Ça ne te ressemble pas.

— Je suis désolée.

Un silence s'abattit entre eux. Pip avait les yeux rivés au sol.

— D'accord, finit-il par acquiescer froidement. Je ne sais pas pourquoi tu fais ça, mais d'accord. J'irai tout seul à la police montrer la photo qui prouve l'alibi de Sal. Envoie-la-moi par mail.

— Je ne peux pas, on m'a volé mon ordinateur.

Ravi jeta un coup d'œil sur son bureau et se précipita pour fouiller dans ses notes de révision, étalant des papiers partout, le regard désespéré.

— Où est le tirage imprimé ? demanda-t-il en se retournant vers elle, une liasse de feuilles à la main.

On y était. Le mensonge qui allait l'achever.

— Je l'ai détruit. Je ne l'ai plus, dit-elle.

L'expression dans ses yeux broya le cœur de Pip, et elle eut l'impression de se liquéfier sur place.

— Pourquoi ? Pourquoi tu fais ça ? s'exclama Ravi en lâchant les feuilles, qui tombèrent au sol en planant comme des ailes coupées et s'éparpillèrent aux pieds de Pip.

— Parce que je ne veux plus me mêler de toute cette histoire. Je n'aurais jamais dû commencer.

— Ce n'est pas juste ! s'écria Ravi, dont les veines du cou semblaient prêtes à exploser. Mon frère était innocent, et tu viens de détruire la seule minuscule preuve qu'on avait. Si tu recules maintenant, Pip, c'est que tu ne vaux pas mieux que tous les habitants de Kilton. Tous ceux qui ont peint le mot « salopards » sur notre maison, qui ont cassé nos vitres. Tous ceux qui m'ont martyrisé à l'école. Tous ceux qui me regardent de travers dans la rue. Non, en fait tu es même *pire*, parce que eux, au moins, ils le croient coupable.

— Je suis désolée, murmura-t-elle.

— C'est moi qui suis désolé, rétorqua-t-il, la voix brisée, en essuyant ses larmes d'un revers de manche avant de se précipiter vers la porte. Je suis désolé de t'avoir prise pour quelqu'un que visiblement tu n'es pas. Tu n'es qu'une gamine. Et cruelle, en plus, comme Andie Bell.

Il sortit de la chambre.

Pip le regarda s'éloigner pour la toute dernière fois.

Quand elle entendit la porte d'entrée s'ouvrir puis se refermer, elle abattit violemment le poing sur son bureau. Son pot à crayons se renversa, répandant des stylos partout.

Elle poussa un long cri muet entre ses mains plaquées contre sa bouche.

Ravi la détestait, mais il était hors de danger à présent.

37

Le lendemain, Pip était dans le salon avec Josh, en train de lui apprendre à jouer aux échecs. Ils finissaient leur première partie test et, malgré les efforts qu'elle faisait pour le laisser gagner, Josh n'avait plus que son roi et deux pions.

Quelqu'un sonna à la porte, et l'absence de Barney se fit aussitôt sentir comme un coup de poing dans le ventre. Pas de bruit de pattes cavalant à toute allure sur le parquet ciré pour aller accueillir le visiteur, mais les pas tranquilles de Leanne dans l'entrée.

Puis sa voix :

— Ah, bonjour, Ravi.

La gorge de Pip se noua.

Décontenancée, elle reposa son cavalier et se leva pour aller voir ce qui se passait, son malaise se muant rapidement en panique. Pourquoi revenait-il, après la scène de la veille ? Comment pouvait-il supporter la simple idée de la revoir ? À moins qu'il soit désespéré au point de tout raconter à ses parents pour forcer Pip à aller voir la police. Mais elle n'irait pas. Qui serait le prochain mort, sinon ?

Dans l'entrée, Ravi ouvrit un gros sac à dos de sport et plongea les mains dedans.

— Ma mère vous présente ses condoléances, dit-il en en sortant deux grands Tupperware. Elle vous a fait du poulet au curry, au cas où vous n'auriez pas très envie de cuisiner.

— Oh ! s'exclama Leanne en prenant les boîtes que lui tendait Ravi. Comme c'est gentil. Merci. Viens, entre. Il faut que tu me donnes son numéro pour que je puisse la remercier de vive voix.

— Ravi ? intervint Pip.

— Salut, chef, répondit-il. Je peux te parler deux minutes ?

Ils montèrent dans sa chambre. Ravi ferma la porte et posa son sac sur la moquette.

— Euh… je…, bredouilla Pip en scrutant son visage à la recherche d'indices. Je ne comprends pas pourquoi tu es revenu.

Il se rapprocha d'un pas.

— J'ai réfléchi toute la nuit. Littéralement, toute la nuit ; il faisait jour quand je me suis enfin endormi. Et je n'ai trouvé qu'une explication possible, une seule explication qui puisse justifier ton comportement d'hier. Parce que je te connais, en fait ; je ne me suis pas trompé sur toi.

— Je ne…

— Quelqu'un a pris Barney, c'est ça ? Quelqu'un t'a menacée, a enlevé ton chien et l'a tué pour que tu te taises à jamais sur Sal et Andie.

Le silence dans la pièce était épais et bourdonnant.

Pip hocha la tête, et les larmes lui montèrent aux yeux.

— Ne pleure pas, murmura Ravi en s'avançant aussitôt pour la prendre dans ses bras. Je suis là. Je suis là.

Pip se laissa aller contre lui, et tout – la douleur, les secrets qu'elle avait accumulés – jaillit d'un coup, irradiant de son corps comme une immense chaleur. Elle se planta les ongles dans les paumes pour essayer de retenir ses larmes.

— Raconte-moi ce qui s'est passé, demanda Ravi quand il finit par la lâcher.

Mais les mots restèrent coincés dans la gorge de Pip. Alors elle sortit son téléphone de sa poche, ouvrit le fil des messages envoyés par l'Inconnu et le tendit à Ravi. Elle regarda ses yeux survoler l'écran pendant qu'il les lisait depuis le début.

— Oh, Pip..., soupira-t-il en relevant la tête. C'est affreux.

— Il m'a menti, renifla Pip. Il m'a fait croire que je récupérerais Barney, mais ensuite il l'a tué.

— Ce n'était pas la première fois qu'il te contactait, fit remarquer Ravi. Le premier message date du 8 octobre.

— Et même d'avant, rectifia Pip en ouvrant le tiroir du bas de son bureau.

Elle remit à Ravi les deux messages imprimés.

— Celui-là, je l'ai trouvé dans mon sac de couchage quand je suis allée camper dans les bois avec mes amis le 1er septembre. J'ai vu quelqu'un nous observer. Celui-ci a été déposé dans mon casier vendredi dernier. Je l'ai ignoré, et j'ai continué. C'est pour ça que Barney est mort. À cause de mon arrogance. Parce que je me suis crue invincible, alors que ce n'est pas le cas. Il faut qu'on arrête, Ravi. Hier… Je suis désolée, je ne voyais pas comment te faire renoncer à part en m'arrangeant pour que tu me détestes, que tu prennes définitivement tes distances et sois en sécurité.

— Mais on ne se débarrasse pas de moi si facilement, rétorqua-t-il. Et ce n'est pas fini.

— Si, c'est fini, insista-t-elle en récupérant les deux feuilles pour les poser sur son bureau. Barney est mort, Ravi. Qui sera le prochain ? Toi ? Moi ? Le tueur est venu ici, chez moi, dans ma chambre. Il a lu mes notes et a tapé un avertissement dans le journal de bord de mon TPE. *Ici*, Ravi, dans la maison où vit mon petit frère de neuf ans. On met trop de gens en danger si on continue. Tes parents pourraient perdre le seul fils qu'il leur reste.

Elle s'interrompit alors que s'affichait dans sa tête une image de Ravi assassiné au milieu des feuilles mortes, Josh à côté de lui.

— Le tueur sait exactement tout ce qu'on sait. Il nous a battus et c'est trop risqué. Je suis désolée que ça implique d'abandonner Sal. Je suis vraiment désolée.

— Pourquoi tu ne m'as pas parlé des menaces ?

— Au début, j'ai pensé que c'était seulement un canular, répondit-elle avec un haussement d'épaules.

J'avais peur que tu m'obliges à tout arrêter. Ensuite je me suis fait prendre à mon propre piège, c'est devenu un secret. Je voyais ça comme de simples menaces. Je me disais que je serais plus maligne que lui. En fait j'ai été idiote, et j'ai largement payé pour mes erreurs.

— Tu n'es pas idiote. Tu avais vu juste depuis le début, pour Sal. Il est innocent. Nous en sommes certains, désormais, mais ça ne suffit pas. Il mérite que tout le monde sache qu'il a été bon et gentil jusqu'au bout. Mes parents le méritent aussi. Sauf qu'on n'a même plus la photo qui aurait permis de le prouver.

— J'ai toujours la photo, annonça Pip sobrement en sortant le tirage imprimé d'un tiroir. Je ne l'aurais évidemment jamais détruite. Mais elle ne nous sert plus à rien, maintenant.

— Pourquoi ?

— Le tueur me surveille, Ravi. Il *nous* surveille. Si on apporte cette photo à la police et qu'ils pensent qu'on l'a trafiquée sur Photoshop ou je ne sais quoi, alors ce sera trop tard. On aura abattu notre dernière carte, et elle n'aura pas été assez forte. Ensuite, quoi ? Josh se fait enlever ? Ou toi ? C'est une question de vie ou de mort.

Elle se jeta lourdement sur son lit.

— Il nous manque une preuve irréfutable, poursuivit-elle. Cette photo ne suffit pas. Elle repose sur une grande part d'interprétation, et elle n'est même plus en ligne. Pourquoi nous croiraient-ils ? Le frère de Sal et une lycéenne de dix-sept ans. Moi-même, j'ai du mal à nous croire. Tout ce qu'on a, ce sont des racontars sur une fille assassinée, et tu sais très bien ce que la police pense de Sal, comme le reste de la ville. On ne peut pas jouer nos vies sur cette photo.

— Non, concéda Ravi en reposant le tirage sur le bureau. Tu as raison. D'autant qu'un de nos principaux suspects est lui-même policier. Ce n'est pas la bonne stratégie. Même si on a de la chance et que la police accepte de réouvrir l'enquête, il leur faudra une éternité pour mettre la main sur le vrai tueur.

Il fit rouler la chaise de bureau jusqu'au lit et s'y installa à califourchon, pile en face de Pip.

— Je pense donc que notre seule solution, c'est de le retrouver nous-mêmes.

— On ne peut…

— Tu crois vraiment que jeter l'éponge est ce qu'on a de mieux à faire ? Comment pourras-tu jamais te sentir en sécurité à Kilton en sachant que l'individu qui a tué Andie, Sal et ton chien est toujours dans la nature ? Et qu'il te surveille. Tu pourras réussir à vivre comme ça ?

— Je n'ai pas le choix.

— Pour quelqu'un de si intelligent, je te trouve vraiment débile, là, déclara-t-il en appuyant ses coudes sur le dossier de la chaise et en posant le menton sur ses poings.

— Il a assassiné mon chien, dit Pip.

— Il a assassiné mon frère, renchérit Ravi en se redressant d'un coup, une lueur de défi dans les yeux.

Qu'est-ce qu'on fait ? On oublie tout, on se roule en boule et on se cache ? On continue à vivre normalement, sous le regard d'un assassin ? Ou bien on se bat ? On le retrouve et on le punit pour ce qu'il nous a pris. On l'envoie derrière les barreaux pour qu'il ne puisse plus jamais faire de mal à quiconque ?

— Mais il le saura, si on n'arrête pas.

— Non, pas si on est prudents. On ne parle plus aux gens sur ta liste de suspects, on ne parle plus à personne. La réponse doit être quelque part dans tout ce qu'on a déjà. Tu annonces officiellement que tu abandonnes le projet. On sera les deux seuls à savoir.

Pip ne dit rien.

— Si tu as besoin d'un argument supplémentaire, ajouta Ravi en se levant pour aller ramasser son sac à dos, je t'ai apporté mon ordinateur. Je te le prête jusqu'à ce qu'on ait fini.

Il le sortit du sac et le brandit en l'air.

— Mais…

— Je te le prête, insista-t-il. Tu pourras t'en servir pour réviser ton examen et taper ce dont tu te souviens de tes notes et de tes interviews. J'ai moi-même quelques notes dessus. Je sais que tu as perdu tes recherches, mais…

— Je n'ai rien perdu, le coupa-t-elle.

— Hein ?

— Je m'envoie toujours tout par e-mail, au cas où, expliqua-t-elle en regardant le visage de Ravi s'illuminer. Tu me prends pour qui ? Une petite écervelée ?

— Oh non, chef, je sais que vous avez la tête sur les épaules. Alors, c'est oui, ou j'aurais dû moi aussi apporter des muffins de persuasion massive ?

Pip lui prit l'ordinateur des mains.

— Allez, viens, dit-elle. On a un double homicide à résoudre.

Ils imprimèrent tout : l'intégralité du journal de bord de Pip, les pages de l'agenda d'Andie, une photo de chacun des suspects, celles d'Howie et de Stanley Forbes sur le parking de la gare, de Jason Bell et de sa nouvelle femme, de l'hôtel Victoria Inn, de la maison de Max Hastings, du lycée de Kilton, de Daniel da Silva et de ses collègues policiers fouillant le domicile des Bell, la photo d'Andie parue dans les journaux, une autre de la famille Bell en tenue de soirée, un cliché de Sal souriant et faisant coucou devant l'objectif, les faux textos de Pip à Emma Hutton, ses e-mails en tant que journaliste de la BBC enquêtant sur la drogue dans les soirées, une page d'explications sur les effets du Rohypnol, les articles de Stanley Forbes sur Sal, les informations concernant la sentence de Natalie da Silva pour coups et blessures, une photo d'une Peugeot 206 noire à côté d'un plan de Romer Close et de la maison d'Howie, des coupures de presse au sujet d'un accident de voiture suivi d'un délit de fuite sur l'A413 le soir du Nouvel An 2011, les captures d'écran des textos de l'Inconnu et les scans des lettres de menace avec la date et le lieu pour chacune.

Pip et Ravi contemplèrent alors la montagne de papier étalés sur la moquette.

— Ce n'est pas très écolo, commenta Ravi, mais j'ai toujours eu envie de me fabriquer un pêle-mêle du meurtre, comme dans les séries policières.

— Moi aussi, reconnut Pip. Et j'ai ce qu'il faut en fournitures de bureau.

Elle se leva et sortit d'un tiroir une boîte d'épingles à têtes colorées et une pelote de laine rouge.

— Et, comme par hasard, tu as de la laine rouge sous la main ? s'étonna Ravi.

— J'ai de la laine de toutes les couleurs.

— Bien sûr, suis-je bête !

Pip décrocha le tableau en liège au-dessus de son bureau. Il était en l'état actuel couvert de photos d'elle et de ses amis, de Josh et de Barney, de son emploi du temps scolaire et de citations de Maya Angelou. Elle retira tout et ils se mirent à trier.

Assis sur la moquette, ils fixèrent les pages à l'aide de simples punaises plates argentées, comme des satellites autour de chaque personne concernée, avec les visages d'Andie et de Sal au milieu. Ils avaient à peine commencé à matérialiser les différentes connexions avec la laine et les épingles colorées quand le téléphone de Pip sonna. Un numéro qui n'était pas enregistré dans ses contacts.

Elle décrocha.

— Allô ?

— Salut, c'est Naomi.

— Ah, salut. C'est bizarre, ça ne m'a pas affiché ton nom.

— C'est parce que j'ai cassé mon téléphone. J'en utilise un provisoire le temps qu'il soit réparé.

— Ah oui, Cara m'a dit. Ça va ?

— J'étais chez une copine ce week-end, Cara vient juste de me prévenir pour Barney. Je suis vraiment désolée, Pip. J'espère que tu tiens le coup.

— Bof, moyen. Mais ça va aller.

— Je sais que tu n'as sans doute pas envie de penser à ça maintenant, mais le cousin de la copine chez qui j'étais a fait des études de lettres à Cambridge. Si tu veux, je peux lui demander de t'envoyer des infos sur le test de préadmission, les entretiens, tout ça.

— Oui, ce serait super. Je suis un peu à la bourre dans mes révisions, je dois avouer, ajouta-t-elle en lançant un regard appuyé vers Ravi, penché sur le tableau en liège.

— OK, cool, je vais dire à mon amie de le contacter. C'est jeudi, l'examen, non ?

— Ouaip.

— Alors bonne chance, si je ne te vois pas avant. Tu vas cartonner, j'en suis sûre.

— Bon, déclara Ravi quand Pip eut raccroché, à l'heure qu'il est, voilà les pistes qui restent en suspens : l'hôtel Victoria Inn, le téléphone secret d'Andie et le numéro barré sur son agenda, lista-t-il en montrant la page concernée. Ainsi que ces questions : qui était au courant du délit de fuite, et qui pouvait avoir accès aux numéros des amis de Sal et au tien. Mais bon, je me demande si on n'est pas en train de se compliquer la vie pour rien, ajouta-t-il en levant les yeux vers elle. Tel que je vois les choses, tout converge vers une seule personne.

— Max ?

— Si on considère uniquement les faits avérés, pas les « si » ni les « peut-être », il avait une connaissance directe du délit de fuite.

— Exact.

— C'est le seul qui avait les numéros de Naomi, de Millie et de Jake. Et le sien, bien sûr.

— Nat et Howie aussi pouvaient les avoir.

— Ouais, « pouvaient ». Mais je te parle de faits avérés.

Ravi se déplaça vers le côté du tableau où étaient concentrées les informations sur Max.

— Il dit qu'il l'a trouvée par terre, poursuivit-il, mais il a quand même une photo d'Andie nue prise au Victoria Inn. Donc c'était sans doute lui qu'elle retrouvait là-bas. Il lui achetait du Rohypnol, et on sait que des filles ont été droguées à leur insu pendant les calamités ; on peut penser qu'il est responsable. C'est clairement un mec tordu, Pip.

La pensée de Ravi suivait exactement le même cheminement que celle de Pip, et elle savait qu'il allait bientôt se heurter à un mur.

— Enfin, conclut-il, c'est le seul dont on est certains qu'il a ton numéro.

— En fait, non. Nat l'a, puisque j'ai essayé de l'appeler pour l'interviewer. Et Howie aussi : j'ai fait sonner son téléphone quand je l'espionnais sur le parking, et j'avais oublié de masquer mon numéro. J'ai reçu le premier texto de l'Inconnu peu après.

— Ah.

— Et on sait que Max était au lycée en train de faire sa déposition au moment où Sal a disparu.

Les épaules de Ravi s'affaissèrent.

— Il doit y avoir un truc qui nous échappe, murmura-t-il.

— Revenons-en à nos connexions, proposa Pip en lui agitant la boîte d'épingles sous le nez.

Il la prit et coupa une longueur de laine rouge.

— D'accord, fit-il. Les deux Da Silva sont évidemment connectés. De même que Daniel da Silva et le père d'Andie. Et Daniel et Max, puisque Daniel a rédigé le rapport de police après l'accident de Max et a pu être informé du délit de fuite.

— Oui, confirma Pip. Et il peut aussi avoir étouffé l'affaire des filles droguées.

— OK.

Ravi noua une extrémité de la laine autour d'une épingle, qu'il planta dans le liège. Il laissa échapper un grognement lorsqu'il se piqua le pouce, où Pip vit éclore une minuscule goutte de sang.

— Tu pourrais éviter de saigner partout sur le pêle-mêle, s'il te plaît ? lui dit-elle.

Ravi fit mine de lui lancer une épingle.

— À part ça, poursuivit-il, Max connaît aussi Howie. Et ils trempaient tous les deux dans les trafics de drogue d'Andie, ajouta-t-il en encerclant leurs trois visages d'un geste du doigt.

— Ouaip. Et Max connaissait Nat du lycée. Et Nat faisait apparemment partie des filles qui ont été droguées aux calamités.

Des lignes de laine rouge s'entrecroisaient à présent sur tout le tableau.

— Donc, en gros, résuma Ravi en levant les yeux vers Pip, tout le monde est indirectement connecté à tout le monde, en commençant par Howie à un bout ou par Jason Bell à l'autre. Peut-être qu'ils ont fait le coup tous les cinq, finalement.

— Attention, je sens que tu vas bientôt me sortir une histoire de jumeau maléfique.

38

Toute la journée, au lycée, les amis de Pip la traitèrent comme si elle était en sucre, ne mentionnant jamais Barney directement. À la cantine, Connor lui céda sa place au centre de la tablée pour qu'elle ne se retrouve pas assise seule à un bout, et Lauren lui donna son dernier Pim's. Cara ne la quitta pas d'une semelle, sachant exactement à quel moment il valait mieux parler ou se taire. Personne n'osait rire trop fort, jetant des regards en coin dans sa direction quand ça leur échappait.

Elle passa la majeure partie des cours à se préparer mentalement pour son test de préadmission, en s'efforçant de chasser le reste de son esprit. Elle s'entraîna à rédiger des dissertations dans sa tête en feignant d'écouter M. Ward en histoire et Mme Welsh en géopolitique. Mme Morgan la coinça dans le couloir et lui énuméra, la mine sévère, l'ensemble des raisons pour lesquelles il n'était certainement pas possible de changer de sujet de TPE à ce stade de l'année. Pip se contenta de marmonner « OK » et s'éloigna d'un pas traînant, en entendant Mme Morgan soupirer derrière elle : « Ah, ces ados… »

Aussitôt rentrée, elle fonça dans sa chambre et alluma l'ordinateur de Ravi. Elle reprendrait ses révisions après dîner, tard dans la nuit s'il le fallait, même si elle avait déjà des cernes comme des anneaux planétaires autour des yeux. Sa mère pensait qu'elle ne dormait pas à cause de Barney. Mais en réalité elle n'en avait pas le temps.

Pip ouvrit le navigateur Internet et retrouva la page TripAdvisor du Victoria Inn. C'était la piste qu'elle était chargée de creuser, pendant que Ravi travaillait de son côté sur le numéro de téléphone barré dans l'agenda. Elle avait déjà écrit des messages à certains visiteurs qui avaient posté des commentaires autour de mars et avril 2012, pour leur demander s'ils se rappelaient avoir vu une jeune fille blonde à l'hôtel. Mais pas de réponse jusque-là.

Puis elle se rendit sur le site qui gérait les réservations pour le compte de l'hôtel. Sur la page « contact », elle trouva un numéro de téléphone et l'invitation amicale : « Passez-nous un coup de fil ! » Peut-être pouvait-elle se faire passer pour un membre de la famille de la vieille propriétaire afin d'obtenir l'historique des réservations. Sans doute pas, mais elle se devait de le tenter. L'identité de l'amant secret se cachait peut-être au bout de la ligne.

Elle attrapa son portable et appuya sur l'icône verte du téléphone. L'application s'ouvrit sur le journal des derniers appels. Elle commença à taper le numéro de la société. Mais soudain, ses pouces se figèrent. Elle les regarda, hébétée, le temps que sa pensée mouline et finisse par atteindre sa conscience.

— Attends, dit-elle tout haut en revenant à la liste des appels.

Elle fixa la première ligne, qui correspondait au coup de fil de Naomi la veille. Depuis son numéro provisoire. Les yeux de Pip parcoururent les chiffres un par un, et une sensation à la fois terrifiante et étrangère naquit dans sa poitrine.

Elle se leva si précipitamment que sa chaise partit en toupie et s'écrasa contre le bureau. Le téléphone à la main, elle s'agenouilla pour tirer le tableau en liège de sa cachette sous le lit. Son regard se posa directement sur la zone consacrée à Andie et les feuilles épinglées autour de son visage souriant.

Et elle trouva ce qu'elle cherchait. La page de l'agenda d'Andie, avec le numéro de téléphone griffonné puis barré tout en haut. Elle le compara avec celui de Naomi : *07700900476.*

Ce n'était pas une des douze combinaisons qu'elle avait testées. Mais presque. Elle avait cru que l'avant-avant-dernier chiffre était un 7 ou un 9. Mais si c'était en fait un 4 un peu arrondi ?

Pip se laissa retomber sur sa chaise. Elle n'avait aucun moyen d'en être absolument sûre, aucun moyen de *dé*-gribouiller le numéro pour le voir lisiblement. Mais ce ne pouvait pas être une coïncidence. C'était forcément le *même* numéro. Forcément.

Et donc, qu'est-ce que ça voulait dire, au fond ? N'était-ce pas, du coup, une piste qui tombait à l'eau ? Il n'y avait rien d'extraordinaire à ce qu'Andie ait noté le numéro de la meilleure amie de son petit copain, après tout.

Alors pourquoi Pip avait-elle un nœud à l'estomac ?

Parce que si Max était un candidat sérieux, Naomi l'était encore plus. Naomi était au courant de l'accident et du délit de fuite. Naomi avait accès aux numéros de Max, de Millie et de Jake ; elle avait évidemment celui de Pip. Naomi avait pu sortir de chez Max pendant que Millie dormait et intercepter Andie avant 0 h 45. Naomi était la plus proche de Sal. Naomi savait où Pip et Cara étaient parties camper. Naomi connaissait le bois dans lequel Pip promenait Barney, le même que celui où Sal était mort.

Naomi avait déjà beaucoup à perdre avec ce que Pip avait découvert. Mais s'il y avait encore plus que ça ? Si elle était directement impliquée dans la mort d'Andie et de Sal ?

Pip s'emballait un peu trop vite, son cerveau fatigué s'affolait et lui jouait des tours. C'était juste un numéro de téléphone griffonné ; il ne reliait pas Naomi à quoi que ce soit. En revanche il y avait peut-être autre chose qui le pouvait, se souvint-elle lorsqu'elle eut retrouvé son calme.

Depuis qu'elle avait retiré Naomi de la liste des suspects potentiels, elle avait reçu une nouvelle lettre d'avertissement du tueur : celle glissée dans son casier.

Or, au début du semestre, Pip avait configuré l'ordinateur de Cara pour qu'il enregistre tout ce qui passait par l'imprimante des Ward.

Si Naomi était impliquée d'une façon ou d'une autre, Pip avait désormais un moyen très simple de le savoir.

39

Naomi avait un couteau, et Pip recula vivement.

— Attention ! fit-elle.

— Oh non ! soupira Naomi en secouant la tête. Les yeux ne sont pas droits.

Elle tourna la citrouille pour que Pip et Cara puissent voir la forme qu'elle avait sculptée.

— On dirait un peu Trump, pouffa Cara.

— C'est censé être un chat démoniaque, expliqua Naomi en reposant son couteau près du saladier rempli de chair de citrouille.

— Ah d'accord, commenta Cara, va falloir encore un peu d'entraînement.

— Oh, ça va !

— Mais bon sang ! grommela Cara, juchée sur la pointe des pieds pour fouiller dans un placard. Où sont passés ces deux paquets de cookies ? J'étais avec papa quand on les a achetés avant-hier.

— J'en sais rien, répondit Naomi, ce n'est pas moi qui les ai mangés. Et la tienne, c'est quoi ? demanda-t-elle en s'approchant pour admirer la citrouille de Pip.

— L'œil de Sauron.

— Ou un vagin en feu, suggéra Cara en attrapant une banane par dépit.

— Arrête, c'est flippant ! gloussa Naomi.

Mais il y avait plus flippant.

Naomi avait déjà préparé les citrouilles et les ustensiles quand Cara et Pip étaient rentrées du lycée. Pip n'avait pas encore eu l'occasion de fouiner.

— Naomi, dit-elle, merci de m'avoir appelée l'autre jour. J'ai reçu un mail du cousin de ton amie au sujet de l'examen pour Cambridge. Ça m'a bien aidée.

— Ah, tant mieux. Contente que ça ait pu te servir.

— Et ton téléphone, tu le récupères quand ?

— Demain, apparemment. Ça a déjà pris assez longtemps comme ça.

Pip hocha la tête en s'efforçant d'adopter un air compatissant.

— Au moins, tu avais ton ancien téléphone avec une carte SIM qui marchait encore, fit-elle remarquer. Heureusement que tu l'avais gardé.

— Enfin, heureusement que papa avait une micro SIM prépayée qui traînait par-là. Avec dix-huit livres de crédit en bonus. Parce que, dans mon vieux téléphone, la carte était périmée.

Pip faillit lâcher son couteau. Ses oreilles se mirent à bourdonner.

— C'est une carte SIM de ton père ? demanda-t-elle.

— Ouais, fit Naomi, concentrée sur les finitions de sa citrouille. C'est Cara qui l'a trouvée dans son bureau. Au fond de son tiroir à bric-à-brac. Tu sais, le genre de tiroir où on entasse les vieux chargeurs inutiles, les pièces de monnaie étrangères, des trucs comme ça.

Le bourdonnement se mua en sifflement strident, qui hurla dans la tête de Pip au point de lui donner la nausée. Elle avait un goût métallique dans la gorge.

La carte SIM d'Elliot.

L'ancien numéro d'Elliot griffonné puis barré dans l'agenda d'Andie.

Andie qui avait traité M. Ward de « connard » devant ses copines la semaine de sa disparition.

Elliot.

— Ça va, Pip ? s'inquiéta Cara alors qu'elle était en train de placer une bougie allumée au centre de sa citrouille.

— Ouais, assura Pip en hochant la tête beaucoup trop vigoureusement. C'est juste que je, euh… j'ai un peu faim.

— Je t'aurais bien offert un cookie, mais j'ai l'impression qu'ils ont disparu, comme d'hab. Tu veux un toast ?

— Euh… non, merci.

— Je te nourris parce que je t'aime, tu sais.

Pip avait la bouche pâteuse. Non, ce n'était peut-être pas ce qu'elle croyait. Peut-être qu'Elliot avait juste proposé des cours particuliers à Andie et que c'était pour ça qu'elle avait noté son numéro. Peut-être. Ça ne pouvait pas être lui. Il fallait qu'elle se calme, qu'elle essaie de respirer. Tout ça ne prouvait rien.

Mais elle avait une manière de le vérifier.

— Je trouve qu'on devrait se mettre une musique d'Halloween qui fait peur en fond sonore, suggéra-t-elle. Cara, je peux aller chercher ton ordi ?

— Bien sûr. Il est sur mon lit.

Pip ferma la porte de la cuisine derrière elle.

Elle monta l'escalier quatre à quatre et fonça dans la chambre de Cara. L'ordinateur sous le bras, elle redescendit à pas de loup, le cœur tambourinant, qui menaçait bientôt de couvrir le sifflement dans sa tête.

Elle se faufila dans le bureau d'Elliot et referma doucement la porte. Sous le regard des personnages arc-en-ciel des tableaux d'Isobel Ward, elle posa l'ordinateur de Cara sur le fauteuil en cuir rouge sang, s'accroupit devant et souleva l'écran.

Quand il sortit de veille, elle ouvrit le panneau de configuration, puis la fenêtre « Périphériques et imprimantes ». Elle plaça son curseur sur l'icône baptisée *Freddie Prints Jr*, fit un clic droit et, en retenant son souffle, sélectionna le premier choix dans le menu déroulant : « Afficher les travaux d'impression ».

Une nouvelle petite fenêtre apparut, avec une liste à six colonnes : « Nom du document, État, Propriétaire, Pages, Taille et Soumis le… ».

La liste était longue. La veille, *Cara* avait imprimé un document intitulé *Lettre_de_motivation_V2*. Quelques jours plus tôt, *Ordi Elliot* avait lancé *recette cookies sans gluten*. Puis il y en avait plusieurs à la suite de *Naomi* : *CV2017*, *candidature ONG*, *lettre de motiv*, *lettre de motiv 2*.

Le deuxième mot avait été déposé dans le casier de Pip le vendredi 20 octobre. Les yeux rivés sur la colonne « Soumis le », elle fit défiler la liste vers le bas.

Soudain, ses mains lâchèrent le clavier. Le 19 octobre à 23 h 40, *Ordi Elliot* avait imprimé *Microsoft Word – Document1*.

Un document sans nom, non sauvegardé.

Ses doigts laissèrent des traînées moites sur le pavé tactile alors qu'elle faisait un clic droit sur le document. Un nouveau menu déroulant très court s'afficha. La gorge nouée, Pip se mordit les lèvres et cliqua sur « Lancer à nouveau l'impression ».

L'imprimante crépita sur le bureau et Pip tressaillit.

Toujours accroupie, elle pivota sur la pointe des pieds tandis que la machine aspirait dans un chuintement la première feuille du bac papier.

Elle se redressa lorsqu'elle se mit à la recracher par saccades.

Elle s'en rapprocha pas à pas, au rythme des crachotis.

La feuille commença à réapparaître : de grosses lettres noires fraîchement imprimées, la tête en bas.

La machine termina et expulsa la page.

Pip la ramassa.

La retourna.

Ceci est ton dernier avertissement, Pippa. Laisse tomber.

40

Pip était sans voix.

Elle fixa la feuille et secoua la tête.

Le sentiment qui s'empara d'elle était de l'ordre du primitif, de l'indicible. Une rage muette, noircie de terreur. Une trahison qui la transperçait de part en part.

Elle se sentit chanceler et releva les yeux vers la fenêtre et le soir qui tombait dehors.

Elliot Ward était l'Inconnu.

Elliot était un tueur. Le tueur d'Andie. De Sal. De Barney.

Elle regarda les arbres à moitié nus agiter leurs branches dans le vent. Et, face à son reflet dans la vitre, elle se remémora la scène : elle qui se cognait par inadvertance contre M. Ward en arrivant au cours d'histoire, le petit mot qui glissait à terre. Ce mot-là, qu'il avait lui-même laissé dans son casier. Son visage faussement bienveillant alors qu'il lui demandait si elle était victime de harcèlement. Cara qui était venue déposer chez elle des cookies qu'elle avait faits avec Elliot pour consoler les Amobi de la mort de leur chien.

Des mensonges. Du début à la fin. Elliot, l'homme qu'elle avait fini par considérer comme une troisième figure paternelle dans sa vie. L'homme qui leur avait organisé des chasses au trésor élaborées dans le jardin. L'homme qui lui avait acheté des chaussons pattes d'ours qu'elle laissait chez eux. L'homme qui riait si joyeusement de ses propres blagues idiotes. Et c'était lui l'assassin. Un loup dans les chemises pastel et les lunettes à monture épaisse d'un agneau.

Pip entendit Cara crier son nom.

Elle plia la feuille en quatre et la glissa dans la poche de son blazer.

— T'as mis des plombes ! protesta Cara lorsque Pip revint dans la cuisine.

— J'étais aux toilettes, répondit-elle en posant l'ordinateur devant Cara. Écoute, je ne me sens pas super bien. Et il faut absolument que je révise pour mon examen. C'est dans deux jours. Je crois que je vais rentrer.

— Oh..., soupira Cara en fronçant les sourcils. Mais Lauren ne va pas tarder et je voulais qu'on regarde *Blair Witch* tous ensemble. Même papa était d'accord, et on aurait pu se payer sa tête parce que c'est vraiment une mauviette avec les films d'horreur.

— Où est ton père, d'ailleurs ? interrogea Pip. Il donne un cours particulier ?

— Ne me dis pas que tu ne connais pas encore le planning de la maison ! Tu sais bien que ses cours sont le lundi, le mercredi et le jeudi. Il a simplement dû être retenu au lycée.

— Ah oui, pardon, je mélange un peu les jours.

Pip marqua une pause avant d'ajouter, songeuse :

— Je me suis toujours demandé pourquoi ton père donnait des cours particuliers. Il n'a pas besoin de cet argent, si je ne m'abuse ?

— Pourquoi ? rétorqua Cara. Parce que la famille du côté de ma mère est blindée ?

— Exactement.

— Je crois juste qu'il aime ça, répondit Naomi en glissant une bougie allumée à travers la bouche de sa citrouille. Il serait sans doute prêt à payer ses élèves pour qu'ils l'écoutent parler histoire.

— Je ne me rappelle pas quand il a commencé, fit remarquer Pip.

— Hmm..., hésita Naomi en levant les yeux pour réfléchir. Un peu avant que je parte à l'université, il me semble.

— Donc il y a un peu plus de cinq ans, c'est ça ?

— Je crois, oui. Tiens, t'auras qu'à lui poser la question, je viens de voir sa voiture arriver.

Pip se raidit et sentit sa peau se hérisser.

— Ouais, bon, je préfère quand même rentrer maintenant. Désolée.

Elle attrapa son sac à dos en regardant les phares de la voiture s'éteindre derrière la fenêtre.

— T'inquiète, la rassura Cara d'un ton plein de sollicitude, je comprends. Si tu veux, on pourra se refaire un Halloween toutes les deux quand tu seras un peu moins surchargée.

— OK.

Un bruit de clé dans la serrure. Le chuintement de la porte de service. Des pas dans l'arrière-cuisine.

Elliot apparut sur le seuil, les lunettes embuées par la soudaine chaleur de la pièce, un grand sourire aux lèvres. Il posa sa sacoche et un sac en plastique sur le plan de travail.

— Salut, les filles, dit-il. Mon Dieu, ce que les profs aiment s'écouter parler ! La plus longue réunion de ma vie !

Pip émit un petit rire forcé.

— Ma parole, regardez-moi ces citrouilles ! s'exclama-t-il en contemplant les trois sculptures sur la table. Pip, tu dînes avec nous ? J'ai acheté des nuggets d'Halloween en forme de fantômes.

Il brandit le sachet de surgelés et l'agita en l'air en imitant le hululement d'un fantôme façon film d'épouvante.

41

Elle arriva chez elle juste au moment où ses parents s'apprêtaient à sortir avec Josh, déguisé en Harry Potter, pour faire la chasse aux bonbons dans le quartier.

— Viens avec nous, ma puce, lui lança Victor pendant que Leanne remontait la fermeture Éclair de son costume du Bibendum Chamallow de *Ghostbusters*.

— Je ferais mieux de rester à la maison pour réviser, répondit Pip. Et puis j'accueillerai les voisins qui viennent sonner chez nous.

— Tu ne peux pas t'accorder une soirée de répit ? insista sa mère.

— Non, désolée.

— D'accord, ma grande. J'ai laissé un saladier de bonbons à côté de la porte.

— OK. À tout à l'heure.

Josh sortit en agitant sa baguette magique et en criant « Abracadabra, par ici les confiseries ! »

Victor le suivit, sa tête de Bibendum sous le bras. Leanne embrassa Pip sur les cheveux et ferma la porte derrière elle.

Pip les regarda s'éloigner à travers la vitre. Dès qu'ils furent au bout de l'allée, elle attrapa son téléphone et envoya un texto à Ravi : *VIENS CHEZ MOI TOUT DE SUITE !*

Il avait les yeux rivés sur le mug qu'il serrait entre ses mains.

— M. Ward, souffla-t-il en secouant la tête. Ce n'est pas possible...

— Et pourtant si, rétorqua Pip, dont le genou tressautait nerveusement sous la table. Il n'a pas d'alibi pour le soir où Andie a disparu. Je le sais. Une de ses filles dormait chez Max, et l'autre chez moi.

Ravi poussa un grand soupir, qui rida la surface de son thé au lait. Il devait être froid, depuis le temps ; comme celui de Pip.

— Il n'a pas non plus d'alibi pour la mort de Sal, poursuivit-elle. Il était malade ce jour-là, il n'est pas allé travailler. Il me l'a dit lui-même.

— Mais Sal adorait M. Ward, objecta Ravi d'une toute petite voix qu'elle ne lui connaissait pas.

— Je sais.

La table paraissait soudain immensément large entre eux deux.

— Donc, tu crois que c'est lui, l'amant secret d'Andie ? demanda-t-il après un long silence. L'homme plus âgé qu'elle retrouvait au Victoria Inn ?

— Peut-être. Andie disait qu'elle avait les moyens de le détruire. Or Elliot était professeur, c'était une figure d'autorité. Il aurait eu de sérieux ennuis si elle avait révélé leur relation. Il aurait pu y avoir des poursuites pénales, avec de la prison à la clé.

Pip baissa les yeux vers le reflet tremblotant de son visage à la surface du thé auquel elle n'avait pas touché.

— Andie a traité Elliot de connard devant ses amies quelques jours avant sa disparition. Elliot prétend que c'est parce qu'il s'était rendu compte qu'elle harcelait une fille du lycée et qu'il avait contacté son père pour lui parler de la vidéo. Mais peut-être qu'en fait, il s'agissait d'autre chose.

— Et comment aurait-il été au courant du délit de fuite ? Naomi lui a raconté ?

— Je ne pense pas. Elle jure n'en avoir jamais parlé à personne. Je ne sais pas comment il a pu savoir.

— Il y a encore quelques lacunes, en somme.

— Oui. Mais c'est lui qui m'a menacée et qui a tué Barney. C'est lui, Ravi.

— OK, concéda ce dernier en la fixant droit dans les yeux. Maintenant, comment on le prouve ?

Pip écarta son mug et se pencha en avant pour appuyer ses coudes sur la table.

— Elliot donne des cours particuliers trois soirs par semaine. Jusqu'à aujourd'hui, ça ne m'avait jamais semblé bizarre. Les Ward n'ont pas de problème d'argent. Ils ont touché un pactole avec l'assurance vie d'Isobel, et ses parents sont toujours vivants et pleins aux as. Sans compter qu'Elliot doit avoir un très bon salaire de prof, vu son ancienneté. Il a commencé ces cours particuliers il y a un peu plus de cinq ans, en 2012.

— Et donc ?

— Et donc, si ce n'était pas pour ça qu'il s'absentait trois soirs par semaine ? Si... je ne sais pas, s'il retournait à l'endroit où il a enterré Andie, par exemple ? Qu'il visitait sa tombe comme une forme de pénitence ?

Ravi fit une moue sceptique, fronçant les sourcils et le nez.

— Pas trois fois par semaine, quand même.

— Ouais, c'est vrai, reconnut Pip. Alors, je ne sais pas, s'il allait... la voir, *elle* ?

Cette idée venait de lui traverser l'esprit, au moment même où les mots sortaient de sa bouche.

— Si Andie était vivante, poursuivit-elle, et qu'il la retenait quelque part ? Et qu'il allait la voir trois fois par semaine ?

Même grimace de Ravi.

Une poignée de souvenirs à demi effacés se frayèrent alors un chemin jusqu'à la conscience de Pip.

— Des cookies qui disparaissent, murmura-t-elle.

— Pardon ?

— Des cookies qui disparaissent, répéta-t-elle, plus fort cette fois. Cara n'arrête pas de remarquer que de la nourriture disparaît de chez eux. De la nourriture qu'elle a vu son père acheter juste avant. Oh, mon Dieu... Il la retient prisonnière quelque part et il lui apporte à manger !

— Vous allez peut-être un peu vite en besogne, chef.

— Il faut qu'on découvre où il va trois soirs par semaine, déclara Pip en se redressant d'un coup, comme si quelque chose l'avait piquée dans le dos. Demain, c'est mercredi, il est censé donner un cours.

— Et s'il donne vraiment des cours particuliers ? objecta Ravi.

— Et si ce n'est pas le cas ?

— Tu crois qu'on devrait le suivre ?

— Non, répondit-elle alors qu'une pensée prenait forme dans son esprit. J'ai une meilleure idée. Passe-moi ton téléphone.

Ravi fouilla dans sa poche sans un mot et en sortit son portable. Il le fit glisser vers elle sur la table.

— Code secret ? interrogea Pip.

— 1122. Qu'est-ce que tu fais ?

— Je vais activer la fonction « localiser mes amis » entre nos deux téléphones.

Elle ouvrit l'application sur le portable de Ravi et envoya une demande à son propre numéro, qu'elle accepta sur son téléphone.

— Maintenant, on partage nos positions en permanence, expliqua-t-elle. Et hop, avec ça, on a un outil de pistage !

— Tu me fais un peu peur, tu sais ?

— Demain, après les cours, il faut que je trouve un moyen de laisser mon téléphone dans la voiture d'Elliot.

— Comment ?

— Je vais réfléchir.

— Ne pars pas toute seule avec lui, Pip, prévint-il en se penchant vers elle, la mine grave. Je suis sérieux.

Pile à cet instant, on sonna à la porte.

Pip bondit de sa chaise, et Ravi la suivit dans l'entrée. Elle attrapa le saladier de friandises et ouvrit.

— Des bonbons ou un sort ?! s'exclama un chœur de petites voix.

— Ouah, fit Pip en reconnaissant, parmi les vampires, les deux enfants des Yardley, qui vivaient trois maisons plus loin. Vous faites tous horriblement peur !

Elle tendit le saladier et six mains goulues y plongèrent en même temps.

Pip releva la tête et sourit au groupe d'adultes qui se tenaient en retrait pendant que leur progéniture se disputait sur le choix des bonbons. Alors elle remarqua leurs regards, noirs et féroces, fixés sur un point dans son dos, là où se trouvait Ravi.

Deux des femmes se mirent à faire des messes basses, la bouche dissimulée derrière leur main, sans le quitter des yeux.

42

— Qu'est-ce que tu t'es fait ? demanda Cara.

— Je ne sais pas. J'ai trébuché dans l'escalier en sortant du cours de géopolitique. Je crois que je me suis foulé la cheville.

Pip feignit de boiter jusqu'à elle.

— Je suis venue à pied au lycée, ce matin, ajouta-t-elle. Je n'ai pas ma voiture. Oh, zut, et en plus maman a une visite qui finit tard, ce soir.

— Je peux demander à papa qu'on te dépose, suggéra Cara en passant un bras sous celui de Pip pour l'aider à marcher jusqu'à son casier.

Elle lui prit son manuel des mains et le rangea sur le dessus de la pile.

— Je ne comprends pas pourquoi tu viens à pied alors que tu as ta voiture, reprit-elle. Moi, je ne peux presque plus utiliser la mienne depuis que Naomi est revenue à la maison.

— J'avais envie de marcher, répondit Pip. Je n'ai plus l'excuse de Barney, maintenant.

Cara lui adressa un regard compatissant et referma le casier.

— Allez, viens, je t'aide jusqu'au parking. T'as du bol que j'aie des biceps en béton. J'ai fait neuf pompes hier.

— Neuf ? s'extasia Pip en souriant.

— Ouaip. Mate-moi un peu ces biscotos.

Elle plia le coude pour faire saillir ses muscles.

Pip sentit alors sa gorge se nouer. Elle espérait de tout son cœur que Cara ne perdrait pas sa joie de vivre facétieuse après cette histoire.

Appuyées l'une à l'autre, elles traversèrent le couloir d'un pas chancelant et sortirent du lycée. Le vent glacé mordit le visage de Pip et elle plissa les yeux pour se protéger du froid. Elles firent lentement le tour du bâtiment afin de rejoindre le parking du personnel à l'arrière, Cara papotant tout du long pour raconter en détail sa soirée DVD d'Halloween. Pip se raidissait chaque fois qu'elle mentionnait son père.

Elliot était déjà là, attendant devant sa voiture.

— Ah, te voilà, dit-il en voyant Cara. Qu'est-ce qui se passe ?

— Pip s'est foulé la cheville, et Leanne rentre tard. On peut la déposer ?

— Bien sûr, acquiesça Elliot en se précipitant vers Pip pour l'aider à monter dans la voiture.

Pip sentit sa peau contre la sienne, et elle dut prendre sur elle pour réprimer un mouvement de recul.

Son sac à dos posé à côté d'elle sur la banquette arrière, elle regarda Elliot refermer sa portière et s'installer au volant. Une fois que Cara et Pip eurent attaché leur ceinture, il démarra.

— Comment tu t'es fait ça, Pip ? demanda-t-il alors qu'il quittait le parking et s'engageait sur la route.

— Je ne sais pas trop, répondit-elle. Je crois que je me suis juste mal réceptionnée.

— Tu ne veux pas que je t'emmène aux urgences ?

— Non, je suis sûre que ce sera passé d'ici deux ou trois jours.

Elle sortit son téléphone et vérifia qu'il était bien sur silencieux. Elle l'avait laissé éteint la majeure partie de la journée, si bien que la batterie était presque pleine.

Elliot donna une petite tape sur la main de Cara lorsqu'elle se mit à tripoter les boutons de l'autoradio.

— Pas touche, lança-t-il. C'est *ma* voiture, c'est moi qui choisis la musique. Pip ?

Elle sursauta et faillit lâcher son portable.

— Ta cheville est gonflée ?

— Euh…

Elle se plia en avant pour faire semblant de se tâter la cheville et en profita pour glisser son téléphone sous le siège passager.

— Un peu, dit-elle en se redressant, mais ça va.

— Bon, OK. Tu devrais essayer de garder le pied surélevé pendant la soirée.

— D'accord.

Alors qu'il se faufilait à travers la circulation sur High Street, elle croisa son regard dans le rétroviseur et ajouta :

— Je viens de me rendre compte que tu as un cours particulier, ce soir. Je ne suis pas en train de te mettre en retard, j'espère ? Tu dois aller où ?

— Non, ne t'inquiète pas, assura-t-il en allumant son clignotant pour tourner à gauche dans la rue de Pip. Je vais juste à Old Amersham, ce n'est pas loin.

— Ouf, tant mieux.

Cara demandait à son père ce qu'il y aurait pour dîner quand il ralentit et se rangea devant chez Pip.

— Oh, mais regarde, ta mère est là, finalement, indiqua-t-il en hochant le menton vers la voiture de Leanne garée dans l'allée.

— Ah bon ? fit mine de s'étonner Pip, le cœur battant à tout rompre. Sa visite a dû être annulée au dernier moment. J'aurais dû vérifier, je suis désolée.

— Ça n'a aucune importance, voyons, rétorqua Elliot en se tournant vers elle. Tu as besoin d'aide pour marcher jusqu'à la porte ?

— Non non, s'empressa-t-elle de répondre en attrapant son sac à dos. Non, merci, ça va aller.

Elle poussa sa portière et sortit tant bien que mal de la voiture.

— Attends ! l'arrêta soudain Cara.

Pip se figea. *Pourvu qu'elle n'ait pas repéré le téléphone. Par pitié.*

— Je te revois avant ton exam de demain ?

— Ah, fit Pip, soulagée. Non, je dois passer aux inscriptions et aller dans la salle directement.

— Bon, alors je te dis meeeeeeerde ! Tu vas cartonner, j'en suis sûre. Je viendrai t'attendre à la sortie.

— Oui, bonne chance, Pip, renchérit Elliot avec un grand sourire.

— Merci. Et merci aussi de m'avoir raccompagnée.

Elle claqua la portière et boita jusqu'au perron. En entendant la voiture d'Elliot s'éloigner, elle sortit ses clés et abandonna sa fausse claudication.

— Coucou ! lança Leanne depuis la cuisine. Je t'allume la bouilloire ?

— Euh, non, merci, répondit Pip en restant plantée sur le seuil de la pièce. Ravi va venir m'aider à réviser pour mon examen.

Sa mère la dévisagea d'un œil curieux.

— Quoi ? fit Pip.

— Tu crois que je ne connais pas ma fille ? lança-t-elle en rinçant des champignons dans la passoire. Elle travaille toujours toute seule et a la réputation de faire pleurer ses camarades dans les projets de groupe. Vous allez réviser, hein ? ajouta-t-elle en lui jetant un nouveau regard en coin. Laisse ta porte ouverte.

— Oh là là, c'est bon !

Au moment où elle s'engageait dans l'escalier, Ravi sonna à la porte. Pip lui ouvrit et il salua sa mère en passant alors qu'ils montaient dans la chambre de Pip.

— Laisse ouvert, dit-elle alors que Ravi s'apprêtait à refermer derrière lui.

Elle s'assit en tailleur sur son lit et Ravi fit rouler la chaise de bureau pour s'installer en face d'elle.

— Ça a marché ? demanda-t-il.

— Ouais, il est sous le siège passager.

— OK.

Ravi déverrouilla son téléphone et ouvrit l'application « Localiser mes amis ». Pip se pencha vers lui et, la tête presque collée contre la sienne, observa avec lui la carte sur l'écran.

Le petit avatar orange de Pip était garé devant la maison des Ward sur Hogg Hill. Ravi actualisa la carte, mais le rond ne bougea pas.

— Il n'est pas encore parti, commenta Pip.

Des pas traînants s'approchèrent dans le couloir et, en tournant la tête, Pip aperçut Josh sur le pas de la porte.

— Pippo, appela-t-il, un doigt entortillé dans une boucle de ses cheveux, est-ce que Ravi pourrait descendre jouer à *FIFA* avec moi ?

Pip et Ravi échangèrent un regard.

— Euh, pas maintenant, Josh, répondit-elle. On est occupés.

— Je viendrai jouer avec toi plus tard, OK, mon grand ? proposa Ravi.

— OK.

Josh laissa retomber son bras en signe de résignation et s'éloigna tranquillement.

— Voilà, il a bougé, annonça Ravi après avoir à nouveau actualisé la carte.

— Où ça ?

— Pour l'instant il est juste en bas de Hogg Hill, avant le rond-point.

L'avatar ne se déplaçait pas en temps réel ; il fallait appuyer régulièrement sur la flèche circulaire du bouton « actualiser » et attendre que le petit rond orange bondisse sur son nouvel emplacement. En l'occurrence, il s'était arrêté au rond-point.

— Rappuie, s'impatienta Pip. S'il ne prend pas à gauche, c'est qu'il ne va pas à Amersham.

La flèche se mit à tourner sur elle-même. Ça chargeait... Quand la flèche se stabilisa, l'avatar avait disparu.

— Où est-ce qu'il est passé ? demanda Pip.

Ravi fit bouger la carte pour voir où Elliot avait atterri.

— Stop ! s'écria Pip en repérant le point orange. Là. Il a pris l'A413 vers le nord.

Pip et Ravi se regardèrent.

— Il ne va pas à Amersham, conclut Ravi.

— Non, clairement pas.

Pendant les onze minutes suivantes, leurs yeux suivirent Elliot sur la route par petits bonds successifs chaque fois que Ravi mettait la carte à jour.

— Il est près de Wendover, annonça Ravi avant d'ajouter, en voyant la tête de Pip : Quoi ?

— Les Ward vivaient à Wendover avant d'acheter une plus grande maison à Kilton. Avant que je les connaisse.

— Il a tourné, indiqua Ravi, et Pip se pencha de nouveau sur l'écran. Il est sur une route qui s'appelle Mill End Road.

Pip observa le point orange immobile sur la route en pixels blancs.

— Actualise, dit-elle.

— Je n'arrête pas, mais c'est bloqué.

Il appuya de nouveau sur la flèche, qui se mit à tournoyer une seconde avant de se figer en laissant le rond orange à la même place. Il recommença, le rond ne bougea toujours pas.

— Il s'est garé, déclara Pip en tordant le poignet de Ravi pour mieux voir l'écran.

Elle se leva, alla chercher l'ordinateur de Ravi sur son bureau, revint s'asseoir et le posa sur ses genoux.

— Voyons où il est, fit-elle.

Elle ouvrit Google Maps, tapa *Mill End Road, Wendover* dans la barre de recherche et passa en mode satellite.

— Tu dirais qu'il est à quel niveau sur la route ? À peu près là ? demanda-t-elle en posant un doigt sur l'écran.

— Un peu plus à gauche.

— OK.

Pip déposa le petit bonhomme orange sur la route, et l'image passa en réalité augmentée.

L'étroite route de campagne était bordée d'arbres et de hauts buissons qui scintillaient sous le soleil alors que Pip faisait bouger l'image pour prendre un peu de recul. Il n'y avait des maisons que d'un côté de la rue, un peu en retrait de la chaussée.

— Tu crois qu'il est là ? suggéra-t-elle en désignant une petite bâtisse en brique flanquée d'une porte de garage, à peine visible derrière les arbres et un poteau télégraphique.

— Hmm…, hésita Ravi en comparant l'écran du téléphone et de l'ordinateur. C'est soit celle-là, soit celle à sa gauche.

Pip chercha sur l'image les numéros de rue.

— Donc, c'est soit le 42, soit le 44, dit-elle.

— C'est là qu'ils habitaient ? questionna Ravi.

Pip n'en savait rien. Elle haussa les épaules.

— Mais tu pourrais le savoir par Cara, non ? reprit-il.

— Oui. Je suis devenue experte en mensonges et manipulations.

À ces mots, son ventre se noua.

— Cara est ma meilleure amie, et ce qu'on va faire va la détruire. Ça va tout détruire, tout le monde.

Ravi lui prit la main.

— C'est presque fini, Pip, dit-il.

— *C'est* fini. Il faut qu'on aille là-bas ce soir et qu'on voie ce que cache Elliot. Si ça se trouve, Andie est vivante.

— C'est juste une hypothèse, nuança Ravi.

— Tout notre travail depuis le début a été une suite d'hypothèses, rétorqua-t-elle en retirant sa main pour pouvoir tenir sa tête qui allait exploser. J'ai besoin qu'on en finisse.

— OK, répondit gentiment Ravi. On va en finir. Mais pas ce soir. Demain. Commence par te renseigner auprès de Cara pour savoir si c'est bien leur ancienne adresse. Et demain, on pourra y aller dans la soirée, quand Elliot n'y sera pas, pour voir ce qu'il trafique. Ou alors on passe un coup de fil anonyme à la police et on les envoie là-bas, d'accord ? Mais pas maintenant, Pip. Tu ne peux pas chambouler toute ta vie ce soir, je ne te laisserai pas faire ça. Je ne te laisserai pas rater ta chance pour Cambridge. Alors, pour l'instant, tu vas réviser ton examen et me faire le plaisir de dormir, OK?

— Mais...

— Il n'y a pas de mais, chef, assena-t-il en la fixant droit dans les yeux. M. Ward a déjà détruit assez de vies comme ça. Il ne va pas détruire la tienne en plus, d'accord ?

— D'accord, murmura-t-elle.

— Parfait.

Il lui reprit la main, la tira pour la faire lever du lit et asseoir sur la chaise, qu'il fit rouler jusqu'au bureau avant de lui placer un stylo entre les doigts.

— Tu vas oublier Andie Bell et Sal pendant les dix-huit prochaines heures, dit-il. Et je veux qu'à dix heures et demie tu sois au lit et que tu dormes.

Elle leva la tête vers Ravi, vers ses yeux doux et son visage sérieux, et le regarda sans savoir quoi dire ni quoi ressentir. Elle avait l'impression d'être perchée au bord d'une falaise, quelque part entre le rire, les larmes et l'envie de hurler.

43

Les poèmes et extraits de textes ci-dessous offrent tous des représentations de la culpabilité. Ils sont classés par date de publication. Lisez l'ensemble attentivement, puis choisissez un des sujets proposés.

Le tic-tac de l'horloge résonnait comme une caisse claire dans la tête de Pip. Elle ouvrit sa copie d'examen et releva les yeux une dernière fois. Le surveillant était assis les pieds sur le bureau, le nez plongé dans un vieux livre de poche tout fripé, tandis que Pip était installée à une petite table bancale au milieu d'une classe vide faite pour accueillir trente élèves. Il s'était déjà écoulé trois minutes.

Elle baissa la tête, luttant pour ignorer le compte à rebours de l'horloge, et posa son stylo sur le papier.

Lorsque le surveillant annonça la fin du temps imparti, Pip avait déjà terminé depuis quarante-neuf secondes et suivait des yeux la petite aiguille qui complétait son dernier cercle. Elle referma sa copie et la tendit à l'homme en sortant de la salle.

Elle avait expliqué comment certains textes amoindrissaient la culpabilité d'un personnage grâce à l'usage de la voix passive pour décrire la faute commise. Elle avait dormi presque sept heures et pensait s'en être plutôt bien sortie.

C'était quasiment l'heure de la cantine et, en tournant au coin du couloir, elle entendit Cara crier son nom.

— Pip !

Elle se souvint à la toute dernière seconde de se remettre à boiter.

— Alors, comment ça s'est passé ? demanda Cara après l'avoir rattrapée.

— Bien, je crois.

— Cool, t'es débarrassée, maintenant ! s'exclama-t-elle en brandissant le bras de Pip en signe de victoire. Ça va, ta cheville ?

— Pas trop mal. Je pense que ce sera fini demain.

— Ah, et au fait, reprit Cara en fouillant dans sa poche, tu avais raison.

Elle sortit le téléphone de Pip.

— Tu l'avais bien laissé dans la voiture de papa. Il avait glissé sous le siège avant.

— Merci, je ne sais pas comment j'ai fait ça.

— Il faut qu'on fête ta liberté retrouvée. Si tu veux, j'invite tout le monde chez moi demain et on peut se faire une soirée jeux, par exemple ?

— Ouais, peut-être.

Pip attendit une pause dans la conversation pour dire :

— Ah, au fait, ma mère doit faire visiter une maison sur Mill End Road, à Wendover, aujourd'hui. Ce n'est pas là que vous habitiez avant ?

— Si ! C'est marrant.

— Au numéro 44.

— Nous, c'était le 42.

— Ton père y retourne encore ? demanda Pip d'un ton parfaitement détaché.

— Non, il l'a vendue depuis belle lurette. Au début, quand on a déménagé, ils l'ont gardée parce que ma mère venait de toucher un gros héritage de sa grand-mère. Ils l'ont louée quand elle s'est mise à la peinture, histoire d'arrondir les fins de mois. Mais papa l'a revendue deux ou trois ans après sa mort, il me semble.

Pip hocha la tête. Visiblement, Elliot mentait depuis longtemps. Depuis plus de cinq ans, en tout cas.

Elle passa l'heure du déjeuner au radar, puis, alors que Cara s'apprêtait à partir en cours de son côté, Pip boitilla jusqu'à elle et la prit dans ses bras.

— Ça va, mon petit pot de colle ? s'étonna Cara en essayant de se dégager. Qu'est-ce qu'il y a ?

— Rien, répondit Pip.

Elle la lâcha, et Connor se précipita pour l'aider à monter l'escalier jusqu'à la salle d'histoire, bien qu'elle lui ait expliqué que ce n'était pas la peine. M. Ward était déjà là, adossé à son bureau en chemise vert pastel. Pip ne lui adressa pas un regard et, au lieu de s'asseoir à sa place habituelle au premier rang, elle claudiqua jusqu'au fond de la classe.

Le cours lui parut interminable. Pip ne cessait de jeter des coups d'œil à la pendule, évitant soigneusement de regarder Elliot. Elle ne pouvait pas. Elle avait la bouche pâteuse et du mal à respirer.

— Il y a six ou sept ans, affirmait Elliot, un certain Alexander Myasnikov, qui avait été un des médecins personnels de Staline, a publié son journal intime. Il y explique que Staline souffrait d'une maladie du cerveau qui pourrait avoir influencé ses prises de décision et accentué sa paranoïa. Si bien que…

Il fut interrompu par la cloche.

Pip sursauta. Pas à cause de la sonnerie. Mais parce qu'elle avait eu un déclic quand Elliot avait prononcé les mots « journal intime », qui désormais tournaient en boucle dans sa tête sans qu'elle comprenne vraiment pourquoi.

Les élèves commencèrent à ranger leurs cahiers et leurs livres et à se diriger vers la porte. Pip, qui était tout au fond et devait boiter, était la dernière.

— Attends, Pippa, résonna la voix d'Elliot dans son dos.

Elle se retourna à contrecœur.

— Comment s'est passé l'examen ? demanda-t-il.

— Bien, je crois.

— Ah, tant mieux, dit-il en souriant. Maintenant, tu vas pouvoir te détendre.

Elle lui renvoya un sourire forcé et sortit dans le couloir en boitant. Dès qu'elle fut assez loin, elle abandonna sa claudication et se mit à courir. Tant pis pour sa dernière heure de cours de géopolitique. Elle courut, obsédée par la voix d'Elliot qui prononçait les mots « journal intime », et elle ne s'arrêta qu'après s'être écroulée contre la portière de sa voiture, cherchant fébrilement la poignée.

44

— Pip, qu'est-ce que tu fais là ? s'étonna Naomi après lui avoir ouvert la porte. Tu ne devrais pas être encore au lycée ?

— J'avais une heure de trou, mentit-elle en s'efforçant de reprendre son souffle. J'ai juste une question à te poser.

— Pip, tu es sûre que ça va ?

— Tu es suivie par un psy depuis la mort de votre mère, non ? Pour tes problèmes d'anxiété et de dépression.

Elle n'avait pas le temps de prendre des pincettes.

Naomi la regarda bizarrement.

— Oui, dit-elle.

— Est-ce que ton psy t'a conseillé de tenir un journal intime ?

Naomi hocha la tête.

— C'est une technique de gestion du stress. Ça aide beaucoup. Je fais ça depuis que j'ai seize ans.

— Et tu y as raconté l'accident de voiture et le délit de fuite ?

Naomi la dévisagea en plissant les yeux.

— Oui, acquiesça-t-elle, bien sûr. J'étais obligée. Je me sentais anéantie et je ne pouvais en parler à personne. Mais je suis la seule à y avoir accès.

Pip laissa échapper un profond soupir et se plaqua les mains sur la bouche.

— Tu penses que c'est comme ça que la personne l'a su ? demanda Naomi. Non, c'est impossible. Je ferme toujours mes carnets à clé, et ils sont cachés dans ma chambre.

— Je dois y aller, coupa Pip. Désolée.

Elle fit demi-tour et fonça jusqu'à sa voiture, ignorant Naomi qui criait derrière elle : « Pip ! Pippa ! »

La voiture de sa mère était là quand Pip se gara dans l'allée. Mais la maison était silencieuse et Leanne ne l'appela pas lorsqu'elle ouvrit la porte d'entrée. En traversant le vestibule, Pip distingua pourtant un autre son que celui de son cœur qui cognait dans sa poitrine : sa mère en train de pleurer.

Pip s'arrêta sur le seuil du salon et vit le haut de sa tête qui dépassait du dossier du canapé. Elle tenait son téléphone à deux mains devant son visage, d'où s'échappaient de petites voix enregistrées.

— Mam' ?

— Oh, chérie, tu m'as fait peur, dit Leanne en mettant le téléphone sur pause et en s'essuyant discrètement les yeux. Tu rentres tôt. Alors, ton examen s'est bien passé ? demanda-t-elle en tapotant joyeusement la place à côté d'elle. Qu'est-ce que tu as eu comme sujet ? Viens me raconter.

— Maman, pourquoi tu pleures ?

— Oh, ce n'est rien, vraiment rien, répondit-elle avec un sourire triste. Je regardais des vieilles photos de Barney et je suis tombée sur cette vidéo à Noël il y a deux ans, quand Barney faisait le tour de la table en rapportant une chaussure à tout le monde. Je me la repasse en boucle.

Pip s'approcha et l'enlaça.

— Je suis désolée que tu sois triste, murmura-t-elle contre ses cheveux.

— Je ne suis pas triste. Ou disons que je suis heureuse et triste à la fois. Je l'aimais tellement, ce chien.

Pip s'assit à côté d'elle, et elles regardèrent ensemble toutes les photos et vidéos de Barney, riant aux éclats de le voir sauter pour essayer d'attraper la neige, aboyer contre l'aspirateur, se prélasser par terre, les quatre pattes en l'air, pendant que le petit Josh lui grattait le ventre et que Pip lui caressait les oreilles. Elles continuèrent jusqu'à ce que Leanne doive partir pour aller chercher Josh.

— OK, dit Pip, je crois que je vais faire une petite sieste.

Encore un mensonge. Elle monta dans sa chambre pour surveiller l'heure, faisant les cent pas entre la porte et son lit. Pour passer le temps. Elle se consumait à la fois de peur et de rage, et si elle restait immobile, elle ne pourrait s'empêcher de hurler. On était jeudi, un jour où Elliot donnait ses prétendus cours particuliers, et elle priait pour qu'il soit là où elle l'imaginait.

À cinq heures pétantes, Pip débrancha le chargeur de son téléphone et enfila son manteau kaki.

— Je vais chez Lauren, lança-t-elle à sa mère, qui était dans la cuisine en train d'aider Josh à faire ses exercices de math. À plus tard.

Dehors, elle monta dans sa voiture et s'attacha les cheveux en chignon. Elle jeta un coup d'œil à son téléphone et à la kyrielle de messages que lui avait envoyés Ravi. Elle répondit simplement : *Ça s'est bien passé, merci. Je viendrai chez toi après dîner et on appellera la police ensemble*. Un mensonge de plus, mais Pip était experte en mensonges désormais. Si elle disait la vérité à Ravi, il essaierait de la retenir.

Elle ouvrit le GPS sur son téléphone, tapa l'adresse et lança la navigation.

La voix mécanique lui confirma sa destination : *42 Mill End Road, Wendover*.

45

Mill End Road était une route étroite et envahie par la végétation, comme un tunnel sous les arbres. Pip se gara sur un accotement herbeux juste après le numéro 40 et coupa ses phares.

Son cœur se livrait à une cavalcade dans sa poitrine et tous les pores de sa peau semblaient électrisés.

Elle récupéra son téléphone calé dans le porte-gobelet et composa le numéro des urgences. Au bout de deux sonneries, une voix répondit :

— Allô ? Ici les urgences, quel service demandez-vous ?

— La police.

— Je transfère votre appel.

— Allô ? reprit une voix différente. Police, que puis-je faire pour vous ?

— Bonjour, je m'appelle Pippa Fitz-Amobi, commença-t-elle, tremblante. J'habite à Little Kilton. Écoutez-moi bien, s'il vous plaît. Il faut que vous envoyiez des policiers au 42 Mill End Road, à Wendover. À l'intérieur se trouve un certain Elliot Ward. Il y a cinq ans, cet homme a kidnappé une fille de Kilton qui s'appelait Andie Bell. Depuis, il la retient prisonnière dans cette maison. Il a aussi assassiné un garçon qui s'appelait Sal Singh. Vous devez appeler l'inspecteur Richard Hawkins, qui a dirigé l'enquête à l'époque, et lui transmettre ce message : je pense qu'Andie est vivante et enfermée dans cette maison. Maintenant je vais entrer pour surprendre Elliot Ward, et il se peut que je sois en danger. Merci d'envoyer des policiers le plus vite possible.

— Attendez, Pippa, intervint la voix au bout du fil. Vous nous appelez d'où, là ?

— Je suis devant la maison et je m'apprête à y entrer.

— OK, restez dehors. J'envoie des policiers à cette adresse. Pippa, est-ce que vous…

— Je vais entrer maintenant, répéta Pip. Dépêchez-vous, s'il vous plaît.

— Pippa, n'entrez pas dans la maison.

— Je suis désolée, je n'ai pas le choix.

Pip éloigna le téléphone de son oreille tandis que la voix essayait de la dissuader, et elle raccrocha.

Elle sortit de sa Coccinelle. En traversant la route jusqu'à l'allée privée qui menait au numéro 42, elle reconnut la voiture d'Elliot garée devant la petite maison en briques rouges. Les deux fenêtres du rez-de-chaussée étaient éclairées, creusant un halo dans le crépuscule qui tombait.

Alors qu'elle approchait du perron, elle fut repérée par un détecteur de mouvement qui illumina soudain l'allée d'une lumière blanche aveuglante. Elle se couvrit les yeux et continua à avancer, accompagnée de son ombre qui se déployait, gigantesque, derrière elle.

Elle frappa à la porte. Trois coups sonores.

Il y eut un léger fracas à l'intérieur, puis rien.

Elle frappa de nouveau, martelant la porte avec le plat du poing.

Une lumière s'alluma dans l'entrée et, derrière la porte vitrée, elle distingua une silhouette floue qui marchait vers elle.

Le raclement de la chaîne de sécurité, le loquet qui coulisse, et la porte s'ouvrit dans un craquement.

Elliot la dévisagea. Vêtu de la même chemise vert pastel qu'un peu plus tôt au lycée, une paire de maniques noires posée sur l'épaule.

— Pip ? fit-il d'une voix enrouée par la peur. Qu'est-ce que… Qu'est-ce que tu fais là ?

Elle le regarda droit dans les yeux à travers ses lunettes.

— Je, euh… je…, bredouilla-t-elle.

Elle s'interrompit, secoua la tête et reprit :

— La police sera là d'ici dix minutes. C'est le temps qu'il te reste pour tout m'expliquer. Explique-moi, pour que je puisse aider tes filles à supporter ce qui les attend. Pour que les Singh puissent enfin connaître la vérité après toutes ces années.

Elliot devint livide. Il recula en titubant et se cogna contre le mur. Puis il appuya le bout de ses doigts sur ses yeux et laissa échapper un immense soupir.

— C'est fini, murmura-t-il. C'est enfin fini.

— Le temps presse, Elliot, insista Pip d'une voix bien plus assurée qu'elle ne l'était en réalité.

— D'accord. D'accord. Tu veux entrer ?

Elle hésita, le ventre noué de terreur. Mais la police n'allait pas tarder. Pip pouvait le faire. Elle se *devait* de le faire.

— À condition qu'on laisse la porte ouverte pour la police, répondit-elle avant de le suivre dans le couloir en prenant soin de rester trois pas en arrière.

Il la conduisit jusqu'à une cuisine dans laquelle il n'y avait strictement aucun meuble, à part un plan de travail jonché de provisions alimentaires, d'ustensiles et d'un présentoir à épices. À côté d'un paquet de pâtes scintillait une petite clé en métal. Elliot se pencha pour éteindre la gazinière et Pip marcha jusqu'à l'autre bout de la pièce, histoire de mettre le plus de distance possible entre eux deux.

— Éloigne-toi des couteaux, ordonna-t-elle.

— Pip, je ne vais pas…

— Éloigne-toi, point.

Elliot alla se planter contre le mur en face d'elle.

— Elle est là, n'est-ce pas ? demanda Pip. Andie est vivante et elle est là ?

— Oui.

Pip frissonna malgré son gros manteau.

— Andie Bell et toi aviez une aventure en mars 2012, reprit-elle. Commence par le début, Elliot, on n'a pas beaucoup de temps.

— Ce n'était pas une… une…, bafouilla-t-il. C'était…

Il poussa un gémissement et prit sa tête entre ses mains.

— Elliot !

— OK, dit-il en reniflant et en se redressant. OK. C'était fin février. Andie a commencé… à s'intéresser à moi au lycée. Je ne l'avais pas comme élève, elle ne faisait pas d'histoire. Mais elle me suivait dans les couloirs et voulait savoir comment j'allais. Et, je ne sais pas, je crois que cette attention… me faisait du bien. J'étais tellement seul depuis la mort d'Isobel. Un beau jour, Andie m'a demandé mon numéro de téléphone. Il ne s'était encore rien passé, à ce moment, on ne s'était pas embrassés ni rien, mais elle n'arrêtait pas de me le réclamer. Je lui ai dit que ce serait déplacé. Pourtant, peu après, je me suis retrouvé dans une boutique de téléphonie à m'acheter une deuxième carte SIM pour pouvoir lui parler sans que personne ne le sache. Je ne sais pas pourquoi j'ai fait ça ; sans doute que ça me distrayait de l'absence d'Isobel. J'avais juste envie d'avoir quelqu'un à qui me confier. Je ne mettais la carte SIM dans mon téléphone que le soir, pour que Naomi ne s'aperçoive de rien, et on a commencé à s'échanger des textos. Elle était gentille avec moi. Elle me laissait lui parler d'Isobel et du souci que je me faisais pour Naomi et Cara.

— Tu perds du temps, là, intervint froidement Pip.

— Oui, fit-il en reniflant à nouveau. Ensuite Andie a proposé qu'on se voie quelque part en dehors du lycée. Dans un hôtel, par exemple. Je lui ai répondu qu'il n'en était pas question. Mais dans un moment de folie, un moment de faiblesse, j'ai fini par réserver une chambre. Elle pouvait être très persuasive. On s'était mis d'accord sur un jour et une heure, mais j'ai dû annuler à la dernière minute parce que Cara avait la varicelle. J'ai voulu arrêter là, avant qu'il se passe quoi que ce soit entre nous, mais elle est revenue à la charge. Alors j'ai de nouveau réservé le même hôtel pour la semaine suivante.

— L'hôtel Victoria Inn à Chalfont, devina Pip.

Elliot confirma d'un hochement de tête.

— C'est là que ça a commencé, avoua-t-il d'une voix étranglée de honte. On n'a pas passé la nuit à l'hôtel, je ne pouvais pas laisser les filles toutes seules. On est juste restés deux heures.

— Tu as couché avec elle ?

Elliot garda le silence.

— Elle avait dix-sept ans ! s'exclama Pip. Le même âge que ta fille. Tu étais prof. Andie était vulnérable et tu en as profité. C'était toi l'adulte, c'était à toi de poser les limites.

— Rien de ce que tu pourras dire n'augmentera le dégoût que j'éprouve déjà pour moi-même. Je lui ai répété que ce n'était pas possible et qu'il ne fallait plus qu'on se voie. Andie ne voulait rien entendre. Elle s'est mise à me menacer d'aller tout raconter à la police. Un jour, elle a débarqué dans ma classe en plein milieu d'un cours et m'a murmuré à l'oreille qu'elle avait laissé une photo d'elle nue quelque part dans la salle et que je ferais mieux de la trouver avant que quelqu'un d'autre ne tombe dessus. Elle voulait me faire peur. Alors, la semaine suivante, je suis retourné au Victoria Inn, parce que je ne savais pas de quoi elle serait capable si je ne venais pas. Je me suis dit qu'elle finirait par se lasser, de toute façon.

Il s'interrompit et se frotta la nuque.

— C'est la dernière fois que ça s'est produit. On s'est vus deux fois, avant les vacances de Pâques. Avec les filles, on a passé une semaine chez les parents d'Isobel et, pendant ce laps de temps loin de Kilton, j'ai retrouvé mes esprits. J'ai envoyé un texto à Andie pour lui dire que c'était fini et que ça m'était égal qu'elle me dénonce. Elle m'a répondu qu'à la rentrée elle me détruirait si je ne faisais pas ce qu'elle voulait. Je ne savais pas ce qu'elle voulait. C'est alors que, par un hasard complet, j'ai eu un moyen de la stopper. J'ai découvert qu'Andie harcelait cette autre fille sur les réseaux sociaux, donc j'ai appelé son père, comme je te l'ai raconté, pour lui signifier que si elle ne changeait pas de comportement, je serais contraint d'en parler à la direction et qu'elle serait renvoyée du lycée. Bien entendu, Andie savait très bien ce que ça signifiait : on pouvait se détruire l'un l'autre. Elle pouvait m'envoyer en prison à cause de notre relation, mais moi je pouvais la faire expulser et foutre en l'air son avenir. Nous étions à égalité, et je pensais que ça s'arrêterait là.

— Alors pourquoi l'as-tu kidnappée le vendredi 20 avril ? demanda Pip.

— Ce n'est pas... Ça ne s'est pas du tout passé comme ça. J'étais seul chez moi et Andie a déboulé, aux alentours de 22 heures. Elle était furieuse, absolument hors d'elle. Elle m'a hurlé dessus, en disant que j'étais répugnant, que si elle avait couché avec moi c'était uniquement parce qu'elle avait besoin de moi pour l'aider à entrer à Oxford, comme je l'avais fait pour Sal. Elle ne voulait pas qu'il parte là-bas sans elle. Elle criait qu'il fallait qu'elle se tire de chez ses parents et de Kilton parce que c'était en train de la tuer à petit feu. J'ai essayé de la calmer, mais il n'y avait rien à faire. Et elle savait exactement comment m'atteindre.

Elliot ferma les yeux une demi-seconde.

— Elle s'est précipitée dans mon bureau et s'est mise à lacérer les tableaux qu'Isobel avait peints juste avant sa mort. Elle en avait déjà démoli deux, je lui criais d'arrêter mais elle continuait, elle allait s'attaquer à mon préféré. Alors je... je l'ai poussée pour l'en empêcher. Je ne voulais pas lui faire de mal. Mais elle est tombée en arrière et elle s'est cogné la tête contre mon bureau. Fort. Et...

Il s'interrompit, renifla.

— ... elle était par terre, la tête en sang. Consciente, mais confuse. J'ai couru chercher la trousse de premier secours et, quand je suis revenu, Andie n'était plus là et la porte d'entrée était ouverte. Elle n'était pas venue chez moi en voiture, il n'y en avait aucune garée devant la maison, et aucun bruit de moteur dans les parages. Elle était partie à pied et s'était volatilisée. J'ai retrouvé son téléphone par terre dans mon bureau, il avait dû tomber dans la bagarre.

» Le lendemain, poursuivit-il, j'ai appris par Naomi qu'Andie avait disparu. Andie était partie de chez moi avec une blessure à la tête, et ensuite elle avait disparu. Au fil du week-end, je me suis mis à paniquer. J'ai pensé que je l'avais tuée. J'imaginais qu'elle avait erré un moment, hébétée, la tête en sang, puis qu'elle avait fini par se perdre et mourir de ses blessures. Qu'elle devait être quelque part au fond d'un fossé et qu'on la retrouverait tôt ou tard. Et qu'alors il y aurait sûrement des indices sur elle qui mèneraient jusqu'à moi : des fibres de vêtements, des empreintes... Je savais que la seule solution pour me protéger était de fournir à la police un suspect plus crédible que moi. Pour protéger mes filles aussi. Si on m'arrêtait pour le meurtre d'Andie, je me disais que Naomi n'y survivrait pas. Cara n'avait que douze ans, à l'époque. Et j'étais le seul parent qu'il leur restait.

— On n'a pas le temps pour tes excuses, Elliot, le coupa Pip. Donc tu t'es arrangé pour faire accuser Sal Singh à ta place. Tu étais au courant de l'histoire du délit de fuite parce que tu lisais en cachette le journal intime de Naomi.

— Bien sûr que je le lisais. Je voulais vérifier que ma fille n'avait pas de pensées suicidaires.

— Tu les as obligés, elle et ses amis, à démentir l'alibi de Sal. Et ensuite, le mardi ?

— J'ai appelé le lycée pour dire que j'étais malade, et j'ai déposé les filles en voiture. J'ai attendu dehors, et quand j'ai vu Sal tout seul sur le parking, je suis allé lui parler. Il était très perturbé par la disparition d'Andie, alors je lui ai proposé de le ramener chez lui pour qu'on en discute. J'avais prévu d'utiliser un couteau de chez les Singh. Mais ensuite j'ai repéré des somnifères dans la salle de bains et j'ai décidé de l'emmener dans les bois ; je pensais que ce serait plus gentil. Je ne voulais pas que ce soit sa famille qui le trouve. On a bu un thé et je lui ai donné les trois premiers comprimés en lui disant que c'était contre les maux de tête. Puis je l'ai convaincu d'aller marcher dans les bois pour chercher Andie nous-mêmes, affirmant que ça l'aiderait à se sentir moins impuissant. Il me faisait confiance. Il ne s'est pas demandé pourquoi j'avais gardé mes gants en cuir dans la maison. J'ai pris un sac en plastique dans la cuisine et on est sortis dans les bois. J'avais un canif, et dès qu'on a été suffisamment loin, je le lui ai mis sous la gorge et je lui ai fait prendre d'autres somnifères.

La voix d'Elliot se brisa. Ses yeux s'emplirent de larmes, dont une seule roula sur sa joue.

— Je lui ai dit que c'était pour son bien, qu'on ne pourrait pas le soupçonner s'il avait l'air d'avoir été agressé lui aussi. Il a avalé quelques comprimés en plus, mais ensuite il s'est débattu. Alors je l'ai plaqué au sol et je l'ai forcé à prendre le reste. Quand il a commencé à somnoler, je me suis mis à lui parler d'Oxford, des incroyables bibliothèques, des somptueuses salles de cours, je lui ai raconté combien la ville était belle au printemps. Histoire qu'il s'endorme en pensant à quelque chose d'agréable. Lorsqu'il a perdu connaissance, je lui ai enfoncé le sac sur la tête et je lui ai tenu la main jusqu'à ce qu'il meure.

Pip n'éprouvait aucune pitié pour cet homme. Onze années de souvenirs venaient de s'évaporer pour ne laisser sous ses yeux qu'un parfait inconnu.

— Ensuite tu as envoyé le texto d'aveu à son père depuis le téléphone de Sal, poursuivit-elle à sa place.

Elliot hocha la tête en s'essuyant les yeux avec la paume de ses mains.

— Et le sang d'Andie ? insista Pip.

— Il avait séché sous mon bureau. J'avais nettoyé, mais il en restait encore, alors je lui en ai mis sous les ongles avec une pince à épiler. Pour finir, je lui ai glissé le téléphone d'Andie dans la poche, et je l'ai laissé là. Je ne voulais pas le tuer. J'essayais juste de sauver mes filles ; elles avaient déjà tellement souffert. Il ne méritait pas de mourir, mais mes filles non plus. C'était un choix impossible.

Pip leva les yeux au plafond pour tenter de retenir ses larmes. Elle n'avait pas le temps de lui exposer ce qu'elle ressentait.

— Ensuite, plus les jours ont passé, plus je me suis rendu compte de la grave erreur que j'avais commise.

Si Andie était morte quelque part de sa blessure à la tête, ils auraient fini par la retrouver. Et puis voilà qu'on découvre sa voiture, avec des traces de sang dans le coffre. C'est donc qu'elle devait être en état de conduire après être partie de chez moi. J'avais paniqué en croyant que sa blessure lui avait été fatale, alors que non. Mais c'était trop tard. Sal était mort, et je l'avais désigné comme le tueur d'Andie. La police a clos l'enquête et tout s'est arrêté là.

— Alors comment on en arrive à ce que tu retiennes Andie en otage dans cette maison ?

Elliot tressaillit en percevant la colère dans sa voix.

— C'était fin juillet. Je rentrais chez moi en voiture, et je l'ai vue. Elle marchait sur le trottoir de la rue principale de Wycombe, en direction de Kilton. Je me suis rangé à sa hauteur, et j'ai tout de suite compris qu'elle avait sombré dans la drogue… qu'elle vivait dans la rue. Elle était squelettique et échevelée. Voilà comment c'est arrivé. Je ne pouvais pas la laisser rentrer chez elle, sinon tout le monde saurait que Sal avait été assassiné. Andie était défoncée, complètement hagarde, mais j'ai réussi à la faire monter dans ma voiture. Je lui ai expliqué pourquoi je ne pouvais pas la ramener chez ses parents, mais je lui ai assuré que j'allais m'occuper d'elle. Je venais juste de mettre cette maison en vente, alors j'ai retiré l'annonce et j'ai installé Andie ici.

— Qu'est-ce qu'elle avait fait pendant tous ces mois ? Et qu'est-ce qui lui est arrivé le soir où elle a disparu ? demanda Pip, pressée par le temps.

— Elle ne se rappelle pas tous les détails. Je crois qu'elle a eu une commotion cérébrale. Elle dit qu'elle voulait juste s'enfuir loin de tout. Elle est allée chez un ami qui trempait dans la drogue et il l'a emmenée vivre chez des gens de sa connaissance. Mais elle ne s'y sentait pas en sécurité, alors au bout d'un moment elle s'est sauvée pour rentrer chez elle. Elle n'aime pas trop parler de cette époque.

— Howie Bowers, songea Pip à voix haute. Où est-elle, Elliot ?

— Au grenier, dit-il en jetant un coup d'œil à la petite clé sur le plan de travail. On a tout bien arrangé pour elle, là-haut. J'ai isolé le toit, doublé les murs en contreplaqué, posé un vrai parquet. Elle a choisi le papier peint qu'elle voulait. Il n'y a pas de fenêtre, mais on a mis des tas de lampes. Je sais que tu dois me prendre pour un monstre, Pip, mais je ne l'ai jamais touchée, pas depuis la dernière fois au Victoria Inn. Il ne s'agit pas de ça. Et elle n'est plus comme avant. C'est devenu quelqu'un d'autre, elle est calme et reconnaissante. Elle a de quoi manger là-haut, mais je viens lui faire la cuisine trois fois par semaine, plus une fois dans le week-end, et je la laisse descendre pour prendre une douche. Ensuite on reste un moment ensemble au grenier, on regarde la télé. Elle ne s'ennuie jamais.

— Elle est enfermée là-haut, et ça, c'est la clé ? demanda Pip en tendant le doigt vers le plan de travail.

Elliot hocha la tête.

C'est alors qu'ils entendirent une voiture approcher.

— Quand la police t'interrogera, s'empressa d'ajouter Pip, ne leur parle pas du délit de fuite et de l'alibi de Sal que tu as fait démentir. Il n'aura plus besoin d'alibi après tes aveux. Et Cara ne mérite pas de perdre sa famille et de se retrouver seule au monde. C'est *moi* qui vais protéger Naomi et Cara, dorénavant.

Un claquement de portières.

— Je peux à la rigueur comprendre pourquoi tu as fait ça, enchaîna Pip, mais je ne te le pardonnerai jamais. Tu as pris la vie de Sal pour sauver la tienne. Tu as détruit sa famille.

Une voix dans l'entrée cria : « Police, y a quelqu'un ? »

— Les Bell pleurent leur fille depuis cinq ans, poursuivit Pip. Tu nous as menacés, ma famille et moi. Tu t'es introduit chez nous pour me faire peur.

— Je suis désolé.

Un bruit de pas dans le couloir.

— Tu as tué Barney.

Elliot se décomposa.

— Pip, je ne sais pas de quoi tu parles. Je n'ai pas…

— Police ! lança un homme en uniforme en pénétrant dans la cuisine, suivi d'une femme dont les yeux passèrent d'Elliot à Pip, puis de Pip à Elliot.

— Bon, alors, qu'est-ce qui se passe ici ? demanda-t-elle.

Pip se tourna vers Elliot, et leurs regards se croisèrent. Il se redressa de toute sa hauteur et tendit ses poignets en avant.

— Vous êtes venus m'arrêter pour l'enlèvement et la séquestration d'Andie Bell, dit-il sans quitter Pip des yeux.

— Et le meurtre de Sal Singh, ajouta-t-elle.

Les deux policiers se fixèrent un long moment, après quoi la femme hocha la tête. Elle s'avança vers Elliot tandis que son collègue allumait le récepteur de radio fixé à son épaule et se retirait dans le couloir pour parler.

Comme ils avaient le dos tourné, Pip se précipita pour récupérer la clé sur le plan de travail. Elle courut dans le couloir et se rua dans l'escalier.

— Hé ! lui cria l'homme policier.

Sur le palier, elle repéra une petite trappe blanche au plafond, fermée par un gros cadenas. Un escabeau à trois marches était placé juste en dessous.

Pip y grimpa, tendit le bras pour ouvrir le cadenas avec la clé et le laissa tomber par terre dans un grand fracas métallique. Le policier était en train de monter l'escalier à sa suite. Elle défit le loquet de la trappe et se baissa pour éviter le battant qui bascula d'un coup.

Un flot de lumière jaune se déversa du trou au-dessus de sa tête. Et des bruits : une musique angoissante, des explosions et des gens qui criaient avec l'accent américain. Pip attrapa l'échelle escamotable fixée sur la trappe et la déplia jusqu'au sol pile au moment où le policier déboulait en haut des marches.

— Attendez ! s'exclama-t-il.

Pip agrippa l'échelle et monta, les mains moites et collantes sur le métal froid des barreaux.

Elle passa la tête par le trou et jeta un regard circulaire. Le grenier était éclairé par plusieurs lampes en pied, et les murs couverts d'un papier peint à fleurs noir et blanc. À une extrémité se trouvait un mini-réfrigérateur sur lequel étaient posés une bouilloire et un four micro-ondes, ainsi que des étagères remplies de nourriture et de livres. Le centre de la pièce était occupé par un tapis rose à poils longs, devant une grande télé à écran plat dont l'image venait d'être mise sur pause.

Elle était là.

Assise en tailleur sur un petit lit une place croulant sous des coussins de toutes les couleurs. Vêtue d'un pyjama bleu à motif de pingouins, comme celui de Naomi et Cara. Elle se tourna vers Pip, les yeux écarquillés et affolés. Elle paraissait un peu plus vieille, un peu plus épaisse que sur les photos de l'époque. Elle avait les cheveux plus foncés et plus ternes, la peau beaucoup plus blanche. Elle dévisageait Pip, la télécommande dans une main et un paquet de gaufrettes à la framboise sur les genoux.

— Bonjour, dit Pip, je m'appelle Pip.

— Bonjour. Moi c'est Andie.

Sauf que ce n'était pas Andie.

46

Pip s'avança de quelques pas dans la lueur jaune de la lampe. Elle prit une grande inspiration, s'efforçant de réfléchir malgré le crissement strident qui lui transperçait le crâne. Elle plissa les yeux et examina le visage devant elle.

Maintenant qu'elle s'était rapprochée, elle constatait des différences flagrantes : l'inclinaison des lèvres, les paupières tombantes, les pommettes trop basses. Des changements que le seul passage du temps ne pouvait expliquer.

Pip avait observé les photos tellement souvent ces derniers mois qu'elle connaissait par cœur chaque trait du visage d'Andie Bell.

Ce n'était pas elle.

Pip se sentit perdre pied, partir à la dérive. Rien autour d'elle ne faisait plus sens.

— Tu n'es pas Andie, murmura-t-elle, juste au moment où le policier émergeait derrière elle et lui posait une main sur l'épaule.

Dehors, le vent hurlait dans les arbres et le 42 Mill End Road était illuminé de flashs bleus qui clignotaient dans la nuit. Quatre voitures de police bloquaient désormais l'allée, et Pip venait de voir l'inspecteur Richard Hawkins – dans le même manteau noir qu'il portait à chaque conférence de presse cinq ans plus tôt – pénétrer dans la maison.

Pip n'écoutait plus la policière qui prenait sa déposition ; elle n'entendait plus qu'une suite de syllabes sans queue ni tête. Elle se concentra plutôt pour essayer d'inspirer de grandes bouffées d'air frais, et c'est à cet instant qu'ils firent sortir Elliot. Encadré par deux policiers, les poignets menottés dans le dos. Il pleurait, les lumières bleues se reflétaient sur son visage mouillé. Les gémissements d'animal blessé qu'il laissait échapper réveillèrent en elle une peur ancestrale, instinctive. C'était un homme qui savait que sa vie était finie. Avait-il vraiment cru que la fille dans son grenier était Andie ? S'était-il cramponné à cette idée depuis tout ce temps ? Les policiers appuyèrent sur la tête d'Elliot pour le faire entrer dans une des voitures, qui démarra aussitôt. Pip la regarda s'éloigner jusqu'à ce qu'elle soit avalée par le tunnel d'arbres.

Alors qu'elle finissait de dicter son numéro de téléphone à la policière, elle entendit une portière claquer dans son dos.

— Pip !

Le vent porta la voix de Ravi jusqu'à elle.

Elle sentit son cœur bondir et se mit instantanément à courir vers lui. Au bout de l'allée, elle se jeta dans ses bras et Ravi la serra de toutes ses forces alors qu'ils s'agrippaient l'un à l'autre pour lutter contre le vent.

— Ça va ? demanda-t-il en l'éloignant de lui pour l'observer.

— Ça va, oui. Qu'est-ce que tu fais là ?

— Quand je ne t'ai pas vue arriver chez moi, je t'ai cherchée sur l'application « localiser ses amis ». Pourquoi est-ce que tu es venue ici toute seule ?

Il jeta un coup d'œil aux voitures et aux policiers derrière elle.

— Il fallait que je vienne, déclara-t-elle. Il fallait que j'entende ses explications. Sinon je ne sais pas combien de temps tu aurais dû encore attendre pour connaître la vérité.

Elle ouvrit la bouche sans réussir à produire le moindre son, une fois, deux fois, trois fois, puis elle prit son courage à deux mains et raconta tout à Ravi. Sous les arbres tremblants, baignée dans le halo bleuté des gyrophares, elle lui raconta comment son frère était mort. Quand elle vit les larmes couler sur ses joues, elle lui dit simplement qu'elle était désolée, parce qu'il n'y avait rien d'autre à dire ; un point de suture pour refermer un cratère béant.

— Ne sois pas désolée, répondit-il dans un hoquet entre rire et sanglot. Rien ne pourra nous ramener Sal, je le sais. Pourtant, on l'a ramené, d'une certaine façon. Sal a été assassiné, il était innocent, et maintenant tout le monde le saura.

Ils se retournèrent alors que l'inspecteur Richard Hawkins sortait de la maison avec la jeune fille, emmitouflée dans une couverture mauve.

— Tu es sûre que ce n'est pas elle ? interrogea Ravi.

— Elle lui ressemble beaucoup, concéda Pip.

La fille jetait des regards éperdus autour d'elle, redécouvrant ce qu'était le monde extérieur. Hawkins la conduisit jusqu'à une voiture et monta avec elle à l'arrière tandis que deux de ses collègues en uniforme prenaient place à l'avant.

Comment Elliot avait-il pu croire que cette fille qu'il avait croisée au bord de la route était Andie ? Avait-il été victime d'une illusion ? Avait-il eu besoin de se persuader qu'Andie n'était pas morte, pour expier ce qu'il avait fait subir à Sal ? Ou bien s'était-il laissé aveugler par la peur ?

C'était l'opinion de Ravi ; il pensait qu'Elliot était terrorisé à l'idée qu'Andie Bell soit encore en vie quelque part, réapparaisse et le fasse plonger pour le meurtre de Sal. Et dans cet état de peur exacerbée, il avait suffi d'une fille blonde qui ressemblait fortement à Andie pour le convaincre que c'était elle. Alors il l'avait enfermée, afin d'enfermer avec elle cette peur panique qu'elle le trahisse.

Pip hocha la tête en regardant s'éloigner la voiture de police.

— Je crois que c'est juste une fille qui passait par là au mauvais moment, avec les mauvais cheveux et le mauvais visage, déclara-t-elle.

Il restait donc une question brûlante, que Pip n'osait encore formuler tout haut : qu'était-il arrivé à la véritable Andie Bell après qu'elle s'était enfuie de chez Elliot ce soir-là ?

La policière qui avait pris sa déposition s'approcha d'eux avec un grand sourire.

— Tu as besoin que quelqu'un te ramène chez toi, ma grande ? demanda-t-elle à Pip.

— Non, ça ira, j'ai ma voiture.

Elle obligea Ravi à monter avec elle ; elle refusait de le laisser rentrer tout seul, il n'était pas en état de conduire. En son for intérieur, elle n'avait pas envie d'être seule, elle non plus.

Alors qu'elle tournait la clé dans le contact, Pip aperçut son reflet dans le rétroviseur avant que le plafonnier s'éteigne. Elle avait les traits tirés, le teint blafard et les yeux cernés. Elle se sentait fatiguée. Épuisée.

— Je vais enfin pouvoir tout raconter à mes parents, dit Ravi lorsqu'ils furent sur la route. Je ne sais même pas par où commencer.

Les phares de la Coccinelle éclairèrent le panneau « Bienvenue à Little Kilton » et Pip bifurqua sur High Street en direction de la maison des Singh. Elle s'arrêta à l'entrée du rond-point principal et remarqua une voiture qui attendait en face, tous feux allumés, alors qu'elle avait la priorité.

— Pourquoi elle n'avance pas ? s'étonna Pip.

— Je n'en sais rien, répondit Ravi. Tu n'as qu'à y aller.

Pip s'engagea tout doucement sur le rond-point. L'autre voiture n'avait toujours pas bougé. Alors qu'ils s'en approchaient et n'avaient plus le faisceau aveuglant de ses phares dans les yeux, Pip ralentit par curiosité pour jeter un coup d'œil au passage.

— Merde, murmura Ravi.

C'était la famille Bell au complet. Jason conduisait, le visage rougi et strié de larmes. On aurait dit qu'il criait, donnant de grands coups sur le volant, l'air furibond. À côté de lui, Dawn Bell était recroquevillée sur son siège. Elle pleurait et hoquetait pour essayer de reprendre son souffle entre deux sanglots, la bouche tordue de douleur.

En les dépassant, Pip aperçut Becca sur la banquette arrière, du même côté qu'elle, le visage livide, collé contre la vitre froide. Elle avait les lèvres entrouvertes et les sourcils froncés, le regard perdu dans le vide.

Au moment où la voiture de Pip croisait la leur, Becca sortit de sa torpeur et ses yeux se posèrent sur Pip. Ils s'animèrent brusquement et furent aussitôt traversés par un éclair de gravité et d'urgence, quelque chose qui ressemblait à de la peur.

Pip continua sa route, et Ravi se remit à respirer normalement.

— Tu crois qu'ils sont au courant ? demanda-t-il.

— On dirait bien. La fille n'arrêtait pas de répéter qu'elle s'appelait Andie Bell. Peut-être qu'on les a convoqués pour l'identification.

Elle jeta un coup d'œil dans son rétroviseur et vit la voiture des Bell s'engager enfin sur le rond-point, vers la promesse trompeuse de retrouver leur fille miraculée.

47

Pip passa une bonne partie de la nuit assise au pied du lit de ses parents, à leur livrer enfin ce qu'elle gardait sur le cœur depuis des semaines. Devoir leur raconter l'histoire depuis le début était presque aussi pénible que de l'avoir vécue.

Le pire était ce qui concernait Cara. L'horloge de son téléphone indiquait qu'il était plus de 22 heures ; elle savait qu'elle ne pourrait plus tourner autour du pot très longtemps. Son pouce avait plané plusieurs fois autour du bouton « appel », mais c'était au-dessus de ses forces. Elle ne pouvait pas prononcer les mots à voix haute et assister à l'effondrement du monde de sa meilleure amie. Pip aurait voulu en être capable, mais elle avait appris qu'elle n'était pas invincible, qu'elle aussi pouvait craquer. Elle ouvrit l'application « messages » et commença à taper :

J'aurais dû t'appeler pour te dire ça, mais je ne crois pas que j'aurais réussi à aller jusqu'au bout. Je m'y prends comme une lâche et je m'en excuse. C'est ton père qui a tué Sal Singh, Cara. Il retenait prisonnière une fille qu'il prenait pour Andie Bell dans votre ancienne maison de

Wendover. Il a été arrêté. Il n'arrivera rien à Naomi, promis juré. Je sais pourquoi il a fait ça et je pourrai te l'expliquer dès que tu te sentiras assez forte pour l'entendre. Je suis vraiment désolée. J'aurais voulu pouvoir t'épargner. Je t'aime.

Elle relut son message, toujours dans le lit de ses parents, et l'envoya, alors que des larmes coulaient sur le téléphone qu'elle tenait entre ses mains.

Sa mère lui prépara un petit déjeuner quand Pip émergea enfin à deux heures de l'après-midi. Il n'était pas question qu'elle aille à l'école ce jour-là. Elles ne reparlèrent plus de tout ça ; il n'y avait rien à ajouter, pas encore. Pourtant Pip ne pouvait s'empêcher de se demander ce qui était arrivé à Andie Bell. Un dernier mystère qu'elle avait emporté avec elle.

Pip tenta d'appeler Cara à dix-sept reprises, mais chaque fois ça sonnait dans le vide. Pareil sur le numéro de Naomi.

Plus tard, dans l'après-midi, Leanne passa devant la maison des Ward après être allée chercher Josh à l'école. Elle revint en disant qu'il n'y avait personne et que la voiture n'était pas là.

— Elles sont sans doute parties chez leur tante Lila, suggéra Pip, en essayant de rappeler une énième fois.

Victor rentra du travail plus tôt que d'habitude. Ils s'installèrent tous les quatre devant la télé pour enchaîner des émissions de jeux, généralement ponctuées par les cris de Pip et de son père qui rivalisaient pour donner les bonnes réponses en premier. Mais cette fois tout le monde se taisait et se contentait d'échanger des regards furtifs par-dessus la tête de Josh. L'air était lourd de chagrin et de tension.

Quand on sonna à la porte, Pip se précipita afin d'échapper à l'atmosphère oppressante qui régnait dans la pièce. Elle alla ouvrir en pyjama et le froid du dehors lui mordit les orteils.

C'était Ravi, posté devant ses deux parents, l'intervalle entre eux trois parfaitement régulier, comme s'ils avaient longuement étudié leur pose.

— Salut, chef. Je te présente ma mère, Nisha, dit-il en écartant la main comme un présentateur de jeu télévisé.

Les cheveux noirs coiffés en deux longues tresses, Nisha sourit à Pip.

— Et voici mon père, Mohan, ajouta Ravi.

Mohan hocha la tête et son menton effleura le bouquet de fleurs géant qu'il avait dans une main, une boîte de chocolats coincée sous l'autre bras.

— Chers parents, termina Ravi, voici la fameuse Pip.

Le « bonsoir » poli de Pip fut noyé par les leurs.

— Donc, reprit Ravi, on a été convoqués au commissariat tout à l'heure. On nous a fait asseoir et on nous a tout raconté, tout ce qu'on savait déjà. Et on nous a annoncé qu'il y aurait une conférence de presse dès que M. Ward serait officiellement inculpé, plus un communiqué certifiant l'innocence de Sal.

Pip entendit ses parents sortir du salon et venir se placer derrière elle dans l'entrée. Ravi renouvela les présentations pour Victor ; Leanne les avait déjà rencontrés, quinze ans plus tôt, quand elle leur avait vendu leur maison.

— Et donc, continua Ravi, on voulait te remercier, Pip. Rien de tout ça ne serait arrivé sans toi.

— Je ne sais pas bien quoi dire, renchérit Nisha, qui avait les mêmes grands yeux ronds pétillants que ses fils. Grâce à ce que vous avez fait, Ravi et toi, on a retrouvé notre fils. Vous nous avez rendu Sal, et il n'y a pas de mots pour exprimer ce que ça représente.

— Tiens, c'est pour toi, ajouta Mohan en se penchant pour remettre les fleurs et les chocolats à Pip. Je suis désolé, on ne savait pas trop ce qu'on était censés offrir à quelqu'un qui a réhabilité notre fils mort.

— Google n'avait pas beaucoup de suggestions sur le sujet, précisa Ravi.

— Merci, dit Pip. Vous ne voulez pas entrer ?

— Oui, venez, entrez, insista Leanne. Je mets de l'eau à bouillir.

Mais au moment de franchir le seuil, Ravi rattrapa Pip par le bras et l'attira contre lui, écrasant le bouquet entre eux, riant dans ses cheveux. Lorsqu'il la lâcha, Nisha s'avança à son tour pour l'enlacer ; son doux parfum sucré avait l'odeur des câlins maternels et des soirées d'été. Tout d'un coup, sans trop savoir comment ni pourquoi, ils se retrouvèrent à s'embrasser mutuellement tous les six, se tombant dans les bras à tour de rôle, des rires et des larmes plein les yeux.

Et voilà que, comme par miracle, dans un tourbillon d'accolades et de fleurs écrabouillées, les Singh avaient levé le voile de tristesse suffocant qui s'était abattu sur la maisonnée ; ils avaient ouvert la porte en grand et fait sortir les fantômes, pour un temps au moins. Car il y avait au moins une fin heureuse dans tout ça : Sal était innocent. Une famille venait d'être libérée du fardeau intolérable qu'elle portait depuis des années. Malgré toute la souffrance et les doutes qui surviendraient, cela valait la peine de s'y accrocher.

— Vous faites quoi, là ? demanda soudain Josh d'une petite voix interloquée.

Ils s'installèrent au salon autour d'un thé et d'un en-cas improvisé par Leanne.

— Sinon, demanda Victor, vous allez voir le feu d'artifice demain soir pour la nuit de Guy Fawkes[1] ?

— À vrai dire, commença Nisha en regardant successivement son mari puis son fils, je pense qu'on devrait y aller, cette année. Ce sera la première fois depuis… vous savez. Mais maintenant les choses ont changé. C'est différent.

1. Festivités qui célèbrent l'échec de la conspiration des Poudres le 5 novembre 1605. Guy Fawkes fut arrêté alors qu'il s'apprêtait à mettre le feu à trente-six barils de poudre à canon, sous les Chambres du Parlement, afin d'attenter à la vie du roi Jacques Ier. Une comptine célèbre est chantée lors de cette fête.

— Ouais, renchérit Ravi, j'aimerais bien y aller. De chez nous, on ne voit jamais rien.

— Génial ! s'exclama Victor en tapant dans ses mains. Et si on se retrouvait là-bas ? Disons 19 heures, devant le stand des boissons ?

Josh se dressa alors d'un bond et engloutit d'une seule bouchée le reste de son toast pour pouvoir réciter : « Souvenez-vous, souvenez-vous du 5 novembre, poudre à canon, trahison et complot. Je ne vois aucune raison pour que jamais soit oubliée la trahison des poudres. »

Little Kilton n'avait pas oublié, sinon que la municipalité avait décidé cette année d'avancer les festivités au 4 novembre, car les vendeurs de saucisses pensaient qu'ils auraient plus de monde un samedi soir. Mais Pip n'était pas sûre d'être prête à affronter tous ces gens et les questions dans leurs yeux.

— Je vais refaire du thé, déclara-t-elle en attrapant la théière vide sur la table pour l'emporter à la cuisine.

Elle alluma la bouilloire et resta un moment à contempler son reflet déformé dans le chrome bombé, jusqu'à ce que la silhouette distordue de Ravi apparaisse derrière elle.

— Je te trouve bien silencieuse, fit-il observer. Qu'est-ce qui se passe dans ta petite tête de surdouée ? En fait, je n'ai même pas besoin de te demander, je sais déjà ce que tu vas me dire. C'est Andie, n'est-ce pas ?

— Je ne peux pas faire comme si c'était fini, répondit-elle. Ce n'est pas fini.

— Pip, écoute-moi. Tu as rempli la mission que tu t'étais donnée. On sait maintenant que Sal était innocent, et ce qui lui est arrivé.

— Mais on ne sait pas ce qui est arrivé à Andie. Après son départ de chez Elliot ce soir-là, elle a bel et bien disparu et on ne l'a jamais retrouvée.

— Ce n'est plus ton boulot, Pip. La police a réouvert l'enquête. Laisse-les s'en occuper. Tu en as assez fait comme ça.

— Je sais, murmura-t-elle, et ce n'était pas un mensonge.

Elle était fatiguée. Il fallait qu'elle parvienne enfin à se détacher de tout ça ; que ses épaules n'aient plus à supporter que le poids de ses propres soucis. Ce n'était plus à elle de résoudre ce dernier mystère autour d'Andie Bell.

Ravi avait raison ; ils avaient fini leur boulot.

48

Elle comptait le jeter.

C'est ce qu'elle s'était dit. Elle pouvait jeter le pêle-mêle du meurtre, puisque désormais elle passait la main. Il était temps de démonter tout l'échafaudage Andie Bell et de voir ce qu'il restait de Pip en dessous. Elle avait bien commencé, en décrochant du tableau en liège une partie des feuilles et en formant des piles par terre près d'un sac-poubelle qu'elle avait pris exprès à la cuisine.

Mais tout à coup, sans même s'en rendre compte, elle s'était retrouvée à tout repasser en revue : à relire ses notes, à suivre du doigt les lignes de laine rouge, à scruter les photos des suspects pour essayer d'y voir le visage d'un tueur.

Pourtant elle était sûre d'avoir tourné la page. Elle ne s'était pas autorisée à y penser de toute la journée, ni pendant qu'elle jouait à des jeux de société avec Josh, ni pendant qu'elle enchaînait des épisodes de sitcoms américaines, ni pendant qu'elle faisait des brownies avec sa mère, trempant le doigt dans la pâte crue dès que Leanne avait le dos tourné. Mais il avait suffi d'une demi-seconde et d'un seul coup d'œil impromptu pour qu'Andie revienne la hanter.

Elle était censée s'habiller pour le feu d'artifice, et voilà qu'elle était à genoux sur la moquette de sa chambre, penchée sur le pêle-mêle. Une partie était bel et bien passée à la poubelle : tous les indices convergeant vers Elliot Ward ; tout ce qui concernait l'hôtel Victoria Inn, le numéro de téléphone barré dans l'agenda, le délit de fuite, l'annulation de l'alibi de Sal, la photo d'Andie nue que Max avait trouvée au fond d'une classe ainsi que les lettres de menace et les textos de l'Inconnu.

Toutefois, il manquait certaines choses sur le tableau, car Pip en savait désormais beaucoup plus sur les faits et gestes d'Andie le soir de sa disparition. Elle reprit la carte de Kilton et se mit à la compléter au marqueur bleu.

Andie était allée chez les Ward et en était repartie peu de temps après avec une blessure à la tête potentiellement sérieuse. Pip entoura la maison des Ward sur Hogg Hill. Elliot avait dit qu'il était autour de 22 heures, mais il devait se tromper légèrement dans son estimation. Ça ne collait pas avec l'horaire donné par Becca, qui était corroboré par la caméra de surveillance : Andie était passée en voiture sur High Street à 22 h 40. C'était sûrement à ce moment qu'elle s'était rendue chez les Ward. Pip traça une ligne pointillée et nota l'horaire. Oui, Elliot se trompait forcément, songea-t-elle, sinon ça voulait dire qu'Andie était rentrée chez elle la tête en sang avant de ressortir. Et si c'était le cas, Becca en aurait évidemment parlé à la police. La dernière personne à avoir vu Andie vivante n'était donc plus Becca, mais Elliot.

Sauf que... Pip réfléchit en mâchonnant le bout de son stylo. Elliot avait dit qu'Andie n'était pas en voiture ; il pensait qu'elle était venue à pied. Et, en regardant la carte, Pip comprenait pourquoi : les maisons des Bell et des Ward étaient toutes proches ; à pied, il suffisait de couper par l'église et par la passerelle piétonne. C'était même sans doute plus rapide que par la route. Pip se gratta la tête. Quelque chose clochait : la voiture d'Andie avait été filmée par la caméra de surveillance, elle l'avait donc bien prise. Peut-être l'avait-elle garée près de chez Elliot, mais suffisamment loin pour qu'il ne la voie pas.

Alors comment Andie s'était-elle volatilisée après ça ? Comment passait-on de Hogg Hill aux traces de sang dans le coffre de sa voiture, abandonnée près de la maison d'Howie ?

Pip tapota la carte avec l'extrémité de son stylo tandis que ses yeux sautaient d'Howie à Max, puis à Nat, Daniel et Jason. Il y avait deux assassins à Little Kilton : un qui croyait avoir tué Andie et qui ensuite avait tué Sal pour se couvrir, et un autre qui avait réellement tué Andie Bell. Lequel de ces visages était-ce ?

Deux tueurs, pourtant un seul d'entre eux avait essayé de décourager Pip, ce qui voulait dire que...

Une seconde.

Pip ferma les yeux et enfouit son visage entre ses mains pour se concentrer alors que les pensées se bousculaient dans son esprit. Soudain, une image : l'expression d'Elliot au moment où les deux policiers entraient dans la cuisine. Sa tête quand Pip lui avait dit qu'elle ne lui pardonnerait jamais d'avoir tué Barney. Elliot s'était décomposé, le front plissé. En se remémorant la scène, Pip se rendait compte à présent que ce n'étaient pas des remords qu'il y avait dans son regard. Non, c'était de la confusion.

Et la phrase qu'il avait laissée en suspens, Pip pouvait désormais la terminer à sa place : « Pip, je ne sais pas de quoi tu parles. Je n'ai pas... *tué Barney*. »

Elle laissa échapper un juron à voix basse et rampa jusqu'au sac-poubelle à moitié avachi. Elle en ressortit les pages qu'elle venait de jeter et se mit à fouiller dedans frénétiquement, semant des feuilles tout autour d'elle, jusqu'à ce qu'elle les ait dans les mains : d'un côté les deux messages retrouvés dans son sac de couchage et dans son casier, de l'autre les textos de l'Inconnu qu'elle avait imprimés.

Ils provenaient de deux personnes distinctes. C'était flagrant, maintenant qu'elle y repensait.

La différence n'était pas seulement une question de support, mais aussi de ton. Sur les messages papier, Elliot l'appelait Pippa et les menaces étaient subtiles, implicites. Pareil pour la phrase tapée dans son journal de bord. Alors que l'Inconnu l'avait traitée d'« espèce de conne », et ses menaces étaient tout sauf implicites : elles l'avaient obligée à détruire son ordinateur, après quoi l'Inconnu avait tué son chien.

Pip se redressa et prit une grande inspiration. Deux personnes distinctes. Elliot n'était pas l'Inconnu, et il n'avait pas tué Barney. Non, ça, c'était le véritable assassin d'Andie.

— Pip, tu viens ? cria son père depuis le rez-de-chaussée. Ils doivent déjà avoir allumé le feu de joie.

Elle bondit jusqu'à la porte de sa chambre et l'entrouvrit juste assez pour répondre :

— Avancez sans moi, je vous rejoins.

— Quoi ? Non, descends, Pipsy.

— C'est juste, euh... Je voudrais juste réessayer d'appeler Cara, p'pa. Il faut vraiment que je lui parle. Ce ne sera pas long. S'il te plaît. Je vous rejoins.

— D'accord, ma puce.

— Je pars dans vingt minutes maxi, ajouta-t-elle. Promis.

— OK. Appelle-moi si tu ne nous trouves pas.

Dès qu'elle entendit claquer la porte d'entrée, Pip se rassit devant le tableau en liège, tenant les textos de l'Inconnu d'une main tremblante. Elle parcourut son journal de bord pour voir à quels moments de son enquête elle les avait reçus. Le premier était arrivé juste après qu'elle avait découvert l'identité d'Howie Bowers, après que Ravi et elle étaient allés lui parler et avaient appris comment Andie organisait son trafic de drogue et que Max lui achetait du

Rohypnol. Ensuite, Barney avait été capturé pendant la semaine de la Toussaint. Il s'était passé beaucoup de choses juste avant : elle avait croisé Stanley Forbes à deux reprises, elle était allée voir Becca, et elle avait discuté avec Daniel à la réunion publique sur la sécurité.

Elle froissa les feuilles de papier en boule et les jeta à l'autre bout de la pièce avec un grognement tel qu'elle n'en avait jamais entendu sortir de sa propre bouche. Il restait encore trop de suspects potentiels. Et maintenant que les secrets d'Elliot allaient être révélés au grand jour et Sal innocenté, le tueur chercherait-il à se venger ? Mettrait-il ses menaces à exécution ? Pip faisait-elle bien de rester toute seule chez elle ?

Elle balaya de nouveau toutes leurs photos d'un regard noir. Avec son marqueur bleu, elle barra d'une grande croix le visage de Jason Bell. Ça ne pouvait pas être lui. Elle avait vu son expression dans la voiture, sans doute après le coup de fil de l'inspecteur. Lui comme Dawn : en pleurs, en colère, désemparés. Mais il y avait aussi autre chose dans leurs yeux : une infime lueur d'espoir, cohabitant avec les larmes. Peut-être que, même si on leur avait affirmé le contraire, une petite part d'eux-mêmes espérait encore que ce serait leur fille. Jason n'avait pas pu simuler cette réaction. La vérité se lisait sur son visage.

La vérité se lisait sur le visage…

Pip ramassa la photo d'Andie avec ses parents et Becca et l'examina longuement. Les yeux dans les yeux.

Ça ne lui apparut pas d'un coup.

Mais par petits flashs, qui s'allumèrent l'un après l'autre dans son esprit.

Un par un, les morceaux du puzzle s'emboîtèrent.

Elle décrocha du tableau toutes les pages concernées. Point numéro 3 : l'interview de Stanley Forbes. Point numéro 10 : la première interview d'Emma Hutton. Point numéro 20 : l'interview de Jess Walker sur la famille Bell. Point 21 : sur Max qui achetait de la drogue à Andie. Point 23 : sur Howie et les produits qu'il lui fournissait. Points 28 et 29 : sur les filles droguées à leur insu dans les calamités. La feuille sur laquelle Ravi avait écrit en grosses lettres majuscules : QUI A PU FAIRE DISPARAÎTRE LE DEUXIÈME TÉLÉPHONE D'ANDIE ??? Et l'heure à laquelle Elliot prétendait qu'Andie était repartie de chez lui.

Pip inspecta tous ces éléments côte à côte, et elle sut qui c'était.

Le tueur avait un nom et un visage.

La dernière personne à avoir vu Andie vivante.

Il ne lui restait qu'une seule chose à vérifier. Pip attrapa son téléphone et chercha dans ses contacts celui qu'elle voulait appeler.

— Allô ?

— Max ? dit-elle. Je vais te poser une question.

— Ça ne m'intéresse pas. Tu vois, tu t'étais trompée sur mon compte. J'ai entendu l'info, comme quoi c'était M. Ward.

— Parfait. Du coup, tu sais que j'ai maintenant une énorme crédibilité auprès de la police. J'ai demandé à M. Ward de ne rien dire pour le délit de fuite, mais si tu ne réponds pas à ma question, j'appelle le commissariat dans la minute et je leur raconte tout.

— Tu ne le feras pas.

— Oh que si. La vie de Naomi est déjà détruite, alors je n'ai plus rien à perdre, mentit-elle.

— Qu'est-ce que tu veux ? aboya Max au bout du fil.

Pip marqua une pause. Elle mit son téléphone sur haut-parleur et ouvrit l'application dictaphone. Elle appuya sur le bouton rouge pour lancer l'enregistrement tout en reniflant bruyamment afin de couvrir le bip de départ.

— Max, lors d'une soirée calamité en mars 2012, dit-elle, est-ce que tu as drogué et violé Becca Bell ?

— Quoi ? Mais non, putain, n'importe quoi !

— MAX ! rugit Pip dans le téléphone. Ne me mens pas ou je te jure que je te balance à la police. As-tu versé du Rohypnol dans le verre de Becca pour coucher avec elle ?

Il toussota.

— Oui, mais, euh… Ce n'était pas un viol. Elle n'a pas dit non.

— Parce que tu l'avais droguée, espèce de sale violeur immonde ! hurla Pip. Tu n'as pas idée de ce que tu as fait.

Elle raccrocha, arrêta l'enregistrement et éteignit son téléphone. Ses yeux reflétés dans la vitre noire de l'écran la dévisageaient intensément.

La dernière personne à avoir vu Andie vivante ? C'était Becca. Sa sœur.

Pip se regarda cligner des yeux sur l'écran, et sa décision fut prise.

49

La voiture fut secouée d'un violent soubresaut alors que Pip montait sur le trottoir pour se garer grossièrement devant la maison. Elle sortit dans la rue sombre et marcha jusqu'à la porte.

Elle sonna.

Le carillon métallique accroché sur la droite se balançait dans la brise du soir en jouant une mélodie aiguë et insistante.

La porte s'entrebâilla, laissant apparaître le visage de Becca. Elle reconnut Pip et lui ouvrit en grand.

— Ah, salut, Pippa, dit-elle.

— Bonsoir, Becca. Je, euh… Je venais voir si ça allait, après les événements de jeudi soir. Je vous ai croisés en voiture et…

— Ouais, la coupa Becca, l'inspecteur nous a informés que c'était toi qui avais découvert la vérité sur M. Ward, et ce qu'il avait fait.

— Oui. Désolée.

— Tu veux entrer ? proposa Becca en s'écartant pour libérer le passage.

— Je veux bien, merci.

Pip pénétra dans le couloir où Ravi et elle s'étaient introduits par effraction quelques semaines plus tôt. Becca lui sourit et lui indiqua d'un geste la cuisine bleu céladon sur la gauche.

— Tu veux un thé ?

— Non, merci, ça ira.

— Tu es sûre ? J'étais justement en train de m'en faire un.

— Alors d'accord. Noir, s'il te plaît. Merci.

Pip s'assit à la table, le dos bien droit, les genoux rigides, et regarda Becca attraper deux mugs à fleurs dans un placard, y placer deux sachets de thé et y verser de l'eau bouillante.

— Excuse-moi, dit Becca, il faut juste que j'aille chercher un mouchoir.

Comme elle quittait la pièce, un sifflement de train retentit dans la poche de Pip. C'était un message de Ravi : *Yo, chef, t'es où ?* Elle mit le téléphone sur silencieux et le rangea dans son manteau.

Becca revint en fourrant un mouchoir dans sa manche. Elle apporta les deux mugs à table et en posa un devant Pip.

Pip la remercia et en but une gorgée prudemment. Il n'était pas trop chaud, et elle n'était pas mécontente d'avoir de quoi occuper ses mains tremblantes.

Le chat noir fit alors irruption dans la cuisine, s'approcha en trottinant, la queue en l'air, et vint se frotter la tête contre les chevilles de Pip jusqu'à ce que Becca le chasse.

— Comment vont tes parents ? demanda Pip.

— Pas terrible. Quand on a eu confirmation que ce n'était pas Andie, ma mère s'est fait hospitaliser pour traumatisme psychique. Et mon père veut attaquer tout le monde en justice.

— Ils connaissent l'identité de la fille, maintenant ? marmonna Pip contre le bord de son mug.

— Ouais, le commissariat a appelé mon père ce matin. Elle était sur le fichier des personnes disparues : Isla Jordan, vingt-trois ans, originaire de Milton Keynes. Il paraît qu'elle a des troubles de l'apprentissage et l'âge mental d'une enfant de douze ans. Elle était maltraitée par ses parents et elle avait déjà eu des antécédents de fugues et de drogue. Apparemment, elle est très perturbée. Elle a vécu comme ça tellement longtemps, en jouant le rôle d'Andie pour faire plaisir à M. Ward, qu'elle croit réellement qu'elle s'appelle Andie Bell et qu'elle vient de Little Kilton.

Pip but une longue rasade de thé histoire de meubler le silence pendant que les mots vacillaient et se réalignaient dans sa tête. Elle avait la bouche sèche et des palpitations dans la gorge, comme en écho à son cœur qui cognait dans sa poitrine. Elle souleva de nouveau son mug et le termina d'un seul trait.

— C'est vrai qu'elle lui ressemblait, finit-elle par dire. J'ai cru que c'était Andie, l'espace de quelques secondes. Et j'ai lu sur le visage de tes parents l'espoir que ce soit peut-être elle. Que les policiers et moi nous soyons trompés. Mais toi, tu savais déjà, non ?

Becca reposa son mug et la dévisagea.

— Tu n'avais pas la même expression qu'eux, Becca. Tu avais l'air interloquée. Apeurée. Tu savais très bien que ça ne pouvait pas être ta sœur. Parce que tu l'as tuée, n'est-ce pas ?

Becca ne bougea pas. Le chat bondit sur la table à côté d'elle, et elle ne cilla pas.

— En mars 2012, poursuivit Pip, tu es allée à une soirée calamité avec ton amie Jess Walker. Et pendant cette soirée, il t'est arrivé quelque chose. Tu ne t'en souviens pas mais, quand tu t'es réveillée, tu as su que quelque chose n'allait pas. Tu as demandé à Jess de t'accompagner pour acheter la pilule du lendemain et, quand elle a voulu savoir avec qui tu avais couché, tu ne le lui as pas dit. Ce n'était pas, comme l'a présumé Jess, parce que tu avais honte, mais parce que tu ne le savais pas toi-même. Tu ne savais pas ce qui s'était passé, ni avec qui. Tu as eu une amnésie antérograde parce que quelqu'un avait versé du Rohypnol dans ton verre et t'a ensuite agressée.

Becca resta immobile, d'une immobilité inhumaine. Et puis elle se mit à pleurer. Des larmes qui glissèrent en silence sur ses joues et son menton tremblotant. Pip fut transpercée par une douleur fulgurante, un étau glacé qui se referma sur son cœur lorsqu'elle plongea son regard dans les yeux de Becca et qu'elle y vit la vérité. Car, en l'occurrence, la vérité n'était pas triomphante, mais triste, abyssale, frelatée.

— Je n'imagine pas comme tu as dû te sentir seule et désemparée, reprit Pip. De savoir qu'il t'était arrivé une chose horrible sans pouvoir t'en souvenir. Tu devais avoir l'impression que personne ne pouvait t'aider. Pourtant tu n'avais rien fait de mal, tu n'avais aucune raison d'avoir honte. Mais je ne pense pas que tu l'aies ressenti comme ça, au début, et tu t'es retrouvée à l'hôpital. Et après, qu'est-ce qui s'est passé ? Tu as voulu comprendre ce qui t'était arrivé ? Qui était responsable ?

Becca hocha la tête de façon à peine perceptible.

— Tu t'es rendu compte que tu avais été droguée et c'est par là que tu as commencé à chercher, c'est ça ? Tu t'es renseignée pour savoir qui achetait de la drogue dans les calamités, et qui en vendait. Et toutes tes questions t'ont menée jusqu'à ta sœur. Becca, que s'est-il passé le vendredi 20 avril ? Que s'est-il passé quand Andie est revenue à pied de chez M. Ward ?

— Tout ce que j'avais découvert, c'est que quelqu'un lui avait acheté de l'herbe et de la MDMA une fois, répondit Becca en essayant de contenir ses larmes. Alors, quand elle est sortie et qu'elle m'a laissée seule, j'ai fouillé dans sa chambre. J'ai trouvé l'endroit où elle cachait son deuxième téléphone et sa réserve de drogues. J'ai regardé dans le téléphone : les contacts étaient enregistrés avec seulement des initiales, mais j'ai lu une partie des textos et j'ai compris qui lui avait acheté du Rohypnol. Elle avait écrit son prénom en entier dans un des messages.

— Max Hastings, devina Pip.

— Et je me suis dit…, sanglota Becca, je me suis dit que maintenant que je savais, on pourrait tout arranger, tout réparer. Je me suis dit que, quand Andie rentrerait à la maison, je lui parlerais, qu'elle me laisserait pleurer sur son épaule, et qu'elle me dirait qu'elle était désolée et qu'ensemble, elle et moi, on allait tout arranger et lui faire payer. Tout ce que je voulais, c'était avoir ma grande sœur avec moi. Pouvoir enfin en parler à quelqu'un.

Pip s'essuya les yeux, épuisée et fébrile.

— Et puis Andie est rentrée, reprit Becca.

— Avec une blessure à la tête ? demanda Pip.

— Non, je ne l'ai pas su tout de suite. Je n'ai rien vu. Elle était là, dans la cuisine, et je n'ai pas pu attendre plus longtemps. Et…

La voix de Becca se brisa.

— … et quand je lui ai dit, elle m'a juste regardée en me rétorquant que ce n'était pas son problème. J'ai essayé de lui expliquer, mais elle ne voulait rien entendre. Tout ce qu'elle a ajouté, c'est que je ne devais en parler à personne, sans quoi elle aurait des ennuis. Ensuite, elle a voulu quitter la pièce et je lui ai barré le passage. Elle m'a balancé que je devrais déjà m'estimer heureuse que quelqu'un ait eu envie de moi, parce que je n'étais qu'une pâle copie d'elle-même, en grosse et en moche. Elle a fait mine de me pousser pour passer. Je n'arrivais pas à y croire. Je n'arrivais pas à croire qu'elle puisse être aussi cruelle. Alors je l'ai poussée à mon tour, j'ai voulu lui réexpliquer, on s'est mises à crier et à se bousculer toutes les deux, et ensuite... c'est allé tellement vite...

» Ensuite, Andie est tombée en arrière. Pourtant je n'avais pas l'impression de l'avoir poussée si fort que ça. Mais elle avait les yeux fermés, et elle s'est mise à vomir. Elle en avait partout, sur le visage, dans les cheveux. Et..., sanglota Becca, et aussi dans la bouche. Elle toussait, elle s'étouffait. Et moi... je suis restée paralysée. Je ne sais pas pourquoi... c'est juste que j'étais tellement en colère contre elle. Quand j'y repense après coup, je ne sais pas si c'était délibéré de ma part ou non. Je ne me rappelle pas avoir pensé quoi que ce soit, je suis juste restée sans bouger. Pourtant j'ai dû voir qu'elle était en train de mourir, mais je n'ai rien fait, je n'ai pas bougé.

Les yeux de Becca se posèrent alors à un endroit du carrelage, près de la porte. Sans doute là où ça s'était passé.

— Au bout d'un moment, elle s'est immobilisée, et j'ai compris. J'ai paniqué, j'ai essayé de lui vider la bouche, mais elle était déjà morte. J'aurais tellement voulu revenir en arrière. Ça me hante, depuis. Mais c'était trop tard. C'est seulement là que j'ai vu le sang dans ses cheveux et que j'ai pensé que j'avais dû la blesser ; c'est ce que j'ai pensé pendant cinq ans. Jusqu'à il y a deux jours, je ne savais pas qu'Andie avait été blessée à la tête avant, chez M. Ward. C'est sans doute pour ça qu'elle a perdu connaissance et qu'elle a vomi. Mais bon, ça ne change rien. C'est quand même moi qui l'ai laissée s'étouffer. Je l'ai regardée mourir sans rien faire. Et comme je croyais que j'étais la cause de sa blessure à la tête, et qu'elle avait des égratignures de moi sur les bras, des traces de lutte, je savais que tout le monde, y compris mes parents, penserait que j'avais voulu la tuer. Parce qu'Andie avait toujours été tellement mieux que moi. C'était la préférée de mes parents.

— Et tu as mis son corps dans le coffre de sa voiture ? demanda Pip, en soutenant sa tête qui lui semblait peser une tonne.

— La voiture était dans le garage, j'ai traîné son corps jusque-là. Je ne sais pas comment j'ai trouvé la force de faire ça. C'est un peu flou, rétrospectivement. Ensuite j'ai tout nettoyé. J'avais vu plein de documentaires, je savais ce qu'il fallait utiliser comme type de produit.

— Et puis tu as quitté la maison juste avant 22 h 40, compléta Pip. C'est toi que la caméra de surveillance a filmée sur High Street, au volant de la voiture d'Andie. Et tu l'as emmenée… Je parie que tu l'as emmenée dans cette vieille ferme sur Sycamore Road, celle sur laquelle tu écrivais un article parce que tu ne voulais pas que les voisins l'achètent et la rénovent. C'est là que tu l'as enterrée ?

— Elle n'est pas enterrée, rectifia Becca. Elle est dans la fosse septique.

Pip hocha doucement la tête, saisie d'un vertige à l'idée de la destinée finale d'Andie.

— Ensuite, poursuivit-elle, tu as abandonné sa voiture et tu es rentrée à pied. Pourquoi tu l'as laissée sur Romer Close ?

— Quand j'ai fouillé dans son deuxième téléphone, j'ai vu que c'était là qu'habitait son dealer. Je me suis dit que si je laissais la voiture là, la police ferait le lien et il deviendrait le suspect numéro un.

— Ça a dû te faire bizarre quand soudain Sal a été désigné comme coupable et que tout s'est arrêté.

Becca haussa les épaules.

— Ouais, je ne sais pas. J'ai pensé que c'était peut-être un signe, que j'avais été pardonnée. Même si, moi, je ne me suis jamais pardonnée.

— Et voilà que, cinq ans plus tard, je viens fourrer mon nez là-dedans. Tu as trouvé mon numéro dans le téléphone de Stanley, quand je l'ai appelé pour l'interviewer ?

— Il m'a dit qu'une gamine s'était lancée dans un projet parce qu'elle pensait que Sal était innocent. J'ai paniqué. Je me suis dit que si tu arrivais à prouver son innocence, il faudrait que je trouve un nouveau suspect. J'avais gardé le deuxième téléphone d'Andie, je savais qu'elle voyait quelqu'un en secret. Il y avait des textos envoyés à un certain « E » pour organiser des rendez-vous à l'hôtel Victoria Inn. Alors j'y suis allée pour voir si je pourrais découvrir l'identité de cet homme. Mais ça n'a rien donné. La vieille dame qui tenait l'hôtel était très confuse. Quelques semaines plus tard, je t'ai vue traîner autour du parking de la gare, or je savais que c'était là que travaillait le dealer d'Andie. Je t'ai espionnée, et quand tu l'as suivi je t'ai suivie aussi. Je t'ai vue entrer chez lui avec le frère de Sal. Je voulais juste te faire peur pour que tu arrêtes.

— C'est là que tu m'as envoyé le premier texto, dit Pip. Mais je n'ai pas arrêté. Et quand je suis venue te voir à ton bureau, tu as dû croire que j'étais à deux doigts de te démasquer, vu que je t'ai parlé du deuxième téléphone d'Andie et de Max Hastings. Alors tu as tué mon chien et tu m'as fait détruire toutes mes recherches.

— Je suis désolée, murmura Becca en baissant les yeux. Je ne voulais pas tuer ton chien, je t'assure. Je l'ai relâché, mais il faisait nuit, il a dû avoir peur et il est tombé dans la rivière.

Pip eut un coup au cœur. Accident ou pas, ça ne lui ramènerait pas Barney.

— Je l'aimais tellement..., souffla-t-elle, sentant soudain la tête lui tourner, comme disjointe de son corps. Mais j'ai choisi de te pardonner. C'est pour ça que je suis venue, Becca. Si j'ai réussi à comprendre tout ça, la police ne va pas tarder à en faire autant, maintenant que l'enquête est réouverte. Le récit de M. Ward va créer des failles dans le tien.

Elle parlait vite, d'une voix pâteuse, sa langue fourchant sur les mots.

— Ce n'est pas bien, ce que tu as fait, Becca. De la laisser mourir. Tu le sais. Mais il y a aussi une part d'injustice dans ce qui t'est arrivé. Après tout, tu n'avais rien demandé. Seulement, la loi manque de compassion. Je suis venue te prévenir. Il faut que tu partes, que tu quittes le pays et que tu refasses ta vie ailleurs. Tu n'as plus beaucoup de temps avant qu'on vienne t'arrêter.

Pip la regarda. Becca semblait lui répondre, mais plus aucun son ne parvenait aux oreilles de Pip, à part une sorte de bourdonnement, comme si un insecte était prisonnier dans sa tête. La table entre elles se métamorphosait, Pip eut l'impression de la voir mousser, puis elle sentit ses paupières s'alourdir irrésistiblement.

— Je... je..., bafouilla-t-elle.

Le monde autour d'elle s'estompait, le seul objet qu'elle distinguait encore était le mug vide devant elle, vacillant, dont les couleurs bavaient dans l'air.

— Tu as mis quelque ch... mon thé ?

— Il restait quelques comprimés de Rohypnol dans la cachette d'Andie. Je les ai gardés.

La voix de Becca tonnait comme un écho assourdissant, un rire de clown strident qui résonnait tantôt dans une oreille de Pip, tantôt dans l'autre.

Elle voulut se lever, mais sa jambe gauche était trop faible ; elle flancha sous son poids et Pip s'écroula sur l'îlot central. Quelque chose tomba et se cassa en morceaux, qui se mirent à danser sous ses yeux tels des nuages déchiquetés, tandis que tout tournait de plus en plus vite autour d'elle.

La pièce tangua brusquement, et Pip se traîna jusqu'à l'évier, se pencha dessus et s'enfonça deux doigts dans la bouche. Elle vomit, une mélasse marron foncé qui lui brûlait la gorge.

Une voix lui parvint, proche et lointaine à la fois.

— Je trouverai quelque chose, je n'ai pas le choix. Il n'y a pas de preuves. Il n'y a que toi, toi et ce que tu sais. Je suis désolée. Je n'avais pas envie d'en arriver là. Pourquoi tu t'es mêlée de tout ça ?

Pip se redressa en titubant et s'essuya la bouche. La pièce chancela à nouveau, et soudain Becca était devant elle, les mains tendues, tremblantes.

« Non », essaya de crier Pip, mais sa voix se perdit quelque part en route.

Elle recula vivement et se retrancha derrière l'îlot central. Ses doigts s'agrippèrent à un des tabourets pour tenter de garder l'équilibre. Elle le propulsa en arrière et il y eut un fracas épouvantable alors qu'il fauchait les jambes de Becca.

Pip se précipita dans le couloir et fonça dans un mur. Les oreilles bourdonnantes, l'épaule endolorie, elle se plaqua contre lui pour qu'il ne se dérobe pas à elle et se laissa glisser petit à petit jusqu'à la porte d'entrée. Celle-ci refusa de s'ouvrir mais, bizarrement, Pip cligna des yeux et, quand elle les rouvrit, la porte avait disparu et Pip était dehors.

Il faisait nuit, tout tournait, et il y avait quelque chose dans le ciel. Des panaches de couleurs vives et des gerbes d'étincelles : le feu d'artifice, qui claquait comme autant de coups de tonnerre. Pip rassembla ses forces et courut en direction des flashs de lumière, à travers bois.

Les arbres valsaient autour d'elle. Pip ne sentait plus ses pieds. Une nouvelle explosion scintillante, et elle fut complètement aveuglée.

Elle tendit les mains en avant pour s'orienter. Encore un rugissement, et Becca apparut devant elle.

Elle la poussa violemment, et Pip tomba sur le dos dans les feuilles et la terre meuble. Becca était maintenant penchée sur elle, les doigts écartés, prête à… Pip eut soudain un regain de vigueur. Elle concentra son énergie dans ses jambes et rua de toutes les forces qu'il lui restait. Becca fut projetée au sol à son tour, perdue dans les feuilles sombres.

— Je vvvou… je voulais t'aider, bredouilla Pip.

Elle roula sur elle-même, rampa à quatre pattes, ne sachant plus où étaient ses bras, où étaient ses jambes. Elle réussit à se redresser sur ses pieds inertes et à s'éloigner en courant. Vers l'église.

D'autres bombes continuaient à éclater. Derrière elle, c'était la fin du monde. Elle se cramponnait d'arbre en arbre pour s'aider à avancer, tandis que les troncs dansaient et tourbillonnaient sous le ciel en lambeaux. Elle en accrocha un au passage, mais son écorce se révéla être de la peau humaine.

L'arbre se jeta sur elle et l'agrippa à deux mains. Becca et elle s'écroulèrent ensemble et tourneboulèrent dans les feuilles. Pip se cogna la tête contre un tronc et sentit une traînée visqueuse sur son visage et le goût métallique du sang dans sa bouche. Tout s'éteignit de nouveau autour d'elle tandis que le rouge lui inondait les yeux. Soudain, Becca était assise à califourchon sur elle, et Pip avait quelque chose de froid autour du cou. À tâtons, elle se rendit compte que c'étaient des doigts, mais les siens ne fonctionnaient plus ; elle n'arrivait pas à desserrer cet étau.

— Pitié, parvint-elle à articuler dans un dernier souffle.

Ses bras étaient enfoncés dans les feuilles et ne lui obéissaient plus, refusant de bouger.

Elle plongea son regard dans celui de Becca. *Elle saura où te mettre pour qu'on ne te retrouve jamais. Au fond d'un trou noir, avec les ossements d'Andie Bell.*

Ses bras et ses jambes étaient déjà partis, et bientôt ce serait elle tout entière.

— J'aurais bien voulu que quelqu'un comme toi soit là pour moi, sanglota Becca. Mais je n'avais qu'Andie. C'était ma seule issue pour échapper à mon père. Mon seul espoir après Max. Et elle m'a rejetée. Maintenant, je suis coincée, je n'ai pas d'autre choix que de faire ça. Pourtant, je n'ai pas envie. Je suis désolée.

Pip avait déjà oublié ce que respirer voulait dire.

Ses yeux se fissuraient comme des crevasses crachant des flammes.

Little Kilton était engloutie par des ténèbres encore plus grandes, mais ces arcs-en-ciel de paillettes dans la nuit étaient jolis à regarder. Une dernière réjouissance avant le noir total.

Et comme le noir venait, elle sentit les doigts froids desserrer leur étreinte et la lâcher.

Sa première inspiration lui déchira les poumons. Les ténèbres refluèrent et des bruits jaillirent de la terre.

— Je ne peux pas, murmura Becca en retirant ses mains. Je n'y arrive pas.

Puis des pas craquèrent dans les feuilles, une ombre bondit sur elles et Becca fut aspirée en arrière. D'autres bruits. Des cris dans la nuit. Et soudain :

— Tout va bien, ma puce.

Pip tourna la tête et vit son père qui plaquait Becca au sol tandis qu'elle se débattait en hurlant.

Il y avait aussi quelqu'un d'autre dans son dos, qui cherchait à la redresser, mais le corps de Pip était comme liquéfié, on ne pouvait la saisir.

— Respire, chef, dit Ravi en lui caressant les cheveux. On est là. C'est bon.

— Ravi, demanda Victor, qu'est-ce qu'elle a ?

— Hypnol, murmura Pip en levant les yeux vers lui. Du Rohypnol dans… thé.

— Ravi, appelle une ambulance tout de suite. Appelle la police.

Les bruits s'évanouirent à nouveau. Il n'y avait plus que les couleurs et les vibrations de la voix de Ravi contre son dos, aux marges de sa conscience.

— Elle a laissé Andie mourir, dit Pip, ou du moins crut-elle dire. Mais il faut la laisser partir. Ce n'est pas juste. Pas juste.

Le monde vacilla autour d'elle.

— Je vais peut-être oublier. Si j'ai une mmm… nésie. Elle est dans fffosse septique. La ferme… Sycamore… C'est là que…

— Ça va aller, Pip, assura Ravi en la tenant fermement pour qu'elle ne bascule pas dans le vide. C'est fini. C'est fini, maintenant. Je suis là.

— Cccment tu m'as trouvée ?

— Je t'ai localisée sur l'application, expliqua-t-il en lui montrant le point orange sur l'écran flou de son téléphone. Dès que j'ai vu où tu étais, j'ai compris.

Son environnement vacilla de nouveau.

— C'est bon, Pip, je te tiens. Ça va aller, maintenant.

Tout tanguait.

Ils continuaient à parler, Ravi et son père. Mais pas sous forme de mots qu'elle pouvait entendre ; sous forme de picotements de fourmis. Elle ne les voyait plus. Les yeux de Pip se noyaient dans le ciel et des feux d'artifice éclataient sous ses paupières. Des bouquets d'apocalypse. Tous rouges. Des éclats et des scintillements de rouge.

Et soudain, elle était redevenue un corps, couché sur le sol humide et froid, le souffle de Ravi dans son oreille. Des lumières bleues clignotaient à travers les arbres qui crachaient des silhouettes en uniforme noir.

Pip regardait tout ça, les lumières clignotantes et les lueurs du feu d'artifice.

Sans aucun son. Juste sa respiration, les flashs et les halos.

Rouge et bleu. Rouge
et bleu. Blouge et
r eu. B ou
l leu et
ge

TROIS MOIS PLUS TARD

— Y a un monde fou, chef.

— Ah oui ?

— Ouais, genre deux cents personnes.

Elle les entendait : le brouhaha des voix et les grincements de fauteuils tandis que les gens prenaient place dans l'auditorium du lycée.

Pip attendait en coulisses, tenant fermement ses pages de notes, sur lesquelles ses mains moites faisaient baver l'encre.

Tous les autres élèves de terminale avaient présenté leur TPE plus tôt dans la semaine, uniquement devant leur classe et les examinateurs. Mais la direction du lycée avait voulu faire de la présentation de Pip « un mini-événement », comme disait le proviseur. Pip n'avait pas vraiment eu le choix. La séance avait été annoncée sur le site du lycée et dans le *Kilton Mail*. La presse avait été conviée ; Pip avait même vu arriver une camionnette de la BBC, dont on avait déchargé des caméras et tout un tas de matériel.

— Tu as le trac ? interrogea Ravi.

— À ton avis ? rétorqua Pip.

Quand l'affaire Andie Bell avait éclaté au grand jour, elle avait fait la une des journaux et des chaînes de télé pendant des semaines. C'était au milieu de ce maelström médiatique que Pip avait passé son entretien pour Cambridge. Les deux membres du jury l'avaient reconnue et bombardée de questions sur l'affaire. Elle avait été dans les tout premiers élèves du lycée à recevoir une réponse positive.

Les secrets et les mystères de Kilton lui avaient tellement collé à la peau durant ces quelques semaines qu'elle avait été obligée de les porter en étendard. Sauf celui qu'elle avait enfoui tout au fond de son cœur et qu'elle tairait à jamais pour protéger Cara. Sa meilleure amie, qui était restée à son chevet pendant tout son séjour à l'hôpital.

— Je pourrai passer te voir après ? demanda Ravi.

— Bien sûr. Cara et Naomi dînent aussi à la maison.

Ils entendirent résonner un claquement de talons et Mme Morgan apparut, se débattant avec les pans du rideau.

— Je crois qu'on est prêts. C'est quand tu veux, Pippa.

— OK, j'arrive dans une minute.

— Bon, déclara Ravi une fois qu'ils furent de nouveau seuls, je ferais mieux d'aller m'installer.

Il lui sourit, posa les deux mains sur sa nuque, glissa les doigts dans ses cheveux et se pencha afin de coller son front contre le sien. Il avait déjà fait ce geste au moment où elle allait monter dans le train pour

Cambridge, en lui expliquant que c'était pour lui enlever la moitié de son chagrin, la moitié de sa migraine, la moitié de son angoisse. Parce que, disait-il, la moitié d'une mauvaise chose en moins, ça permettait de laisser la place pour la moitié d'une bonne.

Il l'embrassa, et Pip se sentit pousser des ailes.

— Je compte sur toi pour casser la baraque, Pip.

— Ouais, t'inquiète.

— Ah, une dernière chose, reprit-il en se retournant juste avant de sortir. Ne leur dis pas que la seule raison pour laquelle tu as commencé ce projet, c'est parce que tu avais des vues sur moi. Je sais pas, trouve un truc un peu plus classe.

— Non mais je te jure…, soupira Pip en levant les yeux au ciel.

— Ce n'est pas un reproche, hein, j'en suis ravi.

Il la dévisagea avec un grand sourire, avant d'ajouter :

— J'en suis ravi. *Ravi*. T'as pigé ?

— Ah ah ah, quel humour ! Bon, allez, tire-toi.

Elle attendit encore une minute, répétant à voix basse les premières phrases de son discours. Puis elle entra sur scène.

Les gens ne savaient pas trop comment réagir. Une moitié de la salle se mit à applaudir poliment, tandis que l'autre restait immobile, les yeux rivés sur elle.

Au premier rang, son père se leva et siffla entre ses doigts.

— Vas-y, ma puce, t'es la meilleure ! cria-t-il.

Sa mère le tira vivement par la manche pour le faire rasseoir et échangea un regard gêné avec Nisha Singh, assise à côté d'elle.

Pip s'avança jusqu'au pupitre et y posa ses notes.

— Bonjour, commença-t-elle, et le micro émit un sifflement strident.

La salle se tut, et les appareils photo crépitèrent dans le silence.

— Je m'appelle Pip, et je sais beaucoup de choses. Je sais que le mot « abracadabrant » est le plus long avec pour seule voyelle le A. Je sais que la guerre anglo-zanzibarite a été la plus courte de l'histoire, avec une durée de trente-huit minutes. Je sais aussi que ce projet nous a mis en danger, ma famille, mes amis et moi, et a changé le cours de nombreuses vies, pas toujours pour le meilleur. Mais ce que je ne sais pas, c'est pourquoi les habitants de cette ville et la presse nationale ne comprennent toujours pas ce qui s'est vraiment passé ici. Je ne suis pas l'*élève prodige* qui a découvert la vérité sur Andie Bell dans de longs articles où Sal Singh et son frère Ravi sont relégués en notes de bas de page. Ce projet est parti de Sal. Pour rétablir la vérité.

Les yeux de Pip tombèrent alors sur lui. Stanley Forbes, assis au troisième rang, qui griffonnait des notes dans un cahier. Elle se posait encore des questions sur lui, lui et les autres noms dans sa liste de suspects potentiels, toutes ces autres vies dont elle avait croisé la route au cours de ses recherches. Little Kilton conservait encore des secrets, des pierres non retournées, des mystères sans réponse. Mais cette ville avait trop de zones d'ombre ; Pip avait fini par accepter qu'elle ne pourrait braquer le faisceau de sa torche sur chacune.

Stanley était assis juste derrière la bande des amis de Pip, tous présents sauf Cara. Malgré le courage dont elle avait fait preuve jusque-là, elle ne s'était pas senti la force de venir ce jour-là.

— Jamais je n'aurais pu imaginer qu'au terme de ce projet, poursuivit Pip, quatre personnes se retrouveraient derrière les barreaux, et une autre libérée après cinq ans dans sa propre prison. Elliot Ward a plaidé coupable pour le meurtre de Sal Singh, l'enlèvement et la séquestration d'Isla Jordan, et pour entrave à la justice. Le verdict sera connu la semaine prochaine. Becca Bell sera jugée plus tard dans l'année pour les chefs d'inculpation suivants : homicide involontaire, dissimulation de cadavre et entrave à la justice. Max Hastings a été inculpé de quatre agressions sexuelles et deux viols et sera également jugé au cours de l'année. Enfin, Howard Bowers a plaidé coupable pour détention et cession de stupéfiants.

Pip tourna la page et se racla la gorge.

— Alors, comment les événements du vendredi 20 avril 2012 ont-ils pu se produire ? À mes yeux, plusieurs personnes partagent la responsabilité de ce qui s'est passé ce soir-là et les jours suivants, tout du moins sur le plan moral sinon pénal. Ces personnes sont : Elliot Ward, Howard Bowers, Max Hastings,

Becca Bell, Jason Bell et, ne l'oublions pas, Andie elle-même. Vous l'avez présentée comme la pauvre victime idéale en omettant délibérément les parts d'ombre de sa personnalité, parce que ça ne collait pas avec l'histoire que tout le monde avait envie d'entendre. Mais voilà la vérité : Andie Bell était un tyran qui utilisait le chantage affectif pour parvenir à ses fins. Elle vendait de la drogue sans se soucier de l'usage qui pourrait en être fait. Nous ne saurons jamais si elle avait conscience de faciliter des agressions sexuelles de filles droguées à leur insu, mais en tout cas, quand sa propre sœur l'a mise en face de cette réalité, elle n'a pas fait preuve de la moindre compassion.

» Pourtant, à y regarder de plus près, qu'y a-t-il derrière la vraie Andie ? Une jeune fille vulnérable et mal dans sa peau. Parce que, depuis toute petite, son père lui a mis dans la tête que sa seule valeur résidait dans son apparence physique et le désir qu'elle inspirait aux hommes. Sous son propre toit, elle était constamment martyrisée et rabaissée. Andie n'a jamais eu la chance de devenir la jeune femme qu'elle aurait pu être loin de ce père abusif, de décider par elle-même de sa valeur et de son avenir.

» Et même si cette histoire a son lot de monstres, je me suis rendu compte qu'il n'était pas si facile de classer ses protagonistes en deux catégories : les méchants et les gentils. Au final, c'est une histoire d'êtres humains à divers degrés de désespoir qui finissent par se percuter les uns les autres. Mais il y a une personne qui est restée un gentil de bout en bout. Et cette personne était Sal Singh.

Pip releva alors la tête et ses yeux se posèrent directement sur Ravi, assis entre ses parents.

— La vérité est que je n'ai pas fait ce projet toute seule, comme l'exige la consigne. Je n'aurais pas pu le faire toute seule. Donc je crains de devoir être disqualifiée.

Quelques exclamations fusèrent dans le public, dont celle de Mme Morgan. Plus quelques gloussements idiots.

— Je n'aurais jamais résolu cette affaire sans l'aide de Ravi Singh. À vrai dire, je n'y aurais même pas survécu. Alors, si quelqu'un doit vous parler de l'être merveilleux qu'était Sal Singh maintenant que vous êtes enfin prêts à l'entendre, c'est son frère.

Ravi la dévisagea depuis son siège en lui faisant les gros yeux. Mais elle savait qu'il avait besoin de ça. Et il le savait aussi.

Elle lui fit signe de la rejoindre d'un mouvement de la tête et Ravi se leva. Victor en fit autant, siffla à nouveau entre ses doigts et claqua bruyamment des mains. Certains des élèves dans l'assistance l'imitèrent et applaudirent Ravi pendant qu'il grimpait sur l'estrade et marchait jusqu'au pupitre.

Pip se recula pour lui laisser la place au micro. Il lui lança un clin d'œil au passage et elle ressentit une bouffée de fierté en le regardant se dresser devant le pupitre. Il lui avait annoncé la veille qu'il avait l'intention de repasser son bac pour pouvoir s'inscrire en fac de droit.

— Euh… bonjour, commença Ravi, et le micro siffla pour lui aussi. Je ne m'attendais pas à ça, mais ce n'est pas tous les jours qu'une fille sacrifie un vingt sur vingt garanti pour vous.

Quelques rires discrets dans la salle.

— De toute façon, je n'ai pas besoin de préparation pour vous parler de Sal. Ça fait presque six ans que je m'y prépare, en fait. Mon frère n'était pas seulement quelqu'un de bien, c'était une des meilleures personnes que j'aie connues. Il était gentil, d'une gentillesse exceptionnelle, toujours prêt à aider les gens, sans jamais ménager sa peine. C'était un vrai altruiste. Je me souviens d'une fois, quand on était petits, où j'avais renversé du jus de cassis partout sur la moquette. Sal avait dit que c'était lui pour que je ne me fasse pas gronder. Oups, désolé, maman, mais tu aurais bien fini par le savoir un jour.

Nouveaux éclats de rire dans l'assistance.

— Sal était impertinent, et il avait un rire tellement ridicule qu'il en devenait contagieux. Ah, et aussi, il passait des heures à me dessiner des BD pour que je les lise le soir dans mon lit, parce que j'avais du mal à m'endormir. Je les ai toujours. Et qu'est-ce qu'il était intelligent ! Je sais qu'il aurait fait des choses incroyables dans sa vie, si elle ne lui avait été volée si jeune. Le monde ne brillera plus jamais autant sans lui. J'aurais tellement voulu lui dire tout ça de son vivant. Lui dire qu'il était le meilleur grand frère dont on pouvait rêver. Mais au moins je peux le dire maintenant sur cette scène, et je sais que cette fois tout le monde me croira.

Il se tourna vers Pip, les yeux humides, et lui tendit la main. Elle s'avança pour venir se placer à côté de lui et se pencha vers le micro afin de prononcer sa conclusion.

— Il y a encore un dernier personnage dans cette histoire, déclara-t-elle, c'est nous tous. Collectivement, nous avons fabriqué un monstre à partir d'une vie magnifique. Nous avons fait d'une famille endeuillée une maison de pestiférés. À partir de maintenant, il va falloir faire mieux.

Pip attrapa la main de Ravi derrière le pupitre et entrelaça ses doigts dans les siens. Leurs deux mains nouées formèrent une nouvelle entité vivante, le bout des doigts de Pip venant se loger parfaitement dans le creux des phalanges de Ravi, comme si tout avait été prévu pour s'emboîter ainsi.

— Des questions ? demanda Pip.

FIN

Composition et mise en pages
Nord Compo à Villeneuve-d'Ascq